LOS DIAMANTES DE LA GUILLOTINA

Pierre Combescot

EDICIONES **B**
GRUPO ZETA

Barcelona • Bogotá • Buenos Aires • Caracas • Madrid • México D.F. • Montevideo • Quito • Santiago de Chile

Título original: *Les Diamants de la guillotine*

Traducción: Mª Antonia Menini

© Éditions Robert Laffont, Paris, 2003
© Ediciones B, S.A., 2004
   Bailén, 84 - 08009 Barcelona (España)
   www.edicionesb.com

Impreso en Argentina-Printed in Argentine
ISBN: 84-666-2375-2
Depósito legal: M. 23.780-2004

Supervisión de Producción: Carolina Di Bella
Impreso en papel obra Copybond de Massuh.
Impreso por Printing Books, Mario Bravo 837,
Avellaneda, Buenos Aires, en el mes de diciembre de 2004.

LOS DIAMANTES DE LA GUILLOTINA

Pierre Combescot

Traducción de Mª Antonia Menini

Para Charlotte y para Alexis.
Para Bernard.

La Revolución no fue fruto solamente del movimiento económico y social, sino también de lo anecdótico, del escándalo, de lo fortuito.

FRANÇOIS FURET y DENIS RICHET

1

Viena, 1770:
Grandes maniobras matrimoniales

Caprichos e ilusiones del príncipe de Kaunitz

Todo está en el aire esta mañana en el palacio de Kaunitz. Largas hileras de carrozas abarrotan la Johannesgasse. El rumor de los cascos sobre los adoquines cubiertos de hielo, el chasquido de las fustas y los gritos de los cocheros resuenan en la cristalina atmósfera. Ha nevado durante la noche y las ventanas de la principesca mansión están cubiertas de escarcha. Son las últimas salvas de un invierno que no se decide a terminar. Los *heiduques*, los soldados de infantería húngaros, con sus gorros puntiagudos, montan guardia con la nariz enrojecida. Las campanas de las iglesias de Viena emprenderán dentro de unos días el camino de Roma. Se avecina una Pascua fría.

En el interior del palacio, los sirvientes y las doncellas corren sin orden ni concierto de un lado para otro. Se imparten órdenes seguidas de contraórdenes. Incluso el mayordomo, armado con su bastón de ébano con puño de marfil, parece desquiciado a pesar de su tradicional sangre fría. En la doble escalera monumental de tramos simétricos, consejeros áulicos cuajados de cruces y bandas, con la peluca torcida, parecen barcos sin rumbo a punto de irse a pique entre estucos, mármoles y espejos, a merced de una marea imprevisible. De tanto subir y bajar los escalones, algunos de ellos, con la mirada perdida y el rostro congestionado, dan la impresión de estar a punto de sufrir un ataque de apoplejía.

En las antesalas se apretuja la habitual muchedumbre de peticionarios. Cada uno de ellos se mantiene al acecho, a la espera de alguna señal de los lacayos, los cuales responden a todas las preguntas con un inquietante silencio. Parece que nada se quiere filtrar. Y las puertas de laca con motivos chinescos que dan a los aposentos del príncipe canciller permanecen cerradas a aquella tardía hora de la mañana, cuando, por regla general, abiertas de par en par, permiten el paso de las oleadas de solicitantes. Porque todos y cada uno de ellos tienen especial empeño en presentar personalmente su petición a Su Alteza, la cual, hundida en almohadas, recorre con distraída mirada las peticiones que le entregan mientras se toma a sorbitos una taza de chocolate con una sonrisa de niño bueno incrustada en su rostro de viejo gato taimado.

Viena disculpa sus hábitos de sátrapa: el príncipe canciller, con su delicada salud, se debe al Estado, empezando por sí mismo. Este descanso matinal sólo repara parcialmente las fuerzas que gasta en sus muchas ocupaciones. Sin embargo, si uno se fija, se limita a examinar por encima las carpetas que inmediatamente entrega a una jauría de secretarios y consejeros para dedicar su tiempo a las ensoñaciones, los caprichos y las bromas.

Pese a lo cual, su buen criterio y, sobre todo, su agilidad mental y su privilegiada inteligencia le confieren una habilidad especial para desenredar situaciones políticas inextricables; su agudeza de discernimiento, lo sublime de sus ideas, la exactitud de sus apreciaciones y una discreción rayana en el disimulo lo han convertido en uno de los mejores diplomáticos de su época. Es desinteresado, aunque no desdeña los pequeños obsequios de las cortes extranjeras que le deben favores: vinos exquisitos, caballos, lienzos de grandes maestros; en fin, todas las fruslerías que consolidan un acuerdo diplomático mucho mejor que un tratado secreto. Y, cuando éstas se hacen esperar, no se toma la molestia de reclamarlas. Además, el hecho de escribir le provoca tal repugnancia que incluso firma las cartas que dicta a sus secretarios con una K.

Se trata de un personaje singular cuya máxima consiste en no emprender jamás ninguna tarea que otros puedan llevar a cabo tan bien como él, y confiesa sin vergüenza: «Prefiero hacer pajaritas de papel a escribir una línea que alguien hubiera podido escribir tan bien como yo...»

En resumen, el príncipe es una especie de filósofo cargado de extrañas manías que la emperatriz reina María Teresa le perdona como si de un niño se tratara. Por ejemplo: nunca deja, en pleno banquete oficial en el Hofburg, de pedir un espejo para mondarse mejor los dientes antes de entregarse a ostensibles gargarismos.

Por si fuera poco, es hipocondríaco más allá de lo concebible. Añádase a ello su pánico a la muerte. Sólo con mil precauciones se le puede anunciar un fallecimiento. Valga decir que tendrá que enterarse de la muerte de la emperatriz reina por su ayuda de cámara, cuando éste, después de hacerle friegas con agua de tocador, le entregue un traje de luto y el toisón de oro de las grandes ocasiones. Los antojos de este gran señor de Bohemia son innumerables, a veces bastante extravagantes. Las anécdotas que sobre él se cuentan son motivo de hilaridad en las cancillerías de Europa. Incluso se dice que el Gran Turco se ha partido de risa a propósito de alguna de ellas.

Esta mañana, en lugar de permanecer acostado y dejar que un secretario le lea los despachos, ha rechazado con un gesto de impaciencia la taza de chocolate y, tras saltar de la cama, ha empezado a revolver febrilmente su tocador no sin antes haber ordenado cerrar sus aposentos.

En realidad, el príncipe ya no sabe a qué santo encomendarse. Por tal motivo, su humor, generalmente sin altibajos e incluso un tanto bromista, se resiente.

—¡Nada! —ha dicho lacónicamente su ayuda de cámara en respuesta a la inquisitiva mirada del canciller—. ¡Nada! —le ha repetido, llenándole la taza de chocolate.

—¿Nada? —ha repetido el príncipe en un eco.

Y el ayuda de cámara sacude la cabeza. ¿Qué?, ni siquiera el menor trasiego de carrozas. Ruido de maletas. Cualquier cosa que sugiera una partida... ¿De veras que no? ¿Nada...? Nada.

¡Su Alteza está que arde! No hay por donde cogerlo. Avanza a grandes zancadas entre dos hileras de lacayos provistos de fuelles de empolvar, reprendiendo a un secretario por aquí, regañando a una doncella algo torpe por allá. A ratos se descontrola y empieza a brincar como un cabrito para desesperación de los criados que, en fila, se afanan en empolvar su peluca de cinco pisos. La famosa peluca que ha recorrido toda Europa y ha sido la alegría de los caricaturistas.

Así, envuelto en una nube de polvo, el estrafalario pájaro cuya bata estampada con exóticas ramas vuela a su alrededor en un susurro de seda, maldice a este marqués de Durfort, embajador ordinario de Su Cristianísima Majestad. Sospecha con razón de la mala fe de Su Excelencia. No le extrañaría recibir una puñalada trapera en el último minuto.

Con Durfort, siempre pasa algo. Cada día, desde hace varios meses, parece inventarse por simple placer nuevos impedimentos a fin de retrasar un poco más la boda de la archiduquesa Antonia con el Delfín, nieto del rey de Francia Luis XV. ¿No ha exigido pues la víspera que el cardenal arzobispo de Viena sea excluido de la ceremonia de esponsales y sustituido por el obispo de Laylach?

—¿Y eso por qué? —le preguntó él—. ¿Tenéis acaso algo personal contra Su Eminencia?

—En absoluto. Pero, en su calidad de príncipe de la Iglesia, el cardenal Migazzi me precedería en la ceremonia. Y eso es imposible, puesto que yo representaré al Rey.

Luis XV, como buen político, dio hace tiempo a su embajador la consigna de entorpecer las cosas. «Dejar a la emperatriz en la incertidumbre, evitando, sin embargo, desanimarla.» Y eso es lo que el marqués de Durfort, que ocupa desde hace tres años el puesto en Viena, se ha esforzado en llevar a cabo con socarrona minuciosidad.

Según la política oficial, el Rey mantiene, bajo mano, conversaciones diplomáticas encabezadas por el conde de Broglie al frente de un nutrido grupo de agentes a menudo tan insólitos como el muy ambiguo caballero D'Éon. Su Majestad, que conoce el deseo de María Teresa de acelerar el asunto, se complace en desconcertar con órdenes contradictorias de última hora a la muy alta y poderosa Casa de Habsburgo que, bien mirado, no es, a su juicio y pese a sus gloriosas alianzas, a sus herencias y, finalmente, a su ascenso al Imperio, más que una birria en comparación con la antiquísima y casi mítica Casa de los Capetos.

En efecto, los Habsburgo no empezaron a destacar hasta muy tarde en la Historia.

Tras el afianzamiento de los Borbones en España, con un pie en Nápoles y otro en Parma, los dominios hereditarios de la casa archiducal no son más que un mosaico de Estados inconexos que el vacío título de emperador ni siquiera consigue federar. En efecto, ¿qué tienen en común las insumisiones al poder centralizador de Viena de los ricos burgueses de Flandes y una revuelta de campesinos moravos o bohemios?

La política francesa, desde Francisco I hasta Luis XIV, jamás ha variado ni un ápice, y su primera norma ha sido siempre la humillación de la Casa de Austria. A este respecto, Francia jamás ha dejado de fomentar rivalidades y divisiones en Alemania.

Pero, en este momento, semejante política ya no es admisible. Muy por el contrario, el interés de ambas potencias es unirse para impedir el ascenso del elector de Brandenburgo, convertido por su propia iniciativa en rey de Prusia, y también el de Inglaterra, cuyo monarca es a su vez elector de Hannover, y todo ello para privarlos de «cualquier oportunidad de hacerse con el equilibrio de la balanza de Europa».

La emperatriz María Teresa no esperó, para dejarse llevar por esta inversión de alianzas, a que Federico de Prusia, un ateo amigo de filósofos, y especialmente de Voltaire, la despojara de su amada Silesia en el tratado de Aquisgrán, que puso fin a la guerra de Sucesión de Austria.

Fue entonces cuando empezó un juego de seducción

entre Viena y Versalles. Mil coqueteos por una y otra parte. Finalmente, se firmó un tratado secreto. Por mucho que intenten disimular, el rumor recorre Europa y la nueva alianza es ya un secreto a voces.

«¡Ya basta de tapujos! Puesto que todo el mundo parece estar al corriente de la situación, ¿por qué no gritar a los cuatro vientos nuestra felicidad y amarnos a plena luz? ¡Casémonos de una vez!», exclama María Teresa. Y añade, puesto que se halla a la espera de un venturoso acontecimiento: «Si la criatura que va a nacer es una archiduquesa, la convertiremos en reina de Francia.» De esta manera, la archiduquesa Antonia fue prometida al mayor de los nietos de Luis XV antes incluso de haber visto la luz. Al año siguiente se ratificó un nuevo tratado, abiertamente esta vez. La idea de la boda se mantuvo sin darle mayor importancia.

Se trataba por aquel entonces de casar a la pequeña archiduquesa con el jovencísimo duque de Borgoña. Éste muere a los diez años. ¡Mala suerte! ¡Adiós Borgoña! ¡Viva Berry! Es el hermano siguiente. El duque de Berry, futuro Luis XVI, aún no es Monseñor el Delfín. Su padre, el hijo de Luis XV, vive todavía. No siente el menor aprecio por Austria y desconfía de la nueva alianza: de haber reinado él, es probable que la boda jamás se hubiera celebrado. Y a la archiduquesa Antonia (sólo se convertirá en María Antonieta después de cruzar el Rin) la habrían dejado plantada y la Revolución, sin duda inevitable, habría seguido, sin embargo, un rumbo muy distinto, y entonces nuestra historia (en la cual estamos intentando entrar) habría resultado fallida y con ella todas las «locuras del Trianon» así como las cascadas de diamantes que siguieron después. ¡Ah!, jamás se hablará lo suficiente del poder de la nariz de Cleopatra.

El Delfín puso todo su empeño en morirse y la emperatriz María Teresa volvió a pensar en el ajuar.

Ella quiere la boda; se jacta incluso, cuando le anuncian la muerte de la reina María Leszczynska, de matar dos pájaros de un tiro. Para sellar mejor la alianza, se propone casar con el abuelo a una archiduquesa que se guarda de reserva.

Se apresura a revelar sus intenciones. La archiduquesa María Isabel, una de las hermanas mayores de la archiduquesa Antonia, asiste a un baile de gala en el Hofburg vestida con una capa bordada con las flores de lis de Francia. Es un poco precipitado. La viruela se encarga de controlar el hermoso proyecto. Con la archiduquesa desfigurada, se esfuman las quimeras maternas; en lugar de a Versalles, la princesa accede, tras los velos, al capítulo de las Damas Nobles de Innsbruck, del cual será abadesa hasta su muerte.

Chismorreos y diamantes

Entretanto, Luis XV se ha encaprichado de una jovenzuela. Al principio, la corte cree que se trata de un capricho pasajero como los que siempre ha tenido el soberano, incluso en los tiempos de la marquesa de Pompadour, la gran favorita oficial, que murió tres años antes que la Reina y a la cual el Rey jamás sustituyó.

Hubo, durante y después del reinado de la Pompadour, numerosas pretendientes al título; como aquella Mademoiselle O'Morphy, cuyo sonrosado trasero inspiró al pintor Boucher, y que, tras una breve estancia en el Parque de los Ciervos, creyéndose en la obligación de hacer reír al Rey, ¡le preguntó cómo trataba en la cama a «su vieja» (María Leszczynska)! Este incesante flujo de damiselas creó la leyenda diabólica del Parque de los Ciervos. A algunas les apetecía mucho vivir allí y a otras no. Como aquella Mademoiselle de Romans, que se hacía llevar a Versalles en una carroza tirada por seis caballos, de cuya efímera relación nació un niño que el Rey arrebató a la madre para cortar de raíz cualquier pretensión. El bastardo acabó siendo el abate de Borbón. El Rey siempre se había negado a reconocer a sus hijos naturales.

Por consiguiente, la corte creía que se trataba de un capricho pasajero. Pero de eso, nada. La señorita tiene buenos muslos y es bastante virtuosa en el arte del coqueteo y en ciertas especialidades que sólo adquieren las hijas del burdel. La señorita, llamada Jeanne Bécu, pero más conocida por su selecta clientela como el Ángel, ha adquirido experiencia en una célebre casa de la rue Montorgueil. Ni más ni menos que una casa de putas. Eso es lo que se comenta. Pero, como muchas de las cosas que se susurran al oído, no es del todo cierto.

El Rey, un viejo zorro, ha probado toda clase de voluptuosidades y se asombra de descubrir otras nuevas y hasta entonces ignoradas. Picado por la curiosidad, se interesa por el asunto. El duque de Ayen, libertino y filósofo o, dicho de otro modo, ateo, ha hecho suyo hace mucho el dicho de Buffon, «Del amor, sólo lo físico es bueno; lo moral no vale nada». No se intimida ante el Rey y suelta por lo bajo: «Bien se ve que Su Majestad no ha ido nunca de putas.»

La recién llegada no procede, tal como dicen algunos, del arroyo. Frecuentó durante nueve años un convento de la calle Neuve-Sainte-Geneviève de París y supo sacarle provecho. Entre otras cosas, aprendió a escribir y adquirió cultura. A los quince años, obligada a ganarse la vida, entró en el taller de una modista, una cosa la llevó a otra y acabó convertida en modistilla, pero una modistilla ambiciosa que no se engaña al respecto. No tarda en darse a conocer y todo el mundo se la disputa. El trato con los grandes señores con quienes mantiene relaciones le aporta un ingenio y una libertad de modales que contrastan con el tono sentencioso de una Pompadour, la cual jamás supo desprenderse del todo de su faceta burguesa. En efecto, en su calidad de esposa del recaudador oficial de impuestos Charles Le Normant d'Étiolles, e hija, probablemente, del tío de éste, se le habían pegado unos aires aristocráticos. Kaunitz —de la época de su misión diplomática en Francia, cuando movía sus peones en secreto— recuerda el día en que la marquesa recibió, a instancias suyas, una carta de la emperatriz en la que ésta se rebajaba —los asuntos de la Casa de Austria bien merecían algún pequeño sacrificio— a llamarla «prima». Este halago entre líneas emocionó tanto a la favorita que en poco tiempo toda Francia estaba al corriente.

El mariscal de Richelieu, que ha tomado en sus manos el destino del Ángel, ve en ella a la nueva sultana. Lebel, el ayuda de cámara, siguiendo los consejos del mariscal, la ha introducido en las habitaciones privadas del Rey. Desde hace veinte años Lebel es el proveedor y el guardián del lecho real. Muy pronto, al ver el sesgo que adquiere la relación, se arrepiente de haberlo hecho. Demasiado tarde. La señorita se ha instalado con suma habilidad. Y él se muere de rabia. Tras la muerte de Lebel, cuando el Ángel ya se ha convertido en la condesa Du Barry, ya nada impide su presentación.

El duque de Richelieu, a quien nada gusta más que la intriga y todo lo que ésta lleva aparejado, remata la obra.

A fin de cuentas, a él se le ha ocurrido la idea de la boda de la bella con Guillaume, el hermano de Jean du Barry *el Libertino*, célebre en el París del desenfreno como «chamarilero de mujeres», en otras palabras: un chulo de tomo y lomo. A este lucrativo oficio debemos añadir el de sospechoso proveedor en tiempo de guerra.

Para que le sirva de madrina con vistas a la presentación, Richelieu acude a una vizcondesa de Béarn absolutamente pelada, pero con un árbol genealógico en el que nada falta en lo que a blasones nobiliarios y alianzas de alcurnia se refiere.

Las galerías y los gabinetes están llenos a rebosar de toda clase de cortesanos de Versalles. Han llegado de París una multitud de mirones y toda la camarilla de gacetilleros cuyas publicaciones se imprimen en Amsterdam. Una vez finalizada la ceremonia éstos correrán a sus escritorios para pergeñar ponzoñosos panfletos. El imparable ascenso de la nueva favorita ya ha hecho correr ríos de tinta, y tanto París como Francia, como Europa entera, siguen exigiendo conocer los detalles de este folletín.

El príncipe Von Kaunitz ha seguido muy de cerca el asunto, prácticamente día a día. Los mensajes secretos del embajador de la emperatriz en Versalles, el conde Mercy Argenteau, estaban llenos de detalles acerca de esta revolución cortesana. El encumbramiento de la Du Barry es de mucho interés para Austria. ¿Acaso no acaba de quebrar el poder hasta ahora indiscutido del duque de Choiseul, artífice de la nueva política? Éste se había creído con derecho a oponerse abiertamente, tal vez demasiado, a esta relación, olvidando la discreción.

El resultado era previsible. Mercy le había escrito: «Le puede más la pasión que la vergüenza. Esta crisis no tardará demasiado en estallar. Es un escándalo ver a un mariscal de Richelieu, un preceptor y un aya de los Infantes de Francia convertidos en agentes de una intriga tan vil y oír decir públicamente a Madame de Marsan y a Monsieur de La Vauguyon, que fingen una piedad de la que carecen, que es Dios quien permite un mal para evitar otro mayor, según ellos la existencia de su enemigo el duque de Choiseul.»

El duque de Choiseul, sí, pero también Austria, había pensado entonces Kaunitz.

Los Rohan olfatean

La condesa de Marsan es una Lorena-Harcourt por matrimonio. Pero es una Rohan de nacimiento. Casi nada. Encarna el orgullo de los de su linaje y sus quimeras principescas. Con el tiempo, arañando privilegios aquí y allá, los Rohan han conseguido el reconocimiento del título de príncipes extranjeros.

La condesa es hermana del príncipe de Soubise, quien no se aparta de las mujeres de mala vida más que para adular al Rey, con el cual comparte las cenas íntimas en sus habitaciones privadas; resulta que es también hermana del cardenal, gran limosnero, prelado espléndido, superficial y, por encima de todo, disoluto. Es un esbozo de lo que será algunos años después su sobrino, el príncipe Louis de Rohan.

Enviudó siendo muy joven y desde entonces no había pasado de los coqueteos hasta que, ya mayor, decidió casarse con el conde de Bissy. Pero entonces el conde perdió la vida con el último cañonazo cuando se acababa de firmar la paz. ¿Vio acaso la condesa en ello la mano de

Dios? Sea como sea se volcó en los jesuitas cuya expulsión de Francia atribuiría más tarde a Choiseul. Lo cual no hizo sino intensificar su resentimiento contra el ministro.

A pesar de los jesuitas y de su profunda religiosidad, se le atribuye como amante a Le Monnier, profesor en el Jardín del Rey, primer médico y distinguido podólogo. El mariscal de Richelieu dejó escapar deliberadamente un comentario mordaz en cuanto se supo de la relación: «A diferencia de los príncipes alemanes, de los cuales se dice que se casan con la mano izquierda cuando su unión ha sido desacertada, Madame de Marsan, una princesa más grande que todas las alemanas juntas, para darse gusto sin ofender ni al cielo ni a su linaje, ha tomado por marido a Le Monnier con el pie izquierdo.»

Sólo le interesa el enaltecimiento de su linaje, lo cual no le impide dedicarse a las artes, la botánica, la jardinería y vivir con personas de buen gusto y talento.

La intriga, para esta princesa, al igual que para su prima la condesa de Brionne, que hace pareja con ella, es como una segunda piel. Esta última es también una Rohan de nacimiento y princesa de Lorena por matrimonio. Ambas medran sin el menor escrúpulo, echando mano de todas las estratagemas.

El príncipe Von Kaunitz había visto a las princesas en acción en la época en que era embajador en Francia. Nada se les resistía. Madame de Marsan había conseguido que el Rey mantuviera el cargo de aya de los Infantes de Francia por la simple y única razón de que lo ocupaba la duquesa de Tallard, como ella una Rohan-Soubise de nacimiento.

¿Y si Choiseul supiera muy bien a qué carta quedarse?

Leyendo los despachos del sencillo, leal y casi cándido Mercy Argenteau, el canciller se ha olido un complot. Aunque la nueva favorita no tenga pretensiones políticas, su ascenso amenaza directamente a Choiseul; peor, amenaza la alianza, porque congrega a su alrededor a los enemigos de Austria.

¡Y, entretanto, este marqués de Durfort tan quisquilloso que por lo visto experimenta un malsano placer en retrasar por cualquier minucia la boda de la archiduquesa y el Delfín!

Un día es el protocolo. A la mañana siguiente, un detalle de la ceremonia. Ahora, un sillón. Ahora el derecho de precedencia en la cuestión de las firmas. Las disputas son incesantes. ¡Y es José II, hijo de María Teresa, el nuevo emperador tras el fallecimiento de su padre el acomodaticio Francisco de Lorena hace cinco años, en 1765, quien se sale con la suya! Porque resulta que el emperador es tan descaradamente francófobo como declaradamente francófilo era su padre.

Por consiguiente, el emperador José, hermano de la archiduquesa Antonia, a quien él llama Antoine, va dando largas y no se muestra dispuesto a «coquetear» con Francia. Ante semejante postura, el duque de Choiseul, que es de natural arrogante y más todavía cuando habla en nombre de su monarca, responde: «Si el emperador no está de humor para "coquetear", el Rey no tiene edad ni temperamento para coqueteos.»

Luis XV avanza con prudencia. Desconfía de las alianzas. La que antaño sellara con Prusia sólo le deparó decepciones. Los siete años de victorias y derrotas, de miles de muertos y de millones gastados para ver finalmente cómo Federico II se apropiaba de Silesia, lo dejaron escaldado. La frase «trabajar para el rey de Prusia» se convirtió con el tiempo en una expresión harto elocuente.

¡Atrás a toda máquina! ¡Ruptura de las alianzas! Y nuevamente la guerra con sus victorias y derrotas, la sangre y los muertos, las finanzas exangües y Silesia todavía en el bolsillo del rey de Prusia.

Kaunitz conoce el estado de ánimo del Rey: su circunspección no disimula su amargura. Por eso no se sorprendió cuando hace poco Durfort contestó al príncipe Von Starhemberg, que le había preguntado qué le parecía la archiduquesa «Antoine»: «El bocado es muy apetitoso y estará en buenas manos *si llegamos a algo...*»

Y este «si llegamos a algo» que inmediatamemte le fue comunicado resuena todavía en sus oídos como una amenaza. ¿Es que acaso se encaminan a la ruptura? ¡Los franceses son siempre tan imprevisibles! Sin embargo, Luis XV se ha encargado de enviar desde París a un tal abate de Vermond, bibliotecario del Colegio de las Cuatro Naciones, para perfeccionar la educación de la archiduquesa, así como un pintor al pastel, alumno de La Tour, y un maestro de baile, el gran Noverre.

En cualquier caso, hasta que la archiduquesa Antonia cruce el Rin y se convierta en la Delfina María Antonieta, puede ocurrir lo peor. Y lo peor es lo que imagina a diario el príncipe Von Kaunitz. Todo se puede poner en duda de un día para otro. ¿Y cómo va él a soportar que sus veinte años de esfuerzos y de diplomacia subterránea se desvanezcan como el humo? Y eso justo en el momento en que está en juego el destino de Polonia.

Ocurre que Austria tiene puestos los ojos en Galitzia

y en el palatinado de Cracovia y Sandomir. Kaunitz considera fríamente dichos territorios como un *pretium doloris*, el precio del dolor por la pérdida de Silesia. La emperatriz ya tiene preparados los pañuelos para llorar por la pobre Polonia. Pero la conocida sensibilidad de la soberana ya no engaña a ninguna cancillería. No obstante, el príncipe se pregunta cuál será la actitud de Francia si Choiseul es expulsado.

¡Oh, cuánto desprecia en este momento a los franceses y su legendaria ligereza! Y hasta al propio Choiseul, siempre arrogante y soberbio, que cree que basta con ser un hombre ingenioso para dirigir el cotarro. ¿No le ha servido de ejemplo la expulsión del conde de Maurepas, el todopoderoso ministro que el Rey, gran neurasténico obsesionado con la idea de la muerte, apreciaba mucho más por su ingenio, sus agudezas y sus jocosos comentarios que por la eficacia de su gestión? Maurepas, espíritu fértil en estratagemas; flexible en los subterfugios y siempre capaz de dar el pego y salir de los pasos en falso. Maurepas, maestro consumado en amenizar y simplificar el trabajo del amo. Maurepas, el más seductor de los ministros, el insustituible, despedido de un día para otro a causa de un pequeño epigrama a cuenta de la marquesa. Pues bien, tanto Maurepas ayer como Choiseul hoy, ¿no habían sospechado nunca que Luis XV oculta en su alma unos abismos insondables de hipocresía?

Siempre según Mercy, que lo ha sabido por Choiseul, parece ser que el Rey escribió a su ministro a propósito de Madame Du Barry: «Los ataques contra ella han sido espantosos y casi todos ellos injustificados. Todo el mundo estaría a sus pies si... pero así es el mundo. Es bonita y me gusta, con eso tendría que bastar. ¿Quieren acaso que me busque una joven de noble cuna? Si la archiduquesa fuera tal como a mí me gustaría, la habría tomado por esposa, pues algo hay que hacer, de lo contrario el sexo débil me tendría constantemente desazonado; pero desde luego nunca veréis a una Madame de Maintenon de mi parte. Bien, creo que por esta vez ya es suficiente.» La alusión a la archiduquesa fue como una piedra arrojada al jardín de la emperatriz. Y con este propósito, Kaunitz lo sabía muy bien, el Rey había escrito la nota. Estaba seguro de que una copia acabaría en el escritorio de Mercy Argenteau. Kaunitz conoce a su Choiseul. Pondría la mano en el fuego seguro de que, en su suficiencia, no percibió la amenaza que, bajo una aparente displicencia, ocultaba la última frase.

Del Pont-aux-Choux a la Galería de los Espejos

El príncipe Von Kaunitz ha sido durante dos años embajador en Francia, tiempo suficiente para coquetear en secreto con la Pompadour en Babiole —aquella exquisita muestra de arquitectura que la favorita había mandado construir al fondo del jardín de su castillo de Bellevue— y de convencerla día tras día de la conveniencia de un cambio de alianzas. Ya imagina cómo ha debido desarrollarse la presentación de la favorita. También subió en sus tiempos aquella misma escalera de la Reina. El Rey ya había mandado derribar la de los embajadores. Cruzó las mismas antesalas y los mismos salones que desembocaban en la Galería de los Espejos y, a través del Salón del Ojo de Buey, accedió al salón de ceremonias.

Estamos a domingo 22 de abril de 1769. A la salida de

la capilla donde ha asistido al oficio de vísperas, el Rey se dirige al gabinete del Consejo seguido de sus cortesanos. Lleva el brazo en cabestrillo. Una caída del caballo. Se temía que fuera una fractura que habría aplazado indefinidamente la presentación de Madame Du Barry; pero no ha sido más que una luxación.

El Rey, de temperamento impaciente, no oculta su inquietud. Ya pasa de la hora fijada para la presentación. ¡Y nadie! Sus cuatro hijas, Victoria, Adelaida, Sofía y Luisa, no logran disimular su alegría. Son cuatro arpías, altivas y mojigatas, que no han querido casarse para no abandonar a su padre. Aunque, lo más probable, según se rumorea, es que no hayan encontrado ningún partido decente. *Coche* (Cerdita), *Loque* (Pingo), *Graille* (Corneja) y *Chiffe* (Trapo) —como las llama el Rey en la intimidad, a caballo entre la burla y el afecto— deslizan miradas de complicidad al duque de Choiseul, que se mantiene oculto detrás de las banquetas que ocupan su esposa y su hermana. Con fingida modestia, saborea el triunfo en su fuero interno. La Du Barry acaba de firmar su sentencia: jamás nadie se había atrevido a hacer esperar al Rey, implacable en lo tocante al ceremonial. En el gabinete del Consejo el aire es sofocante dada la multitud que se apiña en su interior. Nadie en la corte quiere perderse la ceremonia. Duques, grandes de España y embajadores se sitúan en primera fila. Todo el mundo quiere ver una de las tres reverencias de aquella que, por lo menos según se comenta, inició su carrera en el Pont-aux-Choux.

El Rey, rodeado de su familia, permanece sentado. Choiseul intercambia una mirada de complicidad con su hermana, la duquesa de Gramont, de la cual se dice que fue en otros tiempos algo más de lo que tiene que ser una hermana para un hermano. Transcurren los minutos, el ministro ya no sabe qué cara poner para disimular su júbilo. Sin embargo, nada tiene que traslucirse. Madame de Gramont, a quien los galanteos no avergüenzan lo más mínimo, ostenta desde hace algún tiempo el título de sultana oficial. Posee el carácter y la voluntad propios de un hombre. Pero, en lugar de aplicarlos a grandes proyectos, los dedica a la intriga. Es fea, pero con una fealdad interesante. El duque de Gramont, con el cual contrajo matrimonio como mal menor y también como pantalla, es la mediocridad personificada. Llevaba una existencia alocada y disoluta en las afueras de París, rodeado de músicos y de muchachas de mala reputación. Su familia lo había repudiado por su falta de carácter y su todavía peor falta de medios cuando a la señorita de Choiseul se le metió en la cabeza tomarlo por esposo. El hombre vio la oportunidad de salir adelante y le iba como anillo al dedo a la señorita de Choiseul. En efecto, una vez celebrada la boda, nada más fácil que enviarlo de nuevo al lugar de donde lo habían pescado en cuanto surgiera el menor inconveniente. Para completar el retrato de la dama cabe explicar cómo y con qué arrogancia murió durante la Revolución. Se lo tomó con la mayor calma para no descuidar el menor detalle de su arreglo personal, e hizo esperar al *sans-culotte* como si éste tuviera que acompañarla a Versalles y no al cadalso.

Al clan de los Choiseul se enfrenta la camarilla de Madame Du Barry, integrada en parte por enemigos del ministro. La ocasión los ha reunido. En realidad, nada los une más que el deseo de provocar la caída del ministro.

Madame de Brionne, por ejemplo, antigua amante de Choiseul, no le perdona el hecho de haber obtenido el regimiento de suizos en lugar del mariscal de Soubise.

Bajo el estandarte de la favorita se ha juntado un ramillete de odios reconcentrados, ambiciones insatisfechas, intrigas destapadas, méritos olvidados y halagos rechazados; en resumen, el caldo de cultivo de una corte en la que se puede llegar a estrangular por un simple derecho de precedencia. Richelieu ocupa en él un lugar destacado: el de la rosa cuyo cautivador perfume resume por sí solo todo un siglo de galanteos y las espinas de cuyo tallo encierran no menos ambiguos manejos. ¡Pero el señor mariscal siempre en buena compañía, incluso cuando ésta es mala!

Los placeres y las intrigas son las dos únicas pasiones que le quedan en Versalles. Aquí saltó sobre las rodillas de Luis XIV y urdió, con toda la insolencia de un paje, una relación con la duquesa de Borgoña, madre de Luis XV, que lo llamaba «mi preciosa muñeca». A sus setenta años cumplidos, la preciosa muñeca es un pellejo arrugado que perdió hace mucho la insolencia del paje. Aun así, su ingenio, tan vivo como siempre, y sus mordaces comentarios pueden todavía herir de muerte a cualquiera o, peor, ridiculizarlo, algo que no se perdona en Versalles. En cuanto a su arrogancia, la suaviza con detalles amables sin caer jamás en la familiaridad. Un no sé qué especial lo salva de las críticas acerca de su inmoralidad. Por más que la corrupción general y los vicios de su siglo lo hubiesen absuelto sin el menor reparo.

Su primo el duque de Aiguillon apoya también a la favorita. Por una vez los ha unido el aborrecimiento que les inspira a todos el ministro. Por lo demás, se ignoran mutuamente. El duque de La Vauguyon tampoco mantiene buenas relaciones con Choiseul. En las sombras se agita Maurepas, despedido por la Pompadour pero que culpa de su caída en desagracia a Choiseul; Maurepas, derramado como un perfume barato, con su afición a las intrigas y esa ligereza tan francesa de pensar que en Francia todo tiene que terminar con canciones. También está presente Maupeou, al acecho de la cancillería, a la espera del momento propicio para arrebatársela al presidente De Lamoignon, exiliado por el Rey, que, a pesar de todo, no quiere deshacerse de él...

Así pues, todos piensan obtener algún beneficio del más reciente capricho del monarca. En este mundo regulado, medido con compás y carcomido, la noticia de un cambio ha caído como una bomba.

Seguro de su juego, bien enfundado en su traje de corte y con su respingona nariz olfateando el aire, Choiseul adopta, mientras va pasando el tiempo y el rey ya no puede ocultar su impaciencia, una actitud de lo más amable. Proyecta hacia delante sus carnosos labios glotones, a punto de soltar una maldad.

Sin embargo, se le considera bueno y liberal, aunque altivo, nervioso y a menudo violento. Su presunción y una cierta ligereza le han impedido tomar precauciones. Y, en este caso concreto, se ha mostrado por lo menos temerario, no ocultando ni al Rey ni a su entorno el desagrado que le produce la nueva favorita. No ha querido ver en ello más que un capricho pasajero que, como otros muchos, acabará perdiéndose en los anales del Parque de los Ciervos. Pero Choiseul está mal informado. El Rey, que finalmente ha encontrado lo que buscaba y puede que incluso algo más en su nueva conquista, ha mandado cerrar definitivamente su casa de citas.

No ha esperado siquiera a que se celebrara la ceremonia de la presentación para concederle, encima de sus gabinetes, un aposento en palacio que da al mismo tiempo al Patio de Mármol y al Patio de los Ciervos.

La favorita no tardará en dar pruebas, en su decoración, de un gusto exquisito. Recurrirá a los mejores artistas del momento. Leleu, el escultor Guibert, el arquitecto Gabriel aportarán sus conocimientos. Tampoco tardará en llamar a Ledoux para su pabellón de Louveciennes. Para semejante locura encarga en 1771 al ebanista Guichard una serie de sillas neoclásicas en las que se alternan el dorado con los relieves color crema. Lanza una nueva moda, un estilo. Encargará para su dormitorio en el Petit Trianon un mobiliario de madera pintada. María Antonieta lo conservará. De gusto más dudoso, lo mandará dorar.

Una vez convertida en reina, María Antonieta pedirá que le describan los aposentos de la sultana. Recuperará los colores, las cómodas de laca con incrustaciones de porcelana de Sèvres, la pequeña biblioteca amueblada en verde y blanco, y también el colorido de las sedas: aquel blanco salpicado de flores y ramas. Imitará su manera de vestir con toquillas y muselinas. La Du Barry, si no inventó, por lo menos incubó el famoso estilo María Antonieta.

De repente, un sordo rumor corre de antesala en antesala. Un vago murmullo sostenido por el crujido de seda de los abanicos. Un roce de élitros. El movimiento se amplifica progresivamente. Desde las antesalas, los salones y los remotos gabinetes se escucha ahora un ruido persistente. El Rey, que ya se disponía a regresar a sus aposentos, se acerca a la ventana que da al Patio de Mármol. Cree distinguir a unos lacayos con la librea de su amante y no puede evitar exclamar: «¡Aquí está la condesa Du Barry!»

Entonces, todos los presentes en el gabinete del Consejo vuelven la cabeza hacia la puerta. La condesa Du Barry avanza muy despacio por la Galería de los Espejos acompañada por un confuso rumor en el que se perciben simultáneamente el asombro y la indignación, pero también los aplausos. Ocurre que la condesa, en su arrogancia, ha afrontado aquella recepción un poco como una toma al asalto. Lo cual no carece ni de vanidad ni de gracia.

Se encuentra ahora a la altura del gabinete del Consejo. La vizcondesa de Béarn, huesuda y espectral, casi desplomándose bajo el peso de los diamantes de los que la ha cubierto Richelieu, la lleva de la mano. La modistilla del arroyo se ha adaptado a las costumbres de la corte. Avanza en aquella jaula de fieras con una ingenuidad desconcertante. El Rey, que ha fingido no prestar atención ni a los agrios comentarios de sus hijas ni a las miradas de indignación de su ministro, no tiene ojos más que para la pechuga de su amante, su cutis de rosa y su cabellera rubio ceniza peinada de cualquier manera y desafiando con una cierta negligencia los rigores de su vestido de corte. Y, a pesar de los tembleques de brillantes, las perlas y los diamantes, los pendientes de piedras preciosas de perfecta pureza, el vestido con falda provista de tontillo y la obligada cola en cualquier presentación, da muestras de una sencillez desconcertante. Efectúa la primera reverencia con delicada gracia y también la segunda. A continuación, se acerca al Rey para volver a inclinarse cuando éste se levanta y le tiende la mano como para ayudarla a levantarse de una reverencia apenas esbozada. El Rey le besa la mejilla. Y entonces, con la mano apoyada en el puño del soberano, la condesa efectúa las reverencias, girando delante de cada uno de los miembros de la familia real.

¿Cuándo cruzaremos el Rin?

«Ya hace casi un año...», suspira el príncipe Von Kaunitz.

La consagración de la favorita era ya un hecho y Choiseul se había mantenido en el poder. Se pregunta por tanto por qué razón Choiseul da largas a la boda. La presencia en Versalles de la archiduquesa «Antoine», convertida en Delfina, sería una ventaja para su gobierno, más aún, el remate de una política.

Kaunitz tiene la sensación de estar sondeando el vacío. ¿Qué quiere Choiseul? ¿Castigarlo por haberle hecho esperar más de una hora delante de la puerta de su gabinete cuando no era más que embajador en Viena? Cierto que se trata de unas pequeñas humillaciones que no se olvidan fácilmente cuando se es un hombre de su temple.

De apariencia afable, modales abiertos y trato fácil, todo ello unido a una jovialidad inagotable, el duque de Choiseul es a los ojos de Kaunitz uno de los hombres más amables que éste jamás haya conocido en sociedad. Sin embargo, a pesar de sus cualidades, intuyó, ya en su primer encuentro, su punto débil: todo lo que el lustre de una educación no ha podido domeñar en su violento carácter. Cuando tropieza con un obstáculo, olvida de inmediato la palabra dada. En tales ocasiones, el incumplimiento de una promesa no significa nada para él; sacrificar a un hombre o una política no es más que la mejor manera de alejar un escollo que amenaza con obstaculizar su éxito. Si jamás se ha rebajado a viles intrigas cortesanas como, por ejemplo, acariciar a un criado para acercarse más fácilmente a un ministro, el príncipe Von Kaunitz recuerda, sin embargo, cómo inició su carrera arrimándose a la marquesa de Pompadour, siguiendo las huellas del abate de Bernis, secretario de Estado de Asuntos Exteriores. Entonces ningún escrúpulo entorpecía su modo de actuar. Para ganarse los favores de la marquesa, no dudó en entregarle las galantes misivas del Rey a una de sus primas, cosa que le valió a esta desdichada una orden de destierro del monarca.

Una de las cuestiones que alteran el estado de ánimo del príncipe esta mañana es qué podrá inventarse esta vez el marqués de Durfort para aplazar la boda del Delfín con la archiduquesa. ¿Qué problema de etiqueta planteará? Pues todo ha sido examinado y a todo se han puesto obstáculos casi hasta el último detalle. El sombrero, por ejemplo. ¿Sería necesario que el embajador no se descubriera en el momento de formular la petición de matrimonio? ¿O simplemente debería hacerlo a la tercera reverencia? El contrato de matrimonio también ha sido objeto de toda clase de discusiones. Ha puesto su mejor empeño en tratar debidamente a ambas cortes. Y ello le ha llevado un tiempo infinito, no sólo como diplomático sino también como custodio de la grandeza de la doble monarquía. Ha aplicado al máximo su energía. Y, de pronto, todo ha sido puesto en entredicho: acaba de llegar un correo urgente de Versalles simplemente para cerciorarse de que la archiduquesa está verdaderamente en edad de merecer. Acude de inmediato a la emperatriz, la cual hace saber a través del correo que su hija tiene la regla desde principios del mes de febrero. ¿Alguien quiere la prueba? Que eche un vistazo a las sábanas manchadas de su camita. Poco ha faltado para que el correo se fuera con ellas...

¿Por qué todos estos retrasos? ¿Por qué? ¿Acaso quieren acabar con él? Cansado por la perspectiva de todo lo que le tiene reservado la nueva jornada, se deja caer en un sillón.

Con un gesto de impaciencia aparta al criado que se ha acercado presuroso a aplicarle el ungüento de yema de huevo con que cada mañana le embadurna el rostro para prevenir las arrugas; una receta que conserva de la difunta marquesa de Pompadour y que consiguió en tiempos de su embajada junto con el vago aroma de un tratado de alianza entre Francia y Austria.

¡Ah, Dios mío! ¡Qué lejos queda todo aquello! ¡Sí! ¡Es verdad! No le gustan los franceses, su ligereza, su insustancialidad, su altivez, ¡pero cómo echa de menos Francia! Versalles, el Trianon, Babiole, Bellevue, aquella querida marquesa, la compañía de las mujeres, sus conversaciones jamás envaradas y sin el menor asomo de austeridad ni de todas las mojigaterías de la emperatriz, sino animadas por los coqueteos e incluso por la pasión. Las mujeres, los salones parisinos, Madame Geoffrin, los teatros y las impertinencias que en ellos suelen escucharse, todo aquello es la sal de la vida. ¿Habría podido imaginar por aquel entonces las molestias que le iba a acarrear el poder? Y, sobre todo, aquella insípida sociedad vienesa.

Tras haber ordenado tapizar sus aposentos de negro y permanentemente vestida de luto, la emperatriz envejece como conservada en vinagre por la religión. Esta ciega devoción la induce a prohibir y a secuestrar en las aduanas las obras de Molière. Hasta él, el todopoderoso canciller del Imperio, para conseguir ciertas obras tiene que recurrir al contrabando y a los buenos oficios de los embajadores extranjeros. Y por eso, cuando piensa en París, se siente invadido por una profunda melancolía. ¡Oh! Cuánto envidia al embajador Mercy Argenteau. A veces incluso tiembla por él. Si su relación con la señorita Levasseur, *la Rosalie*, cantante de la Ópera y una nueva Sophie Arnould, según dicen, llegara a oídos de la emperatriz, se produciría su cese inmediato y sería el final de una brillante carrera.

Mientras permanece inmerso en sus recuerdos, un secretario, desobedeciendo todas las órdenes, irrumpe en su gabinete.

—*Sein gnädig Hochheit! Sein gnädig Hochheit!* El embajador está haciendo su equipaje.

—¿El embajador? ¡Dios mío! Pero ¿qué embajador?

¡Está claro que en aquellos momentos no hay más que un embajador! ¡El de Francia! ¡Durfort está haciendo las maletas! ¡Entonces todo está perdido! ¡No! ¡No! ¡Todo está ganado, por el contrario! ¿Dónde tendré yo la cabeza? Hace las maletas para abandonar Viena como embajador y regresar en calidad de embajador extraordinario del Rey para reiterar, esta vez oficialmente, la petición que ya hizo la primavera del año anterior. Once meses de suplicio en cuyo transcurso el príncipe se ha torturado día y noche, y ello a pesar de los retratos del Delfín que Versalles no ha cesado de enviar a Viena. El Delfín trabajando en el campo. El Delfín cazando. El Delfín vestido de gala, luciendo la banda azul de la orden del Espíritu Santo y el Toisón de Oro. La nariz borbónica, pero la boca un poco floja y unos ojos de miope carentes de expresión. Caraccioli, el embajador de Nápoles donde reina María Carolina, la querida hermana de la archiduquesa Antonia, ha escrito acerca del futuro esposo: *Selvaggio e rozzo, a segno che sembra nato ed educato in un bosco* («Salvaje y tosco hasta el punto que da la sensación de haber nacido y crecido en un bosque»). En resumen, un oso basto, rechoncho y taciturno.

Y otra opinión, ésta del príncipe Von Starhemberg: «La naturaleza parece habérselo negado todo al señor Delfín. Este príncipe, por su aspecto y sus comentarios, no presagia más que un juicio muy limitado, muy poca suerte y una nula sensibilidad.» Una medalla acuñada a la perfección.

¡Pero a él no le importa! ¡Y tanto menos a la emperatriz, puesto que será Rey! ¿La felicidad? ¡La felicidad! Es la palabra de moda entre los ideólogos y los filósofos. A él que no se le hable de felicidad cuando se trata de un deber y de un deber nada menos que para con Austria. No es con el Delfín sino con Francia con quien se casa la archiduquesa Antonia. Y el príncipe no dista mucho de compartir la opinión de su anciana soberana.

Once meses de noviazgo que en cualquier momento se hubiera podido romper. Cuando se trata de sus intereses, la monarquía francesa no se arredra ni ante una ruptura; e incluso, en caso de que la prometida ya se encontrara en la corte, son capaces de devolverla a la frontera.

La felicidad del príncipe sería incomparable si no hubiera una sombra en el cuadro. Bueno, una sombra muy ligera, pero importante. Todos los hilos de los que ha tenido que tirar para llegar a aquella boda le han hecho olvidar un detalle: la novia. Sí, la archiduquesa Antonia.

Hace tiempo que intuyó en la muchacha, a pesar de lo poco que la ha visto en los bailes y los carruseles del Hofburg, un pequeño ser desordenado, incontrolable, testarudo y rebelde a cualquier disciplina. Con la burla siempre en los labios. Sin la menor profundidad; pero, en compensación, con gracia para parar un carro. Y, por encima de todo, un talento supremo para la seducción. Ha llegado a liar hasta tal extremo a su aya, la señora de Brandweiss, que ha conseguido convencerla de que le haga los deberes. La emperatriz, al darse cuenta del engaño, nombró aya a la condesa de Lerchenfeld en sustitución de la Brandweiss. Bastó una semana para que la nueva aya sucumbiera a su vez al encanto de la archiduquesa. El abate de Vermond, a pesar de haber sido prevenido, también se convirtió en una de sus víctimas, en contra de lo que éste le escribió a Choiseul: «Un poco de pereza y mucha superficialidad me han dificultado la instrucción de la señora archiduquesa...» De hecho, ésta sólo aprende cuando se divierte. Sólo le gustan las bromas. Escribe mal, casi siempre con faltas de ortografía, y le dan tantos berrinches como a un niño de cinco años. Pero, a pesar de todo, el abate ve en ella «una cierta sutileza y, cuando quiere, sentido común».

Kaunitz sabe que, desde que se quedó viuda, la emperatriz ha renunciado a sus deberes en cuanto a la educación de los hijos que todavía viven en el «gallinero». Por otra parte, ¿acaso se había preocupado alguna vez por su prole? Dieciséis pequeños archiduques y archiduquesas, de los cuales sólo diez sobrevivieron, y que ella ha colocado, por lo menos en lo tocante a las hijas casaderas —las que no padecen bocio ni son patituertas— en puestos estratégicos en los que pretende que sirvan a su política. En cuanto a los chicos, les tiene reservados obispados, electorados del Imperio o bien herederas. La emperatriz espera de «Madame Antoine» que sea su mejor agente secreto en Versalles, donde deberá favorecer, como buena austriaca, los intereses de su país de origen.

Es una buena política y Kaunitz, diplomático sagaz —¿no se dice de él que es el cochero de Europa?—, ha aplicado todas sus fuerzas en este sentido.

Así pues, cuando ya sólo espera la muerte, retirado

en Moravia, en sus tierras de Austerlitz, cabe imaginarlo pendiente de los acontecimientos en Francia. En el fragor de los cañones de Valmy y los gritos de «¡Abajo la austriaca!» percibirá una sanción a su política. ¿Acaso la «austriaca» no es lo que ellos, la emperatriz y él, siempre quisieron hacer de aquella pequeña archiduquesa cuya vida se esforzaron en modelar?

¿Tuvo Kaunitz en aquel instante el presentimiento de lo que iba a ocurrir con sus propias cenizas? Dispersadas al viento bajo los cascos de los caballos de los coraceros de Murat, su castillo y su iglesia incendiados, catapultados hacia sus dominios los regimientos rusos de los príncipes Bagratión y Kutúzov, al igual que los regimientos austriacos del príncipe de Liechtenstein, mientras el pálido sol invernal se eleva sobre la llanura de Austerlitz para entrar en la historia.

¡Adelante, cochero, a Versalles!

En un día perfecto para hacer bolas de nieve, una chiquilla rubia de temperamento indolente, con las mejillas arreboladas y la punta de la nariz enrojecida por el frío asomando de su capucha ribeteada de piel de marta, juega sin preocuparse por el paso del tiempo. Tiene toda la vida por delante.

La nieve es una delicia y qué sensación de paz se respira en el blanco silencio que cubre el parque de Schönbrunn, sus estatuas, sus fuentes con caballitos de mar y barrigudos tritones. Y, por si fuera poco, un hermano todo oro y color de rosa te arrastra en un trineo.

«¡Más rápido, Max! ¡Más rápido!», grita la joven archiduquesa, que se impacienta por todo.

Está aquí y, de repente, quiere estar en otro sitio. Y, cuando llega a éste, ya quisiera estar en otro lugar. Una cabeza loca. Nada se le tiene que resistir. ¿Caprichosa? Sin duda, pero con un encanto tan extraordinario que todo el mundo se somete a sus antojos. Se las sabe arreglar muy bien «Madame Antoine». ¡Vaya si sabe! Es una verdadera experta en meterse a todo el mundo en el bolsillo. ¿Quién diría, viéndola disfrutar todavía de tal manera su infancia, que mañana será la señora Delfina? Llevan una eternidad hablándole de aquella boda francesa. Cuando todavía vivía su padre, el emperador Francisco, ya discutían al respecto. Porque éste era un Lorena y a los pajarillos del escudo de Lorena siempre les gustó libar de los lises de Francia. Los Guisa, los Elbeuf, los De Harcourt, los Marsan, los Brionne... todos los hijos menores de la Casa de Lorena siempre consiguieron mantenerse de maravilla en Francia, ya fuese mediante intrigas, ya por su valentía. Por regla general, siempre fueron unos grandes capitanes. Poco faltó para que se hicieran con el poder en tiempos de la Liga y de los últimos Valois.

Por ahora, Madame Antoine vive el instante. Y se burla de los esfuerzos de su hermano Max. Francia está muy lejos en este momento; y Versalles y el Delfín también. Por más que no ve mucho más allá de sus narices, sabe que el buen tono y la moda vienen de París, y puesto que es coqueta y le gustan los adornos, a veces sueña con aquella ciudad, y también con Versalles. Pía como un pajarillo despreocupado mientras el destino le prepara en la sombra su futura imagen a caballo entre la santa de los monárquicos y el demonio de los revolucionarios. ¿Quién podría adivinar en esta adolescente todavía medio niña y con capucha de piel, a la vieja de labio colgante que, con trazos secos y la mayor dureza esbozará, desde una ventana de la rue Saint-Honoré, el pintor regicida David al verla pasar en la carreta que la conduce al cadalso? Y Max, a quien ella grita «¡Arre, cochero!», ¿quién podría ver en él al futuro príncipe elector y arzobispo de Colonia, rubio y coloradote, encumbrado en su púrpura tal como se le puede ver en el retrato, con la empañada mirada azul, perdido en su solemne necedad? Es él quien, tras una visita a los jardines y la casa de las fieras reales en compañía del conde de Buffon, cuando el escritor le ofrece los libros de su *Historia natural*, se lo agradecerá con un: «Señor, lamentaría mucho privaros de ellos...» La frase se hará célebre. Será objeto de burla durante mucho tiempo y se convertirá en una patente de imbecilidad. Cuando su hermano José II llegue a su vez a Versalles, no dejará de reclamar con la mayor delicadeza a Buffon los volúmenes que su hermano se dejó «olvidados».

Ya pueden las ayas y los ayos, que así se los llama en Viena, en español, siguiendo el ceremonial de la corte de España, gritarles desde lejos: «¡Alteza Imperial Antonia! ¡Alteza Imperial Max!», que ellos ni siquiera se molestan en volver la cabeza. Hoy quieren hacer novillos.

«¡Alteza Imperial Antonia! ¡Madame Antoine! ¡Venid ahora mismo! ¡El embajador de Francia acaba de salir de Viena y mañana os casan!»

Ha dejado de nevar y todas las campanas de Viena se han puesto a repicar, respondiéndose las unas a las otras. Un tímido sol resbala por los tejados de las casas y se entretiene en arrancar destellos de fulgor de las estalactitas que penden de los canalones. La campana mayor del Stefansdom se acaba de incorporar a su vez al concierto. Y se oye también de lejos la de la iglesia de San Carlos Borromeo.

La archiduquesa Antoine ocupa su lugar en el balcón del palacio de Traumansdorff. La acompaña su hermana María Cristina. La preferida de su madre, a quien todos llaman Mimi y a la que ella no ama, por supuesto. Es una respondona carente de fantasía y más pesada que un plomo, igual que su corpulento marido, el príncipe de Sajonia-Teschen. Ambos forman una pareja que aburre hasta a las ovejas. Se dedica a espiar y se lo cuenta todo a su madre. Madame Antoine se jura a sí misma darle a entender, el día en que sea Reina, el desagrado que le produce su sola presencia. La emperatriz tiene grandes proyectos para esta hija que tanto se le parece. La archiduquesa María Cristina no tardará en convertirse en gobernadora de los Países Bajos. Es en todo, menos en el encanto, el vivo retrato de la emperatriz. Cuando se presente en Versalles, María Antonieta se guardará mucho de hacer gastos extraordinarios. Se le concederá el mínimo indispensable, lo justo para cumplir con las exigencias de la etiqueta.

Madame Antoine no es la única que ha salido al balcón, toda Viena se asoma a la ventana al paso del cortejo. En las calles la muchedumbre se apretuja para ver al embajador y su equipaje. Cuarenta y ocho carrozas tiradas por seis caballos, algunos de los cuales proceden de las caballerizas del Rey. Los hay de todos los colores: roanos, bayos, tordos, zainos, alazanes... Enjaezados, empenachados, engualdrapados, es digno de verse. Y los guardias montados junto a las portezuelas, y los lacayos y los pajes luciendo la librea de Francia que vienen detrás.

Viena es amante de los fastos y aplaude a rabiar. Sin

embargo, de toda esta magnificencia, son las dos soberbias carrozas de maderas nobles, relucientes cristales biselados como los diamantes y tapizadas de terciopelo azul lo que más llama la atención. Las portezuelas han sido pintadas con escenas galantes y los entrepaños se han decorado con pan de oro. Los remata una corona real. Dos maravillas de lujo, encargadas especialmente para esta ocasión por Luis XV a Francien, el más célebre carrocero del momento.

Cañonazos, trompetas, timbales y címbalos. Viena está entusiasmada. Hace mucho tiempo que no ha habido aquí una princesa que vaya a convertirse en reina de Francia. Se dice de la lejana Francia que es el reino más hermoso del mundo. De lo contrario, ¿por qué los grandes señores y las grandes damas tendrían tanto empeño en hablar francés?

Ha caído la noche. Todo está iluminado. La iluminación durará tres noches. Los palacios se alumbran con vasijas encendidas en las ventanas. Y hasta el triste Hofburg participa de los festejos, no fuera a enojarse la Dama Blanca, el fantasma de los Habsburgo que ocupa en él unos aposentos desde los lejanos tiempos de Juan el Parricida y sólo aparece cuando alguna catástrofe amenaza a la dinastía o cuando alguno de sus miembros está a punto de morir. Corre precisamente el rumor, inmediatamente acallado, según el cual un lacayo ha vislumbrado fugazmente una forma blanca en una de las galerías del Hofburg. Enseguida le han cerrado la boca. Nada tiene que turbar la buena marcha de la fiesta. Tampoco se recuerda jamás la fecha de nacimiento de la archiduquesa Antonia: un 2 de noviembre, día de los muertos que, aquel año, coincidió también con el terremoto de Lisboa. Ningún mal presagio tiene que empañar el entusiasmo.

Claro que no, y sobre todo nada que pueda complicar en el último momento el hermoso y hábil orden de la ceremonia.

2

Una bastarda de los Valois

¿En qué sueña la Delfina?

París no tarda en ver el cortejo. Pero París vendrá después, tras la celebración de la boda en Versalles. Entonces París les será servida al Delfín y la Delfina en bandeja de corladura, con bailes, juegos artificiales y una algarabía que pronto degenerará en pánico y dejará en las calles más de seiscientos muertos.

De momento, la hilera de carrozas rodea la ciudad. En el vehículo que sigue al del Rey viajan la Delfina y sus damas de honor. La estirada y severa condesa de Noailles ya ha empezado a molestarla con inútiles presentaciones. Es la «señora Etiqueta» en persona. Todavía más antipática, en la banqueta que tiene delante, la azafata de palacio, la duquesa de Villars, flanqueada por la duquesa de Picquigny y la marquesa de Duras, sus segundas damas de honor. Todas ellas unas viejas reaccionarias, vestigios de la época de la reina María Leszczynska. Ni un solo rostro joven, alegre, sonriente al que aferrarse. Por eso la Delfina ha decidido soñar mientras contempla el paisaje que desfila ante sus ojos a través de la ventanilla. ¡Cuántos cambios dentro de unos días, ¡cuántas novedades! Todos aquellos nuevos parientes a los que se ha visto obligada a besar. En primer lugar, el Rey. El Rey, feliz y sonriente, que no ha parado de comérsela con los ojos e incluso se ha mostrado galante con ella. ¡Es que el monarca se sorprende de ver un retoño tan fresco y sonrosado! ¡Y cuánto encanto! Aunque el busto de la Delfina se le antoja todavía una promesa, esta archiduquesa le gusta. Sin embargo, la víspera se había preocupado por aquel busto y así se lo había comentado al notario real, que había llegado corriendo a rienda suelta desde Estrasburgo para depositar en sus manos el acta oficial de la entrega.

—¿La señora Delfina tiene busto? —le pregunta a bocajarro.

—Tiene unos ojos azules muy bonitos.

—No es de eso de lo que os quiero hablar... ¡Los ojos me parecen muy bien! Pero ¿y el busto?

—Sire, no me he tomado la libertad de llevar la inspección hasta ese punto...

—Sois un tonto —lo interrumpe el Rey. Y añade, como viejo libertino que es—: Es lo primero que se le mira a una mujer...

Cuando el Rey la soltó después de mil caricias, ella pudo ver finalmente a un obeso bobalicón que desplazaba alternativamente el peso del cuerpo de una a otra pierna. No quiso creer que fuera el Delfín. Miraba alrededor con aire ausente y perdido. Ajeno a todo aquel barullo de carrozas, armas, lacayos, besos y reverencias. Otro gordinflón sin la menor gracia. Por lo menos eso le pareció el Delfín, pero en aquel caso puede que se hubiera precipitado demasiado en juzgar el aspecto exterior. ¿Conoce ella sus aficiones, de las cuales tanto se burla la corte? Su mayor placer es amasar el yeso con los obreros de Versalles e irse después a echar un vistazo a los armazones de madera. Y mejor no hablar de su afición por las cerraduras.

«No es un hombre como los demás», le confesó Luis XV al embajador Mercy, entregándole un retrato del Delfín ocupado en la tarea de trabajar la tierra.

En Viena la archiduquesa Antonia no pudo evitar sonreír al recibir el presente.

A primera vista, su aspecto de palurdo inevitablemente choca. Tiene un aire huraño y reconcentrado. No hay en él nada ágil ni sutil; ni sombra siquiera del brío propio de los Borbones. Un buen hombre, probablemente. Un marido bonachón, ¡eso es todo! Pero sin nada que induzca a soñar... Y María Antonieta necesita soñar...

Le vino entonces a la memoria aquel príncipe de Rohan, obispo coadjutor que la había acogido en Estrasburgo. ¡Ah! Aquello era otra cosa muy distinta. ¡Y la homilía que había pronunciado en la catedral! ¡Qué fuego! ¡Qué mirada! Había llegado a percibir en ella una cierta insolencia por el hecho de sostenerle la suya. Y, finalmente, aquella elegancia natural que impregnaba toda su persona. ¡Qué contraste con el tímido Delfín! Monseñor de Rohan, a quien todo el mundo se esfuerza en llamar el príncipe Luis, había sido requerido en su calidad de coadjutor del obispo de Estrasburgo para que celebrara, en representación de su tío, el cardenal de Rohan-Soubise, impedido por la gota, las ceremonias religiosas que marcarían el comienzo de la vida pública de la Delfina en su nueva patria. Y, como un virtuoso de lo sagrado, había oficiado primero la misa y después el Te Déum.

El tío cardenal se había conformado con prestar unos valiosos tapices para decorar la sala construida en una isla del Rin, a medio camino entre Francia y el Imperio. Una de las tradiciones acuáticas de la etiqueta consistía en entregar en medio del agua a las delfinas y las reinas. Sirva de ejemplo la isla de los Faisanes, del Bidasoa, donde Luis XIV fue a recibir a María Teresa de España.

Así pues, en aquel suntuoso gabinete tuvo lugar la entrega de la archiduquesa rodeada de sus bellos y valiosos tapices, cuyo único inconveniente era el tema que ilustraban: las aventuras de Jasón. Es decir, la conquista del Vellocino de Oro, pero también sus terribles sinsabores matrimoniales. Su traición al abandonar a Medea con dos niños en brazos, su nueva y fastuosa boda con Creusa en Atenas y, finalmente, la furia de Medea, puñal en mano y el asesinato de los niños. La túnica envenenada vestida por Creusa el día de la boda, las llamas, el incendio del palacio... en fin, mil pequeños y delicados detalles muy instructivos para una joven recién casada.

Lo más probable es que María Antonieta, embargada por la emoción, no se fijara en los tapices. Había tenido que someterse a la ceremonia del desnudamiento —casi un registro en toda regla—, un auténtico atentado a su persona. Y después los llantos en el momento de los adioses, cuando la puerta del gabinete, del lado alemán, se había cerrado sobre su *Kammerfräulein*. Entonces el príncipe de Starhemberg le había tendido la mano para acompañarla al otro lado de la estancia, donde estaba su séquito francés, el conde y la condesa de Noailles, la duquesa de Villars y sus pajes y escuderos. Al contemplar todos aquellos nuevos rostros, el pánico se había apoderado nuevamente de ella y se había echado otra vez a llorar. Fue entonces cuando se arrojó en brazos de su dama de honor tal como solía arrojarse en los de la emperatriz cada vez que sufría uno de sus grandes disgustos infantiles.

De todo aquello ya había transcurrido una semana. Pero cada día le deparaba tantas nuevas impresiones que un recuerdo borraba el anterior.

Sólo el coadjutor de Estrasburgo escapaba al olvido. ¡Qué encantador le había parecido aquel sonrosado y empolvado prelado! ¡Con qué voz tan melodiosa había pronunciado su sermón! Fue como si le hablara confidencialmente al oído. Desde la cima del púlpito le llegaban palabras, frases enteras y caricias. Cosas que parecían ocultar otras más recónditas que la habrían hecho ruborizarse en caso de haberlas pronunciado. A pesar del decoro del sermón, flotaba en la catedral un perfume de galantería. Había interrogado a sus damas a este respecto. Le habían hecho un retrato del personaje y también de toda su familia. Sus pretensiones, su arrogancia y, finalmente, su lema, que no requería más comentario: «Rey no puedo, príncipe no me digno, Rohan soy.»

Una de las abuelas del rey Francisco I había sido una Rohan. A través de múltiples alianzas, éstos habían rozado también los tronos de Navarra y de Aragón. Le habían retratado a la duquesa de Chevreuse, una Rohan intrigante y amante de los coqueteos, de la cual se había hablado mucho en tiempos de la Fronda; a la duquesa de Montbazon, suegra de la anterior, cuya muerte fue, según se dice, una de las razones del ingreso en la Trapa de su amante el señor de Rancé, y, finalmente, a la condesa de Marsan, que había educado al Delfín y a los condes de Provenza y de Artois, sus hermanos. También le describieron al príncipe de Soubise; a la princesa de Guémenée, que sólo esperaba el momento en que daría a luz un heredero para recuperar el puesto de aya de los infantes de Francia.

El retrato del coadjutor de Estrasburgo era el de un

libertino y un sátrapa. Sus larguezas, sus deudas, su tren de vida, la Academia de Francia a la que pertenecía sin darle la menor importancia y también todas las más bellas mujeres del reino rendidas a sus pies. Ya se había perdido la cuenta de sus conquistas femeninas. Su último capricho: la pequeña marquesa de Marigny, cuñada de la difunta Pompadour, que viajaba con él disfrazada de monaguillo.

Sus damas no cesaban de criticar. Eran viejas y, como tales, maledicentes, pues de la belleza sólo les quedaban los diamantes que las cubrían de la cabeza a los pies. Eran unas viejas muñecas con el rostro cubierto de blanco de plomo y los pómulos empolvados de colorete, pero con una lengua infinitamente hábil en pérfidos chismorreos. Una costumbre de toda la vida que hubiera debido de poner en guardia a la Delfina acerca de este arte tan versallesco de la insinuación, del que no tardará en ser víctima.

A María Antonieta le habían descrito también a sus cuñados: el socarrón Provenza y el inconsecuente Artois. No tuvo necesidad de ningún comentario cortesano, con una ojeada le bastó para calibrarlos. Más tarde declarará con fatalismo, como si su matrimonio no hubiera sido más que un incidente de su vida, puesto que, en realidad, no se le había ofrecido la posibilidad de escoger: «Estoy convencida de que, si hubiera tenido que elegir a un marido de entre los tres, habría seguido prefiriendo a aquel que el cielo me dio...» Luego le describieron a las hermanas, todo un mosaico de rancias y necias solteronas. A continuación, a los príncipes de sangre real que le habían presentado la víspera en el castillo de Compiègne, el duque de Orleans y su hijo Luis Felipe, duque de Chartres, que ha pasado a la historia como Felipe

Igualdad. A los más lejanos: el príncipe de Condé y la princesa, de soltera Rohan-Soubise, su hijo el duque de Borbón y al tío del príncipe, el conde de Clermont; al conde de La Marche y la condesa, una de las últimas representantes de la familia De Este, así como su hermano, el fastuoso príncipe de Conti, gran prior de Francia, amante de la música que había conseguido que tocara en su palacio del Temple el niño Mozart. También habían asistido a la cena de la víspera en el castillo de Compiègne el duque de Penthièvre y su nuera, la princesa de Lamballe.

El duque de Penthièvre era hijo del conde de Toulouse, legitimado de Francia, fruto de los amores de Luis XIV con la marquesa de Montespan. Era el único descendiente de todos los amores ilegítimos de los Borbones. Su hijo, el príncipe de Lamballe, había muerto dos años antes de viruela, dejando sólo una viuda, bella y aburrida, por no decir tonta.

Esta increíble mejora de categoría de los bastardos favorecida por Luis XIV se había extendido a todos los de los reyes Borbones; pero, a modo de desquite, no a los de los Valois que habían tenido descendencia. El último Longueville, tras haber pretendido aliarse con los Borbones legitimados, quiso cruzar los regios umbrales, pero fue obligado a retirarse con un gesto de la mano del primer hidalgo de la cámara sin que Luis XIV se hubiera dignado posar en él su mirada. Abandonó de inmediato Versalles para regresar a su residencia de París, se acostó en su cama y murió de rabia. Su muerte no causó el menor alboroto. Eran los gajes del oficio de un cortesano. ¡Así era Versalles! Un comportamiento no muy distante del que no tardaría en descubrir María Antonieta y en el que cada palabra contenía veneno suficiente para matar.

¿En qué sueña una huérfana sin un céntimo y, por si fuera poco, bastarda?

Cuando el cortejo real avanza por el camino florido de la orilla del Sena y bordea las terrazas y los jardines de la campiña de Passy, que se extiende hasta las lejanas colinas de Grenelle, ¿sospecha la Delfina que entre los curiosos que la miran y la aplauden se encuentra una muchacha de su edad cuyo destino no tardará en oponerse al suyo?

El cortejo ya ha pasado. Los jardines y las terrazas se vacían poco a poco. Sin embargo, la frágil silueta se demora todavía un instante. Permanece apoyada en una de las balaustradas del castillo de Passy, una mansión perteneciente al marqués y a la marquesa de Boulainvilliers. Parece pensativa. Tiene la cabeza llena de sueños. El orgullo y el ansia de reconocimiento la devoran. Su triste atuendo revela un estado de pobreza al que no logra resignarse. Sólo aspira a recuperar el brillo al que cree tener derecho. Está decidida a lograrlo por cualquier medio. Su deseo es tan vehemente que recurriría sin vacilar al engaño y el robo. «Los que son pobres no tienen ante sus ojos más que la necesidad presente —piensa—, y en cuanto encuentran una bolsa de la que aprovecharse la vacían con avidez sin preocuparse de las consecuencias.»

La vida le ha fallado desde que nació y ella trata por todos los medios de saber el motivo, pues por sus venas corre sangre de reyes. Es una Valois. La última de los Valois, ni más ni menos, aunque nacida fuera del matrimonio. Se llama Jeanne. Jeanne de Saint-Remy de Valois de Luz.

Jeanne tiene catorce años, y desde hace cinco la marquesa de Boulainvilliers se interesa por su suerte. Es para ella como una madrina, una especie de hada buena. Que ambas se encontraran fue pura casualidad. Fue el suyo un súbito y divino encuentro, de esos de cuentos.

Jeanne, como en el caso de *Piel de asno*, podría haberse conformado con una situación honrada y vulgar que la sacara de la miseria, si un fatídico rasgo de su personalidad, una perpetua insatisfacción que la aguijoneaba sin tregua, no la hubiera empujado a exigir cada vez más.

Están en juego su gloria y su honor, se dice enmascarando con estas sublimes palabras una inclinación esencial, todavía inexplorada, hacia la desvergüenza, los coqueteos y la falta de honradez.

Septiembre de 1763. En uno de esos bellos atardeceres de l'Île-de-France en que el cielo adquiere una apariencia nebulosa y las sombras de las copas de los árboles, enrojecidas, se alargan en la luz dorada, la berlina del marqués y de la marquesa de Boulainvilliers, tirada por seis caballos, enfila la calzada de la orilla del Sena que conduce de París a Passy. El marqués, preboste de París, es nada menos que el nieto del financiero Samuel Bernard, a quien Luis XIV «cortó la bolsa», haciéndole los honores de sus jardines de Marly. Este financiero tenía delegados en toda Europa. Puesto que el dinero no tiene olor ni patria, había conseguido, durante la Guerra de Sucesión de España, sacarles fondos a los aliados contra Francia, fondos que iban a pasar directamente a las arcas de Luis XIV. Su quiebra en 1709 provocó la caída de un considerable número de bancos y arruinó también a muchos ciudadanos particulares, pero no a él. Luis XIV lo había hecho noble. Sus contemporáneos lo tenían equivocadamente por judío. Era protestante convertido al catolicismo. Su nieto, el preboste de París, se casó con una señorita de Boulainvilliers. Para matar dos pájaros de un tiro, le compró las tierras y adquirió su apellido.

Samuel Bernard había comprado el castillo de Passy y lo había mandado reformar para su amante, Madame de Fontaine, hija del actor y autor teatral Dancourt. A la muerte de Bernard, el castillo pasó al segundo hijo del banquero. Cuando éste también falleció, a su hijo el marqués de Boulainvilliers. Éste, que no apreciaba demasiado la mansión, la cedió de por vida al recaudador general Le Riche de La Pouplinière. Nueva reforma del castillo. La Pouplinière manda construir en él un teatro. Rameau ofrece en él una función de *Hipólito y Aricia*. Es en su orquesta que se escucha por primera vez el clarinete. El castillo de Passy se ha convertido en el templo de las musas y de los placeres. A la muerte de La Pouplinière, el marqués recupera su castillo, que volverá a ceder, como siempre en régimen de enfiteusis, al duque de Penthièvre, quien acogerá en él a Benjamin Franklin y a Helvétius.

Al salir de la aldea de Chaillot, la marquesa ve al borde del camino a dos niñas andrajosas pidiendo limosna. No tienen cara de ser unas niñas corrientes. Por lo menos, eso es lo que ella confesará más tarde al contar su aventura. La mayor es una chiquilla de aproximadamente ocho años, y la criatura que sostiene en brazos aún no debe de saber caminar. Para la marquesa, que ha leído *Emilio*, de Rousseau, y admira las estampas sentimentales de Greuze, aquellas niñas errantes y probablemente abandonadas que emergen de la polvareda levantada por los caballos envueltas en la luz del sol poniente constituyen una ocasión única de poner en práctica no sólo la caridad que la anima sino también algo de aquel espíritu filosófico que caracteriza la época. A pesar de las voces del marido, que la insta a seguir adelante y no mezclarse con aquellas chiquillas que no son, a su juicio, más que unas gitanas, la marquesa, movida por su buen corazón, ordena detenerse al cochero. Baja el cristal de la ventanilla y hace señas a las niñas de que se acerquen.

—¿Cómo os llamáis?

—Yo me llamo Jeanne, señora. Y mi hermanita, Marguerite...

—¿Qué hacéis tan tarde por los caminos, criaturas? ¿No tenéis padres?

—Nuestro padre murió. Y nuestra madre nos ha abandonado y por eso yo pido limosna para poder mantenernos... ¡Por el amor de Dios, señora, compadeceos de estas pobres huérfanas de la sangre de los Valois...!

La marquesa está sorprendida. Ordena a uno de los lacayos que saque el estribo y se acerca a las chiquillas:

—¿Qué me estás diciendo, pequeña? ¿Sabes que, si alguien te oyera, correrías el peligro de ir a la cárcel?

—Pero es que es la verdad, no es una mentira...

El aire obstinado de la chiquilla que le tiende la mano pidiéndole limosna turba todavía más a la marquesa. En el interior del vehículo, el marqués se impacienta.

—Mi querida amiga, ya veis que estamos perdiendo el tiempo. Es una pequeña desvergonzada que se ha vestido de esta manera para conmover a los que pasan por aquí y sacarles dinero. En una novela este tipo de situación ya ni siquiera interesa...

—Por supuesto que sí, amigo mío, por supuesto que sí, pero si hubiera en ello algo de verdad...

La chiquilla, al ver dudar a la marquesa, insiste:

—Vivimos en Chaillot mi hermano Jacques, mi hermanita Marguerite y yo, en casa del señor Dufresne y de su sobrina Thérèse, donde ya vivía mi madre antes de abandonarnos. Nos tienen en casa por caridad.

El marqués, que siempre tiene prisa, le grita a su mujer que espabile. La marquesa deposita un escudo en la mano de la niña y vuelve a subir al coche.

Sin esperar ni un minuto más, el marqués grita:

—¡Adelante, cochero!

El coche, tras una sacudida, desaparece en un abrir y cerrar de ojos tirado por los caballos al galope.

Todo esto podría haber pasado por una ensoñación, por una alucinación provocada por el hambre. El señor Dufresne, propietario de la fonda de Chaillot, y su sobrina Thérèse habrían tomado el relato de Jeanne por algo así de no ser por el escudo de oro.

A la mañana siguiente, un criado se presenta en casa del señor Dufresne de parte de la marquesa. Traen a las niñas y el hombre les comunica el deseo de la marquesa. Tienen que acudir cuanto antes a Passy, pues Madame de Boulainvilliers está decidida, a pesar de las objeciones de su marido, a velar por su educación y encargarse de su sustento.

Miseria y sangre azul

Los tres niños permanecen en el centro del salón azul tapizado de cretona. Están irreconocibles. Lavados, perfumados, vestidos con lo que había en los arcones, prendas un poco largas o un poco cortas, pero que, cepilladas y planchadas, dan el pego.

Las grandes ventanas abiertas a las terrazas permiten la entrada de la brisa nocturna que, de vez en cuando, hace oscilar la llama de las velas que los lacayos están encendiendo. Se oye de lejos el rumor de un surtidor de agua. En el salón, espera la cena un elegante grupo de financieros, magistrados e hidalgos de la corte. Entre dos partidas de piquet, se interesan —o fingen hacerlo— por los tres niños que no sin cierto orgullo les ha mostrado la marquesa como curiosidad. Son el último capricho de su anfitriona, se murmuran al oído, cuya conocida caridad sólo puede compararse con su ingenuidad.

¿Quién se encargó aquella noche de relatar las desgracias de aquellos niños? Marguerite aún lleva pañales. Jacques, el único varón y, por si fuera poco, el mayor de los tres, parece haber renunciado a cualquier iniciativa. Lo más probable por tanto es que fuera Jeanne quien contara a los invitados su triste historia.

En este campo, Jeanne aún está en mantillas; tendrá que practicar el noble arte de la biografía novelada. Sin embargo, ya entonces, un oyente atento hubiera podido distinguir lo que en su relato de miseria y sangre azul hay de verdad de los delirios de mitómana dominada por deseos de grandeza.

Jeanne nació el 22 de julio de 1756 en la Champaña, cerca de Bar-sur-Aube, en el castillo de Fontette, una morada ruinosa perteneciente desde hacía varias generaciones a su familia, la cual descendía en línea directa, pero por vía extramatrimonial, del rey Enrique II. La filiación es auténtica. Reconocida por el presidente Hénault y, sobre todo, por el severo e implacable Chérin, genealogista del cual se decía que era injusto de tanto aplicar la justicia.

Por otra parte, fiándose de Chérin, Luis XIV otorgará al joven Jacques, barón de Valois, una pensión de mil francos y el ingreso gratuito en la Escuela Naval.

Enrique II tuvo de Catalina de Médicis una caterva de hijos. Muchos murieron en la infancia. Tres reinaron de modo consecutivo: Francisco II, Carlos IX y Enrique III. Ninguno de estos reyes tuvo descendencia. En cuanto a las hijas: Isabel fue reina de España; Margarita, llamada Margot, reina de Navarra, y otra, duquesa de Lorena. De su larga relación con Diane de Poitiers, duquesa de Valentinois, Enrique II no tuvo ningún bastardo, porque la senescala ya no estaba en edad de procrear. Pero el Rey se permitía el lujo de tener aventuras fugaces. Le gustaba «variar», se decía entonces, y por eso tuvo distintos bastardos, a los que legitimó.

Cortejó a Nicole de Savigny, emparentada con las mejores familias de Lorena, que tuvo del Rey un hijo reconocido, pero no legitimado. Se le otorgó una asignación. Ostentó el título de baron de Saint-Remy, de Fontette y otros lugares... Lo llamaban Henri Monsieur. Vivía de las armas. Mandaba un regimiento, era gobernador de Châteauvillain, caballero de las órdenes del Rey e hidalgo ordinario de su cámara. Pasó sin grandes dificultades por las guerras religiosas y los tumultos de la Liga y falleció en 1621, durante el reinado de Luis XIII. A éste o a su hijo, el Rey le preguntó qué hacía en sus tierras, a lo que se le contestó con orgullo: «Sire, hago en ellas lo que debo.» La respuesta era digna de la estirpe de los Valois. Algo más tarde, la mariscalía descubrió que acuñaba en ellas la moneda falsa con la cual tranquilizaba a sus numerosos acreedores. De generación en generación, estos Valois de Saint-Remy y de otros lugares, concertando un casamiento desigual tras otro, acabaron perdiendo parte de su soberbia. Habían empezado muy fuerte con la acuñación de moneda falsa, pero la dureza de los tiempos los obligó a practicar en sus antiguos dominios el robo y la caza furtiva. Tendrán que esperar a Jeanne para recuperar el regio camino de las grandes estafas.

Jacques de Saint-Remy, el padre de Jeanne, tenía un cuerpo de atleta y vivía de las gentes del lugar sin ningún complejo y con la mayor alegría. Si practicaba la caza furtiva, lo hacía siempre en sus antiguas tierras. Acabó sucumbiendo a los encantos de la hija del portero de Fontette, una tal señorita Marie Jossel. Era una desvergonzada. Lo sedujo y lo retuvo por los sentidos. Era guapa y hasta Jeanne, su hija, que la detestará hasta el extremo de hacerla responsable de todas sus desgracias, acabará reconociéndolo. Era alta y caminaba con aplomo. Sus grandes y bellos ojos de lánguida mirada, sus cejas arqueadas y la espesa cabellera castaño oscuro realzaban la blancura de su tez. Era, en resumen, un esbozo de lo que unos años más tarde sería Jeanne. Este físico, unido a una inteligencia despierta, a su agilidad de respuesta y al peligroso talento para la persuasión, constituye el exacto retrato de nuestra futura aventurera.

El joven barón Jacques se empeñó en casarse con ella. Fontette era la única propiedad que todavía formaba parte del patrimonio de los Saint-Remy de Valois, y había pasado a pertenecer a la familia a raíz de la boda del padre de Jacques, el barón Nicolas, con Marie-Élisabeth de Vienne, hija de un consejero del Rey por el distrito de Bar-sur-Aube. En efecto, el castillo se había vendido a la generación anterior.

El viejo barón de Saint-Remy se enteró de los planes de boda de su hijo y quiso hacerlo entrar en razón, pero éste no se dejó convencer. La preciosa zorra lo había embrujado. Aquel matrimonio desigual era imperdonable. El barón Nicolas, asumiendo el papel del padre aristócrata, expulsó de su casa a su hijo, maldiciéndolo. Greuze fue el pintor indiscutible de aquel siglo dominado por las pasiones. Jacques y la Jossel se fueron a vivir a Langres, donde, el 25 de febrero de 1755, les nació un hijo al que bautizaron con el nombre de Jacques. Será el futuro marino. Transcurrieron seis meses. Al final, el joven barón decididó regularizar su situación casándose con la bella.

Por aquel entonces, presintiendo su muerte, el barón Nicolas llamó a su hijo indigno cerca de sí; la nuera lo siguió de inmediato. Perdonó al hijo pródigo. Bendijo al nieto, evocando una vez más a sus ilustres antepasados. E hizo votos por la llegada de tiempos mejores en los que finalmente se reconocieran los méritos de su linaje; en resumen, murió sin abandonar el sueño que muy poco después empezaría a dominar la existencia de Jeanne, que acababa de nacer.

En cuanto el viejo barón hubo bajado al sepulcro, se presentaron los funcionarios encargados de ejecutar el embargo. Siguió rápidamente la miseria.

La nueva baronesa de Saint-Remy empezó a mostrar finalmente su verdadero rostro. La bajeza de sus inclinaciones y su desenfreno eran sólo comparables con la aspereza de su carácter y su desmedida fecundidad. Después de Jacques y Jeanne, dio a luz a Marianne. Pasaron los años y las torres del castillo se iban hundiendo cada vez más en los fosos. La familia vivía de disputas, borracheras, malas artes y, por encima de todo, de limosnas. La nueva baronesa se exhibía con sus pingos, soñando con París y Versalles. Pegaba a sus hijos. Fontette no tardó en ponerse en venta. El dinero de la venta se agotó en un santiamén. Quedaban unas viñas que también se vendieron a precio de saldo. Los Saint-Remy y su prole vivieron durante algún tiempo en una cabaña de las lindes del bosque de Oisellemont, hasta que una noche desaparecieron. Se habían ido a buscar la gloria y la fortuna que los obsesionaban hasta en sueños. No les cabía la menor duda de que, en cuanto se presentaran en Versalles, los cortesanos no tendrían más remedio que saludarlos, quitándose el sombrero. No tardarían en ser mimados y acariciados y, finalmente, se reconocería su grandeza. Conservaban unos viejos documentos que testimoniaban sus ilustres orígenes.

La baronesa se encontraba una vez más en estado de buena esperanza: el viaje se anunciaba agotador. Pero nada la habría arredrado y menos un embarazo de cuatro meses. Se fueron de noche como unos ladrones. El barón abría la marcha con su hijo de una mano y una linterna en la otra. Lo seguía la baronesa, sujetándose la tripa. Jeanne cerraba el cortejo. Antes de alejarse de aquellos lugares odiosos que la habían conocido como mujer de mala vida, la baronesa, a modo de despedida, abandonó a Marianne, su hija menor. La criatura fue colgada del postigo de la ventana de un tal Durand, un agricultor conocido suyo que había ampliado sus pastos adquiriendo los de Saint-Remy.

La prudencia y la falta de dinero indujeron al barón y a la baronesa a quedarse en las afueras de París, en el pueblo de Vaugirard, donde había una especie de merendero frecuentado por soldados. Allí fue enviada Jeanne a mendigar, pero, sobre todo, a predicar a la clientela las desgracias de los últimos Valois: «Señoras y señores, tened piedad de una huerfanita que desciende en línea directa del valeroso rey Enrique II de Valois.» Por lo visto, la frase no poseía la magia necesaria para surtir efecto. Algunos se burlaban al oírla y otros la echaban propinándole puntapiés. No obstante, había algunos que, compadeciéndose menos de la historia que de ver a aquella chiquilla en un estado tan lamentable, le daban una moneda. Al regresar a casa, cualquiera que fuera el resultado de su actividad como mendiga, recibía una azotaina.

Entretanto, el barón se había sumido en una melancolía que lo obligaba a depender de su mujer. Se limitaba a vegetar, daba vueltas sobre sí mismo y había olvidado incluso el propósito de su viaje. La baronesa pensaba por los dos. Decidió trasladar sus bártulos a Versalles. La policía abrevió su estancia allí. La familia de Saint-Remy se echó de nuevo a los caminos y fue a establecerse en Boulogne; más tarde, de Boulogne se trasladó a Saint-Cloud, donde les habían dicho que vivía el duque de Orleans; pero, como en Versalles, no obtuvieron nada en concreto. Regresaron por tanto a Boulogne, donde alquilaron dos habitaciones en la casa de un tal Chambéry. La baronesa se presentó en casa del párroco del lugar, el padre Énoque.

Escéptico al principio, éste se deja convencer por la baronesa hasta el extremo de convertirse en el celoso defensor de su causa. Muestra por todas partes su genealogía. Acosa a sus feligreses más destacados que ocupan un lugar en la corte. Cualquier personaje que pase por Boulogne, por poco distinguido o importante que sea tiene que visitar sin falta a aquella familia para darse cuenta del prodigio que constituyen los últimos Valois. Y he aquí al valiente párroco acompañando a los señores de Choiseul, de Ambouville y de Almanbec a la buhardilla. La gente se compadece, promete intervenir en el caso y después se va con una bonita historia que contar a la hora de la cena, que todo el mundo olvida nada más zamparse el primer bocado.

Cansado de rumiar su melancolía sobre un camastro, el barón decide trasladarse a Saint-Cloud. El tal duque de Orleans le preocupa: al parecer, los Orleans habían recibido las tierras cedidas por la Corona a los Valois. ¡Es decir, las suyas! Puesto que de los Valois sólo queda él, arma un escándalo en la taberna. Se pone nervioso. La toma con el duque. En resumidas cuentas, cuando todavía no ha dejado atrás Sèvres, un teniente de la mariscalía lo detiene y lo encierra en la cárcel. El buen párroco tiene que intervenir una vez más. Va y viene entre la casa de Boulogne y la cárcel. Le ocultan a la baronesa la aventura. Está a punto de dar a luz. La cuidan con esmero. El cura remueve cielo y tierra. Consigue una orden de puesta en libertad. El barón sale de la cárcel. Puesto que no se sostiene en pie, lo llevan a la sala de los indigentes del hospital. Conducen a Jeanne a su lado. Ha perdido la razón. No habla más que de su grandeza. Más adelante, Jeanne hará un conmovedor retrato de su padre moribundo. Bendición, desgarradores adioses. El barón muere durante la noche. La baronesa, a quien se había ocultado la gravedad de su estado, se entera de su muerte. Siguen las lágrimas, los gritos, en fin, todos los accesorios de un dolor excesivo que atraen la simpatía de los presentes. En realidad, jamás amó a su marido, con el cual se casó tan sólo para poder abandonar su cabaña. Al mismo tiempo da a luz una hija, Marguerite, de la cual se desentiende de inmediato para entregarse a las aventuras galantes. En Boulogne ha acabado aburriendo a todo el mundo con sus historias y sus desgracias. Tiene que buscar de nuevo otro campo de maniobras. ¿Por qué no Versalles? Sin el engorro del marido, allí sería más libre. La viuda de Saint-Remy y su prole emprenden el camino de Versalles. Una habitación amueblada muy cerca de la puerta del Bucque será suficiente. Un viejo catre, una mesa coja, tres sillas con los asientos desfondados. ¡Un lujo! Allí se instalan.

Jeanne vaga por los alrededores del palacio, donde suelta su eterno cuento. Sólo tiene ocho años, pero ya no es ni de lejos una niña. La miseria la ha despertado. Tiene facundia e incluso imaginación. Añade ingredientes de su propia cosecha a su «salsa a la Valois». Pero la baronesa se mantiene a distancia, preparada para intervenir y mostrar su genealogía. Pronto se cansa de su papel de número de feria y empieza a visitar las tabernas de los soldados. Jeanne sigue sola. La baronesa, olvidando toda discreción, se dedica a coleccionar amantes. Ya no se trata de una relación sino de un comercio. Los pesca en los alrededores de los cuarteles. Por desgracia, encuentra a uno de su gusto. Un sardo, simple soldado raso, que ha afrancesado su apellido Raimondi y se hace llamar Raimond. La baronesa cree que, casándose con su sardo, éste se convertirá forzosamente en barón. Tras fracasar en su plan, ambos deciden trasladarse a Chaillot, donde podrán vivir libremente su pasión. Allí se alojan en casa del señor Dufresne. Los tres pequeños en un camastro improvisado de arpillera. Los amantes en la cama grande. La presencia de los niños no les produce la menor turbación. Aquello roza los límites de la indecencia. En cuanto a Jeanne, sigue pidiendo limosna. Cuando no consigue nada, o muy poco, el sardo la ata a la cama y la baronesa la azota. Raimond se deja arrastrar por el juego. Una tarde, a la hora de los paseos, se planta en la plaza de Luis XV, futura plaza de la Revolución y actual plaza de la Concordia. Tiene labia y, puesto que su físico es atractivo, la gente no tarda en congregarse a su alrededor. Lo detienen y lo encierran en el Châtelet. La baronesa se presenta y exige ver a su esposo, el barón de Saint-Remy de Valois. Para engañar mejor a los carceleros, obliga a Jeanne a llamarlo «mi padre querido». El sardo la llama a su vez «mi querida hija». Jeanne se muestra muy fría. Le sueltan unos bofetones. El hermano de Jeanne, más conciliador, se somete. Transcurren diez días y Raimond es puesto en libertad. Inmediatamente aparece en las Tullerías. El hecho de mendigar bajo el nombre del barón de Saint-Remy de Valois ya se ha convertido en una costumbre. Lo importante es añadirle un toque personal. ¿Cómo interpretarlo? ¿Cómo conmover a la gente? ¿Cómo dar gato por liebre a cambio de dinero? Le vienen naturalmente a la memoria los gestos de Lekain, el mejor actor de la época, por lo menos el preferido de Voltaire. Se pavonea, utiliza bien los efectos. Raimond interpreta espléndidamente bien su papel, pero, a pesar de todo, lo meten en la cárcel. Nuevo encierro en el Châtelet. Nuevos malos tratos a Jeanne. Raimond sale del Châtelet al cabo de un mes. En cuanto regresa, vuelve a sumirse en su locura. Ahora ya es una manía. El sentimiento, confuso al principio, se ha convertido en una obsesión. Abandona toda discreción. Sabe que la policía lo vigila. Y, a pesar de todo, el barón de pacotilla no puede resistir la tentación de regresar a las Tullerías. Es más fuerte que él. Es como una droga. Ha encontrado un medio de escapar de su situación. Se diría que se le ha contagiado la fatalidad que desde hace tanto tiempo acompaña el nombre de Valois. Reanuda su historia desde el punto en el que la había interrumpido. Se conoce su genealogía de memoria y, como sigue ofreciendo muy buena estampa a pesar de la cárcel, los viandantes se agolpan a su alrededor. Las burlas del principio han cesado. Lo escuchan con interés. La policía, que lo considera peligroso, lo vuelve a meter en la cárcel. Cae la sentencia: primero la picota y después el exilio.

La baronesa de Valois, dominada por el dolor y el odio, toma a Jeanne y la arrastra al lugar.

«¡Mira! —le grita, mostrándole a su amante atado a la

rueda y víctima de las burlas y los insultos del populacho—, ¡tú tienes la culpa! De no ser por ti, no estaría aquí.»

A su alrededor se han concentrado unas verduleras. Bocas amargas que vociferan insultos se congregan en torno a las picotas, esperando la ocasión de convertirse en «tricoteuses», las mujeres que, haciendo calceta, asistirán más tarde a las deliberaciones de la Convención.

Una vez desatado de la picota, Raimond dispone de una semana para abandonar el reino. Tiene mil proyectos. Saboya, Italia, ¿por qué no? ¿Cerdeña? La baronesa, totalmente dominada por la pasión, abandona a sus tres hijos. Ya ni piensa desde hace tiempo en la hija que abandonó colgada de un postigo.

Así dejan atrás los amantes la historia que tanto esfuerzo les ha costado propagar.

Éste es aproximadamente el relato que escucharon los invitados de la marquesa de Boulainvilliers aquella hermosa tarde de septiembre de 1763, cuando la noche ya se deslizaba hacia el interior del salón azul y los lacayos terminaban de encender los candelabros.

Menos miseria y siempre sangre azul

Este sórdido relato, repleto de tribulaciones y digno de las novelas de moda, no podía por menos que ser el brillante preludio de una carrera de libertina.

En efecto, bajo una apariencia de sumisión, Jeanne ya es en esta época fundamentalmente una rebelde. Una vitalidad y un increíble afán de supervivencia la animan. Posee la socarronería propia de la joven fiera que sabe esconder las uñas, ronronear en el momento oportuno y sacarlas sólo como último recurso. Se alimenta de la rebelión. No reconoce ninguna de las leyes de la religión y tanto menos las de la moral ordinaria para vivir en sociedad. Ha visto el vicio en toda su plenitud en aquellos que deberían haber sido sus seres más queridos. No se hace ninguna ilusión. Y es así cómo, poco a poco, a medida que pasa el tiempo, se convierte en uno de esos seres dominados por el rencor.

Esta buena marquesa de Boulainvilliers que cree en la educación, la cultura, el buen salvaje, el estado feliz de la naturaleza, no puede imaginar la bomba de efecto retardado que acaba de acoger en su casa.

La marquesa envía al joven barón a ver mundo. Le gustan los barcos, jamás ha visto el mar, ¡es lo que necesita! Lo mandan a Tolón para alistarlo en la Armada Real. Y helo aquí volando de jarcia en jarcia con todo el ardor de un joven grumete. Se hace llamar Valois. Valois sin más. Un día en que el capitán marqués de Courcy, comandante de la fragata, se presenta en la pasarela, el nombre le llama la atención. El marqués, que ha oído hablar de aquellos Valois aquí y allá —pues la historia de sus desgracias se había divulgado rápidamente— y que, por si fuera poco, conoce a la marquesa de Boulainvilliers, le comunica por carta la extraordinaria nueva de aquel encuentro. Entonces el joven marino es presentado al Rey. Salida de nuevo de la nada, esta estirpe de los Valois en la cual ya nadie pensaba pone a todo el mundo en un aprieto y, sobre todo, a la dinastía de los Borbones. A nadie le interesa que tenga descendencia. Así pues, convertirán al muchacho en abate y a las chicas en religiosas. Pero el joven Jacques no es de la misma opinión. Quiere servir a su Rey antes que servir a Dios. Y para servir al Rey, ¿qué mejor que la Armada Real? Luis XVI, que ya reina desde hace más de un año, accede a la petición. La Escuela Naval, un título de alférez de navío, distintos mandos, la cruz de San Luis y, finalmente, la muerte en 1785, en la isla de Borbón. En sus exequias, los cordones del lienzo mortuorio serán sostenidos por su segundo de a bordo en *La Surveillante*, el caballero de Egmont, y por el señor de Kersauzon, comandante en jefe de *La Brillante*.

Mientras su hermano emprende el camino de Tolón, Jeanne y Marguerite ingresan en una institución de Passy dirigida por una tal Madame Leclerc y su hija. Es uno de esos internados en los que se dedican a cobrar dinero sin dar demasiada educación a cambio. Pero Jeanne aprende a leer y escribir muy bien y la pequeña Marguerite a hacer cumplidos. La marquesa está en la gloria. Acaricia a Marguerite mientras el marqués observa a Jeanne con mirada de entendido. En cuestión de dos o tres años, se convertirá en un fruto prohibido y justo por ello todavía más delicioso. Marguerite, este ángel tal como dice la marquesa, se siente ángel hasta tal extremo que, para no decepcionar a nadie, se ve obligada a reunirse en el cielo con la corte de los serafines. Se ha declarado una epidemia de viruela en Passy. La marquesa, aterrorizada, hace las maletas y regresa a París, abandonando a Jeanne a su suerte. La hija de Madame Leclerc ha muerto también a causa de la viruela y Jeanne pasa del estado de alumna escogida al de criada, tanto más cuanto que ya no parece que nadie se preocupe por ella. La marquesa se dedica a viajar. Dicen que está en sus tierras en los confines de Lorena y Champaña. El marqués, por su parte, está muy ocupado con su prebostazgo. Además, no le gusta Passy y pretende ceder el castillo. De momento, la mansión está vacía. Transcurren los meses y también los años. Finalmente, regresa la marquesa.

¡Adiós a la viruela, que ya no es más que un mal recuerdo! Nada impide a la buena marquesa regresar a su castillo de Passy. Por otra parte, la mayor de sus hijas, la señorita de Passy, acaba de ser propuesta como dama de honor de la Delfina, la cual, al llegar a Compiègne camino de la Muette, tiene que pasar con su cortejo bajo las terrazas del castillo.

Ya es primavera y el viejo jardín de Le Nôtre pide a gritos salir de su entumecimiento. Se recortan los setos de boj del gran parterre. Envían desde París a un pirotécnico italiano. Se ponen en marcha los surtidores de agua. Todo tiene que presentar un aire de fiesta. Y, en medio de aquel zafarrancho de combate, la marquesa encuentra casualmente una de las misivas que su protegida, su pequeña Valois, le ha enviado. En ella, ésta le describe el estado de desesperación en el que se halla sumida. ¡Santo Dios! ¡La pequeña Marguerite ha muerto y la Leclerc ha osado enviar a la otra a la cocina! ¡Una Valois! ¡Rápido, mi señor administrador! Que vayan a buscar a la Leclerc para que yo le eche un rapapolvo, y que traigan también a la señorita de Saint-Remy.

Y, de esta manera, Jeanne regresa a la terraza del castillo de Passy para ver pasar a su futura víctima.

3

Bandazos
en el Salón del Ojo de Buey

Una viciosa de los diamantes

La Delfina salta rápidamente de la carroza y deja plantadas a las damas de honor. El Rey la acompaña a través de las antesalas y los salones hasta sus aposentos, que antaño fueran los de otra princesa. En efecto, la duquesa de Berry, hija mayor del regente y probablemente amante suya, había vivido allí. Precisamente en este castillo de la Muette donde ella ha recibido al zar Pedro I pasó los últimos días de su vida aquella resplandeciente y funesta princesa que rompió de rabia unos valiosos jarrones y destrozó enfurecida un juego de la Compañía de las Indias al enterarse de que el regente había rechazado anular la orden de destierro de Rion, su primer escudero y su único gran amor. La princesa, que no acababa de recuperarse del alumbramiento de una hija nacida muerta, regalo de despedida de su amado Rion, había muerto de una indigestión en aquel castillo. Es que era una exagerada en todo. Se atiborró de higos y melones y después se bebió varias jarras de cerveza helada. Semejante refrigerio se lo había preparado en contra de la prohibición de los médicos la Mouchy, una de sus damas, que era también una de las amantes de Rion.

La vida de la princesa había sido una tragicomedia escandalosa cuya bajada de telón formaría parte desde entonces de los buenos momentos de la Muette.

Lo primero que, al entrar en sus aposentos, llama la atención de la archiduquesa Delfina es un reflejo misterioso. Una especie de señuelo para servir de cebo a un pájaro volador. A través de la ventana que da a la rosaleda situada al mismo nivel, los rayos del sol poniente inundan el gabinete donde, sobre una mesa cubierta por un lienzo de terciopelo rojo, han sido depositados por orden del Rey los diamantes de la difunta Delfina de Sajonia. Éste les añadirá otros elegidos personalmente por él. María Antonieta se queda estupefacta. Se vuelve loca por los diamantes como todas las alemanas y, especialmente, las mujeres de su casa. Semejante resplandor de fuego le abre un apetito cuya existencia no sospechaba. Siempre necesitará más diamantes. De todas las tallas y colores y de la máxima pureza. Sólo hacia el final se cansará de ellos. Pero, de momento, descubre en sí misma una avidez insaciable.

El Rey, viejo astuto que conoce a las mujeres, ha comprendido su bulimia. Tanto es así que el precioso joyero que ha encargado al ebanista Carlin —un mueble en madera de palo de rosa con incrustaciones de porcelana de Sèvres en verde y oro, ya lleno de costosos caprichos— no tardará en rebosar de pulseras, pendientes y colgantes de brillantes y piedras preciosas.

¿Divertir al Rey es un deber cortesano?

María Antonieta se presenta en la cena espléndidamente engalanada. Para la joven Delfina, tan sonrosada y menuda que hasta hace poco jugaba a las muñecas, semejantes joyas no son más que unos juguetes.

Luis XV ha decidido ofrecer una cena privada a la cual podrán concurrir todas las damas presentadas a la corte. No se trata, naturalmente, de invitar a toda la corte, sino que será una selecta y restringida reunión. Treinta y dos damas de alcurnia. Tendrán que asistir también los dos hermanos del Delfín, el conde de Provenza y el conde de Artois, así como sus dos hermanas, Madame Isabel y Madame Clotilde, a quien se conoce en broma como Gros Madame por su ancha cintura y su aspecto de palurda. Los príncipes de sangre real y las princesas, Orleans, Condé y Conti, para el fondo de salsa y, para espesarla, unas cuantas damas de la corte generalmente invitadas del Rey a las cenas en sus habitaciones privadas. Luis XV ha comprobado personalmente la lista. Nada ha trascendido. El embajador imperial, el conde de Mercy Argenteau, no ha recibido ninguna información al respecto. Aunque éste, mantenido en su puesto por la emperatriz María Teresa para guiar los pasos de la Delfina en el laberinto sembrado de trampas que es Versalles, lo sospecha en su fuero interno.

Desde hace unos cuantos días parece haber descubierto la maniobra del Rey. En efecto, aprovechando la cena, Luis XV pretende sentar oficialmente a su mesa a su amante, la condesa Du Barry. El rumor ha corrido por Versalles.

Las señoras tías, relevadas de sus funciones, han enseñado sus amarillentos caninos, dispuestas a pegar mordiscos. Mercy Argenteau se ha visto obligado a enviar un correo a Viena para prevenir a la emperatriz: «Parece inconcebible —le ha escrito a María Teresa— que el Rey haya elegido este momento para otorgar a su favorita un honor que hasta ahora le había sido negado.»

En la serie de salones donde se hallan reunidos los invitados, éstos contienen la respiración. Se hacen mutuamente reverencias. Pero todos miran por el rabillo del ojo al ministro. Choiseul adopta un aire risueño que no engaña a nadie. Hoy es el hombre del momento, el gran artífice de la boda austriaca, y todos han podido ver el cumplido que la Delfina le ha dedicado. Sabe también que juega fuerte. Adivina los pensamientos de los cortesanos. Los que lo aborrecen y aquellos que están en deuda con él y dispuestos a pasarse al enemigo. Sus días en el ministerio están contados y lo sabe muy bien. La Delfina lo podría salvar. Pero es una niña. Una niña traviesa y encantadora que sin duda ya ha conquistado al Rey. ¿Sabrá desviar la tormenta?

El peligro lo hace todavía un ser más ligero y espiritual. El Rey le sonríe. Es porque lo aprecia profundamente... en la medida en que un monarca puede hacerlo y especialmente Luis XV, hundido en su melancolía, que desde hace mucho tiempo sólo se ama a sí mismo. En la cena de la Muette no habrá más fulgores que los de los diamantes de la Delfina y, como su reflejo todavía más resplandeciente al otro lado de la mesa, los de la favorita, Madame Du Barry, sentada entre los dos Richelieu, el mariscal y el primo de Aiguillon. Bella a rabiar, vestida de gala con un no sé qué de hábil desaliño que escapa a los corsés y los tontillos. Al lado de todas aquellas damas rígidas y envaradas en su atuendo de corte adornado con profusión de nudos y lazos, severas como los parterres a la francesa, la favorita parece un jardín inglés. La Delfina, que dentro de poco abandonará el corsé, ha debido de sentirse subyugada por la aparición de la favorita cuando ésta se ha adelantado hacia ella para hacerle la reverencia, seguida de Zamor, su paje moreno, emplumado y enturbantado, llevándole la cola.

Al Rey, que en el transcurso de la cena le pregunta qué le parece la dama del otro lado de la mesa que le sonríe mientras conversa con el mariscal de Richelieu, la Delfina le contesta: «Encantadorra, por supuesto...»

Intrigada, sin embargo, por aquella mujer que no le quita los ojos de encima, María Antonieta preguntará aquella misma noche a Madame de Noailles cuál puede ser el papel en la corte de la dama rubia y engalanada como una reina que se sentaba delante de ella.

La dama de honor titubea, pero enseguida le descubre el pastel: «¿Su deber en la corte? ¡Divertir al Rey!»

María Antonieta, que habla un francés rudimentario, no entiende el doble sentido del verbo «divertir» y exclama: «¡En tal caso, yo me *declarro* su *rifal*!»

Una promesa de niña que muchos, entre ellos la duquesa de Gramont, hermana de Choiseul, se tomarán al pie de la letra al cabo de unas semanas.

«Es encantadora la pequeña», le confesará aquella misma noche Madame Du Barry a la condesa de l'Hôpital. ¡Encantadora! ¡Vaya si no! Tanto la una como la otra se encuentran mutuamente deliciosas. El Rey está en la gloria. Hasta que la Noailles se siente obligada a darle explicaciones a la Delfina acerca de las distintas acepciones del verbo «divertir». Y entonces aquella diversión ya no divierte en absoluto a María Antonieta. El pobre verbo es batido a punto de nieve por el clan de los Choiseul. La Delfina está indignada. ¡Pero bueno! ¡Haberse visto obligada a cenar a la misma mesa que una prostituta! Ya han encontrado el cortafuegos que buscaba el señor ministro.

Ausencia y estancamiento en la alcoba

María Antonieta deja pasar las fiestas de su boda, a las que asiste para su gran disgusto la favorita con el aplomo de una sultana. La cena de la Muette está grabada en su memoria. Vuelve a preocuparse por las «diversiones» del Rey y se atraganta de indignación con los informes que se le facilitan al respecto. ¡Una Delfina de Francia, una archiduquesa de Austria sentada a la misma mesa que aquella criatura salida de la nada, peor todavía, del arroyo!

El 9 de julio, abandonando toda la discreción que la obliga para con el soberano de su nuevo país, María Antonieta escribe a su madre la emperatriz María Teresa por mediación de Mercy Argenteau: «El Rey manifiesta mil bondades conmigo, pero es penosa la debilidad que siente por Madame Du Barry, que es la criatura más tonta y más impertinente que imaginar se pueda.»

Está claro que quieren enfrentar más de la cuenta a la Delfina con la favorita. María Antonieta no es, ni jamás lo será, mojigata como su madre. En cuanto a la religión, su fervor es más bien escaso. Más adelante, cuando a la muerte de Luis XVIII se convierta a su vez en la Delfina, su hija, Madame Royale, confesará que su madre sólo empezó a pensar verdaderamente en Dios cuando la trasladaron de la prisión del Temple a la de la Conciergerie.

¿Manipulada la Delfina?, pero ¿por quién? ¡Por sus señoras tías, naturalmente! Celosas de todo lo que concierne a su padre, éstas han desarrollado un amor filial muy próximo al de un Edipo contrariado. Por si fuera poco, guardianas del gran culto versallesco, basta que se produzca un pequeño incidente en el ceremonial para que se pongan hechas una furia. Tienen permanentemente los labios tan fruncidos como el culo de una gallina. En resumen, son ridículas y, tres de ellas, tontas de capirote.

Hace poco, aborrecían a Choiseul. Beatas en extremo, no le perdonaban la expulsión de los jesuitas ni la discusión que su hermano, el difunto Delfín, había mantenido con él a este respecto.

Cabe añadir que aquel príncipe también era contrario a la política proaustriaca puesta en práctica por el ministro. Además, a las señoras tías, que vivían del recuerdo de su hermano, les había sentado muy mal la boda de su sobrino con una archiduquesa. Conviene recordar que el novio, de conformidad con el sentir de su difunto padre, y más todavía con el de su madre, una princesa de Sajonia, no se mostraba demasiado entusiasmado con la idea. Y, a decir verdad, ni siquiera con la del matrimonio.

Muchos en Versalles comparten este sentir antiaustriaco, pues el reino parece todavía más agotado después de esta nueva alianza de lo que ha estado durante los dos siglos de guerras contra Austria.

Sin mostrarse descortés, el Delfín ha recibido con apatía, por no decir con frialdad, a esta niña-mujer toda antojos y caprichos.

Sin embargo, las señoras tías están dispuestas a todo, incluso a pactar con la extranjera para acabar con la favorita. Aunque ello las haya obligado a hacer un esfuerzo, pues este pequeño ramillete de solteronas lleno de espinas detesta Austria y a esta sobrina, pero, por si fuera poco, está furioso por el hecho de haber sido relegado a un segundo plano. El ceremonial que había con los Valois, antes incluso de que Luis XIV decidiera codificarlo, otorgaba a la Delfina, en ausencia de la Reina, la precedencia sobre todas las damas de la corte, incluidas las hijas del Rey. Y por eso a nuestras solteronas les ha sentado muy mal que la vajilla de la Reina que, a la muerte de María Leszczynska, había emigrado a sus aposentos, haya sido trasladada a los de la Delfina. La gracia, el encanto y la alegría de María Antonieta la condenan a sus ojos y la seguirán condenando después en secreto.

Madame Adélaïde, más mala que el demonio, es la principal animadora del cotarro. Es ella quien escucha de boca de las viejas reaccionarias, guardianas de la etiqueta, el parte de todos los gestos y las palabras de la joven. Toman nota de todos los pequeños fallos de etiqueta cometidos por ésta. Y dado que esta musa toca la cuerna en sus aposentos cuando se siente inspirada, se considera en la obligación de proclamar a los cuatro vientos las inconsecuencias y las meteduras de pata de la sobrina.

¿Quién se ha creído que es? ¿Quién la ha autorizado a simplificar su vestimenta? En un momento de irritación, María Antonieta se ha negado a ponerse corsés y tontillos, todos aquellos trastos tan cómodos para los monstruos que habitan en Versalles y con los que se disimulan los «accidentes de la corte», un eufemismo para los defectos físicos de las grandes damas contrahechas. Las tías se escandalizan y llegan a pronunciar incluso la palabra «revolución». Madame Adélaïde remueve cielo y tierra y corre a ver al Rey. Luis XV, que sólo se preocupa por su descanso, reprende ligeramente, para guardar las formas, a María Antonieta. Alega razones de orden económico. Aquella relajación en la indumentaria, en caso de que se siguiera su ejemplo, podría causar considerables perjuicios a las fábricas de tejidos y a los comercios franceses de corsetería. Con el encanto del que echa mano para liar al anciano Rey, y también con aquella obstinación que acabará con serle fatal, María Antonieta deja que digan y sigue haciendo lo que le da la gana. A partir de aquel momento, sus mínimos gestos son espiados. Ella lo sabe. Lo cual no hará con el tiempo sino reforzar, incluso cuando ya se haya convertido en Reina, sus sospechas con respecto a la corte, acrecentando en ella ese profundo malestar que la inducirá a buscar constantemente favoritos y favoritas.

Las señoras tías están dispuestas a todo para conseguir que su «papá Rey» regrese a los apartamentos que ellas ocupan para preparar el café, que es uno de los secretos placeres del monarca. Aquel gran neurasténico que no sabe pasar por delante de un cementerio sin cambiar la expresión de su rostro, sólo se encuentra a sí mismo interpretando el papel de marmitón para sus íntimos. Su especialidad es el moca. Aunque haya perdido una parte de sus colonias, sigue aferrado a los cafés de estas últimas. «Café hervido, café jodido» reza el dicho que él conoce muy bien. Por lo cual no constituirá ninguna sorpresa que, en el transcurso de una cena en los aposentos de la favorita, cuando ésta vea derramarse el café, exclame para gran regocijo de los invitados: «¡Vaya por Dios! Tu café se ha ido al carajo, Francia...»

La ingeniosa frase alegra a los cortesanos. Pero es demasiado para las señoras tías.

No aprecian ni al señor Choiseul ni a su sobrina, pero, puesto que es necesario para jugarle una mala pasada a «la criatura», se reunirán con ellos en el camino de la guerra. El ministro, que no oculta sus sentimientos, desea el alejamiento de la favorita, por lo que las cuatro ancianas princesas se incorporan sin dudar al clan de Choiseul.

Las señoras tías encabezan la cruzada. Son simultáneamente muralla y ariete. Detrás de la tropa de las solteronas, empuja Choiseul utilizando a modo de corneta a María Antonieta, la cual se divierte como una loca con aquel aire de fronda. Se entusiasma con el juego, pero, en su fuero interno, lo que pretende, más que la expulsión de la favorita, es sacudirse el yugo de la etiqueta, y más todavía el del tiempo. Este tiempo en el que, desde su llegada, le parece que se enredan su juventud, sus fuerzas y su alegría. Un tiempo inmutable en el que se pierde el sentido de los días, de los meses, de las estaciones, que se prolonga interminablemente entre la hora de levantarse y la hora de irse a dormir. Un mundo muerto, puede que ya putrefacto, en el cual la quieren hacer entrar, a ella que rebosa de vida. Eso sin contar las noches en las que ella espera y en las que no ocurre nada como no sean los espesos ronquidos de un marido zoquete y gordinflón. Nada, ni el más mínimo beso, ni la más mínima caricia. Nada. *Nihil*. Su vanidad de mujer se siente ofendida. ¡Pero bueno! ¿Eso es el amor? ¿Eso es el matrimonio?

Percibe desde la noche de bodas esta sensación de vacío. ¡El estancamiento en la alcoba! Es lo que oye cuchichear a su alrededor. En las sonrisas relamidas y las miradas expertas adivina los cotilleos que se murmuran en las antesalas.

Luis XV, por muy desengañado y aburrido que esté, ha comprendido la humillación de la Delfina. Él, que llegó virgen al matrimonio, supo dar durante su noche de bodas una buena docena de éxtasis a su vieja polaca. Su nieto no tiene la misma madera. Es un blandengue. La pesadez de su ascendencia sajona ha ahogado la sangre de los Borbones. Nada queda de Enrique IV, el Vert-Galant, en aquel corpulento mozo de metro noventa de estatura que se ríe a carcajadas y cuyo monstruoso apetito es similar al de los ogros. Aunque la boda haya sido enteramente concertada, no cabe duda de que la Delfina es deliciosa. Cabe la posibilidad de que, en presencia de esta joven que despierta a la vida, el viejo libertino haya experimentado un instante de remordimiento: tantas gracias ignoradas, tantas bellezas dejadas noche tras noche en barbecho.

La noche del 16 de mayo de 1770, a eso de las diez, el cortejo real, tras haber atravesado el Salón de Hércules, había entrado en la Galería de la Capilla iluminada por las velas de los candelabros de varios brazos colocados sobre los veladores. Al fondo suena la música de los guardias franceses ataviados a la turca. Por la Sala de los Guardias y su escalera, flanqueada por dos esfinges, el cortejo accede a la Galería del Saloncito y, finalmente, a la sala del nuevo teatro construido por el arquitecto Gabriel. La boda del Delfín y la Delfina ha sido la ocasión que han aprovechado para la inauguración. El suelo se ha levantado hasta la altura del escenario por medio de una maquinaria inventada por Arnoult, el arquitecto de los Menus-Plaisirs. En el centro se encuentra la inmensa mesa del banquete, puesta con vajilla de oro. El teatro azul y oro con su multitud de bajorrelieves creados por Pajou está iluminado por dos arañas de cristal que el propio Luis XV ha mandado colocar. Los cortesanos permanecen de pie en el patio de butacas, situado detrás de las barreras de falso mármol turquesa que rodean la mesa. Las damas más destacadas de la corte ocupan la parte anterior de los palcos. Al fondo del patio de butacas Arnoult ha construido un salón de música, con su gran arquitectura de columnas en perspectiva, de follajes y de estatuas donde toca una orquesta de ochenta músicos. La riqueza, la suntuosidad y el buen gusto, que no siempre van juntos, se alían aquí en perfecta armonía: es el gran estilo.

El Rey, vestido con un traje de brocado verde cubierto de diamantes, se ha sentado con su familia. El duque de Orleans, primer príncipe de la familia real, le ofrece la servilleta antes de sentarse entre Madame Victoire y su nuera, la duquesa de Chartres, hija del duque de Penthièvre. Cada plato es anunciado por un oficial, acompañado por un redoble de tambores. Pasan de este modo cien platos presentados por los hidalgos sirvientes. La cosa parece no tener fin. El Delfín se atiborra. La Delfina pica. De redoble de tambor en redoble de tambor, el oficial anuncia finalmente «La carne del Rey». Y entonces se inicia el desfile de los distintos asados y de la caza. El Delfín se sirve repetidamente de cada plato. Luis XV lo contempla. Se inclina hacia él y le dice en voz baja:

—No os carguéis demasiado el estómago por esta noche.

El Delfín parece sorprenderse. Y exclama en voz alta:

—¿Por qué? ¡Siempre duermo mejor cuando ceno bien!

El rey desliza una mirada melancólica sobre la joven pareja. La mirada desengañada del que sabe y ha renunciado, situándose de una vez por todas entre el pesar y los remordimientos. Por otra parte, ¿de qué sirve saber si todo llega demasiado tarde? Nada llega jamás en el momento oportuno. Tenía madera de gran soberano, habría podido serlo. Inteligencia no le faltaba, tampoco el buen ojo y poseía, en mayor medida que todos sus predecesores, el sentido de la gloria. Pero, en el fondo, había también en su interior aquel granito de arena que entorpece el funcionamiento de los más bellos mecanismos. Aquella duda que mina las voluntades mejor templadas. ¡Aquel «de qué sirve»! Sí, ¿de qué sirve? Pues entonces, ¡que venga enseguida el fuego purificador! ¡O mejor, el diluvio!

La cena se prolonga hasta muy tarde. Se han previsto, a continuación, unos fuegos de artificio en el parque. Fallan uno o dos cohetes. Unos petardos mojados; se ha puesto a llover. Por consiguiente, todo el mundo se va a dormir. Y así lo hacen también por su parte el Delfín y la Delfina, siguiendo el orden del protocolo.

El Delfín, con las cortinas de la cama corridas, no pide el cumplimiento del deber conyugal y duerme como un tronco hasta la mañana siguiente.

En cuanto se levanta, se va a cazar, dejando plantada a su joven esposa con la sola compañía de un perrito con el que ella se divertirá hasta la tarde. «Nada», escribe el Delfín en su diario. No ha cobrado nada en la cacería, pero tampoco en la alcoba. Y esta nada durará ocho años. Ocho años en los que se alternarán las habitaciones separadas y los ronquidos. Y, para distraer a la Delfina que no tardará en ser reina, un entorno dudoso en el que mandan las favoritas, un torbellino de placer, los incansables juegos al sacanete, al biribiri, al faraón, un frenesí de lujo, de miles de condecoraciones, de perritos, de alegres corderitos, de diamantes al por mayor y, por encima de todo, de suntuosas deudas.

Y, a lo lejos, la dama de la muerte...

Los cortesanos acechan los fallos y los más mínimos pasos en falso de la Delfina. ¡Ha bostezado! Y sin el menor disimulo, todo el teatro la ha visto; pero ¿quién no bostezaría durante una ópera de Lully? *Il bell'urlo francese*, el precioso grito francés, como decían los *castrati* italianos de la Capilla Real refiriéndose a la música de este compositor que desde hace tiempo ya no está de moda. Por supuesto que ha bostezado, pero también ha reído cuando al corpulento Perseo, de gesto majestuoso, se le ha enredado el pie en la capa y, perdido el equilibrio, ha caído a los pies de Andrómeda, mientras una gloria que representa un águila, desprendiéndose súbitamente, se desploma sobre el escenario aplastando con su peso el simbólico altar del Hímen. El águila parece más bien un pavo y, lanzada de aquella manera por una maquinaria enloquecida, a todos les viene a la cabeza la comparación con el corpulento Delfín. Pues su fracaso de la víspera ya no es un secreto.

A la mañana siguiente la Delfina almuerza sola: el Delfín ha ido a una montería. Las lenguas no paran. ¿El Delfín puede o no puede? Se hacen apuestas. Se habla de la «colita» encogida. De la necesidad de utilizar el bisturí. Cada cual tiene su opinión. Y después se habla también de las asombrosas pretensiones de los Lorena, a las cuales ha accedido el Rey. Y, como es natural, la culpa la tiene en parte la Delfina, que pertenece a esta casa.

En resumen, esto es lo que pasa: hace un mes, Madame de Brionne, de soltera Rohan, pidió como favor al Rey que su hija, la señorita de Lorena, participara en el minué del baile que se celebraría con ocasión de las bodas del Delfín. Nada de extraordinario hasta aquí. Tanto más cuanto que la condesa de Brionne le alegra los sentidos a Su Majestad desde hace mucho tiempo.

Un día, en efecto, cuando pasaba por debajo de su balcón de Versalles, viéndola joven, bella y viuda, Luis XV le gritó: «Condesa, ¿puedo subir?» La respuesta no se hizo esperar: «De mil amores, sire... pero pasando antes por la capilla.»

Por aquel entonces se decía de ella que era algo más que coqueta. Había mantenido una tormentosa relación con el coadjutor de Estrasburgo, su primo, el príncipe Luis. Después de una violenta escena en la cual ella lo amenazó con mandarlo arrojar por la ventana, el futuro cardenal le replicó sin inmutarse: «No os toméis tantas molestias, prima, puedo bajar por el mismo sitio por el que tan a menudo he subido.»

Su marido, el conde de Brionne, era escudero mayor, al igual que su padre y su abuelo, un cargo que ocupaba la Casa de Lorena desde que el señor de Saint-Mars, el favorito de Luis XIII, lo perdiera junto con su cabeza por orden del cardenal Richelieu. Una vez muerto el conde, el cargo pasó a su hijo, el príncipe de Lambesc, que, de momento, no tenía edad para ejercerlo. Entonces la condesa de Brionne obtuvo del Rey el permiso de sustituir a su hijo y ejercer ella misma el cargo. El Parlamento, que se hizo mucho de rogar para registrar el título, recibió una carta suya en la cual la dama se asombraba de la pusilanimidad de los señores miembros y daba varios ejemplos de mujeres que habían ocupado cargos masculinos, como aquella Madame de Guébriant, acreditada como embajadora en Polonia, o Madame de Candillac en Constantinopla. Aquel siglo era feminista sin las cursilerías del nuestro.

La condesa había sido posteriormente la amante de Choiseul, cuya quiebra precipitó a causa del tren de vida que llevaba. A la muerte del ministro, recibió el enorme brillante rosa que adornaba su Toisón de Oro.

Se dijo después que, a pesar de su cojera, puso con sus coqueteos el pie en el estribo del abate de Périgord, el futuro príncipe de Tayllerand, llegando al extremo de solicitar al Papa un capelo cardenalicio para él. Era, huelga decirlo, una gran dama coqueta, fastuosa y cínica.

Una cosa es el minué. Pero un minué bailado después de los príncipes de sangre real y antes de los duques y los grandes de España bien merece los chillidos que se apresuraron a soltar las duquesas. Se trataba de estigmatizar un derecho inaudito que con aquel minué concedía Luis XV a los Lorena, siempre tan ávidos de honores. Si se pasaba por alto, sentaría un precedente que más adelante serviría de pretexto para otras desviaciones.

El Rey no puede retractarse. Y, a pesar del cacareo y de todo aquel ruido de corral, confirma que la señorita de Lorena y su hermano el príncipe de Lambesc danzarán el minué después de los príncipes de la casa real.

Mercy Argenteau le ha escrito a la emperatriz para comunicarle el honor que el Rey otorga a la Casa de Lorena y la emperatriz lo felicita.

Otra cosa muy distinta, naturalmente, pasa en el Ojo de Buey, esa olla en la que se cuecen todos los agravios, los celos, los odios que puede suscitar tal o cual derecho de precedencia obtenido por una familia. Las duquesas celebran una reunión y deciden hacerle ascos al baile. El Rey escribe personalmente a cada una de ellas. Les asegura que el honor otorgado a los Lorena no se repetirá y, en cualquier caso, jamás usurpará los derechos de los duques.

Sin embargo, nada parece calmar la cólera de las damas. Quieren que el baile fracase. El día señalado, se colocan la peluca torcida y sólo aparecen a medias, detrás de la reja de los palcos. En cuanto a los grandes de España, cabe decir que las que asistieron al baile prefirieron no danzar. Sin embargo, a pesar de toda la mala voluntad, el acontecimiento fue un éxito.

El Rey hace su entrada a las siete. Parece enfurruñado. Tanto ruido por un minué lo ha contrariado. Pese a todo, la sala está llena a rebosar y los cortesanos se han esforzado en rivalizar en elegancia. Cuesta encontrar un sitio libre. Todos estarían dispuestos a pelearse por un extremo de banqueta. El Rey saluda aquí y allá y, de momento, olvida su mal humor.

El baile se desarrolla en el escenario del teatro, donde se ha construido un salón en tonos azul y oro. Unos espejos enormes reflejan esta arquitectura de columnas. Dos grandes y espectaculares estatuas de cartón realizadas por Houdon se miran la una a la otra.

La Delfina y el Delfín abren el baile con el primer minué. Él, muy torpe, y ella ligera como un elfo. Vienen a continuación Provenza y Artois. Provenza con su hermana Gros Madame, futura reina de Cerdeña; Artois con la duquesa de Chartres. Después les toca el turno a los príncipes de sangre real. Chartres, futuro Felipe Igualdad, y la duquesa de Borbón; Condé y la princesa de Lamballe. E inmediatamente después el duque de Borbón se adelanta tomando de la mano a la señorita de Lorena. Aquí está el minué de la rebelión. Termina el minué y las duquesas en sus palcos enrejados pueden volver a respirar con tranquilidad. Porque no contaban con el duque de Coigny, que se adelanta dando la mano a la princesa de Bouillon. Inmediatamente se escucha un murmullo de reprobación detrás de las rejas. No baila ninguna duquesa. Pero la Bouillon se ha empeñado en ir por su cuenta, pues los Bouillon, como los Rohan y los Montmorency, no tienen más que manías principescas en la cabeza. Y, además, la Bouillon es alemana. Una Hesse-Rheinfels. Y pretende que se le aplique el tratamiento de Alteza Serenísima. En cuanto al elegante Coigny, como cortesano atento que es —pronto formará parte de la camarilla de la Delfina y se murmurará que es su amante—, cabe decir que se presta a toda clase de golpes bajos. Es un auténtico «chico para todo». Viene a continuación la condesa Jules de Polignac formando pareja con el vizconde de Belzunce. Todo el mundo se pone de acuerdo en verle todas las gracias a Madame de Polignac. ¿Se ha fijado en ella la Delfina esta noche? Cabe dudarlo. A la princesa de Lamballe, que antes que la de Polignac será su favorita, no le puede haber pasado inadvertida puesto que ya se sentaba a la mesa real el día de la cena de Compiègne y el de la cena en la Muette.

Se sirve un refrigerio e inmediatamente se reanudan las danzas. Lambesc y Madame de Duras danzan la pantomima. Viene finalmente la contradanza a ocho en la que participa el Delfín, aunque no así la Delfina, pues no conoce los pasos. Como desquite, ésta baila a continuación una alemana, la danza de origen alemán muy en boga en la corte de Luis XIV, con el duque de Chartres...

La Lamballe, la Polignac, Chartres, el futuro Igualdad, el Delfín, la Delfina. He aquí, ya en el tablero, las principales piezas y las sombras que éstas proyectan sobre el porvenir. Detrás de Lamballe se oculta una amistad desinteresada hasta la muerte y que tendrá como decorado final la cárcel de la Force y las matanzas de septiembre; la dulce y frívola Polignac apenas puede disimular su pertenencia a una familia de intrigantes, insaciablemente ávidos de propiedades, dinero y honores, así como una ambiciosa clientela en la que destaca el ambiguo y arrogante Vaudreuil, su amante. Chartres, con el rostro granujiento, sostiene en la mano el voto en favor de la muerte del Rey, contando con la guillotina... Pero faltan en el juego dos piezas esenciales. Y, sin embargo, la

Delfina se ha cruzado con ellas sin percatarse de la importancia que adquirirán más adelante. La primera, el futuro cardenal de Rohan, la recibió delante de la catedral de Estrasburgo. ¿Captó ella en aquella ocasión al que no tardaría en hacerse famoso como el «cardenal Collar»? En cuanto a la reina negra, la Delfina no hizo sino encender su celosa mirada desde lo alto de las terrazas del castillo de Passy en el momento en que, en su carroza, enfilaba la calzada de la orilla del Sena.

El Rey no se cansa de ver bailar a la pequeña Delfina. Tanto más cuanto que el mariscal de Richelieu, siempre lisonjero y siempre en busca de pimpollos, le ha dado a entender que la Delfina se parece a su madre, aquella duquesa de Borgoña con la cual, a la insolente edad de los pajes, él había bromeado justo lo suficiente como para que se considerara algo más que una simple travesura. Si uno piensa en esta permanencia de los rasgos físicos, de los temperamentos, de los nervios, de los caprichos, de las taras a través de los cruces y las bodas en esta ganadería sin fronteras de monarcas y príncipes que constituyen las distintas familias de Europa, experimenta una sensación de vértigo y siente la melancolía que se apodera de los monarcas cuando les toca recogerse en su necrópolis.

La Delfina baila y, mirándola, el Rey sueña con su madre, que fue a reunirse en Saint-Denis con su primogénito, el pequeño duque de Bretaña en el mismo cortejo que su esposo y un segundo hijo, tras haberlos arrastrado a ambos a la muerte.

Los pensamientos de Luis XV se trasladan hacia esa madre de la cual no conserva ningún recuerdo y sí, en cambio, muchos sinsabores. Era la nieta de Monsieur, el hermano de Luis XIV, por consiguiente su bisabuelo; como la delfina María Antonieta.

Por eso este anciano rey, el hombre más apuesto de Europa al decir de los diplomáticos extranjeros acreditados en Versalles, de vuelta de todo, dominado por un escepticismo que roza el cinismo más absoluto, carente de ilusiones sobre los seres y las cosas y en el cual la superstición ha sustituido desde hace mucho tiempo cualquier religión, se enternece en presencia de la graciosa Delfina. ¿Tiene en este momento un presentimiento de lo que le espera a la futura reina de Francia? La gran maquinaria de la historia ya empieza a impacientarse. Necesita víctimas. ¡Imaginaos! ¿Qué sería una revolución sin una cabeza que inmolar? ¡Pero aquí está la víctima! ¿Cuántas fiestas, luces, bailes, máscaras, salones, festejos nocturnos de incógnito, millones disipados en el juego, músicas, comedias, pelucas extravagantes, cintas y sombreritos? Modas y contramodas, sedas, gasas transparentes, todo ello unido a las camarillas de favoritos y favoritas, trianones y templos de amor y cuantos descuidos e incoherencias hagan falta y, por encima de todo, diamantes... ¡Pues sí! ¿Cuántas imprudencias tendrá que cometer para despojarse de toda la vanidad y de falsas apariencias y acceder finalmente a su verdadero destino, próximo a la santidad y la leyenda, que quién sabe si desde siempre le correspondía, haciendo pareja con el de un san Luis situado en el otro extremo de esa larga dinastía de los Capetos, que ella sellará y rescatará, precisamente ella, la dama de la muerte?

¿Estaba Luis XV prendado de la Delfina?

El Rey ha sido seducido por la Delfina y la Du Barry no lo soporta. Tanto más cuanto que la duquesa de Gramont, manipuladora nata, ha adivinado lo suficiente como para ver en ello una invitación a la intriga. Puesto que la Delfina cree que se lo debe todo a su hermano Choiseul, ¡que tenga un detalle! Un paso en falso cuando lo comete un miembro de la realeza no es un paso en falso. Siempre y cuando todo quede en familia.

La Gramont, hábil jugadora, ya piensa en desquitarse: el Rey en la gloria, la Delfina embarazada y apaciguada, Choiseul confirmado en su cargo, la Du Barry enviada a una lejana abadía. ¿Y el Delfín? ¡El Delfín! Facilísimo. El santurrón exclamará: ¡Oh, milagro! En cuanto al cazador, no cabrá en su asombro por haber atrapado al ciervo de diez puntas que cada día persigue con tanta fanfarria.

Pero la favorita está atenta: «¿Bonita? ¡Pero es que tú no te das cuenta de nada, Francia! ¿Es que no has visto la nariz puntiaguda que tiene? ¿Y esa boca con el labio prominente...?»

Por más que al Rey todo eso le parece muy agradable, la condesa se lo presenta como extremadamente feo. Y trata por todos los medios de que le disguste su Delfina, a la que diariamente envía regalitos. Un día son unas preciosas perlas, otro un espléndido brillante, en fin, todas las fruslerías que sirven para iluminar con un rayo de sol un tiempo gris y desapacible.

Sabiendo lo pródigo que es Luis XV cuando se trata de las arcas del Estado y lo avaro que se muestra cuando tiene que hacer un regalo o pagarle una asignación a uno de sus bastardos echando mano de su fortuna personal (una de las primeras de Europa), cabe imaginar adónde lo habría llevado la Delfina guiada por una intrigante como la Gramont. Entonces se habría visto al hijo de un Rey suceder a su sobrino.

A pesar de los desesperados esfuerzos de la duquesa, todo queda en agua de borrajas. María Antonieta se ha quejado ante esta última porque le parece que alguien experimenta un placer malsano en separarla de su marido bajo el pretexto de un despertar matinal. Por su parte, el Delfín ha aceptado de buen grado la idea de las habitaciones separadas.

Adivinando una posibilidad, la duquesa de Gramont contesta entre risas a la Delfina: «Si yo fuera tan joven y hermosa como vos, señora, no me tomaría la molestia de ir a buscarlo, habiendo otro de categoría muy superior y más que dispuesto a ocupar su lugar...»

María Antonieta pasa por alto la insinuación. Una mueca basta para hacerle comprender a la duquesa que se ha equivocado. La Gramont va inmediatamente a pedirle al Rey que acceda a los deseos de la Delfina de que las habitaciones de los esposos se puedan comunicar.

De esta manera favorece la consumación del matrimonio que hará imposible la devolución de la Delfina.

Los festejos de la boda acabaron en catástrofe. París, que no quería ser menos, se sintió en la obligación de iluminarlo todo para celebrar la boda. Se había previsto un castillo de fuegos artificiales a la orilla del Sena. Así se hizo. Una vez extinguida la espectacular traca final, la muchedumbre que llenaba la plaza de Luis XV y los Campos Elíseos se trasladó en masa hacia los bulevares iluminados y las atracciones de feria. Por aquel entonces, la rue Royale estaba todavía en obras y llena de zanjas. Los vehículos, la gente que salía de la rue Saint-Honoré y la que subía de la plaza chocaron entre sí. La confusión fue inmediata y el pánico, general. Los miembros de una banda de rateros que habían bajado de la Courtille olfateando un buen negocio empezaron a aligerar de la bolsa y de las joyas a todas aquellas gentes de la buena sociedad que se aplastaban y pisoteaban entre sí.

En la plaza el ruido era ensordecedor. Los andamios que habían levantado para que se vieran mejor los fuegos artificiales se desplomaron sobre los que se encontraban debajo. Los vehículos volcaron sobre los cuerpos y los caballos asustados aumentaron todavía más la confusión. El duque de Cars, que se había quedado embobado en la plaza, estuvo a punto de perder la vida y sólo se salvó gracias al duque de Bouillon, que envió a sus criados a rescatarlo de entre la muchedumbre.

A la mañana siguiente se contaron más de seiscientos muertos y aproximadamente otros tantos heridos. El hospital se vio muy pronto en la imposibilidad de atenderlos a todos. Los enviaron a Bicêtre, sin demasiado éxito. Muchos murieron por el camino. Los cuerpos que nadie reclamó fueron conducidos, envueltos en tela de saco, a Clamart, y arrojados sin el menor miramiento a la fosa común. Este entierro de los indigentes, de noche y sin ataúd, deprisa y corriendo, no fue muy distinto al de los cortesanos que, aparte de la desgracia de morirse, tuvieron la mala idea de hacerlo en Versalles. En efecto, así fue como los evacuaron, de noche, en parihuelas y cubiertos con un trapo mientras el baile seguía en pleno apogeo en la Gran Sala.

El Delfín y la Delfina entregan un año entero de sus ingresos para socorrer a las enlutadas familias.

El clan antiaustriaco quiere ver en esta catástrofe algo más que una desagradable coincidencia de circunstancias. Es un presagio funesto para el futuro, reforzado por la presunta impotencia del Delfín. Los oráculos menean la cabeza con expresión cariacontecida y lanzan sus dardos: verdaderamente, nada bueno se puede esperar de un himeneo celebrado bajo tan ensangrentados auspicios.

Luis XV ordena interrumpir los festejos. Decreta un

duelo de ocho días. Y después, cuando llega el buen tiempo, la corte se traslada a Marly...

Las estancias estivales en el campo y luego las otoñales, con sus cacerías en Fontainebleau, no hacen sino cavar un foso todavía más profundo entre los esposos. El Delfín persevera en su indiferencia. En cuanto a la Du Barry, ésta soporta cada vez peor los ofensivos silencios de la Delfina que, sentada a su lado alrededor de una mesa de juego, apunta sin dirigirle jamás la palabra. ¡No se puede decir que María Antonieta sea antipática, eso no! Simplemente, la favorita para ella no existe.

La condesa Du Barry no se priva por su parte de burlarse de la impotencia del Delfín. Sus palabras recorren el camino hasta llegar a los aposentos de este último. Entonces, saliendo de su apatía, el Delfín sube a ver a la condesa para cantarle las cuarenta. Sabiendo que ésta intenta conseguir para su sobrino, el joven vizconde Du Barry, el puesto de escudero mayor, termina su invectiva diciendo: «Si vuestro sobrino consigue este puesto, que no se acerque jamás a mí porque le daré una patada en la mejilla.»

Después de este estallido tan insólito en él, el Delfín regresa tal como había venido a sus cerraduras. En cuanto a la favorita, ésta se retira durante veinticuatro horas a sus aposentos para rumiar su malhumor. Cuando reaparece, se muestra más soberbia y endiamantada que nunca.

Y mientras, tanto en la corte como en la ciudad, todo el mundo sigue las peripecias del «estancamiento de la alcoba» con la curiosidad que suscita el más mínimo detalle picante, desde las cocinas y escuderías y los patios del palacio hasta las antesalas de los aposentos, los lacayos, los criados y los guardias, los mozos, las camareras y las amas de llaves canturrean casi abiertamente al son de una pegadiza melodía las desgracias de la Delfina:

Por doquier se oye decir,
¿puede o no puede el Delfín?
La Delfina desespera.
Unos dicen que no se le levanta,
Otros que meterla no sabrá...
Tralarí tralará...

¿Se irá? ¿No se irá?

La Delfina navega un poco a su aire. Desconfía de los consejos que le da su madre por carta tanto como de aquellos que le prodigan a diario Mercy Argenteau y el buen abate de Vermond. Hace lo que le da la gana. Manda regularmente a paseo a Madame de Noailles, su dama de honor.

Así pues, el Delfín se dedica a la caza y la Delfina sueña como todas las jóvenes y empieza a distraerse. Es revoltosa e incluso se la podría llamar burlona. En cuanto al Rey, éste se ve asediado a diario por su amante, que quiere la destitución de Choiseul y un testimonio de reconocimiento por parte de la Delfina. Una palabra, una simple palabra. Una palabra, buenos días... Una cosita de nada, en suma.

En el transcurso de una estancia en Choisy, se celebra una función teatral. Las damas de la corte ocupan los primeros bancos. Madame Du Barry se presenta flanqueada por la mariscala de Mirepoix y la duquesa de Valentinois. Ninguna de las damas sentadas se mueve. No hay el menor movimiento para hacerle sitio a la favorita. Susurros de abanicos, crujidos de seda y, en voz baja, comentarios picantes. La duquesa de Gramont, inclinándose hacia la oreja de su vecina, suelta su venenoso aparte lo suficientemente alto para que la sala la oiga. Un ataque en toda regla. Madame Du Barry se ve obligada a desplazarse al fondo de la sala. En los palcos, las señoras tías aplauden. Al día siguiente, la duquesa de Gramont recibe una carta con el sello real, enviándola al destierro. Se la destierra de la corte. La Delfina apelará inútilmente a la clemencia del Rey y lo engatusará en vano. La Gramont se quedará en sus tierras.

Todos buscan en el rostro de Luis XV alguna señal de favor o de disfavor a su ministro. ¿Se irá Choiseul? ¿Será la Delfina devuelta a Viena cuando su matrimonio sea declarado nulo por falta de consumación?

El Rey, que es amante del disimulo y el secreto, no deja entrever sus intenciones y, sin embargo, su decisión ya está tomada. Le han advertido que Choiseul tiene el propósito de declarar la guerra a Inglaterra. Los ingleses han arrebatado a España las islas Malvinas que Francia le había cedido; los españoles han intentado un desembarco y piden refuerzos a Francia en nombre del pacto de familia. Con la intención de hacerse todavía más necesario, Choiseul prepara la intervención. Desde la última estancia en Fontainebleau, donde Choiseul ha seguido a la corte, Luis XV ha mandado que le traigan la correspondencia de España, en la que el ministro ha retocado unas cartas de Carlos III para envenenar más el asunto.

Los cortesanos, mantenidos en la inopia pero que intuyen que algo se está tramando, se desesperan. ¿Qué cara tienen que poner? ¿Con qué música tendrán que bailar el próximo minué ministerial? ¿Tienen que seguir haciéndole la pelota al duque de Choiseul o pedir audiencia al duque de Aiguillon? Desde que Luis XV lo ha mandado llamar de Bretaña, anulando simultáneamente con una orden real su causa en el Parlamento, el duque suscita mil reverencias. Todo el mundo quiere ser su amigo. Todo el mundo lo acaricia.

Este ballet de corte es el preludio de la tormenta que se avecina, a pesar de las sonrisas que el Rey prodiga a su ministro. El 20 de diciembre de 1770, el intendente general de correos entrega al monarca unas cartas dirigidas a parlamentarios e interceptadas por agentes. Están llenas de injurias contra el poder real: «¡Es verdaderamente insoportable que me calumnien en provecho de mi ministro! —exclama Luis XV—. ¡Vive Dios que Choiseul se ha colocado tan por delante de su maestro que mis súbditos ya ni siquiera me distinguen a su espalda!»

El 24 de diciembre el Rey anula la sesión de trabajo con Choiseul y se va de cacería. En ausencia del monarca, el duque de la Vrillière, jefe de la Casa Real, con dos cartas selladas en el bolsillo se hace anunciar en casa del duque de Choiseul, a quien entrega la primera. Se le ordena retirarse a sus tierras de Chanteloup. La misma carta recibe el duque de Praslin, primo de Choiseul y ministro de la Marina. Ambos Choiseul abandonan de inmediato Versalles y, a la mañana siguiente, salen de París en compañía de una tropa de fieles.

Al mes siguiente, el Rey envía a los miembros del Parlamento dos mosqueteros provistos de una declaración de sumisión que deberá ser aprobada de inmediato, y de una carta de destierro en caso de que se nieguen a someterse. Muchos de ellos la recibirán con altanería y emprenderán el camino del exilio.

De la obra de Choiseul sólo queda la isla de Córcega, que éste adquirió a los genoveses, y la Delfina, prenda de una alianza en la cual ya nadie cree en realidad.

Nadie duda en Versalles de que la destitución del ministro ha sido obra de la favorita. El desprecio de Choiseul por la condesa había acabado por cansar al Rey.

Una palabra, una simple palabra...
y no se hable más del asunto

¿La dirá, no la dirá? Es la pregunta del día. Soplan vientos tormentosos en el Salón del Ojo de Buey. Todo el mundo contiene la respiración sin perder prenda. Sólo se trata de una palabra, una sola, una tontería que no compromete a nada. Pero la Delfina se emperra. Una tontería. ¡Se dice pronto! Porque María Antonieta está dispuesta a hacer tonterías, pero no a decirlas de tamaño calibre, ¡de eso ni hablar! Y todos se preguntan en Versalles si se atreverá durante mucho tiempo a contrariar al Rey. Una palabra, una frasecita que se olvida enseguida. El Rey lo está deseando. Pero las señoras tías no quieren. Están en contra. Creen desmayarse cuando alguien tiene la osadía de nombrar a la favorita en su presencia.

Se trata de que la Delfina diga buenos días o intercambie unas frases acerca del tiempo que hace, por ejemplo, reconociendo de esta manera a la condesa por lo que es: una dama presentada que tiene acceso a Versalles. Una frasecita de pasada simplemente, para que quede constancia y se acabe la inquina.

Una vez enviado Choiseul a Chanteloup, la condesa Du Barry dispone de más libertad para doblegar a la Delfina. Pero, aún así, le costará un año de lucha.

Un año durante el cual la cuestión adquirirá un sesgo diplomático que precisará intercambio de misivas entre las cancillerías de Viena y de Versalles, hasta el punto de que la emperatriz se verá obligada a intervenir personalmente.

La voluble Delfina ha acabado encontrando el centro de gravedad de su vida: frivolidad y despilfarro, sin olvidar la transgresión prácticamente cotidiana de la etiqueta. Hace sólo lo que le da la gana. Cuanto más se pretende contrariarla, tanto menos se consigue de ella. Es más lista que el hambre y no dice nada que la pueda comprometer ante el «abuelito Rey», que así llama ella a Luis XV. A cualquier observación responde con un silencio altivo y una enfurruñada expresión austriaca que ya empiezan a irritar a más de uno en la corte. Pese a ello, sabe, a su manera, hacerse adorar por la gente. Trata con bondad a cuantos la sirven. De los criados a la lectora, pasando por su poni y su perrito. Sin proyecto ni plan preconcebido, va a su aire y actúa según su estado de ánimo. Y su estado de ánimo la impulsa en general a zafarse de las costumbres, las tradiciones y todas las molestias que le impone su rango. Sin embargo, cuando quiere tiene la dignidad y el porte de una Delfina. Es un pájaro extraño que Versalles trata de encerrar en una jaula.

La condesa de Marsan, aya de los infantes de Francia, es la primera en censurar a la Delfina y en encontrarla insoportable. Sus caprichos, sus histerismos —con semejante marido, no era para menos—, su falta de disciplina, su constante rebelión contra el sacrosanto ceremonial, sus burlas la previnieron hace tiempo. Por consiguiente, cuando a María Antonieta se le ocurre dar consejos acerca de la educación de las princesas hermanas del Delfín, Madame Clotilde y Madame Isabel, el aya se sube por las paredes. Versalles se hace eco de las venenosas palabras de la condesa, que se extienden rápidamente a todo el clan de los Rohan-Soubise. ¡Qué impertinencia! ¡Una mocosa sin educación nos quiere dar lecciones! ¡Pero si ni siquiera habla bien el francés! ¡Una cabeza de chorlito! Muy pronto la acompañarán a la frontera y, desde allí, la conducirán en coche hasta Viena. Y cada vez son más exagerados los rumores sordos de divorcio que han surgido de lo más hondo de nadie sabe qué oscuro gabinete de un oscuro cortesano de este inmenso Versalles donde el más mínimo gesto, la más mínima palabra siempre encuentra eco.

Algunos cortesanos apuestan por la Delfina; otros por la condesa Du Barry. Después del destierro de la duquesa de Gramont, María Antonieta va con mucho tiento con la favorita. Ésta se impacienta. El Rey también. «La señora Delfina se permite hablar con demasiada libertad acerca de lo que ve o cree ver. Los comentarios un tanto aventurados podrían ejercer efectos perjudiciales en el seno de la familia.» Por muy lerda que sea, Madame de Noailles, que es la encargada de transmitir la advertencia a la Delfina, ha percibido que el tono siempre ecuánime del Rey presagia tormenta.

María Antonieta que, en su fuero interno, no ama al Rey pero lo teme, comprende que ha ido demasiado lejos con sus insolencias. Mañana lo pensará. Y, de mañana en mañana, van pasando las semanas y los meses. Y María Antonieta se olvida. Carta de la emperatriz, intervención de Mercy Argenteau. No hay nada que hacer. Al final, acabará por rendirse a la razón. ¡El 11 de agosto, decidido! Dirigirá la palabra a la favorita.

Se han organizado unos juegos en sus aposentos aquella noche. La condesa Du Barry se presenta. Los cortesanos habían sido advertidos de que algo iba a ocurrir. Todos miran a hurtadillas a la Delfina, la cual se ha levantado de la mesa de juego e inicia la ronda. Saluda por aquí. Pronuncia una palabra amable por allá. Trata de «prima» a una anciana duquesa. Pronto llega a la altura de la favorita que, al verla acercarse, hace ademán de inclinarse, cuando aparece de pronto como una exhalación Madame Adélaïde. Ha adivinado lo que está a punto de suceder y se apodera bruscamente de María Antonieta: «Es hora de irnos. Vamos a esperar al Rey en los aposentos de mi hermana Victoria...»

María Antonieta se deja arrastrar. En cuanto a la favorita, plantada a media reverencia, no le queda más remedio que tragarse el sapo.

Los cortesanos, que siempre andan escasos de temas de cotilleo, están en la gloria. Aquella noche en los gabinetes se hablará mucho de la reverencia interrumpida. Y, dependiendo del clan, unos se burlarán y otros se indignarán. En cualquier caso, a lo largo de todo el otoño será el gran tema de conversación. Una vez más, se hace una advertencia a Viena. Toda la política de la emperatriz está amenazada por culpa de esta atolondrada. No tardará en estallar la crisis polaca y María Teresa necesita contar con la benévola neutralidad de Francia. A causa de una palabra, de un comentario sin importancia acerca del tiempo, en fin, de cualquier cosa que sirva para demostrar que reconoce la presencia de la condesa y que esta pequeña testaruda se niega a pronunciar, todo su plan sabiamente elaborado corre el riesgo de venirse abajo. La emperatriz le envía a su hija una severa reprimenda. La Delfina le contesta sin dar su brazo a torcer. ¿Quieren que capitule?, ¡pues no! Piensa ir hasta el final. ¿Y el Rey? Pues bueno, mala suerte, le seguirá poniendo mala cara. Poco a poco, Mercy la hace entrar en razón. Al final, entrega las armas y, el 1 de enero de 1772, en el transcurso de la ceremonia de las felicitaciones, se acerca a la favorita, flanqueada por la duquesa de Aiguillon y la mariscala de Mirepoix. Le dirige una palabra a la duquesa y después, mirando fijamente a la Du Barry, le suelta: «Cuánta gente hay hoy en Versalles...»

Ya está, ya lo ha dicho. ¡Una bobada, pero, qué más da! La Barry, tal como ella la llama, se tendrá que conformar. Le habría podido decir «Hace muy buen tiempo» o «Hace mucho frío». Eso no tiene importancia. Le ha dirigido la palabra a la «criatura» y es suficiente. Le ha hablado una vez, pero jamás lo volverá a hacer. Más todavía, está dispuesta a ridiculizarla.

Crepúsculo, viruela y collar de esclavitud

En Viena recuperan la respiración. Kaunitz, la emperatriz y su hijo el emperador José II pueden afilar el cuchillo: Polonia está a punto de ser despedazada. Al final, María Antonieta se ha portado como una buena austriaca.

El tratado definitivo del reparto de Polonia se firma el 5 de agosto de 1772, cuando Prusia, Austria y Rusia ya han tomado posesión de las provincias que se han adjudicado. Versalles acoge el acontecimiento con indiferencia. Sin embargo, el Rey ha sido advertido del doble juego de María Teresa y de los rodeos de José II, el cual no oculta su admiración por el rey de Prusia, Federico II. Su embajador en Viena, que no es otro que el príncipe Luis Eduardo de Rohan, coadjutor de Estrasburgo, lo ha avisado. El príncipe obispo ha sido nombrado para este cargo por el duque de Aiguillon, el cual ha sustituido a Choiseul al frente del Ministerio de Asuntos Exteriores. Éste quiere ganarse el favor del poderoso clan de los Rohan, pues, con el apoyo de su primo el mariscal de Richelieu, tiene el secreto propósito de unir al Rey y a la favorita mediante una boda morganática.

El príncipe Luis no se ha dejado engañar por los melindres de la emperatriz. Por otra parte, ya ha enviado a Versalles la siguiente nota: «He visto a María Teresa llorar por las desventuras de la Polonia oprimida, pero esta princesa, ducha en el arte de no dejar entrever sus intenciones, me parece que utiliza las lágrimas a voluntad. En una mano sostiene el pañuelo para enjugárselas y con la otra empuña la espada para ser la tercera participante.» La carta, dirigida al duque de Aiguillon, es mostrada a la Du Barry, la cual se apodera de ella. Aquella misma noche, en el transcurso de una cena íntima en sus aposentos, la lee a sus invitados. En cuanto la condesa acaba la lectura, burlándose de la mojigata matrona de Schönbrunn, María Antonieta es puesta al corriente. Jamás le perdonará aquella nota llamada «de la espada y el pañuelo» al príncipe Luis, nuestro futuro «cardenal Collar».

El nombramiento del príncipe Luis para la embajada de Viena le ha valido a éste la inquina del barón de Breteuil, a quien Choiseul, antes de su caída en desgracia, había nombrado para aquel cargo. Tras haber recibido el plácet de la corte de Viena, Breteuil ya se disponía a partir cuando le rogaron que cediera la embajada al príncipe y tuviera la bondad de irse a Nápoles en vez de a Austria.

Breteuil tiene un temperamento brusco y altanero. La maldad cuenta con infinidad de recursos y medios. Por consiguiente, el barón perseguirá a Rohan con un odio implacable. «Un día podré vengarme; seré su ministro y le haré sentir el peso de mi autoridad», había dicho entonces. Y los azares de la política no tardarán en colocarlo en situación de poder cumplir el juramento.

Madame Du Barry se muestra satisfecha de momento. Le dejan entrever la posibilidad de una hipotética boda con el Rey. El canciller de Maupeou le escribe: «He seguido hablando esta mañana con el duque de Aiguillon acerca del proyecto de vuestra boda con el Rey. La cosa no nos ha parecido imposible. Vos sabéis que tenemos el ejemplo de un matrimonio parecido entre Luis XIV y Madame de Maintenon. Las circunstancias os son mucho más favorables que las de aquella dama, la cual no tenía sobre su amante una influencia tan poderosa como la que vos ejercéis en el monarca.» Pero es necesario que nadie entorpezca la buena marcha de aquel delicado asunto. En primer lugar, está la problemática anulación de su boda. Tras el fracaso del cardenal de Bernis en Roma, habrá que pasar por los tribunales, los cuales decretarán la separación de cuerpos y bienes entre la favorita y su marido, el conde Guillaume Du Barry. Pero, mientras corre una liebre por aquí, aparece por el otro lado un conejo rosa en la persona de una tal Madame Pater, baronesa de Nieukerke, que aspira a ocupar el lugar de la favorita. Desde Chanteloup, Choiseul tira de los hilos. Pero Madame Du Barry está al tanto y no se deja engañar. Toma la pluma y escribe al duque de Duras, primer hidalgo de la cámara y, en secreto, el hombre de Choiseul en la corte.

«Como cortesano interesado, señor duque, me hacéis a menudo servilmente la pelota; como intrigante, tratáis de arrebatarme el corazón del Rey, ensalzándole los encantos de una tal Madame Pater que, por lo que dicen, habría podido ser aceptable hace doce o quince años y, en vuestra calidad de hidalgo de la cámara, según rumores, que no sólo la habéis presentado a Su Majestad sino que incluso habéis tomado partido por ella. Os felicito, pero aún no poseéis todas las cualidades de un verdadero amigo del príncipe, no sois lo bastante listo como para ocultar vuestro juego, y la prueba de ello es que yo, que habría tenido que ser la última en enterarme, lo sé todo acerca de esta bonita intriga antes de su desenlace. Sé también que mi querido duque de Choiseul dirige desde Chanteloup toda vuestra conducta y espera beneficiarse de ella, cosa de la que, a buen seguro, tendréis que avergonzaros. Adelante, señor duque, usad vuestras habilidades, pero con un poco más de disimulo. A partir de este día espero no volver a veros en mis aposentos.»

Una buena chica la Du Barry, pero que nadie se atreva a pisarle el terreno. Y, además, ¡qué ironía tan mordaz en la nota y qué jugada tan bonita! Madame Pater desaparece tan rápidamente como había aparecido. Ahora le toca a Beaumont, arzobispo de París, el turno de escribir a la condesa para aconsejarle que abandone la corte e incluso que ingrese en un convento, pues la camarilla austriaca está tratando de nuevo de casar al Rey con una archiduquesa. Madame Du Barry, que es una zorra pero una zorra muy lista, afila de nuevo la pluma y envía al arzobispo una amorosa carta muy en su estilo:

«... Si aún no he tenido el valor necesario para aceptar vuestras piadosas sugerencias, por lo menos os confesaré, Monseñor, que vuestra carta me ha causado una profunda impresión, a pesar de lo que hayan podido decir ciertas personas a las cuales he revelado su contenido. Para tranquilizar mi alarmada conciencia y convencerme de que no soy tan criminal como temo ser, me quieren hacer creer que mis faltas más graves no habrían sido otra cosa que pecadillos si yo hubiera tenido como vos la ventaja de estar dirigida por uno de esos sublimes teólogos* que, mediante una cierta interpretación de intenciones, os ha hecho pecar alegremente con Madame de Moi-

---

* Probablemente, un confesor jesuita.

ran* sin que por ello vuestra alma apostólica haya tenido la menor participación en la mancilla de vuestro cuerpo.

»En fin, Monseñor, sea lo que sea lo que yo haya comprendido acerca de las muchas cosas que se me han dicho a este respecto, he creído percibir en ellas que, para entrar en el sendero de la salvación, constituyen un medio más fácil y más apropiado a mi debilidad que el que vos me proponéis.»

Hay que reconocer que se trata de un ataque en toda regla contra el ambiente jesuítico. Se percibe tanto en la forma como en la ironía que maneja la regia buscona un vago tufo de las *Provinciales* de Pascal. Sabe pinchar donde más duele. Bromea, acaricia escondiendo las uñas y asesina jugando. Es una verdadera hija del siglo y ha aprendido a reírse con Voltaire. Si escupe vitriolo, lo hace con suma maestría. Sin embargo, cada frase deja al descubierto a su artillero. La carcajada abrasiva de la lagartona permite entrever en el horizonte a la marquesa de Merteuil, pues en los últimos años del reinado del Bienamado, se aspira en Versalles el olor de la podredumbre. Un delicado olor a osario. La viruela anda al acecho. La misma que alcanzará a la marquesa en las últimas páginas de *Las amistades peligrosas*.

La Du Barry conoce su mundo y no se hace ninguna ilusión al respecto. Sabe que, según sean los cargos, los beneficios, las asignaciones y las prebendas, el cortesano cambia de bando. Sabe cómo se hacen y se deshacen las camarillas. Por otra parte, está viendo el declive de «Francia». Las noches en que Luis XV se reúne con ella utilizando la escalera secreta que conduce directamente desde la biblioteca real a su cámara, mide, como experta del

---

* La superiora del hospital de La Salpêtrière.

amor que es, el avance de la senectud. Algo ha cambiado. Sus ganas de vivir parecen haberse extinguido. En público, el Rey da el pego. A los sesenta y cuatro años es todavía un hombre muy bien parecido. Pero por dentro está minado por los excesos del placer. Cada vez más neurasténico, se ha encerrado en una superficialidad que lo hace casi insensible. ¿La política? Pone todavía en su sitio a Prusia y Rusia, cuando ambas potencias pretenden desmembrar Suecia tal como ya han hecho con Polonia. Eso le permite desquitarse de los errores políticos cometidos por Choiseul. ¿Y la religión? Apenas le queda nada.

«Finalmente, el monarca ya ahíto de placeres... acaba por buscarlos de otra clase en los viles restos de la conducta pública licenciosa —trona desde el púlpito el abate de Beauvais. Y añade—: ¡Dentro de cuarenta días, Sire, Nínive será destruida!» Los feligreses se quedan petrificados ante semejante audacia. Sólo el Rey se lo toma a broma. Porque Nínive se le antoja muy lejana y, después de nosotros, el diluvio... Se vuelve hacia el mariscal de Richelieu, viejo compañero suyo de placeres. «Me parece que el abate ha arrojado un montón de piedras a vuestro jardín», le dice.

Y el mariscal, tan superficial como él y tan insolente y libertino como siempre, le contesta: «Es cierto y con tal fuerza que muchas han rebotado y han ido a parar al parque de Versalles.»

La condesa Du Barry multiplica sus muestras de buena voluntad para con la Delfina. Ha adivinado hace tiempo su pequeño vicio, un vicio que ambas comparten: la pasión por los diamantes. Puesto que la Delfina es una gran aficionada a ellos, se le darán en abundancia y «Francia» pagará la cuenta, encantada de que finalmente reine la paz en su casa.

Entran aquí en escena los dos personajes que van a interpretar el papel de alfiles en la partida de ajedrez que poco a poco se prepara.

Los joyeros Böhmer y Bassenge son dos jóvenes judíos de origen alemán, establecidos en la rue de Vendôme (hoy en el número 14 de la rue Béranger) del barrio del Marais. Constituyen una sociedad perfecta: Paul Bassenge es el artista, el diseñador, tal como diríamos hoy en día; Charles Auguste Böhmer, rubio y cordial, siempre dispuesto a buscar modalidades de pago, es el hombre de los contactos y los negocios. Madame Böhmer —pues hay también una Madame Böhmer—, nacida Catherine Renaud, era bailarina en la Ópera de Dresde. Casanova se fijó en ella y surgió una aventura. La etérea bailarina ha sabido encontrar su camino en los diamantes. A la muerte de Böhmer, se casará con su socio Bassenge, al cual dará un hijo. Böhmer es por tanto el que espera en las antesalas. Corresponsal en París de la corte imperial de Rusia, recorre Europa, se traslada a San Petersburgo y a Polonia. Los Böhmer, tal como los llaman para abreviar, se han convertido en poco tiempo en la niña de los ojos de la corte y la ciudad. Son los joyeros de moda. Y, puesto que todo lo relacionado con la moda, tanto si gusta como si no, atañe de momento a Madame Du Barry, pues ésta es la que marca la pauta, los dos alemanes no tardan en abrirse camino hasta sus aposentos de Versalles. Los introducen de inmediato en su gabinete delante de las mismas narices de los ministros y de los duques que hacen cola. No cabe duda de que, en cuestión de joyas, son los que cortan el bacalao.

Es para la condesa por lo que Böhmer ha emprendido hace poco un viaje en busca de piedras preciosas. Lo han visto en Hamburgo y en Amsterdam. Se ha puesto en contacto con sus primos de Constantinopla y del Brasil para que le busquen los diamantes más grandes, los mejor tallados y los de mayor pureza. Ha echado mano de todos los diamantistas judíos de la época, pues se trata de reunir las piedras más valiosas que haya para un collar destinado a la favorita. De momento, del collar sólo existen el diseño y un diamante de unos treinta quilates tallado en forma de pera que ocupará el centro. Este «collar de esclavitud» —que así los llamaban a causa de los nudos, de las cadenas de dos vueltas de brillantes y de los colgantes que bajaban sobre el pecho en semicírculo, recordando vagamente el collar de los esclavos— se ha convertido en una obsesión para nuestros dos joyeros. A juzgar por sus palabras, será la obra de su vida. Böhmer, seguro de lo que se lleva entre manos y del interés de la condesa por esta joya, ha pedido un préstamo para adquirir más de dos mil ochocientos quilates.

Así pues, la condesa se encuentra aquel día en su gabinete escuchando a Böhmer, rubicundo y locuaz, el cual le está explicando por medio de un dibujo cómo será el collar. La favorita se impacienta. ¡Palabras, palabras! ¿De qué le sirven a ella las palabras cuando el Rey está cada día más decaído? Si se muere, ¿quién pagará la factura? Ella quiere ver el collar, pero lo único que le muestran es este dibujo.¡Es desesperante! Al volverse, se percata de un estuche que Böhmer ha depositado sobre el velador. ¿Qué contiene? El joyero se apresura a ofrecer el estuche a la condesa. En su interior resplandecen unos pendientes de brillantes de pureza inaudita. Toma uno de los pendientes. El efecto es impresionante, un purísimo fulgor que le baja hasta el hombro. Se dispone a tomar el otro cuando se le ocurre una idea. Deja el gesto en suspenso. Vuelve a colocar el pendiente en el estuche y manda llamar al conde de Noailles. Éste acude de inmediato a galope tendido y casi sin resuello. La condesa le encarga sin más preámbulos entregarle el estuche a la Delfina y hacerle saber que, si los pendientes son de su agrado, será para ella un placer sugerirle al Rey que se los regale.

En la otra ala del palacio la Delfina recibe con displicencia al mensajero. Lo cual significa que se limita a interpretar su papel de austriaca, haciendo unos desdeñosos pucheros. Vuelve a cerrar el estuche sin decir nada, deja pasar un instante y después le devuelve el estuche al conde de Noailles: «Mirad, señor conde, en estos momentos tengo muchos diamantes y no veo por ahora la necesidad de aumentar su número.»

Hacia finales de otoño de este año de 1773, la Delfina recibe en Versalles a su maestro de música, el caballero Von Glück. Lo ha hecho acudir desde Viena. María Antonieta es una consumada intérprete de música. Toca el arpa y canta muy bien, composiciones de Glück, precisamente, y también de Mozart. Le gusta la música alemana, en la que se halla inmersa desde pequeña, mientras que las óperas francesas le resultan insoportables: las de Lully, Campra e incluso las de Rameau. Mercy Argenteau, amante de la cantante Rosalie Levasseur, futura creadora de *Alceste* y de *Ifigenia en Táuride*, presiona al director de la Ópera para que se represente en París *Ifigenia en Áulide*, basada en la tragedia de Racine. Sabiendo que la Delfina protege a Glück, la favorita se empeña en proteger a Piccinni. Así nace la pugna entre los partidarios de Glück y los de Piccinni. París toma a su vez partido por el uno o por el otro. Jean Jacques Rousseau es ardientemente glückista; D'Alembert es firmemente partidario de Piccinni. Sin embargo, entre bastidores, ambos compositores siguen siendo muy amigos. El 19 de abril de 1774 se representa la ópera de Glück. La partitura desconcierta. María Antonieta aplaude a rabiar. El Delfín también lo hace para complacer a su esposa. La sala aplaude con tibieza. Pero al día siguiente, en la segunda representación la ópera triunfa por todo lo alto.

Esta vez María Antonieta ha maniobrado con acierto. Mercy Argenteau se alegra de ello, pues lo considera un buen augurio para el futuro. ¡Ah, si ella quisiera ocuparse un poco menos de sus peinados y un poco más de política...!

Pasa el invierno y se acercan las Pascuas. Como de costumbre, el Rey se abstiene de felicitarlas. Después de las fiestas, se va al Petit Trianon con la favorita. Desde la repentina muerte de uno de sus íntimos, el marqués de Chauvelin, al levantarse de la mesa después de cenar en los aposentos de Madame Du Barry, su estado de ánimo es cada vez más huraño. El 26 de abril el Rey sale de caza. Por la noche prepara el café como de costumbre y lo ofrece a sus íntimos, entre los cuales figura el duque de Cars. A la mañana siguiente no se encuentra muy bien y decide seguir la cacería en coche. Regresa sobre las cinco de la tarde. Ordena que se le administren varias lavativas. Por la noche, su cirujano, La Martinière, acude a su cabecera. Se decide el regreso a Versalles. Se ha vuelto a declarar una epidemia de viruela. Se practica una sangría al Rey. Su rostro se cubre de calenturas y un olor pestilente se extiende hasta el Ojo de Buey. Se forman grupos y clanes. La camarilla de Madame Du Barry se moviliza para apartar a la familia. Richelieu acude corriendo al arzobispo de París para disuadirle de que le hable al Rey de sacramentos. Monseñor de Beaumont se abstiene de acercarse a su lecho. La noche del 4 de mayo el Rey manda llamar a la favorita y le aconseja que se retire a Rueil, en casa del duque de Aiguillon. El 5 se encuentra mejor y pregunta por ella. «Sire, se ha ido esta mañana», le contesta Laborde, su primer ayuda de cámara.

«¿Cómo? ¿Ya?» Y este hombre que pasa por insensible se pone a llorar. El 9 de mayo recibe la extremaunción. Han instalado al lado del lecho real una cama de campaña en la que descansa con el rostro cobrizo y tumefacto. Hace buen tiempo y en el parque los indiferentes viandantes van y vienen. Un Rey se muere y, bajo sus ventanas, a su pueblo le da igual. El día 10 el monarca expira, a las tres de la tarde. Su cuerpo ya se está descomponiendo. Inmediatamente, dieciséis grandes carrozas conducen a la familia real a Choisy. De noche y a toda prisa, el cuerpo del Rey, cubierto de cal viva y encerrado después en tres ataúdes de plomo, se introduce en un vehículo de caza rodeado por cincuenta pajes y palafreneros con hachas y antorchas. Y al galope y en semejante vehículo es conducido a Saint-Denis. «¡Vamos, date prisa, cochero!» A su paso, unos curiosos lanzan el grito de los monteros. Otros comentan en tono burlón: «Aquí está el placer de las damas, aquí está el placer...»

La condesa Du Barry, que ha recibido una carta de destierro, permanecerá algún tiempo cerca de Meaux, en la abadía de Pont-aux-Dames. Su penitencia durará algo más de un año. Finalmente, será autorizada a vivir en Louveciennes y de ir adonde quiera sin acercarse, sin embargo, a Versalles. Le serán enviados los muebles de sus aposentos. No se le reclamará ninguna de las valiosas joyas, muchas de las cuales fueron obra de los Böhmer. En cuanto al famoso collar que le estaba destinado, cabe decir que llegará a olvidarse incluso del proyecto. Sin embargo, la idea estaba en el aire y no tardó en tomar cuerpo. A otros corresponderá la tarea de recuperarla.

Los caminos de la historia son azarosos; ¿y si este precioso proyecto abandonado por la favorita no fuera otra cosa que el regalo envenenado para una Reina que, siendo todavía Delfina, le había hecho sentir con su desprecio el peso de sus humildes orígenes?

4

Camino real y senda penosa

Viena de amor, siempre Viena...

¡El Rey ha muerto, viva el Rey! Pero ¿dónde está el príncipe Luis? Sí, dónde está nuestro adorable coadjutor de Estrasburgo, este Fragonard de la diplomacia, la flor más escogida de los Rohan. Encarna la ligereza y el encanto aliados con la perspicacia tanto como con la inconsecuencia y la frivolidad, la generosidad o la prodigalidad según las circunstancias. En cualquier caso, es la galantería personificada, a la que hay que añadir su facilidad para las intrigas y una cierta rectitud... y muchos otros talentos o debilidades según como se mire. ¡Pues en Viena! ¿En qué otro sitio querríais que estuviera? En Viena, donde lleva un tren de vida endiablado, seduce a la corte y a la ciudad y al mismo tiempo enfurece a la anciana emperatriz.

El príncipe Luis ha sido nombrado en junio de 1771 por el duque de Aiguillon embajador ante la corte imperial de Viena en sustitución del barón de Breteuil, criatura de Choiseul que aún no se había incorporado a su puesto.

El príncipe Luis tiene la ventaja de pertenecer al pequeño clan de la Du Barry y, como todos los Rohan, dicen que no se fía de Austria. Su nombramiento provoca el asombro de María Teresa. A esta emperatriz que, impulsada por su exigente piedad, ha prohibido las obras de Molière, le da un ataque de hipo cuando le comunican el nombre del nuevo embajador. Mercy Argenteau ha esbozado el retrato del príncipe: seductor y amable, pero, en el fondo, poco de fiar, con una tendencia indiscutible a la intriga. De buena gana la emperatriz le negaría el plácet si no temiera que el clan de los Rohan, aliándose con el de la favorita, le hiciera pagar su negativa a la Delfina. El príncipe Luis es aceptado. Éste prepara inmediatamente su embajada, que tiene que ser, Rohan obliga, fastuosa. Se lo toma con calma. Transcurren varios meses. Va a visitar a Favier, uno de esos grandes y oscuros funcionarios que oculta el Ministerio de Asuntos Exteriores, del cual depende, a pesar de los cambios de ministros, la continuidad de nuestra política. Este último es, huelga decirlo, antiaustriaco. Le abre los archivos, la correspondencia secreta. El príncipe no deja nada al azar por mucho que se critique después su desidia. Finalmente se pone en camino, no sin antes haber besado la mano de la condesa Du Barry en el Trianon.

El príncipe Luis de Rohan hace su entrada en Viena el 6 de enero de 1772. A todos deslumbra. Dos carrozas de gala y varios vehículos van seguidos de cincuenta caballos guiados por su cuidador, entre ellos dos soberbios corceles; preceden a gran número de criados, soldados de un regimiento suizo, escuderos y pajes pertenecientes a la mejor nobleza de Bretaña y de Alsacia; hay una pequeña banda de músicos vestidos de escarlata, precedidos por dos hidalgos con todo el equipo necesario para hacer los honores de la casa, y todo ello en medio de un fulgor de oro y plata, de galones y adornos, terciopelos, brocados y crujidos de seda. Un cortejo mirífico. Lo sigue una caravana de mulas con herraduras de plata. En el fondo, muy poco para un Rohan aliado dos veces con la casa de los Capetos cuando se trata de representar a su primo el cristianísimo Rey en la corte de los Habsburgo. En la primera carroza viaja el príncipe Luis en compañía del secretario de la embajada, su fiel servidor el abate Georgel, antiguo jesuita.

Nada impresiona al príncipe Luis. Ni la emperatriz, ni el coemperador José II de espíritu vago y sarcástico, ni siquiera el pintoresco canciller Kaunitz, lúcido y cortante. El príncipe, con un perfecto dominio de sí, se coloca de entrada en un plano de igualdad.

La primera audiencia imperial tiene lugar el 19 de enero. La emperatriz es una maestra en el arte de ocultar su disgusto bajo una apariencia de lo más afable. El príncipe Luis lo sabe. Su disimulo es tan conocido que unas caricias demasiado exageradas por su parte suelen ser el preludio de una caída en desgracia. Recibe al nuevo embajador de la manera más halagüeña. Sin embargo, en su afán de hacerle comprender que sabe de qué pie calza, incluye en su discurso de bienvenida la larga retahíla de los embajadores que han obtenido su plácet. Los enumera uno detrás de otro y, al llegar al nombre de Choiseul, se siente obligada a añadir: «Al cual no olvidaremos jamás.» Tras pronunciar estas palabras, la emperatriz calla como si quisiera recalcar a los asistentes en general y al embajador en particular su aprecio por el ministro y, probablemente, la confianza que tiene en su futuro regreso al puesto en cuanto su yerno gobierne Francia y su hija María Antonieta sea finalmente reina. El silencio se eterniza. El príncipe Luis, mirando al cielo con la sonrisa de los alumnos distraídos a quienes el maestro ordena repetir la última frase, se repite a sí mismo, pero lo bastante alto como para que los presentes lo oigan, la letanía de los embajadores que cierra el nombre de Choiseul, añadiéndole el *satisfecit* de María Teresa. La emperatriz pone cara de no darse cuenta de la impertinencia del príncipe ni de la irónica sonrisa de su canciller, gran experto en la materia.

Mercy la ha prevenido contra el príncipe. Es su mejor espía en Versalles, el más ilustre con toda seguridad, el más inconsciente también, y lo mismo ha hecho la futura reina de Francia. Por capricho más que por lógica, ésta le ha tomado manía a Rohan, aun a sabiendas de que su actitud le será fatal algún día.

Pese a todo, María Teresa halaga al príncipe, concediéndole distinciones y prerrogativas de las cuales jamás ningún embajador había disfrutado, ni siquiera su querido Choiseul. Le proporciona una espaciosa y bella mansión amueblada en Hungría, a orillas del Danubio, a sólo siete leguas de Viena. En resumen, lo colma de atenciones. El príncipe se hace la mosquita muerta. Pero nada más salir del Hofburg, ¡adelante, carroza! A partir de aquel instante, no habrá más que fiestas, cenas, bailes, festejos, cacerías... una vida fastuosa, tal como merece cualquier Rohan. Olvida de inmediato su sotana de obispo. María Teresa, ejemplo de virtudes, se horroriza. Manda que le cuenten los pormenores de las cenas de gala en la embajada y la nueva moda que ha inaugurado el embajador. El príncipe agasaja a sus invitados en torno a unas mesitas en el palacete de Francia, en contraste con los grandes banquetes de gala. Las mesas se hallan distribuidas por los distintos salones de los aposentos, lo que facilita intrigas e intimidades. Las velas, el resplandor de los candelabros y de las arañas de cristal, las flores, los manteles, la suntuosidad de las vajillas, la cubertería de plata de Germain, todo es magnífico.

Hasta aquel momento, en Viena los banquetes de gala se ofrecían al mediodía, pero la novedad es muy bien acogida, sobre todo, por las damas que se ven más favorecidas al resplandor rosa y dorado de las velas.

El príncipe Luis va de mesa en mesa, aparta una silla aquí, se sienta allá. Cumplidos de seda, halagos, comentarios ingeniosos, da muestras de poseer todas las cualidades propias de un espíritu libre y cultivado. En determinado momento, se le ve sentado entre dos princesas, haciéndose eco de una indiscreción; al siguiente, murmura unas palabras al oído del secretario personal del príncipe Von Kaunitz. Trata de infundir en aquellos alemanes un poco de espíritu de sociedad. Adivina que semejante austeridad de costumbres no es más que aparente, impuesta por temor a la emperatriz. Le llaman la atención la poca galantería y la ausencia de pasión de aquel mundo cerrado. Sin embargo, se percibe en él una corrupción secreta, mezclada con una práctica y una hipocresía de religión extremadamente escasas. De la religión se encargará él, ¿acaso no es obispo? ¡En cuanto a los galanteos, su rostro hablará por él! Así pues, se insinúa con suavidad, sin forzar las situaciones, desarrollando el encanto infinito de su trato.

La cena empieza sobre las nueve y termina hacia las dos de la madrugada. Es para él un campo de maniobras ideal. Se baila, se escucha música, se tejen intrigas. Se aspira un aire de París. A veces casi le parece estar en su querida residencia de la rue Vieille-du-Temple de Estrasburgo.

En Viena todo el mundo quiere participar en las fiestas del embajador. Rohan está de moda. Y la anciana emperatriz no tiene más remedio que aguantarse. Tanto más cuanto que ha averiguado que la amante de su difunto e imperial esposo, el dulce Francisco de Lorena, la princesa Auersperg, brilla en las fiestas de la embajada con un resplandor especial. Está claro que un observador superficial no ve más en aquel prelado tan poco prelado que un actor de salón emplumado y cubierto de diamantes que besa manos y pronuncia amables palabras y bonitas frases evasivas. Todo eso no es más que una máscara. Dicen que es superficial, pues lo será. Dicen que es inconsecuente, pues no defraudará a su mundo y tanto menos a la emperatriz. Pero todo eso no es más que una fachada. El príncipe Luis ha convertido su palacio en un refugio dorado en cuyas profundidades se practica el espionaje. El abate Georgel, ese jesuita secularizado que conserva la cautela de su orden, en su calidad de fiel servidor del príncipe, se entremete en todas partes y llega hasta los salones del canciller Von Kaunitz.

Acogido por la condesa de Brionne tras ser expulsado por los jesuitas, adquirió junto a esta princesa las maneras del mundo que perfeccionó más adelante junto a su prima, la temible condesa de Marsan. A partir de allí, sólo tuvo que dar un paso para encontrarse en la residencia de Estrasburgo, en casa del sobrino.

Entretanto, se ha dedicado a frecuentar el salón de Madame Geoffrin, donde se ha impregnado del espíritu de la época y ha conocido a Marmontel, Grimm, D'Alembert, el príncipe Poniatowski, futuro monarca de Polonia... Gracias a esta célebre anfitriona obtuvo una carta de presentación para el canciller Von Kaunitz.

Georgel es un lobo disfrazado de oveja. Dicen que la ambición no lo deja dormir. Facilita al príncipe Luis un intercambio de cartas entre la emperatriz y Mercy Argenteau, así como una comprometedora nota en la cual la emperatriz insta a la Delfina a favorecer la política de Austria. También unas cartas del rey de Prusia a unos agentes en la corte de Viena que aportan muchos datos acerca de la organización del reparto de Polonia. El paquete será transmitido a Luis XV por vía secreta, lo cual equivale a decir que no pasará por el ministro Aiguillon, el cual, por otra parte, ya empieza a estar celoso de los éxitos de Rohan.

Su intimidad con el emperador José II y el canciller Von Kaunitz, así como la forma en que Luis XV desestima la petición de la emperatriz de relevarlo de su puesto muestran bien a las claras que Rohan es muy apreciado como diplomático. Sus payasadas, tal como dice la soberana, sus malas costumbres, su escaso talento, su actitud ambigua son muy del gusto del Rey, el cual ha adivinado detrás de la máscara del libertino la elasticidad de un espíritu tan paciente y ágil como obstinado, todo lo cual es muy propio de la actividad política y, por si fuera poco, una afición al secreto que no le desagrada en absoluto puesto que la comparte. «Pero, señor embajador, si es que los servicios del príncipe de Rohan son muy de mi agrado...», y Mercy Argenteau se retira, confuso. Aquella misma noche, por su vía secreta, Luis XV se encarga de que su embajador en Viena reciba una carta en la que le comunica su satisfacción y le aconseja que soporte con espíritu de sacrificio los sinsabores que le pueda causar la emperatriz.

Rohan diversifica la lucha sin apartarse del objetivo que se ha propuesto. Que rabie la emperatriz, poco le importa, pues aquel día José II lo ha invitado a comer en el Belvedere y por la noche cenará en el palacio de Kaunitz. Se va acercando suavemente. Los sondea, los calibra sin que se note. Está dispuesto a complacerlos en todo.

Halaga, divierte, en resumen, se hace querer. Posee la flexibilidad propia del que sabe introducirse . ¿Quieren que se inmiscuya?, pues allá va. Por mucho que la emperatriz ataque su mala fama, sus atuendos de caza a la húngara, sus cabalgatas que estropean las procesiones del Corpus, la audacia de sus pajes, que han pasado al galope sobre el vientre de un centinela situado a la puerta de Schönbrunn, en resumen, sus costumbres de sátrapa, no hay nada que hacer: tanto el emperador como el canciller están encantados con él.

María Teresa, harta de hacerle la guerra, le envía a un príncipe de Sajonia de venerable edad para que lo convenza de que deje de organizar cenas. El príncipe Luis lo escucha. Cuando termina, le suelta: «Que Su Majestad se digne asistir y comprobará tanto su inocencia como la calidad de los invitados. —Y termina diciendo—: No podría interrumpir estas reuniones tras haberlas anunciado solemnemente sin faltarme al respeto a mí mismo y faltárselo a mis invitados...»

Imaginaos, se decía en su fuero interno, ¿tendría él, un Rohan, que cambiar sus costumbres por una emperatriz de Habsburgo?

Es entonces cuando estalla un duro escándalo de contrabando. Varios objetos de lujo procedentes de París se han visto en el mercado a unos precios que desafían cualquier competencia. La policía de la Aduana sigue la pista hasta llegar al palacio del embajador, adonde llegan los artículos sin pagar ningún derecho en virtud de un privilegio diplomático. Como es natural, se echa tierra sobre el asunto.

Por lo que respecta a Polonia, este embajador presuntamente inconsecuente e insustancial ha captado de inmediato todo lo que los más serios expertos no quieren ver. Escribe al Rey. Es la famosa carta de «la espada y el pañuelo». El estilo no es habitual; por lo menos, contrasta con el que generalmente se emplea en las cancillerías. Lo demás ya se sabe. María Antonieta jamás se lo perdonará.

A la muerte de Luis XV, el príncipe Luis es cesado de su cargo. Pero él retrasa su partida. Finalmente, el 30 de junio de 1774 emprende la marcha. La víspera se ha despedido de la emperatriz, la cual se ha mostrado inconsolable por su partida y le ha manifestado su benevolencia...

El príncipe Luis deja muchas penas a su espalda y puede que algunos corazones destrozados. Kaunitz y el emperador lamentan su precipitada partida. Sólo la emperatriz respira finalmente tranquila. Es que todavía no ha descubierto el regalo de despedida del príncipe. A la primera visita de José II, se le corta la respiración. Y escribe inmediatamente a Mercy. «Aparte otros motivos de disgusto, tengo el de que el emperador le ha cobrado ojeriza a su hermana la Reina. Es por culpa de este Rohan que tan malos servicios le ha prestado.»

La costura lleva a todas partes, si sabes utilizarla

Cuando se es del mundo sin acabar de serlo del todo, el aprendizaje de la aguja suele ser útil. Jeanne de Saint-Remy de Valois cose en el taller de la señorita La Marche, costurera que trabaja en su casa, pero que también atiende a sus clientas a domicilio. Jeanne es aprendiza. Corta, hila, hilvana, hace dobladillos. Y, cuando hay que ir a la casa de alguna gran dama del barrio de Saint-Germain o del Marais, acompaña a la señorita y la ayuda en las pruebas y los retoques. Estrecha el talle, prende con alfileres. Pero, sobre todo, presta atención a lo que se dice a su alrededor. No se le escapa ni una migaja de la conversación. Vislumbra el mundo al cual aspira desde abajo mientras, en cuclillas sobre la alfombra de un gabinete, recose un dobladillo. Un mundo de chismes, de rumores, de perfidias tremendamente divertidas.

—El señor de Choiseul ha regresado de Chanteloup y ha vuelto allí con la cabeza gacha. No ha obtenido el ministerio que esperaba y que la Reina se había empeñado en conseguirle. El Rey no ha querido y han sacado de la naftalina al conde de Maurepas...

—Madame de Lamballe ha sido nombrada supervisora de la Casa de la Reina...

—¿De veras? ¿Acaso después de la condesa de Soissons y de la marquesa de Montespan este cargo no había sido suprimido?

—¡Cierto! Pero la amistad, bueno... la amistad lo ha hecho renacer y Lesbos puede empaliar...

Ya se ha dado el tono. La maledicencia sigue su camino. Son los juegos de gabinete. Ambas amigas bromean, se pegan, se despeinan con gracia, jugando a ver cuál de ellas será la más fuerte, semejantes juegos de colegialas se convierten en los placeres del Bajo Imperio. La austriaca es una Mesalina.

Muy pronto estos juegos de dos se convierten en juegos de tres.

—La condesa Jules está a partir un piñón con la Reina. Dicen que está enteramente sometida a esta criatura dominada por su cuñada, la condesa Diane de Polignac, la cual hace lo que quiere su amante, el marqués D'Autichamp.

—¿Y la Lamballe?

—Sufre en silencio. Ama a la Reina en secreto mientras triunfa la Polignac. No tardará en ser duquesa... y reinará sobre los perifollos de la soberana...

—¿Estáis segura de que ésa es la palabra apropiada? ¿Más que perifollo, no diríais... falo de guadamecí?

El cuaderno de direcciones y maledicencias se llena cada vez que Jeanne se desplaza por la ciudad. Ha conocido los tugurios y los bajos fondos de la mendicidad, ahora conoce el gran mundo con sus intrigas y sus influencias, sus combates encarnizados bajo las cintas y los encajes, sus luchas sin piedad en las que se arrastran las reputaciones por el fango con displicente elegancia. Los modales altivos, estos aires de altanería y arrogancia, no impresionan en absoluto a Jeanne. De todas aquellas a las que ella adorna de plumas, lazos y volantes, de sigueme-pollos, que patalean por su lentitud mientras se abanican coquetas, Jeanne conoce las debilidades, las heridas ocultas, los secretos inconfesables. Es una exquisita podredumbre que ella adorna con tafetanes y bordados. Averigua que la Reina es muy aficionada al juego, en el que pierde cantidades de locura, y que lo es todavía más a los diamantes. Ha comprado sin que el Rey lo sepa un par de pendientes de diamantes y también unas pulseras a Böhmer y Bassenge. Ha entregado incluso algunas piedras para que le rebajen el precio. Una reina que se rebaja al trueque. Sin embargo, rechaza el collar que los joyeros pretenden venderle.

Libando un poco por allí y tomando un poco por allá, Juana acaba por establecer la geografía del entorno de la soberana, de sus intrigas y de sus amores. Conserva en perfecto orden el repertorio de esta camarilla que sabe manejarse tan bien para obtener favores, puestos y beneficios. El Rey se dedica a la caza; la Reina juega en casa de la princesa de Guémenée al faraón o al sacanete con el duque de Coigny, que es en esos momentos el amante de la princesa. Se manda llamar de París a unos banqueros para cortar, pues las apuestas son muy elevadas. Ya no se mira demasiado a quién se admite a las mesas. Se reúne una sociedad abigarrada. Algunas partidas se prolongan hasta muy entrada la noche. La gente hace trampa. Se arruina. Madame de Polignac participa en compañía de su amante Vaudreuil, el cual acaba de ser nombrado halconero mayor, una prebenda importante para una actividad inexistente, pues el Rey raras veces practica la cetrería. La condesa Diane, alma del clan Polignac, vela por sus intereses junto con su amante. Participa también el animador de fiestas De Adhémar, perteneciente al clan Polignac, que sólo ve y respira por ellos. Su verdadero nombre es Jean Balthazar de Montfalcon. Pero él ha preferido cambiarlo por el muy ilustre de De Adhémar y nadie se lo ha criticado. No tardará en hacerse llamar marqués. Su única cualidad consiste en ser brillante en sociedad. ¿Un actor? ¡Menuda suerte! Resultará perfecto como embajador en Londres. Pero Londres está muy lejos del Trianon, su campo de maniobras preferido, y por eso regresa de allí a menudo. Se ha pasado algún tiempo solicitando el Ministerio de la Guerra, por lo que en los salones parisinos y en las antesalas de Versalles se canta con ironía:

Para a Inglaterra ganar
hay que nombrar
ministro y secretario
a un marqués por azar.
De Infantería mayor
y de la comedia actor:
y éste es el señor De Adhémar.

El conde de Besenval, suizo de madre polaca, es un valiente de pelo en pecho que en la corte resulta un personaje un tanto presuntuoso, fatuo y atrevido a la vez. Seguro de su prestancia y sin abrigar la menor duda al respecto, declara de buenas a primeras su amor a la Reina, la cual le suelta un golpe de abanico en el hocico, pero lo mantiene en su círculo. Junto a la Reina se mantiene también Bichette, la cual toca muy bien el violín, cosa que le vale la amistad incondicional de María Antonieta. Bichette es la condesa de Polastron, cuñada de la Polignac. Tras haber escaldado ligeramente al suizo Besenval, la Reina lo sustituye por un húngaro, un tal Valentin Esterházy, que se convierte en su caballero y galante y, así sucesivamente, con el paso de las estaciones, se juega al juego de las sillas musicales.

La Reina, imprudente y mal aconsejada, cabeza de chorlito cuyas opiniones en política son menospreciadas y cuyo propósito es, sin embargo, gobernar a aquel a quien en una carta a Viena ha calificado de «pobre hombre», que se aturde para llenar el vacío que la abruma y puede que incluso para frenar un principio de neurastenia, no está rodeada más que de mujeres intrigantes y ligeras de cascos y de hombres sin juicio ni altura de miras. Hábiles tan sólo en trapacerías de corte y capaces de sacrificarlo todo y a todos a sus intereses personales.

María Antonieta multiplica sus insensateces. Recorre en trineo las calles de París durante el triste invierno de 1776 sin guardia y sin escolta, como una simple ciudadana anónima. Desde que se organizan bailes en la Ópera, acude a ellos disfrazada y traba conversación con desconocidos. Ya cuando era sólo Delfina, para huir de los ronquidos de su esposo, recorría de noche París. Una noche de enero de 1774, envuelta en una ancha capa provista de capucha, se pasó más de una hora con un joven oficial del regimiento Royal-Bavière. Ambos se sienten mutuamente atraídos. El joven la ha reconocido a pesar de la máscara y de la capa. Ella quiere conocer su identidad. Se la revela. Es un joven sueco de noble cuna, el conde de Fersen. Fersen será probablemente el único y gran amor en la triste y desértica vida sentimental de María Antonieta.

Ésta asiste a los bailes y los rumores corren por toda la ciudad. Se le atribuyen amantes de ambos sexos. Puesto que el casto Luis XVI parece haber abandonado las tradiciones galantes de la corte de Francia, parece normal que la Reina las recupere. La princesa de Lamballe, que, según los libelos, ha sido la primera de sus amantes, al ver aumentar día a día la influencia de la Polignac y de su clan, se niega a mantener tratos con los nuevos amigos de la Reina. «Estoy dispuesta a dar mi vida por vos —le dice a María Antonieta—, pero no me pidáis que os ayude a rebajaros.» Ahora no se la ve más que un par de días a la semana en Versalles.

La Reina paga las consecuencias de varios escándalos que se propagan con más o menos buena intención.

La gente canturrea:

> Reina de Francia de nombre
> pero ya no de verdad.
> Ministros de tocador,
> comediantes e histriones,
> Y faltando a la etiqueta,
> puta más bien parecéis...

Primero fue el asunto del conde de Guînes, acreditado por Choiseul antes de su caída en desgracia como embajador en Londres, donde fue acusado de servirse de los secretos de Estado para llevar a cabo operaciones de especulación bursátil. Por si fuera poco, éste desmintió a sus numerosos acreedores para no tener que pagar las deudas. Esto era en él una costumbre, porque también le encargó a Mozart un concierto para arpa y flauta que jamás le pagó. Para justificarse, cuando el asunto fue llevado ante el Parlamento, pidió permiso para dar a conocer ciertos párrafos de su correspondencia privada. Vergennes, nuevo ministro de Asuntos Exteriores, se opone a su petición, que ya no garantizaría el secreto. La Reina se empeña entonces en apoyar a Guînes, criatura de Choiseul, e insiste al Rey para que desoiga la advertencia de su Consejo. El conde de Guînes gana el proceso en el Parlamento y, para compensarle por la pérdida de la embajada, se le concede el título de duque. Todo ello se comenta abiertamente en público, deformado y envenenado a voluntad.

Alrededor de la Reina se tejen intrigas y se forman camarillas. La prodigiosa fortuna de los Polignac suscita comentarios maliciosos. La Reina no es mala ni tonta del todo. Lo que ocurre es que sus cualidades son todas incompletas. Su nerviosismo la impulsa a actuar con precipitación, a atacar inoportunamente, a pronunciar a veces palabras mordaces, inventadas a menudo por sus enemigos, que se encargan de propagarlas. Se comentan de ella rasgos menos propios de su papel de Reina que de una «mujer amable». Los rencores y los resentimientos se intensifican. Y, por el camino, su capital de simpatías disminuye, por regla general, a causa de bobadas, tonterías, estupideces. En su confinamiento de Versalles no ha podido ver el cambio de los tiempos.

Dada su inclinación a la burla, de la que ni siquiera se salva su esposo, muy pronto se oye tararear por doquier:

La Reina dice, imprudente,
a Besenval, su confidente:
«Mi marido es un infeliz.»
Y el otro le contesta con un matiz:
«Es lo que todo el mundo piensa y no dice,
pero sin pensar vos lo decís.»

También se extrapolan las cosas. Una decoración en cristal de Mazières para el Trianon se convierte en una pared de diamantes. Se quiere ver lo que no existe. ¡Si no se ve, es que se pretende ocultar!

Los derroches de la Reina, siempre en busca de diversiones para no aburrirse, la falta de energía del Rey, la ligereza del ministro Maurepas, todo contribuye a crear esta desagradable atmósfera. Así lo demuestra la nota que la condesa de La Marck le envía a Gustavo III de Suecia: «Aquí todo va a la buena de Dios; el sentido común, la razón, el bien público y el privado se desconocen... Un Rey que desea el bien, pero que carece de la fuerza y la inteligencia necesarias para alcanzarlo; un ministro que ya era superficial y débil a los cuarenta años y que ha empeorado con la edad, que hace cosas de lo más extrañas y se burla de la opinión de los demás... La Reina se desplaza constantemente a París, se le rompe el eje de una rueda, toma un coche de punto y se presenta de esta guisa en la Ópera, contrae deudas, pide que se abran procesos, se viste ridículamente con plumas y pompones, y se burla de todo...»

Hasta en Viena el emperador José II se subleva y toma la pluma.

«¿Por qué os mezcláis en todo eso, mi querida hermana, haciendo destituir a los ministros, mandando enviar a uno a sus tierras, solicitando tal departamento para otro, ayudando a otro más a ganar un proceso, creando un nuevo y costoso cargo en vuestra corte? ¿Os habéis preguntado alguna vez con qué derecho intervenís en los asuntos de la monarquía y del Gobierno francés? ¡Vos, una joven amable, que no pensáis más que en la frivolidad y en vuestro tocador y en vuestras diversiones a lo largo de toda la jornada; que no leéis ni entráis en razón más que una vez al mes; que no reflexionáis ni meditáis jamás, de eso estoy seguro, ni calibráis las consecuencias de lo que hacéis o lo que decís! Actuáis guiada tan sólo por la impresión del momento y vuestra única guía son las palabras y los argumentos que os exponen las personas a las que protegéis y en las cuales creéis.»

José II ha captado muy bien los murmullos insidiosos que circulan por París e incluso en los gabinetes donde la heredera de una rama bastarda de los Valois prende con alfileres los dobladillos de las faldas de las marquesas y las duquesas.

Repetición del asunto del collar: costurera y generala

La Reina, muy poco exigente en la elección de su círculo más íntimo de amistades, no tardará en verse en el centro de numerosos asuntos desagradables que inducirán a creer a los aventureros que es una presa fácil.

Un tal señor Cahouet, convertido desde hace poco en De Villers, hace rápidamente fortuna. Su profesión de abogado lo lleva, hacia el final del reinado de Luis XV, a tesorero general de la Casa Real. Abandona su domicilio de la rue Neuve-des-Petits-Champs y se traslada a un palacete de la plaza Luis el Grande (la actual plaza Vendôme), donde lleva un tren de vida fastuoso. Colecciona cuadros. Posee un Tiziano, un Rubens, varios Ténier y Le Nain. Madame Cahouet —pues hay una señora Cahouet— añade unos Coypel y unos Carracci para su gabinete y su habitación, sin reparar en gastos. Sin embargo, algo huele a chamusquina. No hablemos de estafa, porque Madame Cahouet de Villers, que tiene mucha inventiva para la falta de honradez, es por encima de todo educada.

Hace creer a sus amigos de París que todas las puertas de Versalles están abiertas para ella y que, para ser declarada favorita, sólo espera el momento en que la Du Barry haga las maletas.

En realidad, lo único que hace es acompañar a Versalles a su amante, un tal señor de Saint-Charles, intendente de las finanzas de la Delfina y más tarde de la Reina. Un cargo que, por un privilegio especial, le permite acceder a los aposentos de la soberana en domingo.

Mientras Saint-Charles acude al castillo, la Cahouet permanece oculta en una habitación de un palacete amueblado de la ciudad. Al principio del nuevo reinado, asedia a las camareras de la Reina. Entre ellas, a Madame de Campan, a quien se empeña en entregar un retrato de María Antonieta. La Campan se niega en redondo a cumplir el encargo. Unos días más tarde, la camarera encuentra el retrato encima de una mesa de los aposentos de la soberana. ¿Cómo ha llegado hasta allí? Pues gracias a la ingenua y necia princesa de Lamballe.

Así pues, con un poco de don de gentes y una considerable dosis de habilidad, las altas esferas de la corte son accesibles a cualquier estafador que sepa halagar las pasiones y los vicios más de moda en aquel momento. Ya estamos en pleno ambiente Beaumarchais. Los Basile, los Bartolo, las Marcelline, los Figaro abundan en Versalles. El ridículo y tartamudo juez Brid'oison está todavía entre bastidores. Cuando finalmente aparezca, habrá cambiado su tartamudez por unos ladridos de dogo. Ya no será un personaje de Beaumarchais, sino de un teatro sangriento. Se llamará Fouquier-Tinville.

La Cahouet, animada por la credulidad de los que no conocen Versalles más que de lejos, redacta unos documentos falsos firmados por María Antonieta con los que estafa a la modista Rose Bertin. Le entrega una nota en la que se solicitan plumas, sombreros, chales, en fin toda una serie de accesorios de moda.

Se descubre el engaño. Se informa a la Reina y la Cahouet es severamente reprendida. Pese a ello, pasado algún tiempo, María Antonieta manda que le presenten a la dama y le encarga actuar como intermediaria suya en ciertas compras.

Resulta que en casa de la princesa de Guémenée los juegos de azar están en pleno apogeo. No se tienen demasiados escrúpulos a propósito de los que se acercan a las mesas. Desde el momento en que todos comparten la misma afición, ¿qué más da que uno sea un tunante redomado? Las trampas, las cartas marcadas, las falsas apuestas pasan por distracciones. La Reina puede perder cien mil escudos en una noche. A modo de excusa, le replica al Rey que se trata de una revancha.

«Pues con revanchas como ésta, uno se arruina», le contesta él.

Agobiada por las deudas, pero no queriendo recurrir una vez más a su marido, María Antonieta le encarga a la Cahouet que le busque a alguien que le pueda prestar doscientas mil libras. El hecho se comenta en voz baja sin darle mayor importancia. La Cahouet no se lo hace repetir dos veces. La ocasión es demasiado buena. Acude de inmediato al recaudador general Loiseau, que está deseoso de tener acceso a Versalles. Sin embargo, para prestar una suma tan elevada, necesita una orden por escrito. La Cahouet le señala que tal cosa no es costumbre. Pero le dice que, al dirigirse a la capilla, la Reina le hará una señal con la cabeza a modo de confirmación.

La Cahouet vuelve a reunirse con la Reina para entregarle unas plumas y otros perifollos y le habla de un nuevo peinado que se ha puesto de moda. El domingo siguiente, le dice, acudirá a oír misa a la capilla en compañía de dos amigas peinadas «a lo extravagante» y le gustaría conocer la opinión de Su Majestad acerca del nuevo peinado. El día acordado, tanto Madame Cahouet como Loiseau acuden a la capilla de Versalles. Las dos amigas, peinadas y adornadas con cintas, ya están sentadas en su mismo banco. La Reina pasa, las observa y hace una señal de asentimiento en dirección a la Cahouet. Loiseau interpreta como dirigida a él aquella sonrisa acompañada por un movimiento de la cabeza. Aquella misma noche hace entrega de las doscientas mil libras en casa de la Cahouet. La Reina nunca volverá a oír hablar de aquel hipotético préstamo ni de las pelucas.

La Cahouet es por tanto lo que se llama una vividora de antesala.

Poco tiempo después, un joyero recibe de esta última un encargo por valor de 1.527 libras en nombre del señor Gabriel de Saint-Charles para la adquisición de unas sortijas, unas cajas de rapé y unos estuches destinados a Sus Majestades. Cuando el joyero se presenta en casa del señor de Saint-Charles para cobrar el importe del encargo, éste le contesta que no dispone de los fondos necesarios y que Madame de Cahouet acaba de ser detenida por estafa y desvío de fondos. La Cahouet, enviada de inmediato a la Bastilla, se cansa de esperar en la cárcel.

Luis XVI, puesto al corriente de las imprudencias de su mujer, ha firmado una carta de destierro fechada el 12 de marzo de 1777. La orden de encarcelamiento está refrendada por el secretario de Estado Amelot. La dama dispone de una agenda de direcciones muy completa. Incluso desde la cárcel la intrigante sigue haciendo sus pequeños negocios. Es una embaucadora que llega al extremo de conseguir que el carcelero de la prisión le preste una importante suma. El hombre no volverá a ver su dinero hasta al cabo de diez años.

Puesto que ha comprometido a un gran número de importantes personajes, se echa tierra sobre el asunto. La Cahouet abandona la Bastilla camino del convento de las Hijas de la Cruz, desde el cual será trasladada al de Santo Tomás, de la rue de Seine. Allí muere de tuberculosis. Sus últimas palabras son: «La Bastilla me ha matado...»

El caso Cahouet no es más que el primer acto de una obra cuyo glorioso epílogo será el asunto del collar.

El segundo acto se llama Goupil.

¡Goupil! ¡Pues sí! Como el zorro de nuestras fábulas o también como el otro Goupil descrito por Balzac en *Úrsula Mirouët*, enclenque y paticorto, con un torso inmenso y unos ojos socarrones, mezquino y ambicioso, experto en cartas anónimas. Pierre Étienne Auguste Goupil, natural de Argentan, era abogado antes de ingresar en la policía. Se le ha encargado la inspección del comercio de libros, de ahí sus relaciones con los impresores y los oscuros editores, traficantes de miserables panfletos y de libelos de los que lo menos que se puede decir es que no respetan ni a la corte ni al Rey, y menos a la Reina.

El jefe de la policía Lenoir lo tiene en mucha estima.

Existe naturalmente una señora Goupil, que la simple y cándida princesa de Lamballe ha presentado a la Reina para que la sirva como camarera. Es una mujer alegre, siempre al tanto, gracias a su marido, de los escándalos de París, casi siempre de carácter escabroso, razón por la cual agrada a la Reina y a su círculo de amistades, que se pirra por los chismes.

Muy pronto se tiene noticia de un libelo en el que la Reina desempeña un papel muy poco airoso. Recurren a Goupil, el cual consigue de inmediato una parte del escrito y, a cambio de una considerable suma, se encarga de adquirir el texto completo. Está claro que se merece una recompensa. Recibe mil libras y promete conseguir el «secreto del correo». En cuanto a la agraciada Madame Goupil, ya se ve ocupando el cargo de lectora de la Reina. Estamos en 1778. Un compañero, celoso del ascenso de Goupil, lo denuncia como autor de los libelos cuya existencia se encarga posteriormente de descubrir. Se le atribuye la autoría de *La coqueta y el impotente*, obra escabrosa cuya coqueta es tan reconocible como el impotente. Se han encontrado algunos ejemplares extraviados como por casualidad en las habitaciones privadas, sobre un velador junto a una chimenea.

Goupil, estafador y experto chantajista, y su mujer y cómplice son descubiertos y enviados a la Bastilla. Goupil no tarda en morir en la cárcel. La mujer es enviada entonces a un convento. Se escapa y regresa a París. Corren rumores de que se ha convertido en la amante del príncipe Luis de Rohan, pero ¿qué no se dice de Rohan para complacer a la Reina y fortalecer el odio que ésta le profesa? Al parecer, la Goupil se ha ganado la confianza del cardenal, haciéndole creer que ella lo reconciliará con la soberana. Baja el telón sobre el acto Goupil.

El tercer y último acto se llamará, por una curiosa extravagancia: «Dichas y desdichas de Madame Du Pont de la Motte.»

Esta tal Madame de la Motte es natural de Suabia. De soltera Marie-Joseph de Walburg-Frohberg, se ha casado con el administrador del colegio de La Flèche. Es una intrigante y sabe introducirse hábilmente para alcanzar un estado al cual jamás habría podido acceder por su matrimonio. Soñando con Versalles, se abre rápidamente camino hasta las casas de los Beauvau, los Polignac, el duque de Richelieu, el duque de Dorset, el embajador de Inglaterra y el duque de La Rochefoucauld. Frecuenta la residencia de la marquesa de Montesson, esposa morganática del duque de Orleans, padre del futuro Felipe Igualdad. Llega incluso a tener acceso a ciertos ministros como Vergennes y Calonne y, a través de ellos, llega finalmente a la Reina, la cual sigue sin preocuparse demasiado por la honradez de sus amigos más íntimos. Varias veces figura en el cortejo real que se traslada a París. Se observa su presencia y ella lo aprovecha en su propio beneficio. Después, un buen día, la carroza dorada se detiene a las puertas de la Bastilla.

¿Qué ha hecho? Se ha servido del nombre y del sello de la Reina para cometer innumerables estafas.

Cuatro meses más tarde, es puesta nuevamente en libertad. Estamos en la primavera de 1782. Se traslada a Alemania y cambia de nombre. En mayo se convierte en baronesa de Ahexe, en junio es la condesa de Montjoie, en otoño es la baronesa de Hassen y, más adelante, Madame de Waldeck. Se atreve a regresar a Versalles. Y es entonces cuando ella, condesa y baronesa de pacotilla, conoce a una intrigante de mucha mayor envergadura, Jeanne de Saint-Remy de Valois, esposa de un seudoconde

de La Motte. La Du Pont de la Motte sucumbe enseguida a su encanto. Y acabará metida hasta el cuello en el
asunto del collar.

¿Todo esto no estaba escrito de antemano? ¿Cómo
pueden ignorarse tales coincidencias? ¿Y si la historia no
fuera más que el polvo del azar?

¿Dónde se ha metido el príncipe Luis de Rohan?

Al abandonar la embajada, el príncipe Luis deja a su
espalda mucha gente apenada. Jamás ningún embajador
había sido tan popular en Viena. Las mujeres suspiran.
Y, por muy increíble que pueda parecer, los hombres
también. Ha lanzado una moda. Una nueva manera de
vivir. Sus cenas con mesitas son inmediatamente imita-
das, sin demasiado éxito. Sin él, les falta calor.

El emperador José II y su canciller, el príncipe Von
Kaunitz, se encuentran completamente desamparados
tras su marcha. Siguen manteniendo correspondencia con
el seudoexiliado. Sólo la anciana emperatriz se muestra
jovial.

El príncipe Luis reaparece en Versalles. Acaba de cumplir cuarenta años. Sigue siendo un príncipe amable,
un eclesiástico cordial y, tal como se decía entonces, un
truhán muy bien plantado. La embajada de Viena le ha
abierto el apetito. No piensa conformarse. Cree que tiene por delante un futuro político. Un abuso de poder le
ha quitado de las manos las cartas de las cuales él se ha
servido mucho mejor de lo que otros hubiesen querido.
¡Pues bien! Hará saltar la banca. Regresa con toda su
agresividad y más capacidad de intriga que nunca.

Ha dejado Viena, pero la recupera en Versalles. En el

trono aparentamente abandonado por el apático Luis XVI se sientan sus principales enemigos: María Antonieta, arrogante, superficial y obtusa; Mercy Argenteau, que tanta influencia ejerce en ella, flanqueado por su comparsa el abate de Vermond, enteramente fiel a la emperatriz María Teresa.

Una mirada le basta al príncipe Luis para recorrer el campo de batalla y pasar revista a sus tropas. No son en absoluto desdeñables. Es evidente que no contará con la benévola complicidad de José II y de su canciller, pero, en compensación, tendrá el apoyo de ciertos ministros como Maurepas o Vergennes. Sin embargo, su principal sostén en las maniobras que piensa llevar a cabo seguirá siendo el clan de los Rohan, encabezado por la condesa de Marsan, la cual ya ha colocado las trampas. Artista de las intrigas complicadas, amiga de los jesuitas destruidos pero muy activos en la sombra, se la considera la inspiradora de los libelos envenenados contra la real pareja. A la camarilla de los Rohan, a sus íntimos y a su numerosa clientela, cabe añadir el sutil y nocturno abate Georgel, a quien el odio de María Teresa acaba de devolver también a Francia.

La condesa de Marsan ha conservado su pabellón de las Tullerías como una vivienda de paso y se ha ido a vivir al campo, en las afueras de París. Allí espera la primera señal de combate para entrar en liza. Mercy Argenteau la somete a vigilancia. «Aunque tenga la intención de no aparecer por la corte más que muy de tarde en tarde, conserva en ella todas sus intrigas y el comportamiento de esta mujer activa y peligrosa exigirá siempre una cierta atención.» Eso es lo que escribe Mercy a la emperatriz el 19 de octubre de 1775.

En París, en su precioso palacete de Estrasburgo de la

calle Vieille-du-Temple, el príncipe Luis reprime su furor y arroja al fondo de uno de sus escritorios lacados la carta que la emperatriz le ha enviado a su hija. No ha podido entregarla directamente en mano, según es costumbre, porque la Reina se ha negado a recibirlo y le ha mandado decir que entregue la misiva de su madre al ministro Vergennes. La afrenta es de considerables proporciones. Una ofensa no sólo a su persona, sino también a su estirpe, que exige, para que aprenda esta pequeña austriaca, un manotazo en los morros.

Y, entretanto, en París, la gente canturrea en las mismas narices de la soberana...

> *Reinita veinteañera*
> *que tan mal a la gente tratáis,*
> *pronto cruzaréis la frontera...*
> *tralarí tralará.*

El príncipe Luis anuncia su intención de regresar a Viena porque, dado lo precipitado de su partida, no pudo despedirse de todos sus amigos. La emperatriz, desde Schönbrunn, grita: «Este proyecto no tiene sentido. No hay ni que planteárselo. Este viaje sería un insulto a mi persona.»

Mercy asedia al ministro Vergennes. Obtiene de éste la seguridad de que al príncipe Luis no le será entregado ningún pasaporte para Austria. De todos modos, el Rey no autorizaría el viaje. Y mientras los espías vigilan los caminos de Austria, el príncipe Luis se pasea por los canales de Venecia en compañía de preciosas rameras. ¿En Venecia? ¡Pues sí! Puesto que allí está el emperador José II. Ambos se entrevistan. El príncipe Luis sabe cómo halagarlo y le reitera su afectuosa adhesión.

De regreso en París, ofrece una versión más que idílica de su viaje. Aunque María Teresa eche pestes en Viena, su reacción es tan desproporcionada que acaba convirtiéndose en el hazmerreír de la ciudad. En Versalles, María Antonieta abandona su discreción y, en presencia de algunos cortesanos, asegura que el informe que el príncipe ha facilitado de su viaje no es más que una sarta de mentiras. Las espadas están en alto. El duelo entre la Reina y el futuro cardenal ya puede empezar.

La princesa de Guémenée es una Rohan por partida doble. Nacida Rohan-Soubise, sobrina de la condesa de Marsan y, por consiguiente, prima del príncipe Luis, se casó con el hijo mayor del príncipe de Rohan de la rama Guémenée. En las Tullerías, donde posee un apartamento al igual que en Versalles, es el centro de una sociedad de placeres que la Reina frecuenta. Da un baile tras otro y las noches en que sólo hay cena, nada más zamparse el último bocado los comensales corren a las mesas de juego a pesar de las repetidas advertencias del Rey. En su apartamento de Versalles, donde ha montado una timba, baraja las cartas y lleva un tren de vida fastuoso. Ha heredado de su tía Madame de Marsan el puesto de aya de los infantes de Francia. Por ahora, lo ocupa delante de una cuna vacía que lleva camino de seguir estándolo durante mucho tiempo dados los ardores amorosos del Rey, el cual dice, según la canción:

Hija mía, dadme un sucesor.
No me importa que el fabricante
esté detrás del trono o delante.
Pero, antes de ponerme cuernos
procurad convencerlo primero
de que puede engendrar un infante.

La princesa se complace en recibir a una sociedad muy heterogénea. En Versalles no es un secreto para nadie que allí concurren rateros, estafadores, tramposas profesionales y banqueros poco honrados. Se cometen estafas constantemente, sin ningún disimulo. La Reina permanece allí hasta muy entrada la noche o hasta la madrugada, según se mire. El Rey, que ha llamado a su puerta y no la ha encontrado en casa, regresa bostezando a dormir a sus aposentos. Cierta noche de verano en que el aire impregnado de los efluvios de la naturaleza invita a las confidencias, María Antonieta abandona la mesa de juego para salir a las terrazas donde se cruzan sombras. Allí se cometen toda clase de actos licenciosos, pero ella no ve ningún mal en todas aquellas diabluras nocturnas. Los violines suenan en los bosquecillos y los invitados contemplan la salida del sol en el espejo del Gran Canal. Aquellas calaveradas en las terrazas no tardan en convertirse en la comidilla de la corte, de París y de toda Europa. «Esta noche bajo los grandes castaños...» escribirá Suzanne al dictado de la condesa de Almaviva: se diría que María Antonieta le ha hablado al dictado a Beaumarchais.

Madame de Guémenée está de moda y, como a la Reina lo que más le gusta es la moda, la princesa está en el candelero. Y, cuando alguien está en el candelero, le puede pedir cualquier cosa a la Reina. Madame de Marsan, que desde su retiro de Andrésy está al corriente de todo lo que ocurre en sus antiguos aposentos, actualmente ocupados por su sobrina, se alegra de las imprudencias de María Antonieta que, día tras día, va perdiendo el prestigio de la realeza para convertirse en una diva de ópera. Aguza al oído y percibe los primeros rumores de descontento. Y eso la tranquiliza. En cambio, en Viena, la emperatriz está aterrorizada.

La carta que el príncipe Luis ha escrito a la Reina, siguiendo su consejo, para justificar su comportamiento en la embajada y su escapada a Venecia, no obtiene respuesta. Y, sin embargo, la diligente Guémenée la ha entregado directamente en mano. Ésta ha insistido repetidamente para que la soberana conceda una audiencia a su primo el coadjutor. Bajo un barniz de respeto, la carta rebosa altanería. El coadjutor la ha escrito como un Rohan y la Reina la ha leído como una Habsburgo.

Y le da largas. Un viaje a Marly, una cacería en Rambouillet, un simple paseo; mañana serán un ciervo, una lección de música... siempre habrá algún impedimento para no recibir al príncipe Luis.

El coadjutor ya no se hace ilusiones y abandona Versalles. No tarda en subir a su carroza para regresar a Estrasburgo. Y la Reina le escribe a su madre: «El coadjutor ha tenido un pequeño consuelo, que no lo satisface demasiado aunque presume mucho de él. Se le ha concedido una pensión de cincuenta mil francos para pagar sus deudas. Felicito a sus acreedores.» He aquí el tono irónico que utiliza María Antonieta cuando habla de su enemigo.

De ahora en adelante, cada vez que el príncipe Luis aspire a un puesto, la Reina se cruzará en su camino. Lo odia. A veces, ciertos seres, por lo demás buenos y generosos, alimentan en el fondo del alma un rencor cuya causa aparente no guarda proporción con su odio y que, si no se andan con cuidado, puede acabar por gangrenar sus cualidades. Se manifiesta en tales casos una ceguera cuyos efectos llevan con el tiempo a fatales consecuencias.

La Reina se propone destruir a Rohan. Acabado, desplumado, así lo quiere ella. Haciendo que se desespere no logra sino excitarlo. Una inquina, aunque sea real, no lo atemoriza. Al contrario, el príncipe acepta el desafío.

Nada disminuye su arrojo, y menos su ambición. Por consiguiente, se dedica a intrigar y a solicitar y finalmente, tal como veremos, consigue su propósito.

¡Un capelo! ¡Un capelo, por caridad!

Sólo Madame de Marsan, desde su lejano refugio, se muere de rabia. Cuando se entera de que el gran capellán, el cardenal de La Roche-Aymon se está muriendo, abandona precipitadamente su retiro. El gran capellán está a punto de morir, lo cual no constituye ninguna novedad, pues aquel pálido y frío anciano lleva seis meses muriéndose.

Ello equivale a decir que las maniobras para su sucesión ya han empezado. En Viena la emperatriz teme este final. Sabe que el príncipe Luis está al acecho y empieza a tomar medidas. En Versalles, Mercy adopta una actitud agresiva y amenazadora.

Todo el mundo conoce la promesa arrancada al Rey por Madame de Marsan en un momento de debilidad: el puesto de gran capellán tiene que ser para el coadjutor de Estrasburgo.

La Reina consigue sortear la dificultad. Si no accede al nombramiento del príncipe Luis, aceptará a modo de desquite y para no perjudicar los intereses de los Rohan, que el cargo pase al príncipe Fernando, el hermano menor, un imbécil mitrado que será más tarde capellán de la emperatriz Josefina y, después, de la emperatriz María Luisa.

Pero Madame de Marsan no está de acuerdo. La altiva condesa desembarca en Versalles. Sigue teniendo libre acceso al palacio. Sin audiencia y sin hacerse anunciar tan siquiera, entra en el gabinete del Rey. Y va directamente al grano.

—Sire, el cardenal de La Roche-Aymon ha muerto esta noche; vengo a reclamar vuestra bondad y vuestra palabra para mi primo, el coadjutor de Estrasburgo.

—Mi querida prima, sé que os prometí para él el cargo de gran capellán, pero hoy eso es imposible; pedidme cualquier otra cosa para él, pero no puede ser mi gran capellán.

—Vuestra Majestad me causa un asombro impropio de la palabra de un Rey. No, Sire, vos no podéis faltar a vuestra palabra y mi primo será gran capellán.

—¿Quién me podría obligar a aceptar a un hombre que me inspira la mayor repugnancia?

—Vos mismo, Sire, vos mismo que no querríais que se dijera que habéis faltado a una solemne promesa hecha a cambio de servicios prestados. La simple repugnancia no es suficiente para que faltéis a vuestra palabra.

—No puedo acceder: he dado mi palabra a la Reina.

—Respeto la voluntad de la Reina, pero Vuestra Majestad no puede tener dos palabras. Me tomo la respetuosa libertad de asegurar a Vuestra Majestad que, habiendo dado a conocer la palabra que me fue dada, me veré en la imperiosa necesidad de dar a conocer también que el Rey sólo ha faltado a ella para complacer a la Reina.

—¿Queréis entonces, mi querida prima, obligarme muy a mi pesar a colocar en mi casa a un hombre que me desagrada y que desagrada sobremanera a la Reina?

—No, Sire, hoy yo no invoco más que vuestra lealtad y vuestra justicia. Nombrad gran capellán al coadjuntor; os lo debéis a vos mismo. Pero él no puede ocupar el puesto en contra de vuestro gusto. He aquí pues a qué me comprometo en su nombre y en el de toda la Casa de

Rohan. Si, dentro de dos años, mi primo no ha tenido la suerte de borrar, con su buena conducta y sus servicios, el desagrado de Vuestra Majestad y merecer sus bondades, presentará la dimisión y no aparecerá más por vuestra corte. Si el Rey así lo exige, él mismo entregará por escrito esta promesa secreta en el mismo momento de su nombramiento.

—Pues bien, ya que así lo queréis, lo nombro en contra de mi voluntad, pero con las condiciones que vos misma me proponéis.

¿Se puede hacer más adentrándose en la intriga y desarrollando en ella una retórica tan sutil y orgullosa? La condesa, excelente intrigante, pone toda la carne en el asador: el chantaje, el recurso a la opinión pública... el tiempo en que el Rey y sus hermanos visitaban su casa de Andrésy para la vendimia. Más que sutil intriga, esto es arte con mayúsculas.

La Reina, advertida demasiado tarde de la irrupción de Madame de Marsan en el gabinete de trabajo del Rey, no tuvo más remedio que tragarse la humillación de su derrota.

Corría el mes de febrero de 1777. El parque de Versalles estaba cubierto de nieve; la Reina calmó sus nervios dando un paseo en trineo con su cuñado, el de Artois.

Bajo su zafia e insegura apariencia, el Rey no concede a la Reina más que bagatelas. El Trianon, una pulsera de diamantes, unos pendientes de diamantes, unos corderitos para el caserío... Concede pensiones a sus favoritos y a sus favoritas; los colma de gratificaciones; pero, cuando la Reina le pide la destitución de un ministro o modificar tal o cual decisión en su política con respecto a Austria,

Luis no cede ni un ápice. ¿Y el cargo de gran capellán? Había dado su palabra por escrito... y, además, ¿qué se puede hacer contra la todopoderosa esencia de la intriga que, por si fuera poco, lo tuvo bajo su tutela hasta que alcanzó la mayoría de edad?

«Pero que no cuente conmigo para el capelo», le dice el Rey a la condesa de Marsan en el momento en que ésta cruza la puerta para retirarse del gabinete.

Como si un capelo hubiera sido alguna vez un obstáculo para la condesa.

¡Un capelo, sí, hace falta un capelo! Pues un gran capellán sin el capelo y la púrpura que lo acompaña, por muy Rohan que sea, sería en Francia una novedad lindante con la incorrección.

Sin embargo, lejos de Roma, los favores papales en lo tocante a la púrpura cardenalicia se rigen por lo que se llama el privilegio de las coronas. El Rey propone un nombre y, por regla general, el Papa lo acepta. Eso en cuanto a los obispos y los arzobispos. Es un privilegio arrancado después de grandes luchas. Ya se sabe lo que le costó al papado esta disputa de las Investiduras. Toda la Edad Media se hizo eco de ella. Un emperador de rodillas sobre la nieve delante de la puerta del castillo de Canossa no es más que una triste victoria en comparación con la bofetada que Sciarra Colonna, el emisario de Felipe IV el Hermoso, le dio al papa Bonifacio VIII en Anagni y el exilio en Aviñón.

Está claro que ya se encontrará alguna manera para que la condesa, como en el juego del piquet, después del pique, pueda marcarle repique y capote a la Reina. Pues esta prohibición del capelo procede de ella.

El nuevo gran capellán recuerda que no hace mucho, durante su embajada en Viena, prestó buenos servicios a

Estanislao Poniatowski de Polonia. Convendría refrescarle la memoria, pues. Antes de ser elegido rey y cuando era todavía el príncipe Poniatowski, había frecuentado los salones de París y, con asiduidad y más que ningún otro, el de Madame de Geoffrin, que lo había acogido muy bien y con toda «deshonra», pues, para ser una amante de la filosofía y haber prohibido en su salón las conversaciones mundanas o excesivamente atrevidas, era una coqueta redomada. Era el suyo un espíritu filosófico y ahorrativo: D'Alembert, Marmontel, Crébillon hijo, el pintor Boucher en el salón y Estanislao Augusto detrás del biombo del gabinete. El salón de la rue Saint-Honoré no poseía el tono aristocrático del de la marquesa de Deffand. Por otra parte, ésta, molesta por el salón rival, tanto más cuanto que la señorita de Lespinasse, expulsada del suyo, había encontrado refugio en él, parece ser que dijo: «¡Tanto alboroto y, total, por una tortilla de tocino!» Muchos recuerdan que, en sus tiempos, al abate Georgel le gustaba mucho esta tortilla. Madame Geoffrin había sido un poco como un hada madrina para aquel jesuita secularizado. El príncipe Luis había acudido allí a pescar corazones y especialmente el de la agraciada condesa de Egmont, hija del mariscal de Richelieu, la cual poseía el fuego y la viveza de espíritu de su padre así como su talante libertino.

Cuando el príncipe Poniatowski subió al trono de Polonia, Madame Geoffrin viajó a Varsovia. Lo que era como decir que bastaría una sola palabra suya para que el primer capelo que pasara por Polonia fuera para el príncipe Luis.

El abate Georgel es enviado a casa de la anciana literata a quien su hija, la condesa de La Ferté-Imbault, mantiene secuestrada. Esta última desea ganar al precio que sea la salvación de su madre, a quien ella cree condenada por su amistad con los filósofos. El salón de Madame Geoffrin ha sido durante cuarenta años una guarida de ideas subversivas acerca de las cuales la buena mujer no entendía absolutamente nada. Pero estaba de moda ser una protectora de las artes y las letras. Y Madame Geoffrin, acaudalada burguesa por matrimonio (el dinero le venía de la Real Fábrica de Espejos de Saint-Gobain), había encontrado aquel medio para ganarse una reputación y tener casa propia. El abate Georgel, que conoce su mundo y guarda en la faltriquera suficientes padrenuestros para adormecer las sospechas de una hija que vela por el alma de su madre, se acerca a la anciana, la cual se siente halagada, a pesar de su barniz filosófico, de poder crear un cardenal sin moverse de su lecho. Se obtiene fácilmente el nombramiento polaco. No obstante, por haber sido prometido previamente a un Broglie, obispo de Noyon, muy delicado de salud y ya confinado en su cama, hay que esperar a que se muera. Georgel se introduce en la casa del moribundo y coloca a uno de sus hombres junto a la cabecera del obispo. Después se instala en la casa de campo de la condesa de Marsan, entre Versalles y Noyon. No tiene que esperar mucho, pues el obispo no tarda en abandonar este miserable mundo. Durante la noche le comunican su muerte. Manda enganchar los caballos y, a las seis de la mañana, se presenta en el dormitorio del conde de Maurepas. El ministro, ya muy anciano y debilitado, aunque tan guasón como siempre, se levanta de la cama. La idea de ganarle la partida a «Toinette» le encanta, pues él siempre ha sido antiaustriaco. Tampoco le desagrada hacerle un pequeño favor a su querida condesa de Marsan, de cuya arrogancia se burlaba en otros tiempos con unos versos que decían:

Yo soy sin presumir,
dice la hipócrita Marsan,
princesa de Lorena
¡y, encima, de Rohan!

En recuerdo de aquella vieja amistad, Maurepas se presenta ante el Rey a las siete de la mañana. Lo enreda y lo confunde. El Rey firma el visto bueno. E, inmediatamente, un correo parte al galope hacia Varsovia. A las diez de la mañana, la Reina se hace anunciar. Puesta al corriente por Mercy acerca de las maniobras del clan de los Rohan, cree disponer de una contramedida: tiene a un candidato para aquel capelo polaco, un Montmorency, obispo de Metz. ¡Demasiado tarde! Se la han pegado una vez más. Se la han pegado y la han humillado. Un mes más tarde moría Madame de Geoffrin.

El rectorado de la Sorbona cae también en la escarcela del príncipe Luis. Los doctores de la Sorbona, a pesar de que la Reina les ha hecho saber por el abate de Vermond que ella es partidaria de un tal La Rochefoucauld, que aspira a aquel puesto, votan en favor del príncipe Luis. Y la Reina y su La Rochefoucauld se quedan con un palmo de narices.

Pon, pon, patapón...
¡Qué no seré yo en el Trianon!

El príncipe Luis está en el apogeo de su gloria. Todo sonríe al cardenal de Rohan. ¿Acaso no es obispo de Estrasburgo, gran capellán de Francia, príncipe soberano del Imperio, rector de la Sorbona, propietario del palacete de Estrasburgo en París, del castillo de Saverne y del palacio

Rohan de Estrasburgo, y no posee innumerables abadías, entre ellas la de La Chaise-Dieu? Es el eclesiástico más rico y poderoso de Francia.

Puesto que no puede alcanzar nada más en cuestión de cargos y honores, su insaciable apetito se vuelve hacia la Reina. Ésta se ha convertido en su obsesión. Una palabra, una mirada, ¿qué son para ella? Para él, en cambio, lo son todo. Su imagen lo atormenta incluso de noche. ¿Por qué tanto desprecio? Su inteligencia, su conversación espiritual, sus agudezas, su lujo impertinente, todo en él lo identifica como un perfecto candidato al círculo del Trianon. Allí se sentiría como pez en el agua entre las luces, las fiestas, los disfraces.

Antaño, el cortesano, al paso del Gran Rey, preguntaba con trémula voz: «¿Marly? Sire...», y un simple movimiento de cabeza del monarca podía cambiar el curso de un destino; porque en Marly el Rey iba y venía casi sin ceremonias y se le podía abordar mucho más fácilmente que en Versalles y, por consiguiente, conseguir favores sin rebajarse demasiado. El Trianon se encuentra hoy en día en manos de una camarilla de jóvenes de ambos sexos. Pasados los treinta años, se es viejo para la Reina. En otros tiempos, el viaje a Marly compensaba la molestia a los cortesanos. El del Trianon depende de los caprichos de la soberana. Todos los aburridos están excluidos. La inteligencia, los méritos, de nada sirven. Para conseguir un pasaporte para el Trianon hacen falta buen porte, informalidad, ingenio, insolencia y, sobre todo, una superficialidad absoluta. En una palabra, seguir la moda. Se comprende muy bien que el Rey no pase por allí más que deprisa y corriendo, sin quedarse jamás a dormir.

El cardenal de Rohan no desespera. Llegará a introducirse. Su prima le abrirá las puertas de aquel reino encantado. Pero, por ahora, cada vez que él se entretiene en sus aposentos, la Reina los abandona ostensiblemente sin una sola palabra, sin una mirada.

En casa de la princesa de Guémenée se juega fuerte, pero también la visitan algunos pisaverdes que siguen la moda con los que la Reina pierde la cabeza para darse un aire licencioso y calmar sus nervios de frígida ofreciendo, sin grandes sacrificios, pequeños respiros a su virtud.

Precisamente en casa de la princesa la Reina encuentra por vez primera al duque de Lauzun, del cual se encapricha por un tiempo. «Tengo tanto miedo que, si perdéis, creo que me echaré a llorar», le dice un día en que él está haciendo correr un caballo, pues a su afición al juego une María Antonieta la del hipódromo.

Una o dos carreras de obstáculos, tres vueltecitas bastarán para que el libertino sea expulsado. «¡Retiraos, señor!», dirá fríamente la Reina el día en que sorprenda a este nuevo querubín, vestido con la túnica azul celeste y el jubón con galones amarillo limón del regimiento de húsares Lauzun, de rodillas en su habitación.

Este «retiraos» es una ducha de agua fría después de tantas caricias. ¡Y eso que un día ella le había llegado a pedir con insistencia la pluma de garza de su casco! Se la había pedido a través de la servicial Guémenée; otra vez había sido su locura por Montrouge, su «sifón», tal como se decía entonces, a quien deseaba visitar precisamente en el lugar donde él llevaba a las chicas de la Ópera y, más tarde, a su amante la marquesa de Coigny, así como a la camarilla de Orleans, encabezada por su fidelísimo Choderlos de Laclos. El mismo Choderlos que organizará con todo detalle la marcha de las mujeres de París sobre Versalles el 5 de octubre de 1789, en la que apenas participarán mujeres y sí, en cambio, muchos hombres disfrazados de verdulera.

Acerca de esta marquesa de Coigny, la Reina ha dicho, para subrayar el desprecio que siente por ella: «Yo sólo soy la Reina de Versalles, Madame de Coigny es la de París.»

La marquesa desconfía de Laclos tanto como enloquece por el poco recomendable Lauzun. Le ha cerrado las puertas de su casa; para él no está jamás. Confiesa, sin embargo, ella que no teme ni a Dios ni al diablo, que sólo con él se estremece. Tiene olfato, pues él se vengará de ella representándola en sus *Amistades peligrosas* con los rasgos de la perversa marquesa de Merteuil.

Cuando se haga un inventario de la biblioteca de la Reina en el Trianon, se descubrirá en ella un ejemplar de esta novela. ¿La habría leído, ella que era tan poco aplicada y que, según se decía, jamás había abierto ni siquiera su herbario?

El bello Lauzun abandonó el gabinete. ¡Adiós preciosa Reina envuelta en muselina que paseas soñadora por los senderos del Trianon entre los manzanos y los rosales blancos! ¡Adiós carreras por el Bois de Boulogne y cacerías en Marly! Él busca una razón. Y se procura una: «Ser amado de vez en cuando por una hermosa dama que ama a otros; ser tomado, dejado y vuelto a tomar es sin duda una extrema dicha. Es un beneficio sin ningún cargo de conciencia.» ¿Acaso no resume esto muy bien este siglo superficial y sin corazón, llamado, sin embargo, el siglo de las pasiones?

Madame de Guémenée comete el error de pedirle a la Reina que el Rey pague las deudas del impertinente, cosa a la que se niega. A esta humillación se añade la negativa de concederle el grado de coronel del regimiento de los guardias franceses como sucesor de su tío, el duque de Gontaut, recién fallecido. Bajo la influencia de la marquesa de Coigny, aliada de los Rohan, el resentimiento de Lauzun hacia la reina se convierte en aversión.

El príncipe de Guémenée quiebra. Se barajan rápidamente las cartas. La princesa dimite de su cargo. Esta vez, la Reina interviene ante el Rey, el cual no quiere saber nada del asunto.

«¡Nada, señora! Ni un franco os digo, ni un céntimo, nada para los Guémenée, nada que pueda evitar su quiebra. ¿Acaso el príncipe no ha recibido ya once millones por la venta del puerto de Lorient a la Corona?»

Los Guémenée abandonan la corte, dejando libres los puestos de gran chambelán y de capitán de los gendarmes de la guardia y el cargo de ayos de los infantes de Francia. El bando de los Rohan está consternado. Su quiebra ha provocado la ruina de mucha gente sencilla, de criados, de comerciantes, de porteros que contaban con este príncipe atolondrado y pródigo para progresar económicamente.

De manera imperceptible, la aversión de Lauzun se transforma en un odio que lo lleva a incorporarse a la camarilla de los Orleans. Frecuenta el Palais-Royal. La marquesa de Coigny se convierte en una *sans-culotte* antes de hora. Habla de la «chusma aristocrática» cuando quiere referirse al Rey, a la Reina y a la camarilla de los Polignac, que se ha apresurado a abalanzarse sobre los despojos de los Guémenée.

La condesa Jules obtiene el puesto de aya de los infantes de Francia. Posteriormente será nombrada duquesa.

¡Habría que azotarlo para que descargara
de rabia, como los asnos!

¿La Reina está encinta? ¿La Reina espera un herede-ro? Pero, ¿quién es el padre? ¿El duque de Coigny, el du-que de Lauzun, el barón de Besenval, ese joven sueco de quien se dice que está enamorada? Algunos insinúan in-cluso que su cuñado, el conde de Artois, una noche de luna bajo los castaños...
No hace mucho todavía se cantaba:

> *Maurepas se sentía impotente*
> *y el Rey le ha devuelto el poder.*
> *El ministro agradecido le dice:*
> *«Otro tanto quisiera yo*
> *hacer, Sire, por vos...»*

¡Pues no! El padre de la criatura es nada menos que el «pobre hombre», tal como lo llama María Antonieta; es el Rey. Y ha sido necesario para ello que su cuñado José II hiciera el viaje desde Viena para enseñarle el «método». Nadie se había tomado jamás la molestia de explicarle cómo se hacía eso cuando todavía era Delfín, pues caía por su propio peso que el temperamento de los Borbones lo guiaría instintivamente. Y, además, en ese gran Versalles en el que el librecambio se practica con el mayor descaro, bien se podría haber encontrado a una nueva Cathau-la-Borgnesse, esa Madame de Beauvais que despabiló a Luis XIV explicándole lo que era la mujer. Pero, siendo tan piadoso, probablemente debía de pensar que, como en el caso de la Virgen María, los Delfines se hacían por media-ción del Espíritu Santo; a no ser que, a ejemplo de Agnès de *La escuela de las mujeres*, se hicieran a través de la oreja.

Durante mucho tiempo se había hablado de la necesidad de utilizar el bisturí para resolver aquel estancamiento de la alcoba. Todas las cortes de Europa hablaban de dicha solución, considerada la única para una fimosis que era la causa del impedimento. Pero aquella fimosis era una leyenda. Luis XV, muy al tanto del inconveniente, hablaba libremente de él en sus cartas a otro de sus nietos, Fernando de Parma, hijo de Madame Infanta, su hija predilecta, el cual tenía problemas de alcoba con su mujer, la archiduquesa María Amelia, hermana de María Antonieta. «Vuestro cirujano, que dicen que es muy bueno, ¿ha visto el mal que tenéis en el glande y que no se puede haber producido sino por el hecho de que vuestro prepucio es demasiado largo y tiene dificultades para salir?...», le escribía. Durante una estancia en Compiègne, el Rey le había pedido a su cirujano La Martinière que examinara al Delfín. Nada, ningún defecto se opone a la consumación del matrimonio, había certificado el médico, que confirmaría este mismo diagnóstico dos años más tarde, cuando el matrimonio del príncipe aún no se había consumado.

La apatía del Delfín en relación con las damas indujo a creer al Rey por un tiempo que su nieto era impotente. Fue la única duda que tuvo en su vida.

Por consiguiente, puesto que el príncipe no presenta ninguna deficiencia congénita, lo que falla es el «método». O es el método o hay que buscar el impedimento en la Reina. Frigidez, falta de temperamento, incompatibilidad fisiológica con la pareja, «estrechez del camino»... hay que tenerlo todo en cuenta. El caso es que el emperador José II no es la persona más indicada para interrogar a la Reina. María Antonieta no se hace ninguna ilusión en cuanto a la simpatía que le tiene su hermano. Éste llega a Versalles y se traslada de inmediato, para provocarla, a Louveciennes, a casa de la condesa Du Barry, quien le hace los honores de su pabellón en compañía de su amante, el duque de Brissac, con el cual convive casi maritalmente.

Lo cual equivale a decir que, en privado, con su hermano la Reina guarda silencio. Si, a pesar de la frialdad con que ella lo trata, José II intenta interrogarla acerca de su matrimonio, ella lo corta de inmediato: «Me quiere mucho y hace todo lo que yo deseo», le suelta, como si el amor de Luis XVI fuese proporcional a su docilidad.

Es el propio soberano quien, sintiéndose en confianza con su cuñado, acabará por revelar la verdad. De ella se deduce que, a pesar del pasillo que él mismo mandó construir entre sus aposentos para burlar la curiosidad de los cortesanos acerca de sus reales visitas, Luis XVI es, al cabo de siete años, medio virgo y María Antonieta virgen a medias. «Tiene unas erecciones muy fuertes y bien condicionadas; introduce el miembro, se queda allí sin moverse durante unos dos minutos, se retira sin descargar jamás y siempre en tensión, y da las buenas noches. Eso no se entiende muy bien, pues a veces tiene poluciones nocturnas, pero, en el sitio indicado y durante la acción, jamás; se conforma diciendo simplemente que lo hace por deber y sin experimentar el menor placer. ¡Ah! ¡Si yo hubiera estado presente una sola vez, ya le habría arreglado yo las cuentas! Habría que azotarlo para que descargara la rabia, como los asnos! Para eso mi hermana tiene poco temperamento y ambos son dos torpes juntos.» Eso es lo que le escribe el emperador José II a su hermano el archiduque Leopoldo, gran duque de Toscana.

José II, tras haberle soltado a su inexperto e inapetente cuñado un pequeño discurso acerca del «método», regresa más tranquilo a Viena. María Antonieta ya no es virgen a medias sino, finalmente, mujer. Y, aunque no sea una mujer verdaderamente colmada, por lo menos no lo da a entender. Luis XVI ha superado finalmente sus aprensiones y María Antonieta los dolores de los que se quejaba, pues Luis XVI, el más alto y corpulento de todos los reyes de Francia junto con Francisco I, ha conseguido superar felizmente la prueba. El «gran tránsito» ha tenido lugar el 18 de agosto de 1777. A la primavera siguiente, la reina quedará encinta.

¡Pulga! ¡El color pulga es lo más elegante que puede haber!

La Reina se aburre. Puede que finalmente se haya convertido en mujer, pero es una mujer que se aburre. Los bailes de Versalles le provocan bostezos. Juega para aturdirse, contrae deudas, seduce a quienes se le acercan. Es un hada. Una especie de Melusina. Una Melusina que tiene corazón, pero con la cabeza a pájaros. Esta carrera desenfrenada tras los placeres y ciertas respuestas mordaces —como la que le dio a su dama de honor, la cual le recordaba que María Leszczynska hacía esto y no aquello: «Señora, tomadlo como queráis, pero no creáis que una reina nacida archiduquesa de Austria puede poner todo el interés y la entrega que aportaba una princesa polaca convertida en reina de Francia»— han acabado por imponerse a este corazón amante y amable.

Día tras día, su existencia se convierte en una perpetua huida hacia delante... El minué de Versalles es un tostón. Y esas viejas duquesas huesudas y espectrales, cubiertas de diamantes y con el rostro empolvado de blanco y las mejillas cubiertas de colorete provocan esplín.

¡El esplín, eso es! Es la nueva palabra que la anglomanía introducida un poco en todas partes ha puesto de moda. Ya no tiene una ahogos ni siente melancolía sino que pilla un esplín como pilla un resfriado. Y la Reina, que es una mujer siempre a la vanguardia de la moda, forzosamente está de humor «esplinoso». Para librarse de este minué de espectros, se irá a bailar a la Ópera del Palais-Royal, dejando a las viejas cotorras con sus chismorreos de salón.

Cada mañana la Reina se encierra con su costurera, la señorita Rose Bertin. Es una artista de los trapos. Madame Du Barry la había puesto de moda. La duquesa de Chartres, cuñada de la princesa de Lamballe, se había apoderado de ella y es esta última quien se la ha presentado a la Reina. María Antonieta se convierte enseguida en su mejor maniquí. Se viste mejor que cualquier dama de la corte, que cualquier actriz.

En junio se muestra desolada porque ha engordado. Le tienen que rehacer por completo el vestuario y ocultar, a ser posible, su embarazo, para que pueda seguir corriendo de un baile de disfraces a otro.

«Necesito un traje chaqueta de este tafetán tostado.» Dadas las circunstancias y el color, lo llamarán *Composición honesta*. Pero, en realidad, ¿qué clase de color es ése? Luis XVI, que entra en el gabinete antes de salir de caza, exclama con el sentido común que lo caracteriza: «¡Pulga, está clarísimo! Eso es color pulga.» La palabra también hace furor. Toda la temporada será pulga. Pulga vieja, pulga joven, vientre de pulga. Las sedas de Lyon son pulga como en la temporada siguiente serán «cabellos de la Reina».

La Reina está a punto de dar a luz. Se acerca la Navidad y empieza Carnaval. María Antonieta lamenta perderse el baile de disfraces, pero los médicos la han obligado a guardar cama. Para distraerla, el Rey entra en su habitación seguido de todo un grupo de personajes disfrazados. El anciano Maurepas encabeza la marcha, más fuerte que un roble, disfrazado de Cupido y tomando de la mano a la condesa de Maurepas, disfrazada de Venus. Ambos bailotean a pesar de sus casi ochenta años; resulta gracioso y de lo más divertido. La Reina ahoga la risa contra las almohadas. Viene a continuación el mariscal de Brissac disfrazado de derviche. Es de la misma generación que Maurepas. Se presenta después la princesa de Henin disfrazada de hada. Un hada dotada de una lengua viperina, la persona más espiritual pero también la más venenosa de la corte. El mariscal duque de Richelieu como Titán y la mariscala de Mirepoix como Aurora bailan un rigodón como si tuvieran veinte años. Reverencia a la Reina. El mariscal sabe que la Reina no lo aprecia, con más motivo porque últimamente ha tratado de interpretar el papel de alcahuete con el Rey, tal como ya hacía en tiempos de Luis XV, empeñándose en presentarle a una joven actriz del Teatro Francés en la cual parecía que el soberano se había fijado. Murmura en voz baja pero lo suficientemente alto como para que le oiga la Reina: «¿No os parece, princesa, que podríamos darles una lección a los pisaverdes de la Reina?»

«Pasados los treinta años, no comprendo que alguien se atreva a presentarse todavía en la corte», había comentado la Reina. Las viejas cotorras acababan de demostrarle que eran más alegres e irónicas que toda su camarilla del Trianon. Era la respuesta del pastor a la pastora.

Cuatro días antes de Navidad la Reina dio a luz a una hija, la Madame Royal, que será intercambiada tras la caída de Robespierre y se casará con su primo hermano, el hijo mayor del conde de Artois, el duque de Angulema.

El cardenal de Rohan, gran capellán de Francia, practica las abluciones y bautiza después con gran pompa a la pequeña princesa. Pero ni siquiera entonces se digna la Reina dirigirle una mirada. Es invisible. Perennemente inexistente para ella.

Del convento se va a todas partes,
basta con saltar la tapia...

¡Adiós alfileres y agujas, hilvanes de dobladillos, bieses, pinzas, frunces!

Jeanne de Saint-Remy ha abandonado los talleres de la señorita de La Marche para entrar a trabajar en casa de la modista Madame de Boussol, que tiene una tienda en Saint-Germain. Allí permanece en vela a menudo durante noches enteras para poder entregar a tiempo un encargo. El cansancio, añadido a la pena que siente por el hecho de que no se la reconozca por lo que es, nada menos que una Valois, mina su salud y no tarda en caer enferma. Siguen idas y venidas entre pruebas y bronquitis, talleres de costura y una pequeña habitación que la buena marquesa ha puesto a su disposición en su palacete de Boulainvilliers, de la rue de Notre-Dame-des-Victoires.

Nada más restablecerse, la colocan en un establecimiento de lencería que la utiliza como moza de los recados. Cae nuevamente enferma y vuelve al palacete de Boulainvilliers. Empiezan entonces las casi descaradas intrigas del marqués. Boulainvilliers es un libertino que no se puede contener en presencia de la juventud y los encantos de Jeanne. Pasa lo inevitable: Jeanne es seducida y deshonrada. Desde Marivaux al Divino Marqués, es el tema preferido de las novelas del siglo XVIII. Es un paso obligado. Y, puesto que la vida de Jeanne de Saint-Remy empieza como una novela, hay que sacrificarse a esta moda de la virtud ultrajada pero complaciente.

El preludio son unos regalitos: un chal, un vestido bonito. Siguen las joyas: un reloj por aquí, una sortija por allá. Después, el marqués en persona en plena noche a los pies de la cama de Juana con todo su poder, muy colorado y excitado y exhibiendo, a pesar de la camisa de noche, un priapismo que no permite abrigar la menor duda en cuanto a sus sentimientos.

«¡Retiraos, señor!», grita Jeanne. Y el marqués abandona el lugar, temiendo que los gritos de la joven despierten a toda la casa, pero jurando vengarse.

Se diría la reacción normal de un alma púdica, asqueada ante semejantes proposiciones. Jeanne es joven y púdica y se siente asqueada sin ninguna duda. Pero carece también de escrúpulos y, sobre todo, del menor atisbo de ética, pues ni siquiera sabe lo que podría ser un principio de moralidad, dado que las tristes experiencias de su juventud le han oprimido el alma hasta dejársela coja. No habría tenido el menor interés en examinar el mundo con aplicación de entomóloga si no hubiera hallado en él las respuestas a ciertas preguntas, por muy mal planteadas que éstas estuvieran. Cabe imaginar que, en presencia del marqués, sopesara rápidamente los pros y los contras de la situación; lo que obtendría por un lado cediendo y por otro lo que perdería, incurriendo en las iras de su benefactora. ¿Qué son unas joyas, un diamante tal vez, pero más probablemente unas baratijas con las cuales el libertino seduce fácilmente a la debutante del Teatro Francés o a una chica de la Ópera, en comparación con el desagrado de la marquesa? Ve la trampa y, con la fría mirada propia de un artillero que sabe hacia dónde dirigir el disparo, ya ha tomado partido por la marquesa contra el marido. Esta última ya ha hecho muchas cosas por ella y por su familia. Muy pronto el Rey le concederá una pensión; su hermano, reconocido como barón de Valois, ha sido enviado a una escuela de oficiales de la Marina; su hermana Marianne —la que su madre abandonó en la ventana del agricultor— ha emprendido viaje para reunirse con ella en París. Por si fuera poco, la hija de la marquesa, la señorita de Passy, convertida en condesa de Clermont-Tonnerre, forma parte del círculo de amistades íntimas de la Reina. Ella es la que con sus gestos e imitaciones ha provocado las carcajadas de la Reina el día en que las duquesas, envueltas en sus capas, se presentaron en fila para hacerle sus primeras reverencias. Será el principio de toda una serie de vanidades heridas que, a la larga, acabarán por crearle más enemigos de los que se imagina.

Desde hace algún tiempo, la gente se hace preguntas en la corte acerca de estos jóvenes Valois que han salido nadie sabe de dónde como los conejos de un charlatán de feria.

Madame Isabel, hermana del Rey, se muestra interesada y quiere verlos. La condesa de Clermont-Tonnerre organiza el encuentro. Puesto que Su Alteza tiene que trasladarse a Brunoy, donde su hermano el conde de Artois ofrece una fiesta, se detendrá por el camino y visitará la casa de Madame de Boulainvilliers en Montgeron. Así podrá ver el prodigio de esta familia bastarda pero, a pesar de todo, perteneciente a la estirpe de los Capetos, surgida de los abismos de la Fronda y de las guerras de religión.

Jeanne y su hermano, que está de permiso, son presentados a Su Alteza Real. Jeanne es felicitada por la pensión de mil escudos que acaba de concederle el Rey. Asombro. ¡Mil escudos! Pero con mil escudos y el apellido Valois se puede aspirar a un buen partido. Mientras que la pensión que corresponde a cada uno de los tres hijos es una miseria de ochocientas libras. Sin embargo, el Rey ha dejado el cálculo de la pensión a Maurepas, el cual la ha fijado en mil escudos. ¿Qué ha ocurrido? Simplemente, que el marqués de Boulainvilliers se ha dejado caer por allí.

Se ha hecho anunciar ante el ministro.

—¡Mil escudos, monseñor! No son más que unos jóvenes, ¡ochocientas libras ya serían una ganga!

—Pero es que vos no os dais cuenta, marqués, ochocientas libras es lo que da el Rey para librarse de los importunos.

—Podéis creerme, monseñor, mi mujer y yo velamos por ellos con el mayor cuidado. Los tratamos como si fueran nuestros propios hijos. Atendemos sus necesidades. Os aseguro que ochocientas libras son más que suficiente.

—¡Muy bien! Si vos me lo aseguráis...

Juana comprende que el marqués ha cumplido su promesa: acaba de vengarse.

Tras tomarse un piscolabis, la princesa, seguida de la condesa de Pont-de-Cassel, vuelve a subir al coche para dirigirse a Brunoy. La marquesa de Boulainvilliers, Madame de Clermont-Tonnerre, Jeanne y su hermano, enfundado en un soberbio uniforme nuevo, las siguen en calesa. Llegan para asistir a la comedia que se ha inventado el conde de Artois para divertir al Rey, pues éste y la Reina participan en la fiesta. Se trata de una reunión informal. Cada cual se coloca donde le parece. Ningún detalle, nada escapa a la mirada de Jeanne. Ésta empieza a aspirar finalmente el perfume del mundo que considera suyo. Ve a la Reina rodeada de su clan. Se encuentra a pocos pasos de ella. María Antonieta contempla las iluminaciones. Rodea por el talle a su nueva favorita, Madame de Polignac. El de Artois, un cabeza de chorlito como su cuñada y libertino en secreto, contempla con una sonrisa el espectáculo que ofrecen ambas amigas. La Francia atrevida, la de los Valois y los Borbones, siempre había tenido monarcas con favoritas y algunos habían tenido los llamados *mignons*, pero nadie había visto jamás a una Reina arriesgarse de semejante manera en público, con gestos que se prestan a la confusión por los caminos de Lesbos.

Una sola mirada le basta a Jeanne para vislumbrar el terreno en el cual tiene intención de adentrarse también. Se adelanta hasta casi rozar a esta Reina fría y superficial y, como ella, carente de escrúpulos religiosos. Esta Reina que se rodea de intrigantes, accesible a los peores aventureros y a las rameras, que compra diamantes sin poder pagarlos, que acude presurosa a los bailes de la Ópera, siempre alocada, siempre en busca de no se sabe qué para distraerse... Recuerda ahora todo lo que ha oído decir acerca de ella. Sin embargo, casi podría quererla si en su fuero interno no la odiara por ser la Reina todo y ella nada.

De vuelta en París, se queda unos cuantos días sola en el palacete de Boulainvilliers. Su bienhechora y el marqués se han ido a la provincia por unos asuntos de negocios. Desde que se aloja allí, Jeanne ha observado algunas noches unos extraños ruidos en los sótanos y las bodegas del palacete. Imagina una conspiración. Pero no es nada. El marqués se ha convertido simplemente en destilador de aguardiente en las mismas narices de las patrullas nocturnas de su propia policía, puesto que es el preboste de París. Al percibir el olor del alcohol a través de un tragaluz, Jeanne adivina el beneficio que podrá obtener vengándose y pagando al marqués con su propia moneda.

Se asoma a la ventana. Grita que quieren envenenarla. Subleva a los viandantes. La gente, siempre curiosa, se congrega alrededor de la puerta del palacete. El secretario del marqués, aturdido, trata de disimular la existencia de la bodega. La muchedumbre de la calle se impacienta y, forzando las puertas del palacete, consigue entrar en la bodega. Alambiques, barriles, botellas, todo es derribado en un instante. Se descorchan botellas. La gente bebe. El alcohol se sube a la cabeza del populacho y todo el barrio se emborracha. Interviene la patrulla de a pie. Manda evacuar el palacete. Advertido en su lejana provincia, el marqués regresa a toda prisa a París. La marquesa regresa unos cuantos días más tarde. Entran en su casa de noche para evitar los abucheos de la muchedumbre. El asunto ha llegado hasta Versalles. Se ruega a los Boulainvilliers que se abstengan de presentarse en la corte. Pero, a pesar de todo, la marquesa no olvida a sus protegidos. Esta vez escribe al intendente de Champaña para reclamar el regreso de Marianne de Saint-Remy, de la cual no ha recibido ninguna noticia. El rico agricultor Durand, en cuyo postigo habían dejado colgado el rorro, no quiere permitir que se vaya tras haber averiguado que el Rey ha concedido una pensión a la chiquilla. Pretende aprovecharse de esta renta. El intendente se hace anunciar, el agricultor se asusta y esta vez se ve obligado a obedecer. Deja escapar la pensión y a la niña que, desde la noche del postigo, se ha convertido en una muchacha en edad de merecer.

Marianne de Saint-Remy de Valois desembarca una

buena mañana en la casa de los Boulainvilliers. Es una joven alta, rubia, bastante sosa y muy estúpida. Más tarde dará muestras del suficiente instinto para imaginar que habría podido ser una gran dama. Sin embargo, siempre estará dispuesta a abdicar de su condición, frecuentando lo vulgar. Regresará al pueblo mientras que su hermana, con la cabeza llena de quimeras, no tendrá más propósito que el de elevarse.

Los Boulainvilliers no tardan en recuperar el favor del Rey gracias al príncipe de Conti. Este último, perteneciente a la misma camarilla del marqués, ha intervenido para quitar hierro al episodio de los alambiques.

Como experto que es, el marqués aspira las delicias de las carnes turgentes y sonrosadas de la joven campesina. Marianne es una de esas bonitas y apetitosas tontas que están para comérselas. Esta vez la marquesa intuye el peligro. Se apresura a enviar a Jeanne y a Marianne a la abadía de Yerres, en las afueras de París. Allí se presenta el marqués. No se resigna a dejar escapar a Jeanne y, en su defecto, a Marianne. Propone a Jeanne su boda con el caballero de L'Hil, una de sus criaturas, lo bastante amable como para permitirle ejercer el derecho de pernada. Jeanne se libra del compromiso, anunciando su deseo de entrar en religión. La marquesa, puesta al corriente de esta repentina devoción, desea a toda costa la felicidad de Jeanne y de su hermana y las saca del convento. Ha leído las suficientes novelas para saber que el convento es siempre un mal menor al que sólo se aspira por motivos que, por regla general, nada tienen que ver con Dios. Pone inmediatamente manos a la obra para encontrarle un marido a Jeanne. Entonces se presenta un apuesto joven de veinte años que pasa por ser hijo de Luis XV y de una baronesa alemana. Ya han llegado a la fase de las presentaciones cuando aparece el marqués, señalando que, si se celebra aquella boda, será sin su consentimiento. La marquesa se muestra contrariada, pero, como mujer sumisa que es, se doblega a la voluntad de su esposo. Y nuestras dos Saint-Remy de Valois, que ella había sacado del convento, vuelven a las devociones. Esta vez en la abadía de Longchamp, fundada por Isabel de Francia, hermana de san Luis, situada a orillas del Sena, frente a la aldea de Suresnes. Sus simulacros de devoción no engañan a nadie y tanto menos a la reverenda madre superiora, que adivina en ellas a unas desvergonzadas. No se deja engañar y las vigila. Entre dos luces, es decir, entre vísperas y completas, he aquí que las dos Saint-Remy saltan la tapia del convento y huyen por piernas con un fardo bajo el brazo y treinta libras en el bolsillo. La aventura está al final del camino, creen ellas. La aventura, sin duda. Pero hay que saber por qué extremo agarrarla.

5

¡Qué suerte! El primo ideal...

Regreso a la casilla de salida

¿La aventura al final del camino? Más que la aventura, digamos las asechanzas y los atolladeros. Con tres céntimos en el bolsillo y una mirada un poco provocadora, se hace fácilmente carrera en una novela del abate Prévost. El destino de Manon Lescaut no habría podido asustar a Jeanne si sólo se hubiera tratado de joyas, paseos en carroza por el Cours-la-Reine, pulcros ancianos mitad recaudadores generales y mitad libertinos... Pero, en el fondo, el presidio de Luisiana no se le antoja un itinerario muy apropiado para la última de los Valois.

Ambas hermanas se quieren trasladar a Bar-sur-Aube. Suben a una diligencia que las deja delante de la posada La cabeza roja de Bar-sur-Aube. Sólo tienen dos escudos. Es poco para encontrar sus gloriosas raíces y tratar de recuperar los bienes de la antigua casa de los Saint-Remy de Valois.

Bar-sur-Aube es una pequeña ciudad que, como todas las pequeñas ciudades de provincia, tiene su musa. Aquí se llama Madame de Surmont. El señor de Surmont es magistrado, presidente del prebostazgo de Bar-sur-Aube y teniente de policía. En su casa se reúne la sociedad más ilustrada de la ciudad para jugar su partida de *whist*, el nuevo juego recién introducido en Francia, y para comentar las ideas del día. En una palabra, madame de Surmont tiene un salón abierto en el que se juega a las cartas, se cotillea un poco y se bosteza mucho. Cualquier novedad es recibida con los brazos abiertos. Así pues, dos princesas fugitivas, llenas de lamparones y cubiertas de polvo, que están en la taberna de la esquina, casi como quien dice el lugar más peligroso, son como agua de mayo. Madame de Surmont se hace un poco de rogar antes de acceder a intervenir personalmente y acudir a La cabeza roja para juzgar acerca de la naturaleza del milagro.

A sus veinticuatro años, Jeanne no es verdaderamente agraciada, pero posee un encanto cautivador. Su figura es mediocre, pero esbelta y bien proporcionada. Realzan sus profundos ojos azules unas curvadas cejas muy negras. Y, cuando sonríe, deja al descubierto los dientes más bonitos del mundo. Su pálida tez contrasta con una cabellera de azabache. Tiene un pie pequeño y bien formado. Una fina y larga mano. Un pequeño detalle remata esta breve descripción: por un singular capricho de la naturaleza, sólo tiene un seno desarrollado, pues el otro se ha quedado prácticamente en la infancia. Carente de la menor instrucción, posee un espíritu muy vivo y tiene respuesta para todo. Y el don de calibrar a las personas con una sola mirada. Por eso se burla fácilmente de unos y otros. De todo su ser emana un algo fatal que, lejos de repeler, atrae. Seduce y subyuga. Tiene algo de sirena.

Madame de Surmont cae bajo su hechizo. ¿Por qué no dejamos que se alojen en nuestra casa? El marido acepta a regañadientes.

Abandonan La cabeza roja dejando en ella el último escudo y se instalan sin más ceremonia en casa de los Surmont. En la pequeña estancia que ponen a su disposición, Jeanne y Marianne encuentran dos vestidos de la dueña de la casa, quien, habiendo comprendido el estado de necesidad en que se encuentran, les presta algunos trapos; más para conservar su fama de benefactora que en la esperanza de que se los pongan, dado su volumen.

Jeanne pide de inmediato unas tijeras, hilo y una aguja. Y se pone a cortar y a coser. Así pasa todo el día con su hermana. Recuerda las lecciones de Madame de Boussol.

Por la noche, todo Bar-sur-Aube, todos los que pintan algo en la ciudad, acuden al salón del palacete de Surmont. Las hermanas se presentan. Todos los ojos convergen de golpe en la puerta. Se produce el milagro. Por un instante, se las podría tomar por unas princesas, ataviadas con aquellos vestidos que realzan su talle. Los jóvenes invitados se entregan a su alrededor a toda suerte de bailes de seducción. Tardarán muy poco en descubrir que no son más crueles que las princesas de las novelas. Las señoritas de Saint-Remy aportan de repente un soplo de vida y movimiento a este polvoriento salón. Allí se coquetea con todo descaro y la gente se exhibe con completa naturalidad. Madame de Surmont siente vértigo. Pensaba tener a aquellas princesas como huéspedes durante una o dos semanas y ya han pasado seis meses. Cada día trae su dosis de chismes, de intrigas y de desavenencias. Jeanne aprende lecciones y templa su genio.

Aquel círculo restringido y provinciano le sirve de laboratorio. Se apodera del espíritu de Madame de Surmont y lo hace suyo para poder extender sus perfidias por todas partes. Madame de Surmont se sume en la desesperación. Ahora, cuando habla de Jeanne, es como si mencionara al demonio.

Jeanne conoce a un joven burgués, Jean-Claude Beugnot, que más adelante se convertirá en el conde de Beugnot, ministro del rey Jerónimo Bonaparte en Westfalia y par de Francia. Lo seduce y se convierte en su amante. Pero el padre del joven, que no lleva su esnobismo hasta el extremo de querer aliar su honrada y burguesa familia con la de los Valois, envía rápidamente a su hijo lejos de la ciudad. Entonces se presenta el sobrino del señor Surmont. Sirve en la gendarmería del Rey. Cuerpo de elite donde los haya. Con decir que un simple caballero tiene rango de oficial está dicho todo. Con nobleza, alguien que lo recomiende y un poco de buena conducta, un joven como el sobrino del señor Surmont puede subir rápidamente en el escalafón. Pero la buena conducta no es precisamente el punto fuerte del joven Nicolas de la Motte. Siempre ha vivido a salto de mata, pues la asignación que le pasa su tío no basta para hacer frente a la tabernaria vida que lleva. Jeanne descubre rápidamente en él al estafador en ciernes que necesita; en cualquier caso, a su alma gemela, al compañero que le hace falta para secundar sus proyectos. Puesto que es alto y bien plantado sin ser, sin embargo, bien parecido, y puesto que no carece enteramente de ingenio y, por su fuera poco, resulta que es hidalgo, Jeanne no tiene el menor reparo en entregarse a él.

Y se entrega tan bien que se queda embarazada, pues la relación entre ambos se desarrolla desde hace varios meses delante de las narices de todo Bar-sur-Aube, que no da crédito a sus ojos cuando el milagro del amor ya no puede callar su nombre. El hecho de que una señorita de la buena sociedad se quede embarazada en una pequeña ciudad de provincias da lugar a toda suerte de pérfidos cotilleos; pero que esa señorita se refiera a cada instante a las grandezas que conserva de un antepasado suyo, bastardo de un monarca de la Casa de Valois, hace que todo el mundo se muera de risa, diciendo: de tal palo, tal astilla.

La boda se celebra a escondidas, seguida del venturoso parto de la recién casada: dos gemelos varones que tuvieron el buen gusto de no demorarse demasiado en este miserable mundo, evitándole de esta manera a su madre la necesidad de adquirir un instinto maternal del cual, a priori, andaba más bien escasa.

Una vez dejado atrás el parto de Madame de La Motte, hay que tomar medidas. Los Surmont, a pesar de la bendición de la Iglesia, prohíben la entrada en su casa a la joven pareja. «¡Jamás, ¿me oyes?, jamás quiero volver a oír hablar de ellos!», grita la Surmont.

Jeanne, para poder estar a la altura de su condición de princesa, empeña dos años de su pensión; por su parte, La Motte vende un caballo y un cabriolé que aún no ha terminado de pagar del todo. La miseria llama a la puerta.

Jeanne y Nicolas permanecen todavía durante un tiempo en Bar-sur-Aube. La vida de castillo con la que soñaban se aleja cada vez más. Viven un poco menos de amor y un poco más de pan y agua, y pasan por toda clase de estrecheces. Al final, deciden trasladarse a Lunéville, donde el regimiento de Nicolas tiene su guarnición. Allí permanecerán quince meses. El conde se pasa la vida jugando y bebiendo en la taberna y, la condesa, cuando no está en el convento de las damas benedictinas de San Nicolás, interpreta en la ciudad el papel de bella provocadora. El marqués de Autichamp, que está al frente del cuerpo de los gendarmes, sucumbe a sus provocaciones. Los rumores circulan por doquier. Para conservar una apariencia de respetabilidad, el marido se ve obligado a presentar su dimisión en la gendarmería.

«Pero ¿cómo, amor mío? ¿Abandonáis el oficio de las armas? Pues eso nos vendrá que ni pintado: me han dicho que la marquesa de Boulainvilliers, mi benefactora, se encuentra justo en este momento en Estrasburgo. Mi hermana y yo tenemos que reunirnos con ella sin tardanza. Pues, aunque estamos enemistadas con ella después de nuestra fuga del convento y de mi boda, que ella no aprobó, necesito hacer las paces con aquella que no tuvo más que bondades para conmigo y para con nuestra familia...»

¡Dicho y hecho! Y, de esta manera, el conde de los escándalos y su bella ambiciosa se van a Estrasburgo en compañía de la hermana.

El señor conde de Cagliostro

El siglo ha cubierto con un barniz de filosofía la religión. Sin embargo, el hecho de que uno sea ateo no implica que sea menos supersticioso. La gente se interesa por las ciencias ocultas y las logias masónicas; cree en la piedra filosofal, en la transmutación del mercurio en oro, en los secretos de las pirámides. Incluso el mobiliario acusa la influencia: se pone de moda el «regreso a Egipto» mucho antes de que Bonaparte vaya a tocarle las narices con sus «veinte siglos nos contemplan»... Muchos se las dan de discípulos de Swedenborg, el geógrafo del mundo suprasensible. Lo cual significa que cualquier charlatán puede probar suerte si domina la jerga y sabe utilizar los correspondientes galimatías, envuelto en los consabidos vapores sulfurosos. ¿Acaso el buen doctor Mesmer, con su cubeta y sus imanes, no causa furor en París? Su fluido magnético ejerce un efecto devastador sobre las respetables y acaudaladas viudas, retiradas desde hace tiempo de los negocios y que, tras haber recurrido a él para curarse de un reumatismo crónico, se van maullando como gatas en celo. Ciertas sesiones terminan como auténticos aquelarres.

La Ilustración, la masonería, la lectura de Lavater como contrapeso a la *Enciclopedia*, los desvanecimientos de Jean-Jacques en el transcurso de sus solitarios paseos y muchas otras cosas... acumulan en sí en este Siglo de la Razón los suficientes vapores como para envolver con ellos la impostura.

Pues bien, este año de 1780 acaba de aterrizar en Estrasburgo como por puro milagro y después de múltiples aventuras, cual un pavo real en una rama, el más célebre de los maestros del arte de birlibirloque, un entendido del empirismo, la flor más escogida de la mistagogía y de la taumaturgia, el estafador redomado Giuseppe (Joseph) Balsamo, más conocido, por iniciativa propia naturalmente, como Alessandro, conde de Cagliostro.

El conde de Cagliostro es como el actor que vuelve a los escenarios y que, no habiendo interpretado en escena más que el papel de criado de comedia, encuentra al final y gracias a los azares de la vida de artista la oportunidad de introducirse en la piel de un hidalgo. Ha sabido adornar su vestuario con toda una serie de artificios y de brillantes que recuerdan las luces de las candilejas.

Es un hombre que no sobresale por su estatura a pesar

de que usa unos tacones mucho más altos de lo que dicta la moda del momento. Espalda ancha y poderosa, cabeza redonda sobre un cuello grueso y corto, unos ojos un poco saltones y una nariz ligeramente aguileña que termina en una punta insolentemente respingona. Trata de camuflar su tez aceitunada aplicándose polvos blancos y colorete en los pómulos. Luce un extravagante peinado en trenzas que recoge en la nuca por medio de una cinta. Viste generalmente a la francesa, siempre con profusión de galones dorados, una chaqueta escarlata sobre unos calzones rojos y una espada ceremonial en los faldones. El atavío resultaría incompleto sin un gran tricornio adornado con una pluma blanca y sin sortijas en todos los dedos, generalmente sin otro valor que el brillo que despiden. Unos puños de encaje completan el atuendo.

Habla con gran locuacidad una jerigonza en la que mezcla palabras italianas y francesas; generalmente, se expresa por medio de monólogos que interrumpe con largas citas incomprensibles en tono gutural, que parecen árabe aunque nadie podría asegurar que lo son. Cabalga por los siglos; hace juegos malabares con los astros; zigzaguea entre el gran arcano y el gran copto y en todo momento invoca a los espíritus: «*Assaraton! Panssaraton!*» Y, de vez en cuando, hace una pausa para recuperar el resuello o simplemente el hilo perdido de un discurso y aprovecha para inclinarse hacia su vecina y deslizarle al oído charranadas de feria.

Este estafador, este admirable farsante, este probable espía nació en Palermo en 1743. Su padre, un judío converso especializado en quiebra fraudulenta, lo coloca muy pronto en un convento de Caltagirone de los *fatebenefratelli*, es decir, de los hermanos de la orden hospitalaria de la Caridad de San Juan de Dios, que atienden a los enfermos y hacen de farmacéuticos y curanderos... En la farmacia del convento el joven Balsamo aprende sus lecciones ayudando a preparar elixires y dosificando ungüentos y pomadas. Muy pronto se manifiesta su espíritu malicioso y voluble. A modo de penitencia por sus pequeños hurtos, los buenos frailes le han impuesto una lectura en voz alta en el refectorio. Con la cara muy seria, el joven Giuseppe alterna los nombres de los santos del martiriologio con los de las prostitutas de la ciudad a las que frecuenta gracias al dinero sustraído del cepillo de la iglesia. Es cierto que posee una sexualidad totalmente excepcional para su edad y que no le faltan atributos. De los *fatebenefratelli* pasa a los capuchinos de Palermo, donde se dedica a la pintura y, de allí, a los bajos fondos de la ciudad, donde aprende el bonito oficio de chulo. Esta estimable profesión lo lleva a la no menos rentable de matón... Las puertas de la delincuencia se le abren de par en par.

Muy pronto lo vemos en Roma, donde se dedica a pintar falsos Rembrandts. Se casa con una tal Lorenza Feliciani, a la que no tarda en prostituir a manos de unos viejos príncipes en el fondo de su palacio. Ofrece su cuñado Francesco a unos maricones. Este nuevo Ganimedes no tardará en convertirse en el amante oficial de un tal barón de Santa Venere.

En Venecia falsifica documentos, lo cual lo lleva a conocer las mazmorras de los Plomos. Reaparece como por arte de ensalmo en Rusia. Fracasa con la emperatriz Catalina II, pero es para agarrarse mejor a los faldones de Potemkin. En Polonia, en Alemania, en Suiza... por dondequiera que pasa deja a su espalda logias masónicas. Lo vemos a continuación en Londres, falso cuáquero y verdadero chantajista. Aquí es la logia La Indisoluble, allá en Brunswick, la logia femenina de La Adopción; en Lyon lo acoge la logia de la Benevolencia. En París, la de la Sabiduría Triunfal. Reparte sus elixires de la larga vida, su vino de Egipto de denominación faraónica, procedente de las uvas que él ya cosechaba antaño en la época de los primeros Ramsés, al pie de las pirámides. Y todo el mundo quiere tomar su elixir y el vino que probablemente bebió Moisés.

Tiene un pie en los masones y otro en los rosacruces. Es un hombre que no deja nada al azar cuando se trata de engañar a los primos y darles gato por liebre.

Su mujer, Lorenza Balsamo, de soltera Feliciani, convertida durante algún tiempo en marquesa de Pellegrini y, finalmente, en su última transformación, en Serafina, condesa de Cagliostro, amante esposa en toda su rufianería, es, ni que decir tiene, de una categoría más modesta. En su ascenso, la joven y bella romana ha perdido parte de su belleza, pero todavía le quedan algunos vestigios de ella. Los viajes, su vida a salto de mata, los hoteles de dudosa reputación y las sencillas viviendas amuebladas, la constante persecución de la policía, le han conferido, en compensación, una apariencia astuta, a la cual contribuyen sus párpados enrojecidos. Sus gestos y su locuacidad no pueden disimular su socarronería y una esencia plebeya que sus ínfulas aristocráticas no han conseguido borrar. Se presenta de manera digna pero modesta, casi apagada, para no hacerle la menor sombra a su marido. Camina un paso por detrás, como la pava detrás de su macho.

La noticia de la presencia del gran taumaturgo en Estrasburgo se propaga como la pólvora. Las logias masónicas están en ebullición. Se proclama por doquier la grandeza del milagro viviente. Todos quieren convertirse a la religión de este nuevo Esculapio. Los prosélitos más distinguidos se instalan en casa de Cagliostro. La condesa Serafina recibe todas las noches en su salón. Las mujeres cotorrean junto al fuego y los hombres tratan de conseguir de ella el favor de ser recibidos por el gran hombre. En resumen, allí se comercia con gotas y elixir egipcio, lo cual equivale a decir que la superchería va viento en popa, y todo el mundo, no satisfecho con ser un primo, sigue pidiendo más.

Desde primera hora de la mañana la vivienda del conde se ve asediada por acaudaladas viudas achacosas y toda clase de enfermos de bocio, sordos, gotosos... En fin, todas las miserias del mundo, reales o imaginarias, se congregan ante la puerta de Cagliostro, el cual reparte a manos llenas ungüentos, pomadas, gotas amarillas y todos los potingues que recibe de Egipto o de La Meca, según.

Estrasburgo vive pendiente del charlatán. Hasta el viejo mariscal de Contades, gobernador de Alsacia, se empeña en ir a hacer una consulta. Si el gobernador se entrega a este rito, ¿no es lógico que haga otro tanto el «rey» de la provincia? ¿Y quién es el «rey»? Pues, naturalmente, el príncipe Luis de Rohan, cardenal obispo de Estrasburgo, gran capellán de Francia y, por encima de todo, bestia negra de María Antonieta.

El cardenal de Rohan en Alsacia

El príncipe Luis, a quien a partir de ahora tendremos que llamar el cardenal de Rohan, posee una considerable fortuna. Pero, puesto que tiene la desagradable costumbre de confundir su capital con sus rentas, siempre se

encuentra situado en la incómoda posición de un equili-
brista de las finanzas. Ya se sabe que las deudas aumen-
tan las deudas. Por eso convoca en el palacete de Estrasburgo de la calle Vieille-du-Temple a sus acreedores. Se
proponen arreglos. Se tergiversan las cosas. Se dan mora-
torias. El buen abate Georgel está presente para apaci-
guar los ánimos y buscar remedios. Pero los gastos sun-
tuarios del cardenal, el mantenimiento de sus distintas
casas —y bien sabe Dios que amontona palacio sobre palacio, castillo sobre castillo, abadía sobre abadía—, su
prodigalidad (¿acaso no ha concedido por propia iniciativa una renta a su primo Guémenée tras su quiebra?),
sus larguezas contribuyen a agravar su situación, ya muy
comprometida.

Mercy Argenteau se frota las manos: «Los acreedores
lo persiguen; el clero pretende anular el beneplácito del
difunto Rey en lo concerniente a embargar los bienes
eclesiásticos.» Y también: «El príncipe Luis se encuentra
en la peor situación posible... hace tiempo que no lo veo,
pero sé que sigue llevando en París su habitual y disipa-
do tren de vida...»

En efecto, el cardenal de Rohan no permanece mucho tiempo en la corte. Sólo la visita cuando su cargo lo
obliga. Para las fiestas solemnes, las bodas y los bautizos.
Raras veces ocupa en el castillo su apartamento de seis
estancias situado en el primer piso, en el ala izquierda,
cuyas ventanas dan al parterre septentrional y al estan-
que de las Coronas. Una vez celebrada la misa, regresa
de inmediato a su palacete de Estrasburgo, donde lleva
un fastuoso tren de vida a la vista de todos.

Esta mansión de la vieja calle del Temple la construyó
en los últimos años del siglo anterior el arquitecto Pierre
Alexis Delamaire por iniciativa de Armando de Rohan,

hijo menor del príncipe de Soubise, justo en el mismo período en que el príncipe mandaba levantar un palacio al mismo arquitecto (actualmente en la calle Francs-Bourgeois) en el mismo emplazamiento del antiguo palacete de Guisa. El palacete de Soubise y el de Estrasburgo (llamado hoy en día de Rohan) se comunican por los jardines. Dicen que este Armando de Rohan fue el fruto de los amores de la princesa de Soubise (de soltera, Rohan-Chabot) y Luis XIV. Fue el primer Rohan en convertirse en obispo de Estrasburgo. Después de él, esta sede seguirá en posesión de la familia hasta la Revolución. Recibió el capelo simultáneamente a su nombramiento por Luis XIV como gran capellán de Francia. De él, como los Guémenée, los Rohan-Soubise heredaron el «reino» de Alsacia. El castillo de Saverne y, en Estrasburgo, entre la catedral y el muelle de l'Ill, el palacio episcopal de gres rojo de los Vosgos, fueron edificados también gracias a sus desvelos.

En una palabra, el cardenal Luis está en un apuro. Y, cuando en 1779 un incendio destruye el castillo de Saverne y el cardenal, despertado por los ladridos de su perrita, tiene el tiempo justo de saltar por una ventana, el conde de Mercy Argenteau se ve en la obligación de dar la voz de alarma. Libros raros, muebles valiosos, los laboratorios de física y química, todo se lo lleva el humo en un instante. Se habla en la corte de unas pérdidas de tres millones.

Es entonces cuando el cardenal empieza a especular. Quiere apoderarse, con la complicidad del abate Georgel, que tiene acceso al conde de Maurepas, de la compañía agrícola del mercado de ganado de Poissy. Fracasa en su empeño a pesar de la ayuda del rico financiero Kornmann y del banquero judío de Nancy, Cerfbeer.

Accediendo al puesto de gran capellán, el príncipe Luis se ha convertido en el gobernador temporal y espiritual del hospital de los Trescientos, fundado por san Luis para los indigentes y los ciegos. El edificio se encuentra a dos pasos del Palais-Royal y del Louvre. Rohan ve la posibilidad de una sensacional operación inmobiliaria. Compra el cuartel de los mosqueteros grises del barrio de Saint-Antoine y los ciegos se van a respirar el aire puro de los arrabales mientras la sociedad fundada para dicha operación vende en parcelas el antiguo solar. Ya cabe suponer la clase de mangoneos financieros que debió de ocultar una operación de semejante envergadura. Y, sin embargo, cuando llegue el momento de hacer las cuentas, no se descubrirá ninguna irregularidad. Tal cosa contrasta con los trapicheos a los que se entrega el clan de los Polignac en el mismo período. Recordemos cómo se hizo rico el «bello Dillon». El conde Édouard Dillon, colmado de gracias por el Rey y, sobre todo, por la Reina, que lo ha incorporado a su círculo, se encuentra, de repente, en la imposibilidad de pedir más crédito. Los Polignac, que sólo desean su bien, se enteran de que un tal señor de Brouquens, banquero de la rue de Saint-André-des-Arts, estaría dispuesto, a cambio del cargo de administrador de las finanzas, a otorgarle una pensión de diez mil libras. El duque de Polignac visita al interventor general, el cual ha recibido, por otra parte, unas discretas recomendaciones de la Reina. El señor de Brouquens obtiene el cargo y el señor Dillon su renta. Ahora podrá ampliar su escudería de caballos de carreras y, cuando juegue la Reina, llevar la banca en el juego del faraón sin que le tiemblen las manos. Pero ¿por qué todos se preocupan tanto de repente por el bello Dillon? Pues porque ha entrado en el círculo de Madame de Matignon y a los Polignac les encantaría casar a su hijo mayor con la señorita de Matignon. ¿No es eso lo que se llama tráfico de influencias? Es el mismo Édouard Dillon que más tarde, durante su exilio en Londres, cuando ya haya perdido toda la impertinente belleza de su juventud, a una inglesa que le pregunta qué fue del «bello Dillon» le contestará sin pestañear: «Guillotinado, mi querida amiga... ¡guillotinado!» Le quedaba el espíritu impertinente de su juventud dorada. De aquel que inspiraba entonces a una mujer esta simple nota dirigida a su marido: «Os escribo porque no sé qué hacer y acabo porque no sé qué decir.» Firmado: «Sassenage de Maugiron, y bien que lo siento.»

El cardenal de Rohan, aunque con muchas dificultades, reconstruye el castillo de Saverne. No es cuestión de hacerlo de cualquier manera. Se hace todo a lo grande. Necesita lujo y magnificencia. El maestro de obras es el arquitecto Salins de Montfort. El ministro de Finanzas ha abierto la bolsa por orden del Rey, y todo ello gracias a una estratagema, urdida por el abate Georgel. Si Francia no hace nada para ayudar a reconstruir Saverne, el cardenal, que es también príncipe eclesiástico del Sacro Imperio, podría buscar subsidios al otro lado del Rin, recurriendo a las dietas de Ratisbona. Maurepas y Vergennes, siempre favorablemente dispuestos hacia el cardenal de Rohan, sucumben a esta estratagema cuyo ligero perfume de chantaje no se le escapa a nadie. Presentada la cuestión en el Consejo, Luis XVI no tiene más remedio que acceder. Con otras quinientas mil libras prestadas por los banqueros judíos de Estrasburgo, de Metz y de Nancy, el cardenal puede respirar tranquilo. La reconstrucción de Saverne con las obras de embellecimiento, las nuevas alas y los jardines remodelados, durarán hasta la víspera de la Revolución.

El cardenal ya está instalado en el castillo cuando le comentan los milagros cotidianos que se realizan en su ciudad de Estrasburgo. Puesto que está aquejado de un ligero ataque de asma, se empeña en consultar con el gran taumaturgo y probar sus gotas egipcias. Por consiguiente, lo manda llamar a Saverne. Pero si Rohan, como todos los Rohan, es exigente, el conde de Cagliostro no le anda a la zaga. El gran montero del cardenal, el barón de Mulhenheim, a quien se ha encargado la misión de hablar con el conde, recibe con asombro la siguiente respuesta: «Si el señor cardenal está enfermo, que venga y lo curaré. Si está sano, no necesita de mí ni yo de él...» Una cierta dosis de desprecio por los grandes no constituye un mal método para poder estafarlos después.

El cardenal abandona Saverne para trasladarse a Estrasburgo. Puesto que éste ya ha cubierto más de la mitad del camino, Cagliostro, que sabe hasta dónde puede llegar con los príncipes, accede a cruzar el canal para dirigirse al palacio episcopal.

Cómo un charlatán se mete en el bolsillo a un príncipe de la Iglesia

La primera entrevista entre el cardenal y el conde de Cagliostro tiene toda la apariencia de un milagro. El asma se olvida de inmediato y su Eminencia sucumbe al encanto de Cagliostro, que sabe cómo manejarlo. Obra de tal manera que en dos o tres movimientos consigue ganarse la confianza del príncipe. «Merecéis ser el depositario de mis secretos...», le susurra al oído. Las muestras de confianza y las promesas embriagan a Rohan, quien añade a su afición a la botánica y la química una pasión desbordante por las ciencias ocultas.

El cardenal le pide que se aloje en su palacio. «Por qué vivir al otro lado del canal, cuando la Casa de la Virgen está allí, justo al lado, y vos os encontraríais en ella de maravilla.» La casa, situada en la calle Écrivains, es del agrado del conde, el cual alquila de inmediato el primer piso.

Se inicia entonces la ronda de los tapiceros. Nada es suficientemente bonito para el conde y la condesa. Camas con dosel adornadas con plumas, muebles de marquetería en palo de rosa, arañas de cristal. Está claro que todo ello no sería nada sin un ejército de criados y todos los mozos necesarios para realzar la librea de la noble casa de Cagliostro, casaca verde con galones de plata.

Los milagros se multiplican. Y las amabilidades del cardenal también. El conde y la condesa no tardan en instalarse en Saverne, donde a veces su estancia se prolonga más de un mes. Para agradecerle al cardenal sus larguezas, Cagliostro le regala un enorme brillante que, según dicen, ha salido de su crisol por la gracia de la gran obra de la alquimia. El cardenal exhibe con orgullo el diamante, que no es más que un cacho de vidrio, pasándolo por delante de las narices de aquellos que, como el abate Georgel, se sienten en la obligación de ponerlo en guardia contra el impostor.

En París, el mariscal de Soubise se encuentra muy mal. Un día dicen que es la escarlatina y otro que es una gangrena en la pierna. Los médicos ya no saben qué decir ni qué inventarse. El cardenal ha recibido la noticia y convence fácilmente a Cagliostro de que lo acompañe a París para intentar salvar a su tío. La tarde del 31 de julio de 1781 la berlina del cardenal se detiene en el patio del palacete de Estrasburgo. De ella se apean el prelado y el italiano. Cagliostro se niega a ver al mariscal hasta que los médicos no califiquen su estado de desesperado. ¡Sobre todo, nada de disputas con los médicos, esa raza de chalados furiosos! Por otra parte, él se encuentra a pie de obra, puesto que sólo tiene que cruzar el jardín para trasladarse al palacete de Soubise en caso de que el mal se agravara. No obstante, entrega una pomada para la pierna del mariscal. Todo París, y también Versalles, no tardan en enterarse de su presencia en casa de Rohan. Todo el mundo lo quiere ver. Madame de Brionne acude a visitarlo: su hija la princesa de Vaudemont está muy decaída. La princesa de Montbarey le arranca una tisana. Madame de Coislin le da la lata durante cuatro horas seguidas a propósito de la piedra filosofal.

Sus éxitos son más mundanos que sanitarios. Pero Cagliostro no descuida nada. Establece contacto con los masones. Visita las distintas logias parisinas y el Gran Oriente, cuyo gran maestre es el duque de Chartres. El futuro Igualdad está tan entusiasmado con este cargo que trata de apropiárselo con extraordinaria porfía, él que es un príncipe tan indolente. Además, es tan aficionado a las ciencias ocultas que lleva constantemente sobre su pecho la filacteria del cabalista judío Samuel Falk. Mientras recorre las logias, Cagliostro no olvida conseguir prosélitos para la suya. Y, de esta manera, a través de la masonería, conoce al marqués de Boulainvilliers, el cual pertenece a la logia de la Estricta Observancia y de los Amigos Reunidos.

El mariscal de Soubise se recupera rápidamente; todo el mérito de su curación se atribuye a Cagliostro. Éste interpreta todavía dos o tres horóscopos y predice la muerte de la emperatriz María Teresa para el otoño. Y, en efecto, ésta muere el siguiente mes de noviembre y su muerte, ilustre y anunciada, acrecentará todavía más la gloria del charlatán. De repente, la atmósfera de París le resulta asfixiante. Se siente vigilado. Comprende que tiene que regresar a Estrasburgo. Su partida no pasa inadvertida: arrastra en pos de sí a toda una manada de enfermos, tanto reales como imaginarios, desde la dama elegante que sufre ahogos, hasta los petimetres melancólicos. Uno de los coches que abandona la capital es el de la marquesa de Boulainvilliers.

Cómo Jeanne de Valois aprende rápidamente a aderezar el pichón, el pavo y el faisán

Resulta que Madame de Boulainvilliers se aloja en Estrasburgo en casa del intendente de cuya esposa es amiga. Varias veces a la semana visita a Cagliostro. El charlatán, tras haber utilizado con ella el encanto de sus pases magnéticos, sus gotas egipcias y otros muchos elixires de su propia cosecha, empieza a renunciar a su curación y se conforma con darle alivio. Le aconseja aceptar la invitación del cardenal, que acaba de instalarse en su cuartel de verano en Savaerne. Y, mientras la carroza de la marquesa sale por una puerta de la ciudad, por la otra entra el coche de Lunéville, llevando al conde y la condesa de La Motte-Valois en compañía de la señorita Marianne de Valois.

En cuanto el vehículo se detiene, Jeanne planta a su

marido y a su hermana y manda que la lleven al palacete de la Intendencia. Allí encuentra toda una serie de criados pensando en las musarañas. Consigue sacarles la dirección del conde de Cagliostro, cuya casa la marquesa tiene por costumbre visitar. Juana se dirige allí a toda prisa. Aquel día la muchedumbre se apretuja hasta la escalera. Imposible acceder a la antesala. Hace señas a un criado y le entrega una nota garabateada a toda prisa para el gran hombre.

Jeanne acaba perdiendo la paciencia. ¿Cómo se permite aquel charlatán dejar a una Valois en el rellano de su escalera?

De repente, la muchedumbre abre un pasillo y aparece la sublime visión teatral de Cagliostro en persona. A los dos embaucadores les basta una ojeada para calibrarse mutuamente. Ambos piensan en su fuero interno que tendrán que cruzar algún día las espadas en caso de que se encuentren situados en el mismo radio de influencia. «La marquesa ha aceptado la invitación de Su Eminencia el cardenal de Rohan y se encuentra actualmente en el castillo de Saverne.»

Jeanne no se lo hace repetir. ¡Rápido, un coche! Y emprende el camino de Saverne. El último dinero que le queda lo invierte en el alquiler del cabriolé. Aún estamos en verano, el camino es bueno y ella se alegra por adelantado de su escapada. Sabrá recuperar su poder de antaño sobre la ingenua marquesa. Para enternecerla mejor, esta vez se lleva a su hermana. Su marido no le sirve de nada. La atracción carnal que sentía por él se ha ido desvaneciendo con el paso de los meses. Del apuesto joven dotado de cualidades reales sólo queda un ser torpe, ridículamente presuntuoso y siempre dispuesto a meter la pata. Y, además, una mujer no del todo fea, que sabe gustar y sin un marido pegado a sus faldas es mucho más libre para aprovechar las ocasiones que le ofrece la suerte.

Así pues, ambas hermanas se presentan de repente en el castillo de Saverne. La buena de Boulainvilliers no tiene valor para rechazarlas. Allí están las tres, la una en brazos de la otra, hablando de todo y de nada, paseando por los senderos del hermoso jardín. La marquesa no se hace ninguna ilusión acerca de la gravedad de su dolencia. Cagliostro no le ha ocultado al marqués el estado desesperado en que se encuentra su mujer.

Después del paseo por el jardín, Madame de Boulainvilliers se empeña en llevarlas a un mirador desde el que se puede contemplar todo el conjunto del castillo y del jardín. Manda enganchar los caballos. Nada más cruzar la verja, la calesa se cruza con la carroza del cardenal. «¡Aquí está el señor cardenal!», exclama la marquesa.

Galante, Su Eminencia ordena detenerse a su cochero. Baja del vehículo para saludar a las damas. La marquesa le presenta a sus dos protegidas. Sorpresa del cardenal al oír el apellido Valois.

«Madame tiene todo el derecho legal a llevar este augusto apellido —se apresura a explicar la marquesa para asombro del cardenal, y añade de inmediato—: Por desgracia, le falta la fortuna que debería acompañar este glorioso nombre...»

Una vez hechas las presentaciones, el cardenal, subyugado aparentemente por su hechizo, se deshace en atenciones con las damas de Valois. ¿Por qué no se quedan en el castillo mientras dure la estancia de la marquesa? Jeanne se muestra encantada. Este príncipe de la Iglesia, de modales tan poco eclesiásticos, le parece un buen augurio. ¿Y si fuera por casualidad un primo fácil de embaucar? Acepta la invitación después de unos cuantos melindres, tan propios de unas putas declaradas como de unas tímidas jóvenes recién casadas.

El cardenal acaba de cumplir cincuenta años; Jeanne de La Motte-Valois tiene veinticinco. El cardenal Luis sigue conservando su encanto, elegancia e ingenio, todo ello unido a una libertad de costumbres que no trata de ocultar.

Jeanne no parece capaz de trabar una amistad enteramente platónica. De todos modos, tanto el uno como la otra se sienten atraídos por las vulgares pasiones carnales que, a su juicio, no suscitan el menor sentimiento de culpa y tanto menos de remordimiento.

En Bar-sur-Aube, antes de su boda, Jeanne se había comportado con mucha ligereza. Y después, un marido plenamente en forma no le había impedido convertirse en la amante de otro gendarme dotado de mejores atributos que La Motte, hasta el punto de ser conocido con el apodo de «el toro de Madame de La Motte». E incluso entonces, a pesar de los servicios de este amante de atributos indiscutibles, de vez en cuando se mostraba bondadosa con los desconocidos de paso, siempre y cuando pudiera meter mano en su bolsa.

El toro de Jeanne se llama Marc Antoine Réteaux de Villette y nació en Lyon, donde su padre era el director de los arbitrios municipales. Ha sido gendarme en la compañía de los Borgoñones, donde tenía por compañero a La Motte. Le basta con presentarse: treinta años, unas hebras de plata en la cabellera rubia, bien plantado, capaz de escurrir el bulto siempre que puede. Por si fuera poco, compone versos de salón, canta con mucho sentimiento y posee un don de la imitación que, de la voz, se extiende sin el menor escrúpulo a la escritura. Es un falsario nato. Pero su más profunda ambición es vivir de las mujeres y no dar golpe.

Jeanne deja a Réteaux, al igual que a su marido, entre bastidores. Le convenía presentarse en solitario al amo de Saverne, ése era por lo menos el presentimiento que ella tenía, y, a juzgar por las miradas que le lanza el cardenal, parece que no se equivocaba.

¿La condesa de La Motte cedió en Saverne a los requerimientos del cardenal de Rohan? ¿O acaso sólo se convirtió en su amante en ocasión de su reencuentro en París, cuando ella fue a visitarle al palacete de Estrasburgo?

Una mujer inteligente como Jeanne sabe muy bien que, cuando cede, renuncia a su misterio y se rebaja a la categoría de todas las amantes y aventureras que, accediendo a los deseos del cardenal, no son, una vez terminada la aventura, más que unas sombras cuyo nombre él ni siquiera recuerda. En su afán de seguir dominando la situación, lo más probable es que eligiera un método muy distinto para causarle buena impresión.

Desde la primera noche, a la hora de la cena, percibe en el transcurso de la conversación uno de los puntos débiles del cardenal. Se acaba de hacer un comentario sobre la Reina. Las pocas palabras le bastan para intuir a un hombre herido y furioso que, bajo unas palabras burlonas, clama venganza por el descrédito y la inactividad en los cuales lo mantiene la soberana. Lo ve debatirse y asfixiarse en este vacío que deliberadamente se ha creado a su alrededor. ¿Qué más le dan a él la púrpura, el cargo de gran capellán y todas sus principescas cualidades si no puede ser un Richelieu, un Mazarino o, por lo menos, un Fleury? Sueña con aquel ministerio. ¿Acaso no posee las necesarias cualidades? Desde hace mucho tiempo está convencido de que sí. Su familia no ha hecho nada para apartarlo de esta idea. Muy al contrario. Y, cada vez que piensa en la holganza de su vida, se le encoge el corazón.

¿Y por culpa de quién? De la austriaca. Hace diez años que es su obsesión. Lo atormenta de día y de noche. ¿Qué no daría él por ser uno de aquellos pisaverdes, un Lauzun, un Vaudreuil, un Dillon, un Fersen, un Ligne, un Esterházy... que van y vienen por casa de la Reina y cuyas pretensiones sólo se sostienen gracias a su impertinencia? Sin embargo, él, que es el que más títulos posee, el más poderoso prelado de Francia, está excluido de la camarilla de la Reina. Expulsado como del Paraíso. No asiste a ningún baile ni a ninguna fiesta. Nunca lo invitan a subir a una góndola en la Pequeña Venecia.

A Jeanne le ha bastado muy poco tiempo para calarlo. Ve lo que hay detrás de la fachada. Para ella está tan desnudo como el día en que nació. ¡Aquí tenemos nuestro querubín! Cincuenta años y la gordura del vividor, los sentimientos hastiados de un libertino que desde hace diez años persigue a la Reina con un amor frustrado que él compensa, a modo de desafío, con burlas de salón.

Pero, ¿se ha dado cuenta también del camino por el que él pretende llevarla? El cardenal no se limita a pensar que la Reina tiene amantes y que algún día él podría convertirse en uno de ellos... ¿Gracias a qué o a quién? Pues a la habilidad de esta condesa bastarda de los Valois a la que, por su parte, él tampoco ha tardado demasiado en calibrar. Va más lejos y extrapola: ¿y si Jeanne lograse despertar en la soberana deseos inconfesables?

Así pues, el prelado y la aventurera, ya a partir de su primer encuentro, no se engañan el uno respecto a la otra. En este siglo en el que siempre hay que leer bajo las máscaras, ¿no es acaso la mejor manera de iniciar una buena relación?

No tardarán en tener que separarse. La marquesa de

Boulainvilliers propone a Jeanne que aproveche su coche, pues quiere regresar a toda costa a París.

Jeanne ha recibido entretanto una ayuda inesperada del señor Beugnot, el padre de su amante, el cual, en la certeza de que ella jamás será su nuera, le ha hecho llegar una suma de mil francos. Más adelante, Jeanne recordará el gesto y le devolverá los mil francos, añadiéndoles, a modo de interés, un estuche de oro cuyo valor supera con creces la suma prestada.

El dinero se reparte equitativamente. Le entrega la mitad a su marido Nicolas, el cual emprenderá viaje a Fontette, feudo de los Saint-Remy, para aclarar los enredados asuntos de la familia. Por su parte, Jeanne regresa a París con la otra mitad en compañía de la marquesa.

El conde de La Motte hace su entrada en el pueblo cual si éste fuera un país conquistado: manda celebrar un tedeum; le pide al notario del lugar que le muestre unos papeles, de los que no entiende nada y, tras haber enredado las cosas un poco más, vuelve a casa de su hermana en Bar-sur-Aube, con los bolsillos vacíos y la cabeza llena de quimeras, pues ahora le ha dado por creerse también un Valois.

París, vuelvo otra vez a ti...

1781. Estamos en otoño. Jeanne hace su entrada en París en compañía de los Boulainvilliers. Está sentada entre el marqués, que todavía no renuncia a convertirla en su amante, y la moribunda marquesa. Para estar más a sus anchas, se apea al llegar al palacete de Reims de la calle Verrerie, un establecimiento con todo el aspecto de ser una casa de mala nota. Se encuentra de inmediato con su antiguo amante, el joven abogado Beugnot. Se ven y se vuelven a ver. Comen en el Cadran Bleu, uno de los restaurantes de moda. Se pasean por el Palais-Royal. Frecuentan el quiosco de bebidas. Beugnot la lleva al teatro. Asisten en la Comedia Italiana a una representación de *Ricardo Corazón de León.* Jeanne se hace un plano de la situación. Pasea por delante del palacete de Estrasburgo. Prepara sus maniobras, pues, si espera recuperar los bienes de la familia, sabe que, sin ayuda, jamás conseguirá que sus pretensiones sean reconocidas por el Parlamento. El caso es complicado, puesto que la decisión depende directamente del favor del Rey. En efecto, debido a las hipotecas y a las ventas, las tierras de la familia de Saint-Remy han ido pasando de mano en mano a lo largo de los años. El último propietario, intendente en Caen, acaba de depositarlas en manos del Rey a modo de intercambio. Jeanne, siempre impaciente, se enfurece con todas estas argucias y triquiñuelas jurídicas. Por otra parte, es posible que tenga en la cabeza otros proyectos para recuperar su fortuna.

Al parecer, el cardenal se encuentra en Versalles. Jeanne se apresura a ir a verlo al enterarse de que su benefactora Madame de Boulainvilliers está en las últimas.

El mal de la marquesa se ha agravado. Hablan de viruelas y de una fiebre pútrida. Jeanne acude presurosa al palacete de Boulainvilliers y, a lo largo de veinte días, no abandonará la habitación de su bienhechora. Es ella quien recibe su último suspiro. Entre dos ataques de fiebre, la marquesa ha tenido tiempo de recomendar a Nicolas de la Motte al baile de Crussol para que éste le facilite el ingreso en el regimiento de la guardia del conde de Artois, a la espera de la compañía de dragones que ella tiene la intención de comprarle. Además, accediendo a la petición de Jeanne, la marquesa le entrega una carta de recomendación para el cardenal de Rohan en la que le recuerda a éste su encuentro en Saverne del verano anterior, haciendo hincapié en el afecto que la une a su protegida. Para terminar, le suplica que tenga a bien interesarse por los asuntos de esta rama olvidada de los Valois.

La compañía de dragones vuela al mismo tiempo que el alma de la buena marquesa y Jeanne regresa al palacete de Reims, donde la espera el tedio cotidiano.

Cuando Jeanne decide abandonar París, donde todos sus asuntos se han estancado, para trasladarse a Versalles y pedir la intervención de los ministros, La Motte ya está allí, pues se ha incorporado al regimiento de la guardia del conde de Artois. Jeanne confía en encontrar al cardenal de Rohan. Este último, tras una breve estancia, ha regresado a Alsacia. Sólo ha permanecido en la corte una semana, el tiempo justo necesario para bautizar al Delfín.

En efecto, la Reina ha dado a luz, el 22 de octubre, a un varón al que el cardenal bautiza al día siguiente con todos los fastos debidos al heredero del trono. Monsieur y Madame sostienen al niño sobre la fuente bautismal, en sustitución del emperador y de Madame de Piémont, el padrino y la madrina. El cardenal celebra la ceremonia con la pompa que merece este acontecimiento tan largamente esperado, añadiéndole un toque personal de grandeza. Se ha revestido con una sotana escarlata de moaré, por encima de la cual luce un roquete de encaje de Inglaterra tan ligero y vaporoso que resulta imposible imaginar el precio que habrá pagado por un trabajo tan fino y delicado como el de una araña. La mitra, el báculo y unos guantes bordados completan el atuendo. Europa no recuerda haber visto jamás a un prelado tan fastuoso. La Reina no está presente porque aún no ha asistido a la primera misa de parida. Los descontentos para quienes la desgracia casi pública del cardenal constituye un acicate de su propia rabia sueltan algunos pérfidos comentarios que no tardan en circular por los gabinetes y las antesalas para estar finalmente en boca de todos.

Una parte de los libelos contra María Antonieta surge precisamente de un grupo de hombres y mujeres de ingenio y de costumbres muy libres, por no decir fáciles, a quienes los intelectuales, los gacetilleros y hasta los escritores se afanan en buscar. A veces aristócratas, a menudo burgueses, son los que ocupan buena parte de los puestos del palacio. Muchos acuden con gusto a Versalles más para cenar con los miembros de esta comunidad que para asistir a las cenas de gala del Rey y de la Reina. Es un mundo industrioso, alegre, que habla sin tapujos, criticón, maledicente en la medida en que la maledicencia constituye parte de la conversación y, en cualquier caso, definitivamente más cercano a la realidad cotidiana que el círculo de la Reina o de los visitantes habituales de las habitaciones privadas, creado completamente al margen de la corte, a costa de la cual sus miembros se ganan la vida.

Forman parte de este bullicio de subalternos artistas, escultores, pintores, paisajistas, botánicos, músicos, funcionarios de distinto nivel... que, por el cargo que ocupan, poseen a la vez características de la pequeña aristocracia y de la servidumbre en ascenso. No sería difícil encontrar allí a Fígaro o a Suzanne conversando con Caron de Beaumarchais, relojero, estafador y, a ratos perdidos, autor de éxito.

Se habla en tono de chanza de la condesa de Artois y

de sus furores uterinos con los jóvenes oficiales de la guardia francesa; de los bigotes de Madame, de su lesbianismo militante y sus borracheras; de la impotencia de Monsieur y su aprecio por el señor de Lévis, para el que le sirve de tapadera Madame de Balbi. Se habla abiertamente de los amores de la Reina con la Lamballe y, más recientemente con la Polignac, desde que el conde de Artois sorprendiera a su cuñada en los brazos de su favorita en ocasión de un viaje a Fontainebleau. Artois lo ha divulgado rápidamente, pues la impertinencia y el cinismo son propios de un libertino. Y, además, ¿qué hay de malo en ello? Para nadie es un secreto que semejantes costumbres se practican más a menudo de lo que uno se imagina a la sombra del poder. La primera esposa de José II, la difunta archiduquesa infanta Isabel de Parma, sintió durante su corta existencia una gran pasión por su cuñada, la archiduquesa María Cristina (Mimi), hermana mayor y aborrecida de María Antonieta. Este amor prohibido la consumió y murió por su causa. Era un ser exquisito, inteligente, adorada por su esposo, al cual ella respetaba pero no amaba. José II (que por aquel entonces no era todavía emperador) se sumió en tal desesperación a su muerte que su hermana María Cristina, para apartarlo de su doloroso recuerdo, le mostró según dicen las ardientes cartas que había recibido de su mujer. La revelación sólo sirvió para acrecentar el dolor de José II y su carácter peregrino.

La comunidad que lo ha visto y oído todo desde que existe Versalles no es mojigata sino guasona. Hace comentarios mordaces y crea canciones, a menudo con mucho acierto y talento. Se alimenta de los cotilleos, de los pequeños y los grandes escándalos, de las historias procaces, más o menos verídicas, de las gacetas que se venden a escondidas en el jardín de las Tullerías y bajo los soportales del Palais-Royal. Ciertos salones literarios obtienen beneficios de ello. El de Madame Doublet de Persan, por ejemplo. Esta dama, retirada en el convento de las Hijas de Santo Tomás, a pesar de que jamás sale a la calle reúne en torno a sí a los que ella llama sus «parroquianos». Éstos la abastecen de chismes. Bachaumont es el maestro de ceremonias. Hay dos registros abiertos sobre una mesa: en uno se consignan las noticias seguras, en el otro las dudosas. Dos veces por semana se imprime un boletín para los que no tienen el honor de ser admitidos entre los parroquianos.

Lo cual significa que la comunidad es una de las calderas de la futura Revolución.

Aunque muchos grandes señores asisten a las reuniones, el cardenal de Rohan prefiere enviar a husmear al abate Georgel. Allí el buen jesuita saca provecho de las noticias y averigua que María Antonieta posee en los desvanes de Versalles un apartamento secreto para recepciones clandestinas. Un apartamento cuya existencia confirma Besenval, uno de los favoritos de la Reina, en sus *Memorias*. Será precisamente en este apartamento secreto donde Madame de La Motte afirmará durante su proceso haberse reunido con la Reina.

Peticiones, intrigas y desmayos

Por ahora, la condesa de La Motte anda en busca de una modesta vivienda, pues está sin un céntimo tras haberse gastado el último dinero que le quedaba en el establecimiento de Boulard, comerciante de artículos de moda y toda clase de baratijas, y también en el de una revendedora de prendas de segunda mano a quien le ha comprado dos de aquellos vestidos que las damas de la corte, cuando se cansan de ellos, regalan a sus camareras para que saquen algún provecho con la venta. Pregunta por un apartamento amueblado, pues no puede alojarse en el hotel de los Embajadores ni en el Zorro Azul. Encuentra en una posada de la plaza Dauphine un alojamiento que le conviene. Nada más instalarse se presenta su marido, supernumerario en la guardia del conde de Artois. Después de su fracaso en Fontette, Jeanne ha comprendido que no puede contar con él. Por consiguiente, lo mantendrá a distancia, alejado de sus proyectos y sólo lo utilizará para tareas secundarias. Hace tiempo que, para sus escarceos amorosos, recurre a los amantes de paso que le pueden ser útiles y también a Réteau *el Toro*, que también está en Versalles. De su condición de amante Jeanne lo elevará rápidamente al rango de «secretario». De momento, éste contrae deudas y vive a costa de las mujeres. Dentro de algún tiempo lo veremos instalado en el barrio del Marais, en el número 53 de la rue Saint-Louis, delante del convento de las Hijas del Calvario.

En pocos años, Versalles se ha convertido en un suntuoso cascarón vacío. Los cortesanos acuden allí para hacer negocios, para reunirse con algún ministro o simplemente para cumplir con las obligaciones de su cargo, pero regresan enseguida a París. La propia Reina se escapa siempre que puede. Es un mundo vacío y muerto, exceptuando en aquellas ocasiones en que se celebra un gran baile, una cena de gala o una presentación. Ciertos días de la semana se puede recorrer la Gran Galería sin cruzarse más que con criados enfundados en sus libreas azules. Poco a poco, Versalles se ha aislado del mundo. A partir de ahora, todo ocurre en París. Y sin duda uno de los errores de Luis XVI es el hecho de no haberlo comprendido. Desde el principio de su reinado habría tenido que trasladar la corte a las Tullerías, en lugar de verse obligado a hacerlo más tarde.

Para introducirse en Versalles no hace falta haber sido presentado, ni siquiera ser noble. Cualquiera que vista correctamente puede ir a curiosear. Incluso se alquilan espadas en la entrada.

La condesa de La Motte va y viene por los grandes aposentos, espera en vano en la antesala de tal princesa con un ostentoso abanico en una mano y en la otra la eterna carta de petición, preparada para deslizarla en la mano del primer intendente que pase.

A veces suave y obsequiosa y otras rebosante de orgullo a causa de su ascendencia, se informa, observa los tejemanejes, contempla el modo de obrar de los cortesanos y estudia la manera en que éstos llevan a cabo sus tunanterías. Acechan la ocasión detrás de sus máscaras de alquiler; son a menudo unos pillos redomados dispuestos a revelar cualquier intriga que puedan explotar. Ella aguza el oído y los oye contar y propagar toda una serie de horrores ante las mismas narices de una sociedad que sólo tiene fuerzas para reírse de ellos.

Las gestiones de Jeanne se estancan, y entonces ella decide precipitar los acontecimientos. El azar la ayuda a encontrar a un mediador. Se coaliga con el tunante, el cual afirma tener acceso a Madame. Juana se presenta en la antesala de la princesa, se abre paso entre la gente que se apretuja en ella y, con la audacia que ya se le conoce, avanza hacia la puerta que conduce a los aposentos cuando, de repente, como si hubiera sido presa de una indisposición, se desploma con toda la gracia de una princesa de tragedia. Todos corren a socorrerla. Le hacen respirar sales. Poco a poco recupera el sentido, lo justo para murmurar que el hambre es la causa de su desfallecimiento y que ella es una auténtica princesa. Alarga su carta de petición. Por una camarera a la que el tunante ha advertido previamente, Madame se entera de que una mujer de alcurnia se está muriendo de hambre en su antesala. Manda que le entreguen la carta de petición y le echa un vistazo por encima, pero hace que faciliten a la desventurada una bolsa con unos cuantos luises.

Jeanne deja pasar una o dos semanas. Al no recibir ninguna señal de Madame, decide repetir la escena, esta vez en la antesala de su hermana, la condesa de Artois. Su intento no obtiene mejor resultado. Entonces opta por largarse y regresar a París.

En sus *Memorias*, en cada línea de las cuales hay que desenredar lo verdadero de lo falso, Jeanne de La Motte afirma que Madame y la condesa de Artois la siguen apreciando, con más razón porque había rechazado al conde de Artois, el cual se había fijado en ella durante una misa en la capilla de Versalles.

Pero resulta que hay otra versión de los hechos, la que ofrece Réteaux de Villette. El conde de Artois, tras haberse fijado en Jeanne, parece ser que mandó que el príncipe de Hénin la abordara en su nombre. ¡Un príncipe de sangre real, nada menos que el hermano del Rey, menuda suerte! ¡Con lo poco arisca que es ella hubiera cedido por mucho menos! Y es que en Versalles ya tenía fama de mujer fácil.

La impropia conducta del príncipe, conocida de inmediato en el Ojo de Buey, será la sopa de la que se servirán las dos hermanas saboyanas que, rápidamente, tachan de su lista a su nueva protegida.

Donde volvemos a encontrar a la condesa Du Barry

Hace buen tiempo, el camino es umbrío, el faetón alquilado por Jeanne al cochero de Jean-Claude Beugnot, y probablemente anotado en la cuenta de este último, tiene una suspensión muy suave. ¿Por qué no utilizarlo por tanto para dar un paseo? Da un rodeo para regresar a París. Jeanne quiere ver Marly y su máquina hidráulica. Louveciennes está a dos pasos. ¿Por qué no acercarse?

¿Por qué Louveciennes? Porque a Jeanne todavía le queda una carta de petición que entregar. Quiere interesar a la Du Barry en su asunto. La antigua favorita, aunque no haya recuperado en absoluto el favor del que gozaba en otros tiempos, tampoco es la apestada de antaño y, puesto que todavía le quedan muchos amigos en la corte, puede, si quiere, hacer que una súplica llegue a su destino.

Ahora vive con el duque de Brissac y recibe a la mejor sociedad que, a su vez, la recibe a ella, lo cual inducirá a escribir al duque de Croÿ en sus memorias: «Estaba muy bien considerada por algunas personas.» ¡El colmo del lujo! Visita París. Tiene su día en la Ópera. Si se ve obligada a pernoctar en la ciudad, su amante le tiene preparado un apartamento en el palacete de Brissac de la calle Grenelle.

El duque de Choiseul, que había sido uno de sus más constantes enemigos en su época de esplendor, aprovecha la visita de buena vecindad que le hace lord Henry Seymour, propietario del castillo de Prunay, para visitar ese pabellón del cual le han contado tantas maravillas. Se hace pasar por el secretario del milord.

Astuta como es, la Du Barry ha hecho fracasar la maniobra. Al ver al susodicho secretario sentado en un banco, abandona a los paseantes y, desandando el camino, se sienta a su lado. No dice ni una sola palabra. Deja pasar un momento y después, volviéndose hacia el hombre que se ha calado el sombrero hasta la nariz, le pregunta a quemarropa: «¿Podéis decirme, señor duque, por qué me habéis detestado tanto?»

Interpelado, Choiseul no tiene más remedio que contestarle: «No tanto, condesa, no tanto... y, además, era otra época.»

Poco antes de su muerte, Choiseul volvería a ver a la condesa Du Barry en su palco de la Ópera, durante un baile de disfraces. Era el tercero en discordia. La otra persona, una mujer, también iba disfrazada. Ambas damas se pasaron un buen rato conversando. Más de una hora. La segunda dama disfrazada no era otra que María Antonieta. Con el tiempo, su desdén por la favorita había desaparecido. Ahora el odio del pueblo por la condesa Du Barry se había vuelto contra ella. Además, la condesa acababa de hacerle un gran favor. Hacía mucho tiempo que la Reina quería comprar el castillo de Saint-Cloud. El duque de Orleans, propietario del mismo, sólo estaba dispuesto a venderlo por diez millones. El Rey, que deseaba comprarlo para complacer a la Reina, lo consideraba un precio exagerado. A través de Brissac, Madame Du Barry era íntima amiga de la marquesa de Montesson, esposa morganática del duque de Orleans. El interés por medrar en la corte, tal vez la posibilidad de atrapar un asiento de cortesía... hizo que se consiguiera una rebaja de tres millones. Y, de esta manera, la Reina pudo añadir Saint-Cloud a sus innumerables propiedades.

¡Qué no se habrá dicho de este castillo! Que la Reina

volvió a introducir en él la librea de Austria, que se izaba la bandera de la archidinastía... Al cabo de un mes, cuando acuda a Notre-Dame para asistir a un tedeum en ocasión del nacimiento del duque de Normandía (el futuro Delfín del Temple), será acogida con un silencio glacial. «Pero ¿qué les he hecho?», se preguntará a su regreso a Versalles.

Los buenos tiempos de la Reina han pasado. No tardarán en aparecer negros nubarrones, seguidos de la tormenta.

En este mes de marzo de 1785, el espléndido collar de los Böhmer ya será para Jeanne de La Motte agua pasada. Ésta viajará en carroza, comerá en vajilla de plata sobredorada y todo a lo grande. Unos cuantos meses más y estallará la bomba.

De momento, cuando Jeanne se presenta ante las rejas del pabellón de Louveciennes, no tiene ni un céntimo en el bolsillo y lo ignora todo acerca de la existencia del collar inicialmente destinado a la antigua sultana cuyo interés por su causa está tratando de atraer.

Jeanne du Barry recibe a Jeanne de La Motte, de la cual ha oído hablar vagamente. Una dama que alega ser descendiente de los Valois no se desmaya impunemente entre las cuatro paredes del castillo de Versalles sin que ello trascienda.

La condesa escucha la interminable historia de los Saint-Remy de Valois, contada y repetida tan a menudo y tan cuidadosamente examinada desde hace tanto tiempo. No ha tardado mucho en adivinar los propósitos de la intrigante. Pese a ello, acepta la carta de petición de Jeanne y le promete encargarse de que llegue a quien corresponda, jurándose en secreto que no hará nada al respecto. Esa rápida visita será evocada cuatro años más tarde durante el proceso.

Donde se aprende lo que hay que hacer
para aprovechar las circunstancias en beneficio
propio y hacerle comprender la situación a un
príncipe de la Iglesia

El cardenal Luis se aburre en sus palacios. Tanto en su palacete parisino como en Saverne. Nada consigue distraerlo, ni el baile, ni los festejos... Las únicas fiestas a las que aspira asistir son las de la Reina, pero está excluido de ellas. Es objeto de menosprecio. Ya puede bautizar y rebautizar, oficiar una misa solemne tras otra, celebrar tedeum y más tedeum, redoblar sus cuidados apostólicos, fortalecer el número de los oficiantes secundarios y de los turiferarios, velar personalmente por la lozanía de los niños cantores, añadir incienso al incienso, no hay nada que hacer. Ni una palabra, ni una mirada de la Reina. Para ella no existe.

Se consuela con un bautizo por aquí, una cacería o una visita a un pabellón chino por allá. Amoríos y requiebros que siembra a una y a otra orilla del Rin... ¿acaso no es *landgrave* del Imperio? Pero no hay nada que hacer. Nada aplaca su tedio. Recuerda constantemente la pregunta que lo obsesiona: ¿María Antonieta, por qué?...

Se ha convertido en una idea fija. Llega al extremo de espiarla. De noche, como un amante celoso, oculto detrás de un árbol del parque o en medio de un bosquecillo, con el sombrero de conspirador calado sobre los ojos y el rostro cubierto hasta la nariz con el embozo de la capa. Se pasa horas esperando para verla pasar con sus ligeros andares que parecen no rozar el suelo. Aquellos inefables andares que los cronistas de la época —por muy enemigos suyos que fueran— no tienen más remedio que reconocer. Desde las sombras en las que se esconde la ve a la luz de los farolillos y de las velas sembradas a lo largo de los senderos. Visión etérea, envuelta en un chal de gasa de muselina cortado al estilo Pierrot o bien vestida con una levita y un pañuelo anudado con estudiado desaliño. A veces se presenta con la cabellera suelta y otras con un sombrero de paja adornado con flores silvestres. Precede a su grupito, tomando de la mano a su tierna amiga la duquesa de Polignac. ¡Malditos Polignac! Han acabado monopolizando todos los cargos de la corte. ¿Acaso no se dice que tienen en su poder ciertos documentos comprometedores entregados por la propia Reina y de los cuales se podrían servir para obtener pensiones, títulos y privilegios? ¿Verdadero o falso? Da igual, puesto que la Reina bebe los vientos por ellos y sólo para ellos vive. Honor jamás concedido por una reina de Francia a un particular, cuando la duquesa estaba a punto de dar a luz en el campo, cerca de Passy, María Antonieta se instaló en el castillo de la Muette para estar más cerca de su amiga y poder visitarla con más comodidad. «Cuando estoy con ella, ya no soy la Reina sino yo misma», tiene la costumbre de confesar incautamente. Cabe imaginar el provecho que las benévolas gacetas le sacaron a la frase tantas veces repetida.

El cardenal ve pasar también a los amantes de la Reina o, más bien, a los que le atribuyen. El bello Dillon, Coigny, Esterházy, Vaudreuil, Adhémar, Guînes, Besenval el vejestorio, y también los otros, los de una temporada. Fersen no forma parte del lote. Ama demasiado a la Reina para comprometerla por vanidad. Se reúnen a solas y con infinitas precauciones. Es precisamente la clase de reunión con la que sueña el cardenal.

En junio de 1782 el conde y la condesa del Norte se encuentran de visita en Francia. Serán recibidos por los monarcas con toda pompa en Versalles, a pesar de que viajan de incógnito. Se trata, en efecto, del zarevich Pablo, el hijo único de Catalina la Grande, y de su mujer, la gran duquesa, de soltera Dorotea de Wurtemberg-Montbéliard.

La Reina ofrece en su honor una fiesta en su reino del Trianon, en la que pone un especial esmero: una ópera de Grétry, seguida de un ballet de Gardel en el teatro recién construido por el arquitecto Mique; a continuación, una cena campestre y un baile bajo la gran tienda ovalada próxima al pabellón del jardín francés y, para terminar, una llamada medianoche, un pequeño refrigerio poco después de la medianoche, coincidiendo con la iluminación del parque.

Jamás tan poca tierra ha cambiado de forma y ha costado tanto dinero si hemos de dar crédito a las palabras del duque de Croÿ. No pasa una semana sin que la Reina se invente aquí una montaña, allá un río con cascada y gruta, una roca... Un pequeño paraíso en suma.

Un paraíso del cual nuestro cardenal está excluido. De las fiestas que allí se celebran, éste sólo sabe lo que se cuenta. A ésta tampoco ha sido invitado. ¡Pues muy bien! Él se presentará a pesar de todo. Soborna al portero. Le promete que sólo entrará en el parque cuando la familia real se haya retirado y sólo el tiempo justo para ver las iluminaciones. Con el sombrero echado como siempre sobre los ojos, pero esta vez vestido con una larga levita, permanece sentado en la portería y cuenta unos cuantos luises de oro para el buen hombre. Llaman al portero y el cardenal lo aprovecha para colarse. Se acerca a un árbol y, justo cuando acaba de esconderse detrás de él, aparece la Reina por un sendero del brazo del conde de Artois. El cardenal no había previsto el efecto de sombra chinesca. Un cohete luminoso lo acaba de iluminar por detrás. «¡Vaya, vaya! Tenemos un invitado de última hora», exclama el hermano del rey.

La Reina se sorprende. Sin embargo, halagada por el hecho de que alguien haya corrido el riesgo de que le retuerzan el cuello para ver sus iluminaciones, está dispuesta a perdonar al intruso. Es entonces cuando el de Artois le dice: «Apostaría cualquier cosa a que nuestro hombre no es sino nuestro primo Rohan. ¡Aquí lo tenéis! ¡Mirad! ¡Lleva sus medias rojas de costumbre!»

Furor de María Antonieta. Rohan, desenmascarado, se ve obligado a huir saltando como un cabrito por encima de los parterres para perderse en la noche. Se arma un escándalo. El portero venal es despedido. Éste llora, jura que no lo volverá a hacer. La Reina se conmueve y el portero recupera su puesto. Las desventuras del cardenal en los bosquecillos del Petit Trianon son objeto de malévolos comentarios.

Justo en aquel momento, la condesa de La Motte-Valois hace su entrada en el palacete de Estrasburgo.

Después de sus desengaños en Versalles, Jeanne vuelve a alojarse en el Hotel de Reims. Ha contraído deudas y, de no ser por la ayuda del abogado Beugnot, se habría visto obligada hace tiempo a largarse a la chita callando. La situación económica del conde de La Motte tampoco es muy buena. Para escapar a la persecución de sus acreedores, ha dejado Versalles. Puesto que también se le busca en París, decide esconderse en Brie-Comte-Robert.

El abogado Beugnot está una mañana en su gabinete de trabajo cuando Jeanne se presenta, radiante de felicidad. La recomendación de la difunta marquesa de Boulainvilliers le ha valido, al final, una audiencia del cardenal de Rohan para el día siguiente. «Necesito vuestra ayuda. Vuestro coche, vuestro criado y vuestro brazo para acompañarme... vos sabéis que en este país sólo existen dos maneras de pedir limosna, en carroza o bien a las puertas de las iglesias. Y, por regla general, ambas cosas a la vez...»

Beugnot, que no tiene el menor interés en comprometerse con la aventurera, por muy complaciente que sea ésta con él, transige a medias. Tendrá su coche, su criado y su brazo, pero sólo hasta los jardines del palacete de Soubise; desde allí, se las tendrá que arreglar ella sola para llegar al palacete de Estrasburgo.

La primera entrevista dura una media hora. El cardenal lee dos veces seguidas la nota de la condesa y la carta del rey Enrique II que Beugnot ha encontrado en los Archivos y en la que el soberano reconoce oficialmente los derechos de los que se cree depositaria la condesa. El cardenal promete apoyar su petición. Jeanne se guarda mucho de revelarle el estado de miseria en que se encuentra. No sería delicado entre gente de alta cuna como ellos entrar en detalles tan sórdidos. Por consiguiente, no se habla en absoluto de dinero. Ya habrá tiempo para eso, pues ella no tiene intención de detenerse aquí.

La condesa recibe una nota del cardenal para una segunda entrevista aquella misma noche. Ella imagina de inmediato una cita galante. Y echa mano de todas sus armas, cruzando como una gran dama en un coche de punto la verja del palacete de Estrasburgo.

El cardenal la recibe en su gabinete pintado por Huet y conocido bajo el nombre de Gabinete de los Monos. Lacas, telas pintadas, decoraciones chinescas, un escenario pensado para los coqueteos. Se ven unos monitos retozando en posturas muy atrevidas. Dicen que una puerta corredera oculta un altar en el que el cardenal celebra la misa. A su lado, una puerta disimulada por un panel conduce directamente no a la sacristía, sino a su dormitorio. Y, en este siglo XVIII que se acaba, un culto vale lo que el otro, sobre todo cuando se trata del de Venus.

Jeanne navega como puede en esta existencia a la vez de miseria y de grandeza. El hotel de Reims es un tugurio, pero el hotelero le ofrece un anticipo para que pueda adecentar sus aposentos. Jeanne cuenta con un lacayo, un criado que sigue su coche a caballo, dos doncellas y una carroza de alquiler. Los muebles son alquilados. Y cada mañana se presenta en el hotel un alguacil al que ella tranquiliza como puede.

Entretanto, ha recibido de la oficina del gran capellán la bonita suma de dos mil cuatrocientos francos.

Ella se mueve, va y viene, solicita, se insinúa. De creer en sus palabras, el mariscal de Richelieu está loco por ella; no ve, no piensa ni respira más que por ella. En cuanto al cardenal de Rohan, no puede pasar un solo día sin verla. Publicidad barata, sin duda, pero en un París en el que los primos están pidiendo a gritos que los engañen, la gente se traga el anzuelo. Adoptando un aire de importancia y maneras de duquesa de teatro, se puede dar el pego una temporada, y puede que más.

Y ahora, ¡lo único que faltaba!, se presenta en el Châtelet con una demanda bajo el brazo. ¡Pues sí! ¡Ya! La ha tomado con la mujer del hotelero cuando ésta ha tenido la desvergüenza de presentarle una factura por valor de mil quinientas libras. ¡La muy descarada! Jeanne está fuera de sí. Retoma sin la menor dificultad los insultos de verdulera y toda la violencia de su madre. Muele a golpes a la mujer y la empuja rodando por la escalera. Interviene la policía. Se abren diligencias. El asunto no pasa de ahí.

6

Esquelas amorosas, cartas de amor reales y citas galantes

Rápido, pluma y papel

Otoño de 1782. El matrimonio La Motte se halla en Fontainebleau. La corte se ha instalado allí para la temporada de las grandes batidas. Jeanne encuentra alojamiento en la rue d'Avon. Su fama de mujer fácil la acompaña, lo mismo que la de tener un marido tolerante. Por otra parte, basta que se presente un señor para que el conde tome su sombrero y se vaya a calentar a una de las salas de los guardias del castillo. Está claro que, una vez finalizada la visita, el señor, generalmente un militar o un personaje togado, tiene el detalle de dejar ciertas muestras de generosidad a cambio de la «molestia». En esta temporada en la que se caza el faisán, la condesa de La Motte se ha convertido en una garza de altos vuelos.

A su regreso a París, el matrimonio se instala en la rue Neuve-Saint-Gilles. Los muebles se los cede bajo fianza un prestamista judío. Aquí la miseria es dorada. Se pide prestado. Se empeñan objetos. Los alguaciles están a la puerta, se cubren rápidamente los espejos del salón, se retira el reloj de pared. El monte de piedad se convierte en una dirección muy frecuentada por el matrimonio. Allí entregan los cubiertos de plata que desempeñan cuando tienen que ofrecer una cena. Jeanne deja allí sus vestidos, pide a cambio una papeleta y la hace llegar al señor de Calonne, por entonces interventor general de Finanzas, para que se interese por su situación.

Algunas de las cartas de petición las redacta el propio cardenal, quien llega en su amabilidad a entregarlas directamente en mano a los ministros. Sin embargo, no se llega a ninguna parte. En abril de 1784, manda vender el título de su pensión y el de la de su hermano, el barón de Valois. Obtiene a cambio una suma de nueve mil libras que la ayuda a calmar a los acreedores y a mantenerse a flote unos cuantos meses más. Pero la miseria vuelve a llamar a la puerta.

Entre dos embargos, los constantes viajes. Versalles, Fontainebleau; las antesalas y las peticiones; las deudas, las intrigas constantes... Se da falsos aires de cortesana. Hace circular el rumor de un crédito imaginario con el cual paga unas esperanzas que no se van a cumplir. Aquí importuna sin descanso, empujada por la audacia que nace de la miseria; allí sufre los desaires con orgullo. Practica la mendicidad sin pudor y los fastos sin dignidad. Tiene criados pero no mesa, vestidos pero no ropa de cama. Pasa alternativamente de la bajeza de los pobres a las alturas de los ricos.

Jeanne de La Motte se informa acerca de las costumbres de la Reina. Capta aquí y allá las anécdotas que circulan por las antesalas y que, repetidas en otros lugares, le conferirán el aire de una persona enterada. Mejor todavía, roba, o manda robar, una hoja de papel de carta del escritorio de la soberana. Un modelo que le servirá para mandar hacer cien copias. Es un papel de cartas de pequeño formato, con orla dorada y timbre azul.

Empieza a mostrar las cartas que le dirige su prima la Reina. Valiéndose de sus amistosas misivas, se compromete a intervenir en favor de éste o de aquél. Promete a un tal Bénévent facilitarle un negocio, asegurándole la protección de la soberana. Acude a su casa para embolsarse la comisión y se encuentra a su lado en la mesa a Léonard Autié, el peluquero particular de la Reina. El gran Léonard, poeta de extravagante cabellera, que el 7 de termidor del año II subirá a la misma carreta que André Chénier, otro poeta, pero éste de versos yámbicos, para dirigirse al cadalso. Su sorpresa es tan grande que se guarda mucho de decir ni una sola palabra acerca del asunto que se lleva entre manos. Finalmente, para disimular su turbación, finge sentirse molesta por el hecho de que se haya invitado a un peluquero a la misma mesa que a una Valois.

Como es natural, al cardenal no le dice nada acerca de su nueva intimidad con la Reina, una intimidad que es más bien una amistad, pues cada nota está redactada con el propósito de atrapar a este o aquel primo. En resumen, el humor de la carta real depende de la inspiración de Réteaux de Villette, *el Toro*, quien redacta las cartas imitando más o menos la escritura de la Reina. Sería demasiado sencillo y puede que incluso imprudente ir a presumir ante el cardenal. Conviene que se entere de la noticia por los rumores, y que imagine lo que podría obtener de la situación de que disfruta en la corte su amiga, la condesa de La Motte. ¿Y si fuera una nueva Lamballe? ¿Destronará a la Polignac? ¿Llegará al extremo de convertirse en amante de la Reina? ¿Una nueva Eleonora Galigaï? ¿Aquella mariscala de Ancre, intrigante italiana que, tras haber gobernado a María de Médicis, a los jueces que le preguntaban durante su juicio cómo era posible que se hubiera adueñado del espíritu de la soberana les replicó: «De la manera más fácil. Por la influencia de un alma fuerte sobre una zopenca.»

El cardenal oye desde el fondo de su gabinete los crujidos de las faldas de seda de la condesa e inmediatamente le pregunta: «¿Por qué no me habéis dicho nada? ¿Habéis visto a la Reina, ella os ha dirigido la palabra y no habéis considerado oportuno advertirme? ¡A mí! ¡Que siempre he tenido por vos los pensamientos más delicados! Me han dicho que os ha escrito y vos me lo habéis ocultado, ¿por qué? ¿Así se trata a un amigo? Pues yo soy vuestro sincero amigo, ¿no es cierto, condesa?»

El pez ha mordido el anzuelo. En cuestión de un momento lo podrá enganchar. Después lo único que habrá que hacer será colocarlo cuidadosamente en la nasa. Es una pieza gorda. Prudencia, no vaya a ser que, tocado por la sombra de la duda, se rompa el sedal.

«Bien lo sé, Eminencia... Reconozco mis culpas. Hace tiempo que os debiera haber advertido. Pero, veréis, es que yo no estaba enteramente segura del crédito de que gozaba cerca de Su Majestad... Sin embargo, en el transcurso de nuestro último encuentro en el Trianon, cuando ella me preguntó bondadosamente acerca de mi vida pasada y mis desgracias, recordé como un instante bendito de mi deplorable existencia mi estancia de no hace mucho tiempo en Saverne en compañía de Madame de Boulainvilliers, y de una cosa pasé a otra, y empecé a hablarle de las bondades que vos habéis tenido conmigo, de las gestiones que habéis hecho en mi nombre, de vuestra generosidad... Y, como intuía la reticencia de la Reina hacia vos, me entretuve en comentarle el bien que vos hacéis en vuestra diócesis. Al ver que me escuchaba, me atreví a describirle la pena que os causaba el alejamiento en el que os mantiene. Y, jugándome el todo por el todo, me arrojé a sus rodillas y le dije: "Permitidle por lo menos justificarse, Majestad..." Dejé a la Reina indecisa. Pero una hora más tarde recibí un mensaje suyo en el que me autoriza a pediros una justificación por escrito para que yo se la entregue.»

La justificación que la condesa se acababa de sacar de la manga ejerció en el cardenal un efecto más beneficioso que un rayo de sol. Todo se iluminó para él y lo hizo sentirse vivificado. Abandonó rápidamente a la condesa para retirarse a su gabinete. Ya había pasado la época de las bromas. Si algún día se tenía que embarcar para Citerea, no lo haría más que con una reina de Francia.

El cardenal redacta como hombre de ingenio que es su apología, navegando entre los escollos con toda la sabiduría y todo el descaro de un cortesano vencido por los halagos. El memorándum terminado es entregado a la condesa.

Transcurren unos cuantos días. Una noche, mientras el cardenal está cenando, entra un lacayo y se inclina hacia su oído. «¿Cómo? ¿Aquí? ¿Y a esta hora?» Se levanta y, rogando a sus invitados que sigan cenando sin él, pasa a un gabinete contiguo. Lejos del candelabro que los criados han colocado a toda prisa sobre una mesa, una silueta permanece apoyada contra el marco de una ventana, envuelta en un holgado manto cuya capucha inclinada hacia delante no permite reconocer el rostro.

«¿Por qué a esta hora y por qué tantas precauciones, condesa?», pregunta el cardenal.

A modo de respuesta, ella le alarga una pequeña nota azul cuyo sello él se apresura a romper. El cardenal cree desvanecerse mientras lee las pocas líneas de la nota. «He leído vuestra carta; me complace no seguir considerándoos culpable. Todavía no os puedo conceder la audiencia que me pedís. Cuando las circunstancias lo permitan, os avisaré. Procurad ser discreto.» De las palabras emana un perfume que él conoce o cree reconocer. ¡Sí! ¡Sí! Es su perfume. El de su agua de violetas, que la Reina encarga «À la corbeille de fleurs», el establecimiento de Houbigant, su perfumista. No le cabe la menor duda. Y, además, la escritura es la suya. Imagina la mano que traza las líneas. Está en su gabinete del Trianon y ha abandonado el arpa que estaba tocando hace justo un instante y se ha ido a sentar a su pequeño escritorio de caoba para escribir la nota. Esta nota que ahora él sostiene en sus manos. El cardenal Luis no cabe en sí de gozo. Desde las sombras que no ha abandonado, Jeanne contempla con su mirada azul acero cómo su presa lee y relee la carta, se complace en su vanidad y se emociona con sus delicias. La bestia ya es suya e irá hacia donde la quiera llevar. Está segura. Pero aún no ha llegado el momento de soltar los perros. Sin embargo, ya se ha dado el primer golpe de venablo.

«¿Por qué a esta hora tan tardía en vuestro palacio, me ha preguntado Vuestra Eminencia? Simplemente porque tengo empeño en llevar este asunto en secreto y lejos de las miradas de vuestro fiel servidor, este abate Georgel que merodea constantemente por todas partes.»

Y, de esta manera, durante varios meses, nota tras nota, Jeanne le allanará el camino de la felicidad. Las noches de escritura, envía después de la cena a su querido esposo a las chicas del Palais-Royal o a alguno de los garitos que tiene por costumbre frecuentar. En cuanto sale el conde, Réteaux entra por otra puerta. Se pasa la noche emborronando papel y, al amanecer, con los dedos manchados de tinta, la trata sin ningún miramiento.

Jeanne jamás descuida halagar al cardenal, pero lo hace siempre en tono agridulce. Según ella, tras haber averiguado el papel que desempeñó el príncipe en la desventurada quiebra de los Guémenée y haber conocido otros rasgos de su generosidad, Su Majestad se está librando poco a poco de sus prevenciones.

Jeanne adivina muy pronto que, para alimentar mejor el amor propio del cardenal, habrá que convencerlo de que responda. Así nace una verdadera correspondencia que a cada día que pasa se templa y se matiza.

Se presenta siempre de noche con aires de conspiradora. Entrega una nota y recibe otra. A veces, se le escapa una palabra como el que no quiere la cosa.

—¿El Trianon habéis dicho, condesa?

—¡Pues sí! ¡Pero qué boba soy, Dios mío! Y eso que me habían dicho que guardara el secreto...

—Pero ¿quién, por el amor de Dios? Y ¿por qué?...

—¡Oh, monseñor, me estáis poniendo en un aprieto!... ¿por qué todas estas preguntas? Pues, en el fondo, vos sabéis muy bien...

En el momento en que el cardenal está a punto de pronunciar el nombre, la condesa se aproxima presurosa para acercar un dedo a su boca:

—Jamás se debe evocar a esta persona... Demasiados celosos, demasiados envidiosos nos vigilan... En este mismo palacio. El barón de Breteuil no cesa de perjudicaros. Es vuestro enemigo declarado desde que le quitasteis la embajada de Viena. Y ahora se ha convertido en el todopoderoso ministro de la Casa Real...

Y, con estas palabras, la condesa desaparece por una puerta secreta. Una escalera la conduce directamente al jardín que ella atraviesa para pasar al del palacete de Soubise. Allí la espera un coche de punto. Ahora ya conoce todos los recovecos del palacio del cardenal y, sin cruzarse jamás con el abate Georgel o con el secretario del cardenal, el barón de Planta, puede sin el menor inconveniente seguir adelante con sus tejemanejes, los cuales durarán varios meses, desde el invierno hasta la primavera de 1784.

Durante sus reuniones particulares con la condesa, el cardenal ha observado unos giros de conversación, unos comentarios ingeniosos, un espíritu mordaz y ligero que identifica como pertenecientes al círculo de la Reina, de sus *parvuli* del Trianon, donde la maledicencia y los chismorreos constituyen la salsa de la conversación. Está eufórico. Ya no le cabe la menor duda, en caso de que alguna vez hubiera abrigado alguna, acerca de la intimidad entre la condesa y la Reina.

Jeanne sabe mejor que nadie crear una sensación de misterio. Ya ha conseguido ganarse la confianza del portero del Trianon, el cual, cuando la Reina no se aloja allí, le permite entrar en el parque.

Durante una de sus visitas al palacete de Estrasburgo, le da a entender al cardenal, desmintiéndose después como si se le hubiera escapado sin querer, diciendo demasiado y no lo suficiente, que aquella misma noche estará en el Trianon. El cardenal decide sorprenderla. En el interior de un vehículo, sin su escudo en las portezuelas, se aposta delante de la verja del pabellón. Ya ha salido la luna. Jeanne, experta en ilusiones, está firmemente decidida a mostrarle lo que él espera ver. No se sabe por medio de qué estratagema, la condesa aparece en la terraza, baja precedida por un criado los escalones que conducen al jardín francés y se detiene en el patio de honor. Siempre precedida por el criado, que no es sino Réteaux de Villette, que lleva puesta para la ocasión la librea de la Reina, cruza el patio de honor y se acerca a la verja. Réteaux se marcha de inmediato. La trampa ya se ha tendido. Ve al cardenal, a quien reconoce bajo su disfraz.

—Pero, por Dios, Eminencia... A esta hora... Cuando hay tanta luz como en pleno día... Os van a reconocer... Recordad lo que ocurrió durante la fiesta en honor del zarevich Pablo...

El cardenal no la escucha. Quiere saberlo todo.

—¿Quién era ese hombre?

—Pero, vamos, monseñor, ¿quién iba a ser? El criado de confianza de la Reina, naturalmente...

El cardenal se acurruca en el interior de su vehículo y le indica por señas al cochero que se ponga en marcha. Madame de La Motte aguarda en solitario la vuelta de Réteaux y juntos regresan a pie a la vivienda de la plaza Dauphine.

Es una noche hermosa, en el aire se percibe el perfume de la celinda. El golpe ha alcanzado un éxito que supera todas sus esperanzas, por lo que, tomando fuertemente del brazo a su amante, empieza a soñar con unos placeres más vigorizantes que la evanescente visión que acaba de ofrecer a la imaginación del cardenal. En efecto, en el interior de su vehículo, el príncipe Luis se deleita en las imágenes. Vislumbra a la Reina y a la duquesa entregadas a los juegos lésbicos y a las mil modalidades de homosexualidad femenina con que la literatura y los procaces grabados alimentan las fantasías eróticas de la época.

Está claro que uno se acostumbra a todo. Incluso a las afectuosas notas de la Reina. Y ahora el cardenal quiere algo más.

«Pues que así sea, Eminencia, acudid mañana, día de

la Purificación, a la Gran Galería, a la altura de la puerta del Ojo de Buey. Cuando la Reina pase por allí para trasladarse desde sus aposentos a la capilla, veréis vos mismo por la señal que ella os dirigirá que vuestros asuntos van por buen camino...»

La condesa ha observado que, cada vez que la Reina cruza la galería, nunca deja de hacer la misma señal con la cabeza al pasar por delante de la puerta que da acceso al salón del Ojo de Buey, probablemente para saludar a los cortesanos que hacen antesala en aquel lugar.

Al día siguiente, el cardenal se sitúa exactamente en el lugar que le ha indicado la condesa. La Reina no deja de saludar ligeramente con una airosa inclinación de la cabeza. El cardenal, que no quiere ver ni entender más que aquello que pueda confirmarle la idea de una recuperación del favor real, interpreta el saludo como dirigido a su persona, tanto más cuanto que el conde de Belzunce, que se encuentra a su lado, le dice: «No sé por qué la gente cree que estáis a mal con la Reina cuando está claro que ella os mira con la mayor benevolencia.»

La benevolencia está muy bien, pero el cardenal Luis quiere más. De hecho, su máxima aspiración es la cita con la Reina que Jeanne de La Motte lleva varios meses haciéndole entrever. Si no puede visitar todavía las habitaciones privadas, que por lo menos le permitan entrar al mediodía en el Petit Trianon.

Los efectos del saludo de la Reina en la Galería de los Espejos, ilusión óptica ofrecida por Jeanne y arrojada como se arroja un hueso a un perro, ya se han desvanecido. Y Rohan se vuelve día a día más insistente. «¿Cuándo me concederá la Reina una audiencia? Tengo la sensación de que mi causa se ha estancado.»

Jeanne está acorralada. Necesita tiempo para organizar la nueva diversión que le quiere ofrecer, pues se trata de puro teatro y para ello necesita una auténtica escenografía, inspirada en parte en el último acto de la obra de moda, *Las bodas de Fígaro o la loca jornada*, a cuya representación la condesa, asidua de los teatros parisinos, no puede haber faltado.

Es bien sabido que a veces la Reina, para librarse de los rigores de la canícula, se pasea de noche por los bosquecillos del parque en compañía de su querida Polignac o de sus cuñadas, enfundada en un sencillo vestido de percal y tocada con un sombrero de paja. A veces les piden a los músicos de la capilla que toquen una serenata. Se necesitan unas llaves para entrar en los bosquecillos, pero circulan tantos duplicados que no será difícil conseguir uno a través de algún criado o de un jardinero que comercia con ello.

Si Jeanne ya ha encontrado al actor principal en el señor cardenal, aún le falta encontrar a una actriz digna del gran papel para que le dé la réplica.

Donde una moza ligera de cascos se convierte en una bella baronesa imaginaria

París resulta sofocante a principios del verano de 1784 y, al ponerse el sol, la gente pasea por los Campos Elíseos, los Feuillants, el antiguo convento benedictino en el que tenía su sede el club de los constitucionales moderados, y el Palais-Royal.

El conde de La Motte es uno de los asiduos del Palais-Royal y de sus cafés, por los cuales se pasea con andares de tambor mayor. Es el centro de los fraudes y los timos de París. Para rentabilizar su jardín, que se extiende como hoy en día hasta la rue des Petits-Champs, la familia de Orleans lo ha hecho rodear de galerías de madera que albergan establecimientos de grabadores, libreros, cafés y garitos. Se acaban de levantar en ellos unos inmuebles de renta con soportales destinados también a los comercios de moda. Bajo los soportales hay encajes, moscas asesinas, rapé del que se ofrece para entablar conversación, jerga de petimetres; todo el mundo se las ingenia para distraerse a su gusto. Es un terreno propicio para la intriga, el juego y los galanteos. Allí se organizan fiestas, mejor dicho orgías, que terminan en otro lugar. En la Folie de Chartres, en Monceau, por ejemplo, donde se celebran constantes bacanales.

Las alcahuetas conducen allí sus rebaños y el militar subalterno puede redondear fácilmente su sueldo si su calzón de gamuza sabe ofrecer ciertas ventajas; a menos que, de una manera más doméstica, no vaya acompañado de su mujer o su concubina, de la cual es el macarra. Los cafés rebosan de ideas nuevas, por no decir sediciosas, que el conde de Chartres, futuro Felipe Igualdad y propietario de aquellos lugares, lanza desde sus ventanas. Se respira una atmósfera alegre y libertina, desenfrenada e indiscreta; por decirlo con pocas palabras, francamente canallesca. Canallesca pero sin maldad. Cada cual encuentra lo que busca en medio de aquel libertinaje, según su bolsa o la del vecino. El vigilante de guardia es más bien benévolo y cierra los ojos. Y, de esta manera, el llamado juego del *tire-laine* prospera, especialmente en el Café Mécanique, donde los veladores se montan a requerimiento de los clientes como la mesa concebida para las habitaciones privadas de Luis XV.

El conde de La Motte se exhibe con su fama de estafador pero también de buen mozo. Los entendidos y los semientendidos del lugar lo tienen por libertino. Desde hace algún tiempo ha encontrado a una señorita cuyos andares y cuyo atuendo, de lejos y bajo el claro de luna, recuerdan los de la Reina. Por otra parte, ella ha convertido en su especialidad este vago parecido suyo con la soberana. Se llama Marie Nicole Leguay. Su sobrenombre, o más bien el que le asignará Jeanne, es baronesa de Oliva, pues Olisva, tal como debería escribirse, resulta que es el anagrama de Valois. Nicole Leguay no es precisamente un pimpollo, ya que acaba de superar la treintena. Sin embargo, sigue siendo, entre el ganado del Palais-Royal en el cual figuran sacerdotisas de Venus tales como la Michelot, la Duthé, que fue durante algún tiempo la amante del conde de Artois, y la D'Hervieux, probablemente una de las más guapas. El conde, impresionado por su parecido con la Reina, hace indagaciones.

La chica vive en rue du Jour, en un inmueble de renta detrás del Hotel de Lambesc, en el barrio de Saint-Eustache. Siempre escasa de dinero, ha contraído deudas y tiene, sobre todo, un crédito de cien escudos con Nathan, el usurero judío.

El conde la aborda, bromea con ella, la acompaña hasta la puerta. En el momento de despedirse, le propone volver a verla en su casa. ¿Acaso no es más cómodo para charlar? Pero en casa de las chicas ya se sabe lo que significa charlar.

Así pues, ambos charlan varias veces de todo y de nada y estas nadas son verdaderamente encantadoras.

«¿Sabéis, mi deliciosa amiga, ¿que hay en París una dama muy conocida que arde en deseos de conoceros? —le confiesa el conde en el transcurso de una de sus visitas—. Y, además, tiene intención de venir a veros...»

Una noche en que la señorita Nicole Leguay, todavía

no baronesa de Oliva, está sola en casa, oye llamar a la puerta de su modesta vivienda. Abre y se encuentra en presencia de un hada. La condesa de La Motte no ha reparado en gastos para su atuendo. Hay que impresionarla, y, sobre todo, impresionarla rápidamente.

—Os sorprenderá verme aquí sin conocerme, ¿verdad?

—Me han hablado de vos y debo deciros que la sorpresa me resulta muy agradable.

Al ver un sillón, Jeanne se acomoda en él en medio de un crujir de sedas y, sentándose como si estuviera en una otomana, se apresura a sacar una cartera de la cual extrae varias cartas.

—Son unas cartas de Su Majestad. No sé si han tenido tiempo de decíroslo, pero vivo casi siempre en la corte. ¡Por desgracia! Mi querida niña, por unas circunstancias que algún día conoceréis, debo ocultaros mi nombre...

Y Jeanne se lanza de inmediato a la lectura de las cartas. La Leguay parece en las nubes. No entiende nada de toda aquella palabrería.

—Escuchadme, corazón, yo soy la mano derecha de la Reina. Gozo de su confianza y escucho todas sus confidencias. Me ha encargado buscarle a alguien capaz de hacer lo que ella le diga en el momento necesario... Está claro que, si vuestra conducta resulta satisfactoria, recibiréis una remuneración de quince mil francos y, además, un regalo de Su Majestad mucho más importante...

La Leguay vacila. Jeanne intuye su indecisión. Y se juega el todo por el todo.

—Está claro, corazón mío, que, si queréis, os puedo acompañar al notario más cercano y mandarle redactar un contrato por valor de quince mil francos...

Para una chica como ella, los notarios y los alguaciles

pertenecen a la misma raza que la policía. La Leguay dice que no, señalando que, si puede servir a la Reina, lo hará con mucho gusto y no será el interés el que guíe su conducta.

—¡Muy bien pues! Puesto que estáis decidida, corazón mío, el conde de La Motte, a quien seguramente ya conocéis, vendrá a recogeros mañana antes del mediodía y os acompañará a mi casa de Versalles.

Dicho lo cual, Jeanne desaparece cual una fugaz visión, dejando a la Leguay sumida en la esperanza, las dudas y los temores.

A la mañana siguiente, a la hora establecida, el conde de La Motte se presenta en casa de la chica. Ambos se van a almorzar. Después se trasladan a Versalles a toda velocidad. Antes de llegar a la verja del castillo, el coche de punto aminora la marcha y se sitúa al lado de otro vehículo con los cristales cerrados y las cortinas corridas. Es el mes de julio y el aire es dulce al anochecer. Semejante detalle sorprende a la Leguay, la cual acerca deliberadamente su bonita figura a la portezuela.

—Querida, retiraos y quedaos al fondo del coche... os lo he dicho y os lo repito, nadie os tiene que ver... todo eso es alto secreto... por orden de la Reina...

Aquel coche con las cortinas corridas le llama la atención. Y no puede evitar asomar otra vez la cabeza. Se oye el ruido seco de una cortinilla que alguien levanta y aparece el pícaro rostro de su visitante de la víspera. Jeanne le hace señas de que se reúna con ella en su coche, donde ya se encuentra su criada. Inmediatamente el coche de punto se pone en movimiento.

—¿Adónde vamos? —pregunta inquieta la Leguay.

—A mi casa, ángel mío, a mi casa... no debéis temer nada... os lo aseguro...

El camino es muy corto. Pocos minutos después el vehículo se detiene en la plaza Dauphine delante de un vetusto hotel regentado por un tal Gobert.

—Subid con mi criada Rosalie, que os ayudará a instalaros cómodamente. En cuanto estéis lista, volveré...

Jeanne tarda dos horas en regresar. Dos horas en cuyo transcurso Rosalie se encarga de cardar y rizar el cabello de la Leguay, que se convierte, en cumplimiento de la voluntad de la condesa, en la baronesa de Oliva. La criada la peina con un llamado «media cofia», la última moda inventada para la reina por el «divino» Léonard. Con el cabello ondulado y la cara empolvada, la nueva baronesa puede, en escorzo y en una noche sin luna, dar el pego. ¡Pues sí! No cabe duda de que tiene un aire a lo María Antonieta.

Dos horas de angustia entre las manos de aquella criada de comportamiento más que sospechoso. ¿Qué quieren de ella? ¿Por qué la han llevado a aquella vivienda que huele a cerrado y en la que su única diversión, mientras le tiran de los cabellos, es contar las cagadas de mosca sobre el desteñido papel de las paredes? No se chupa el dedo. Si le apetece, se acuesta con alguien siempre y cuando la persona le guste, pero en modo alguno se la puede comparar con una de esas «pelanduscas de la calle» que a la primera de cambio van a dar con sus huesos en las cárceles de Saint-Lazare o de Sainte-Pélagie. O con esas otras que regresan de madrugada con el rostro tumefacto y el trasero marcado por los latigazos. ¡Ni hablar! ¡De esa agua ella no bebe!

Siendo huérfana de padre y madre, la colocaron a cambio de una pensión en casa de uno de esos comerciantes de la miseria. Escaldada desde la infancia, sigue siendo una persona atemorizada.

El escaso y sencillo mobiliario de la vivienda adonde la han llevado y que choca con el costoso atuendo de la desconocida, la inducen a sospechar la existencia de algún asunto tenebroso.

En su pobre cerebro de gorrión asustado, la Leguay imagina lo peor: violación, crimen ritual, asesinato... Está a punto de escapar cuando se abre repentinamente la puerta y aparece el conde de La Motte dando el brazo a la desconocida. Esta última, con las mejillas arreboladas, da muestras de una alegría febril.

De entrada le dice que, ahora que todo está arreglado, puede revelarle finalmente su nombre: ella es la condesa de La Motte y el conde es su marido. Por nacimiento, desciende de una ilustre casa muy cercana al trono, lo cual explica sus constantes idas y venidas en casa de la Reina, a la que precisamente acaba de visitar. Por sus palabras, parece tan nerviosa como una actriz —tan artista en las estafas como en la intriga— que, entre bastidores y a la espera de su salida a escena, repasa su papel. Es que acaba de efectuar las tres llamadas y la representación está a punto de empezar. A aquella hora, el cardenal sostiene en sus manos una nota de la Reina, la cual lo cita para aquella misma noche en el parque de Versalles. «La soberana —añade— está encantada con la elección que yo he hecho de vuestra persona y ya quisiera que fuera mañana para saber qué tal ha ido la mascarada... Pues se trata, tal como vos comprenderéis, corazón mío, de una simple mascarada, nada más. Uno de esos caprichos que a veces se les ocurren a los grandes, una broma para pasarlo bien y reírse un poco, el burlado el primero...»

El bosquecillo de la Reina, llamado de Venus

La mascarada se ha preparado cuidadosamente. La Leguay no será puesta al corriente acerca de su papel más que en el último momento, pues se trata de un acto improvisado y sin consecuencias, una broma que la Reina le gasta una noche de verano a un gran señor.

El escenario ha sido objeto de largas discusiones. Réteaux de Villette era partidario del bosquecillo de los Baños de Apolo.

«Demasiado alejado del castillo —le había replicado Jeanne—. Sería más juicioso quedarnos en el bosquecillo de la Reina que, al pie de los cien escalones, permite una huida más fácil hacia las terrazas donde siempre hay, incluso a esta hora tan tardía, mirones que vienen a disfrutar del fresco.

El conde de La Motte, que no tiene ideas propias, ha acatado como siempre la decisión de su mujer.

El bosquecillo de la Reina es fruto de un capricho de María Antonieta. Cuando era Delfina, no comprendía por qué no podía tener su bosquecillo habiendo uno dedicado al Delfín.

A principios de su reinado, Luis XVI se impone el deber de restaurar el parque, replantando más de la mitad de los árboles centenarios, pues muchos de ellos han muerto o bien han sido derribados por las tormentas. Recupera el trazado exacto de los planos de Le Nôtre. A la Reina le gustaría plantar árboles exóticos y crear un cierto desorden un poco al estilo de los jardines ingleses, pero el Rey no cede a esta moda. El parque recuperará su estado original. Se vuelven a colocar los emparrados y las cercas de cada bosquecillo. Algunos de ellos, sin embargo, son sustituidos por cuadrados de cinco árboles, uno en cada esquina y uno en el centro, como en el de la Girándula. Finalmente, el famoso Laberinto se encuentra en un estado tan lamentable que el Rey accede a su eliminación. Las esculturas de plomo antaño polícromo que remataban las cascadas y las fuentes y que representaban a los animales de las *Fábulas* de La Fontaine son retiradas, al igual que lo que queda de los emparrados. Se limpia todo. De esta manera, la Reina podrá tener su bosquecillo a la inglesa con sus tuliperos y otros árboles de las «Islas». Suelen llamarlo el bosquecillo de Venus, por la simple razón de que siempre ha tenido una cierta fama galante. Sombrío y mal cuidado desde los tiempos en que sólo era el Laberinto, propiciaba las citas amorosas. Entre los matorrales no se oían más que suspiros y frufrús de seda. Una se arremangaba rápidamente, levantándose la falda por encima de la cabeza y, una vez echado el polvillo, recuperaba su aire de duquesa cubriéndose con el arrogante abanico un escote todavía palpitante; en cuanto al paje o al joven dragón, volvía a subir a la terraza silbando como si tal cosa. Los pobres diablos no estaban excluidos de aquellas saturnales nocturnas y cada cual pecaba a su gusto.

Ciertas noches estivales, los íntimos de la Reina, los del primer círculo, abandonando la terraza, bajan al nuevo bosquecillo para jugar a la «guerra-pampam» y a los famosos *descampativos*, unos juegos en sí mismos inocentes que permiten, sin embargo, en la oscuridad de un cenador, toda la libertad de una mano ardiente o un beso robado al azar. Esta temporada, Rosa Bertin imagina unos vestidos de raso *suspiro ahogado* adornados con unas llamadas «modestias» *pesares superfluos*. El viejo Laberinto transformado en bosquecillo de la Reina conserva, a juzgar por los libelos del Palais-Royal, la misma mala fama de siempre.

Una vez peinada finalmente la «baronesa de Oliva», le ponen el vestido. Jeanne lo tiene todo previsto y ha mandado copiar —puede que, dado su antiguo oficio de modistilla, lo haya cosido con sus propias manos para no despertar sospechas— el modelo de linón bordado con unos bajos rosa pálido que luce la Reina en el retrato pintado por Madame Vigée-Lebrun. Es el retrato que se presentó el año anterior en el Salón. Un atuendo, todo hay que decirlo, inventado diez años atrás por la condesa Du Barry. La baronsa de Oliva se pone el vestido. Jeanne retrocede unos pasos para admirar el efecto. «¿A que da el pego?», exclama, tomando a Rosalía por testigo.

Es como un milagro del teatro. Un guardapolvo en vaporosa muselina, un sombrero de ala ancha en gasa de Italia, y listo. Es Suzanne disfrazada de condesa en el último acto de *Las bodas de Fígaro*. Y, si pensamos que en aquel mismo momento, en su suntuoso aposento del castillo, el gran capellán de Francia vestido de pisaverde y arropado con una gran capa gris y un sombrero de ala ancha echado sobre la frente, espera con impaciencia la llegada de la hora fijada para la cita, estamos en pleno Beaumarchais.

Jeanne explica por última vez a la Leguay de Oliva lo que tiene que hacer. Apenas nada. Ser un vapor blanco en la noche sin luna. Una rosa que ella deberá entregar al desconocido que se le acercará; por más que vaya disfrazado, un gran señor. Y también una carta que le alargará, pronunciando estas sencillas palabras: «Vos sabéis lo que eso significa...»

Y añade:

—La Reina no estará muy lejos, oculta entre los matorrales. Ella confía en vos. Lo verá todo. Lo oirá todo. Puede que, si interpretáis bien la escena, os dirija la palabra. Por lo que más queráis, no la defraudéis.

La pobre Leguay palidece:

—La Reina dirigirme la palabra... a mí...

—¡Pues sí! ¿Qué tiene eso de extraño?... La Reina os conoce muy bien a través de todo lo que yo le he contado de vos...

—Pero es que yo jamás he dirigido la palabra a una reina. ¿Cómo hay que llamarla, señora Reina, Majestad, soberana?...

—No, decid simplemente Majestad...

Para hacer entrar en calor a la Leguay, que se siente indecisa y acosada, Jeanne le ofrece una copa de moscatel. Después le pide que se quite el disfraz. Y la banda se va a cenar alegremente a La Belle Image, una posada de los alrededores.

A su regreso a la place Dauphine, se dedican a ultimar los detalles. Nicole Leguay vuelve a ponerse el disfraz. La alegre compañía, integrada por un falsario (Réteaux se ha presentado en el momento en que los demás se sentaban a la mesa), un estafador, una timadora y una muchacha de vida fácil, cruza discretamente a la hora convenida la puerta de la casa Gobert. Jeanne se ha echado sobre los hombros una amplia capa de faya negra.

En la calle se separan en dos grupos. Jeanne sube sola al coche de punto que la espera mientras que Réteaux, La Motte y la «reina por una noche» suben a un vehículo que los conduce, bordeando la zona de las dependencias ocupadas por la comunidad de funcionarios, a la Orangerie, el naranjal del castillo limitado por las dos escalinatas monumentales llamadas de los Cien Escalones. Allí saltan del coche que despiden y, sin ser vistos, alcanzan el bosquecillo de la Reina situado más abajo.

En la oscuridad, desde algún lugar del otro lado de los cenadores, se oye el murmullo de un surtidor de agua. El dulzón perfume de los tilos impregna el aire. Es una cálida noche estival sin luna, que propicia cualquier locura. La baronesa de Oliva, flanqueada por La Motte y Réteaux, se asusta de la menor rama que quiebran sus pies, del pájaro que, al levantar el vuelo, roza el follaje del castaño. Es como un decorado a lo Hubert Robert y cabe suponer que la nota recibida por el cardenal y presuntamente enviada por la Reina para concertar la cita es del mismo tenor que la enviada por la condesa Almaviva a Suzanne: «Se estará bien esta noche bajo los grandes castaños...» Y está claro que todo respira felicidad y serenidad.

En la terraza del castillo el cardenal recorre los cien pasos, seguido a cierta distancia por su secretario, el barón de Planta. Se impacienta. De repente, aparece la condesa de La Motte.

—Que Vuestra Eminencia me perdone este pequeño contratiempo... pero ha habido un impedimento de última hora...

—¿Cómo? ¿No voy a ver a la Reina...?

—¡No, no! La veréis según lo previsto. Pero no podrá hablar con vos tanto rato como ella habría deseado... Es que, en el último momento, Madame y la condesa de Artois se han empeñado en que las acompañe a dar un paseo por el parque. Ha pretextado un dolor de cabeza para evitar el paseo, pero ya sabéis cómo son sus cuñadas... Así pues, la Reina no ha tenido más remedio que aceptar... Se escapará unos minutos... Éste es el motivo de que sólo os pueda ver furtivamente. Lo lamenta en el alma...

La Reina en el parque de Versalles a esa hora de la noche entre las dos hermanas Saboya: la una lesbiana notoria, que encuentra sus mayores delicias en Madame de

Balbi, la cual sirve también de tapadera para la impotencia de Monsieur, y la otra una ninfómana que ya ha tumbado a varios escuadrones, un guiso capaz de despertar el apetito de las gacetas del Palais-Royal.

Jeanne empuja al cardenal hacia la escalera que baja al bosquecillo de la Sala de Baile, contiguo al de la Reina.

Todo el mundo está en su sitio. El cardenal avanza solo hacia el claro. Surge entonces una forma blanca de entre las sombras. Sostiene una rosa también blanca en la mano. El cardenal está a punto de desmayarse de emoción. Se le doblan las piernas. Cae de rodillas y murmura palabras arrebatadoras, tan arrebatadoras que casi parecen lugares comunes, de esos que suelen utilizar los enamorados. La aparición, tan turbada como él, le ofrece la rosa farfullando: «Vos sabéis lo que eso significa...»

Pero, en lugar de entregarle delicadamente la rosa, la suelta como si fuera una calabaza.

El cardenal la recoge y se la acerca al pecho, se inclina hacia delante y, tomando el pie que él cree de la Reina, lo besa. Pero la carta, la preciosa carta de la Reina que la Leguay le tendría que entregar se encuentra todavía en el bolsillo de ésta. La emoción se lo ha hecho olvidar. Cunde el pánico en la espesura. Con lo torpe que es, la Leguay es capaz de estropearlo todo. La sangre fría de Jeanne salva una vez más la situación. Sale de las sombras diciendo: «¡Rápido! ¡Rápido!, tenemos que irnos, venid por aquí, ya vienen Madame y la señora condesa de Artois...»

Sujeta al cardenal por el brazo y lo acompaña hacia la salida del bosquecillo. Por su parte, La Motte ayuda a ocultarse en los cenadores a la aparición, la cual, recordando en aquel momento la carta, se la entrega. ¡La muy idiota! ¡Ha estado a punto de echarlo todo a rodar! Sólo ha interpretado la mitad de la escena... muy bien pues. Se le pagará sólo la mitad...

Sin embargo, todos han obtenido un beneficio. El cardenal, de vuelta en sus aposentos de Versalles, contempla lánguidamente la rosa de la Reina. Ya ha decidido guardarla en una urna como una reliquia. Cada verano la sacarán el 11 de agosto para llevarla en procesión por su alameda preferida del parque de Saverne que, a partir de aquel momento, recibirá el nombre de Camino de la Rosa. La alegría lo embarga. Este breve encuentro le ha dado alas. Ya se imagina en el papel de amante de la Reina. O de primer ministro, un nuevo Mazarino, casi nada.

La Leguay es acompañada de nuevo al apartamento amueblado de la plaza Dauphine, donde pasa la noche, agotada por tantas emociones. La Motte y Réteaux, que han simulado los pasos de las dos cuñadas, haciendo crujir en la oscuridad la grava de un sendero, se felicitan por su actuación. Cuando Jeanne, a su regreso de la casa del cardenal, les describe el estado de emoción en que lo ha dejado, todos aplauden el éxito de la estratagema, pensando en los beneficios que van a obtener. Pues Jeanne, animada por el éxito e impulsada por una fértil e ingeniosa imaginación, ya está pensando en otras estafas que disfraza de quimeras, grandezas y castillos en el aire.

Es verdad que posee un bajo instinto de ganancias, un afán de lujo y de vida fastuosa pero, curiosamente también, más allá del deseo de revancha, una forma de ascesis. Es una artista y se complace en pulir y cincelar las intrigas y los latrocinios, en los que el temor se mezcla con un intenso júbilo liberador. La falta de honradez se ha convertido en algo orgánico. Constituye para ella una de sus razones de vivir. Ahora ya no podría abandonarla. ¿Acaso lo considera predestinación? ¿Una voz procedente de lo más profundo de su ser le dice que la estaban esperando? Es una piedra imprevisible del camino que rompe el eje de la vieja y carcomida carroza de la monarquía.

Toda la banda ha dormido en la place Dauphine. Al día siguiente, satisfechos y encantados de la broma que le han gastado al cardenal, los cuatro se van a comer a una posada de Versalles. La comida se prolonga hasta bien entrada la tarde. A la puesta de sol, emprenden el camino de regreso a París y con las doce campanadas de la medianoche se apean de un coche de alquiler en la rue Neuve-Saint-Gilles. Allí se encuentran con el abogado Beugnot, que no tiene noticias de la condesa desde hace algún tiempo y, aprovechando que pasaba casualmente por delante de su casa, se ha tomado la libertad de subir. En la vivienda se encontraba la señorita Colson, una amiga de la pareja o, más bien, una pariente lejana del conde, que Jeanne ha elevado a la categoría de lectora. Dicha señorita, sin estar en el secreto de los asuntos de la condesa, abriga, sin embargo, ciertas sospechas. Es ingeniosa y se burla de los aires de grandeza de Jeanne y de los que el conde intenta darse para rivalizar con su mujer. Se refiere a ellos llamándolos «Sus Altezas» y Beugnot, que es un hombre de ingenio, se ríe.

Llegan pues, todavía un poco achispados después de la prolongada comida. Los hombres, Réteaux y La Motte, visten sin ceremonia y las damas, la condesa y la Oliva, van alegremente ataviadas con vestidos de muselina. Al verlos de tal guisa, Beugnot cree que regresan de una salida al campo.

—No hemos terminado, ahora tenemos que cenar. No podemos desanimarnos...

Y venga reírse de cosas sin ninguna gracia. A veces

con vagas alusiones a un asunto sobre el cual Beugnot y la Colson no saben nada. Sin embargo, éstos se ven obligados a reírse para no desentonar. «No os voy a decir nada... nada... mi querido Beugnot... Sois un hombre demasiado honrado para comprenderlo...» Y entonces el abogado piensa que, para Jeanne, honrado es inevitablemente sinónimo de tonto.

Terminada la cena, Beugnot acompaña a la agraciada joven que le han presentado bajo el nombre de baronesa de Oliva. En efecto, a aquella hora sería imposible encontrar un coche de punto. La deja en la rue de Cléry, a dos pasos de la rue du Jour. Le llama la atención su parecido con la reina María Antonieta; sólo más tarde, durante el proceso, establecerá una relación entre aquella velada y la que se había desarrollado la víspera en el parque de Versalles.

Jeanne prolonga durante unas cuantas semanas más el intercambio de correspondencia. Intuye, después del nocturno versallesco, que sus notas no ejercen en absoluto el mismo efecto en el cardenal. Por otra parte, ya no aguanta más en el apartamento de la rue Neuve-Saint-Gilles a merced de los alguaciles. Ya no quiere seguir viviendo de préstamos. Necesita lujo y grandeza y, para eso, hace falta dinero, y su pensión, sumada a las sobras que le saca al cardenal, no es más que una miseria.

Después de toda una serie de notas de una y otra parte, Jeanne se atreve a practicar la primera estafa. Meditan largamente el contenido de la carta. Réteaux la redacta varias veces. En dicha misiva, la Reina le confiesa al cardenal una preocupación. Una preocupación que sienten muchas personas, y ella en particular. Una preocupación de dinero. La Reina es una manirrota. El dinero se le escapa entre los dedos, para nadie es un secreto. Y desde que el señor de Calonne está al frente de las finanzas y obra milagros, la Reina come a dos carrillos. Sin embargo, un transitorio contratiempo en sus finanzas particulares le impide hacer una buena obra para sacar de apuros a una respetable familia que ha caído en la indigencia. Así pues, le pregunta a su nuevo y muy apreciado amigo, en su calidad de gran capellán, si podría darle un adelanto o pedir prestada para ella la suma de sesenta mil libras. La suma es muy elevada y la trampa muy grande. Pero, desde la noche del bosquecillo, el cardenal está completamente ciego. Escribe una nota en su propio nombre al usurero de Nancy Cerfbeer, señalándole que la suma está destinada a una persona que le estará infinitamente agradecida y añadiendo que aquel préstamo le valdrá una muy alta protección para él y para su nación.

Transcurren unos cuantos días y, después, la suma se entrega directamente en mano a la condesa. Al día siguiente, ésta no deja de aportar una nota de agradecimiento.

Está claro que una suma semejante obliga a ciertos gastos en muebles, vajillas, cuberterías, ropa blanca, joyas, vestidos y trajes. En resumen, la vivienda de la rue Neuve-Saint-Gilles se convierte en un abrir y cerrar de ojos en un palacio de hadas.

Si algún curioso expresa su sorpresa por aquel repentino cambio, se le da a entender que la Reina es muy generosa con quien la sabe servir. Por otra parte, le confiesa al cardenal las bondades que la soberana tiene con ella. Y éste se traga la trola sin más. El cardenal Luis ha abandonado desde hace mucho tiempo todo espíritu crítico. Jeanne lo ha hecho entrar con la cabeza gacha en un laberinto en cuyos recodos va perdiendo progresivamente el sentido común.

El cardenal, que ya no alberga la menor duda acerca de la recuperación del favor de la Reina, revela al abate Georgel, a su otro secretario Ramon de Carbonnières y al conde de Cagliostro el secreto de su correspondencia con la Reina. La condesa se enfurece al enterarse, pero no lo da a entender. Los estafadores se calan fácilmente entre sí. Sin embargo, el italiano no adivina los manejos de Jeanne o lo adivina y considera el juego demasiado aventurado y, sobre todo, demasiado peligroso para un extranjero como él sobre el cual ya se ciernen graves amenazas, entre ellas la posibilidad de ser condenado a la horca en Holanda. Y, además, siempre hay tiempo para cobrar alguna parte de los dividendos de la estafa. Pues no cabe duda: aquello es una estafa. A no ser que la condesa, más hábil y astuta que el maestro de la superchería, lo haya embaucado hasta el extremo de hacerle perder la perspectiva.

Pese a todo, para alejar al cardenal de sus consejeros y, sobre todo, del abate Georgel, del cual desconfía con razón, se inventa una carta en la cual la Reina le recomienda a Su Eminencia un viaje a Alsacia. Un simple paseo para que ella lo pueda volver a llamar a la corte con toda la pompa y todo el esplendor que merece su recuperado favor.

El cardenal no sospecha nada y abandona de inmediato París para ir a visitar a sus fieles.

La maniobra de la condesa es muy sutil: con una sola nota consigue que los participantes en aquellos coloquios nocturnos que, a cada carta de la Reina, se sentían en el deber de pasar por el cedazo todas y cada una de las palabras y de examinar con lupa la más mínima mancha de tinta y que, a la larga, habrían acabado por descubrir la superchería, se hayan dispersado ahora a los cuatro vientos. El abate Georgel está en los Trescientos, Cagliostro en Suiza y luego en Lyon, donde se dedica a fundar logias egipcias llevando consigo a Ramon de Carbonnières. Sólo el barón de Planta permanece de guardia en el palacete de Estrasburgo.

Con el cardenal en Alsacia, la ocasión la pintan calva. Réteaux y la condesa se inventan una nueva carta en la que la Reina, siempre escasa de dinero a causa de su afición a las «bagatelas», le pide al cardenal que tenga la bondad de hacerle otro anticipo de sesenta mil libras para socorrer a una pobre familia. El cardenal no entiende nada. Pero, por otra parte, se guarda mucho de averiguar la utilización de aquella suma. Para los pobres estaría muy bien; para pagarle las facturas a Rose Bertin, todavía mejor. Lo importante es que la Reina necesita ese dinero y que le pide su ayuda.

Vuelve a llamar a la puerta de los usureros. Envía a Saverne al barón de Planta y le ordena entregar la suma directamente en mano a la condesa de La Motte y, por encima de todo, no decirle nada al abate Georgel. En caso de que Madame de La Motte acudiera nuevamente a pedir más dinero en nombre de la Reina, habría que sacarlo de la tesorería y, si fuera necesario, incluso vender algunos objetos.

Jeanne recibe en un mes ciento veinte mil libras en dos plazos. Suficiente para sostener su tren de vida de descendiente de los Valois. Pero ¿dónde? ¿En Versalles? ¿En los bailes de la Ópera? ¿En los salones parisinos? ¿En el Palais-Royal, en casa del duque de Chartres, recién nombrado duque de Orleans a la muerte de su padre, donde no tienen remilgos con las personas que reciben? No. Jeanne sólo aspira a que se la reconozca como una gran dama en su provincia, donde siempre la han despreciado. ¡Pues sí! En Bar-sur-Aube, que ella considera el feudo de su familia.

Una musa del departamento

El final de aquel verano de 1784 no es más que una larga siesta. Como si la naturaleza se complaciera en arrastrar los pies antes de pasar al otoño. Es la época de las confituras y Bar-sur-Aube está rodeada de vergeles. Aún están cosechando y merendando en los prados cuando, de repente, el pueblo entra en ebullición. Madame de La Motte se ha hecho anunciar al son de trompetas. La condesa de La Motte-Valois... ¿Os acordáis? La pequeña mendiga de Fontette a la que Madame de Surmont acogió en su casa y que se fugó con el larguirucho de su sobrino... ¡Sí! Un poco gendarme y muy jugador... ¡Un holgazán! ¿Y qué? ¡Pues que vuelve! Le ha escrito al señor Beugnot hijo, con quien antaño estuviera a partir un piñón.

Llega primero un furgón muy cargado, tirado por un espléndido tronco de caballos y seguido por dos corceles de gran valor. Ha alquilado por una suma muy elevada una vasta mansión. El propietario, que ha cobrado a toca teja, sólo dispone de una hora para vaciarla. Todo el mundo está ocupado. Se preparan los aposentos. Un cocinero, con la ayuda de un *maître*, hace una incursión por todos los mercados y los comercios. ¿Acaso esa bribona tiene intención de ofrecer un banquete a toda la ciudad?, se preguntan. Y todos juran que no irán aunque se lo pidan con todos los honores debidos a su persona.

La gente ha regresado a toda prisa de los campos, pero nada más ocurre. Finalmente, una buena mañana aparece, precedida por dos corceles, una berlina de último modelo con el escudo de armas pintado en las portezuelas, y de ella descienden el conde y la condesa de La Motte, vestidos a la última moda de París. Sobre las mesas se coloca toda la cubertería de plata, pues allí se cena de lo mejorcito. Ésos son, por lo menos, los rumores que corren. Pero, si no estuvieran presentes el señor Beugnot y la cuñada, no habría nadie alrededor de la mesa. En efecto, aunque se hayan cursado invitaciones, nadie se ha presentado. Y no es que se la tengan jurada al conde y a la condesa por su precipitada boda, pero todo aquel lujo impresiona a la provincia y, en el fondo y sin que nadie se atreva a confesarlo, todo el mundo intuye algo sospechoso en toda aquella riqueza y ostentación. Vestidos bordados en seda de Lyon, un aderezo de diamantes y otro de topacios... todo eso, para los más perspicaces que han conocido a la hermana de la condesa colgada como un salchichón en la ventana del granjero, huele a revancha. Sin embargo, la estancia propiamente dicha transcurre sin incidentes. Poco a poco, la pequeña sociedad se acostumbra a aquel lujo y, finalmente, cuando el conde y la condesa regresan a París, donde mil asuntos los esperan, todos lamentan no haber sucumbido a los cantos de sirena.

7

El cuerpo del delito
aparece en el horizonte

Donde se vuelve a hablar del collar
«de esclavitud»

A su regreso a París, Jeanne se empeña en tener un salón y una mesa abierta. Acaba de conocer a un fraile de la Orden de los Mínimos de su parroquia de la place Royal (la actual place des Vosges), el reverendo padre Loth. Sabiendo que conoce al cardenal de Rohan, el valiente religioso le ha pedido que obtenga de éste el permiso para predicar en la capilla de Versalles. ¡Por mí no va a quedar! ¡Vos predicaréis, padre! Desde entonces, el reverendo la tiene en el candelero. Además, le sirve de secretario, de recadero y de capellán. La ayuda también a colocar el dinero que en nombre de la Reina le ha estafado al cardenal. El padre Loth está absolutamente fascinado por la condesa y no duda de la procedencia del dinero que lleva en su nombre al banco. Él es también la persona a quien ella envía al notario de Charonne para que firme la escritura de compra de un campo cerca de París. Es su factótum y, al mismo tiempo, le aporta una fachada de respetabilidad.

Esta respetabilidad se extiende a los proveedores a quienes la condesa paga en efectivo. Lo cual resulta siempre muy tranquilizador cuando se trata de un aderezo de diamantes o de zafiros y que, además, le permite recibir de inmediato otros, pero esta vez a crédito y por sumas mucho más considerables. Ahora se pasea por las antesalas y los salones de Versalles como una gran dama elegantemente ataviada. Pero como allí cada cual va a lo suyo y lo único que pretende es darse pisto, nadie tiene tiempo de preocuparse por el cambio de aquella pequeña condesa de La Motte que, no hace mucho tiempo, se desmayaba de hambre en cuanto aparecía una Alteza Real. Flota, va como a la deriva en el inmenso palacio generalmente vacío los días de la semana en que no hay bailes ni fiestas ni recepciones de embajadores. Pero a ella qué más le da el público. La comedia la interpreta para sí misma. Lleva muy alto su duelo vagabundo. Y se pregunta en voz baja dónde y por qué se ha hundido su sangre real. Y esta idea, en medio de los mil espejos que la reflejan, la devora y la desgarra... Pero bueno, ¿por qué marchitarse por un destino?

El salón de la rue Nueve-Saint-Gilles aún no goza de la fama que podría atraer al primo extranjero de paso por París. Sin embargo, con su melodiosa voz, acompañada al arpa por Réteaux, la condesa acaba por atraer a una sociedad en la cual se pueden encontrar ciertos marqueses de esos que suelen «colarse» muy a menudo en la corte: un consejero del Parlamento, un recaudador general, algunos intendentes de provincias, un abogado, el señor Laporte, cuyo suegro, Louis François Achet, es fiscal general en los tribunales de apelaciones...

Y será precisamente el ser más apagado de esta pequeña sociedad, este roedor de expedientes y de mandatos judiciales, esta comadreja arropada en su toga, quien le facilitará, recién salido del horno y resplandeciente, con el fulgor de sus mil diamantes, el collar que pasa por ser el más bello del mundo. Tan espléndido que se ha convertido en el símbolo del collar ideal. Todo contribuye a su leyenda.

La condesa, cuya imaginación es extremadamente fértil, lo contempla como una visión flotando en el centro de su salón. Si alargara la mano, lo podría tocar. Está allí, suspendido sobre su cabeza, y ella se lanza de inmediato a perseguirlo.

Desde que los joyeros Böhmer y Bassenge presentaran a la condesa Du Barry los diseños de este collar de esclavitud han transcurrido más de diez años. Los joyeros se han endeudado para adquirir los diamantes más grandes y convertir la joya en una pieza única.

Luis XV muere demasiado pronto.

Luis XVI manda que le muestren el collar medio terminado. ¿Piensa, con este regalo, hacer olvidar sus torpezas matrimoniales? Se lo comenta a la Reina. El precio que piden ambos joyeros asusta incluso a María Antonieta. Hay que ver lo que cuesta esa bagatela. Más adelante se dirá que el precio del collar habría sido suficiente él solito para pagar el rescate de un Rey. Juan II el Bueno, prisionero de los ingleses en la batalla de Poitiers, habría costado mucho menos.

Desesperados, los Böhmer se trasladan a España para ofrecer el collar, pero tampoco tienen éxito. Recorren Europa, pero el precio asusta a todo el mundo. Los intereses de sus préstamos siguen aumentando. Y día tras día el tesorero de la Marina, Baudard de Saint-James, que les ha prestado unas sumas enormes, se vuelve más insistente. El pánico se apodera de ellos. La quiebra está a la vuelta de la esquina. Siempre han sido un poco pesados con sus clientes. Se muestran serviles, empalagosos e importunos. Acuden a lloriquear ante el Rey, quien vuelve a comentarle a la Reina la cuestión del collar. La moda ha cambiado. Ya no está bien visto presentarse agobiada por el peso de los diamantes. El espíritu de la Reina se ha vuelto hacia la campiña, y ahora lo bonito es segar la hierba y ordeñar las vacas. Las damas sólo aspiran a vestidos de linón y de percal y a sombreros de paja. Es como estar en *Pablo y Virginia* con antelación. La Reina ha derrochado antaño tantos diamantes que, de momento, está un poco harta. María Antonieta lo rechaza una vez más. «Nos urge más un barco», contesta.

Los Böhmer están al borde de la desesperación. Transcurre un año, puede que dos. La Reina, que se compadece de ellos pero ya no soporta sus lloriqueos, ha dejado de utilizar sus servicios. Cuando tiene que arreglar alguna joya o volver a pasar un collar de perlas, recurre a otros joyeros.

Sin embargo, los Böhmer son tenaces. Tras haber forzado la puerta de los aposentos de la Reina, se arrojan a sus pies.

«Levantaos —les dice secamente ésta—, no me gustan semejantes espectáculos. Las personas honradas no necesitan suplicar de rodillas. Le he rechazado el collar al Rey, que me lo quería regalar. No me volváis a hablar jamás de él, procurad deshacerlo y venderlo así. Y, sobre todo, no pongáis en práctica el proyecto de ahogaros a causa de la desesperación...»

Una noche de noviembre de 1784, mientras la condesa de La Motte atiende a los invitados en su salón, no se sabe por qué desvío de la conversación, éstos empiezan a hablar de joyas. El abogado Laporte, que está presente y conoce la relación de la condesa con la Reina, aprovecha la ocasión para echar una mano. Está agobiado por las deudas y, puesto que el ejercicio de la abogacía no alimenta suficientemente sus arcas, no desdeña el tráfico de influencias. Tanto más cuanto que sabe que los Böhmer no serán ingratos con la persona que les facilite la venta del collar. Laporte, más o menos como todas las personas que frecuentan la casa de los La Motte, pesca aquí y allá en aguas revueltas según las estaciones y, sobre todo, las oportunidades. Al parecer, los joyeros han hablado de una comisión de mil luises.

Mil luises no son una suma despreciable. Así pues, los invitados siguen hablando acerca de la moda de las joyas y, más concretamente, acerca del estilo especial y muy identificable de las mujeres que lucen los aderezos procedentes de la tienda de la rue de Vendôme. Es, sin nombrarlos, una alusión directa a los Böhmer que, desde hace más de diez años, han renovado el arte de la joyería. Laporte aprovecha la ocasión. Sigue de cerca a la condesa, sabe que la tiene a su disposición y sólo espera el momento de poder apartarse con ella y proponerle el papel de intermediaria, ofreciéndole una parte de la comisión. La condesa se sobresalta y lo mira con arrogancia.

—Pero ¿con quién creéis que estáis hablando? ¿Acaso soy una de esas estafadoras que viven de malas artes y van al tanto por ciento?

Se ofende. Ella es una Valois. La escena está saliendo muy bien. Sin embargo, hay que procurar que no se escape el negocio. En su fuero interno, Jeanne se alegra de la suerte que ha tenido. ¿Cómo es posible que no hubiera pensado en el collar?

Desde hace algún tiempo, le parece que el viento ha cambiado. Las ocasiones se le presentan espontáneamente. Es lista y empieza a creer en su destino.

—¿De veras ese collar es tan singular como dicen?

El abogado no es tonto. Si la condesa es una lagarta, él tampoco se chupa el dedo.

—La verdad es que hay que verlo para creerlo... Habría que añadirlo a las siete maravillas...

—No me digáis... ¿O sea que merece la pena verlo?

—¡Por supuesto que sí!

—¿Me lo podríais enseñar? La verdad es que... ¿Creéis que los Böhmer estarían dispuestos a venir a mi casa para mostrármelo? Si así fuera, ¡adelante! Pedidles que vengan, pero, sobre todo, no les hagáis concebir esperanzas sobre una intervención por mi parte ante la Reina...

No hay que precipitarse, no vaya a ser que la cosa se estropee. Y, además, el cardenal, en quien ella ha pensado, se encuentra todavía en Alsacia.

¡Ay, Señor, pero qué tontos son los hombres
y no digamos los cardenales!

El joyero Bassenge, que se presenta de buena mañana en la rue Neuve-Saint-Gilles, en casa de la condesa Jeanne de La Motte-Valois, se dispone a abrir el estuche colocado sobre una mesa. La condesa está inclinada sobre el joyero de tafilete rojo con mirada de ave de presa. De pronto, se produce una especie de relámpago, un resplandor de llamas semejante al de la zarza ardiente. Una cascada de lentejuelas luminosas. A Jeanne se le escapa un grito. Un grito que a los ojos del joyero puede sonar como de asombro o de sorpresa. Pero, de hecho, se trata de un grito desgarrador, de dolor. El grito de la parturienta en el momento culminante del parto. Jeanne ha visto el collar y, en ese momento, se produce en ella una especie de movimiento de liberación, acaba de poner un pie en la historia. La historia más sangrienta, ésa en la que peligra la cabeza de los Reyes... en este caso, la de una Reina. Acaba de nacer para la infamia.

Con una mano vuelve a cerrar el estuche. Como el sacerdote después de celebrar el misterio del santo sacramento. Le da la mano a besar a Bassenge y el joyero se retira tal como ha venido, en medio del mayor sigilo. Es el 29 de diciembre de 1784. La condesa envía de inmediato al barón de Planta con una carta para el cardenal. Una carta de la Reina, naturalmente: «El momento que yo deseo aún no ha llegado; pero os pido que adelantéis vuestro regreso para una negociación secreta que me interesa personalmente y que sólo quiero confiaros a vos; la condesa de La Motte os dirá de mi parte la palabra del enigma...»

El 4 de enero el cardenal de Rohan abandona precipitadamente Saverne. Nada más instalarse en su palacete parisino, la condesa de La Motte se hace anunciar.

Tiene mil chismes de la corte que contarle. Los del Ojo de Buey, pero también los del círculo de la Reina, la cual, a pesar de encontrarse en su séptimo mes de embarazo, baila, se agita y no cumple ni mucho ni poco las órdenes de los médicos. Está empeñada en que se represente en su teatro del Trianon *El barbero de Sevilla*, de Beaumarchais, y en interpretar el papel de Rosina. Sin hacer caso al Rey, que había vetado las representaciones de *Las bodas de Fígaro* del mismo autor en el Teatro

Francés; puede que lo haga precisamente como un desafío. El señor conde de Artois interpretará a Fígaro y Vaudreuil al conde de Almaviva, y las representaciones tendrán lugar a finales de primavera o justo a principios del verano. En el transcurso de la conversación, Jeanne no deja de aludir a la sonrisa que ilumina el rostro de la Reina cada vez que pronuncian el nombre del cardenal en su presencia. Y de añadir que la soberana se ha interesado varias veces por su persona... Todo ello lo transmite con habilidad de experta y provoca el entusiasmo del cardenal.

Jeanne no olvida recordar su propia situación económica. Pone cara de necesitada. El cardenal lo comprende de inmediato y, a partir del día siguiente, le envía cuatro luises a través de Fribourg, su soldado del regimiento suizo.

A pesar de las enormes sumas que le ha arrancado, Jeanne sigue explotando la pobreza: no conviene que el cardenal sospeche de su nuevo tren de vida.

Lo que ocurre es que tantas idas y venidas entre París y el Trianon le cuestan mucho dinero. Y él sabe que no nada en la abundancia. Por supuesto que la Reina es generosa, pero la considera una pariente pobre... y, además, está la camarilla de los Polignac que siempre anda al acecho para pegar un mordisco a cualquiera que se acerque... y también Saint-Cloud y los nuevos gastos que genera esta nueva propiedad...

El cardenal parece caer de las nubes. ¡Cómo Saint-Cloud! Pero eso pertenece al duque de Orleans. Pues sí, pero o ya no le pertenece o bien está a punto de dejar de pertenecerle. La Reina quería aquel castillo. Y el Rey se lo regala. Las negociaciones ya han terminado o están a punto de terminar.

Y aquí Jeanne aprovecha para hablarle del collar de diamantes.

—La Reina os ha escrito...

—Sí. Pero me dice que os ha encargado a vos explicarme este asunto.

—Bien. La Reina ha buscado a su alrededor, pero no ha encontrado a nadie más digno que Vuestra Eminencia para tratar este asunto en el más absoluto secreto. Quiere comprar el famoso collar de los Böhmer sin que el Rey lo sepa. Le gustaría comprarlo en varios plazos que se podrían alargar hasta dos años. Ha pensado que vos le podríais servir de intermediario. La alta consideración de que goza Vuestra Eminencia será una garantía segura para los joyeros. La Reina os concede entera libertad para establecer las cláusulas del contrato, las fechas de pago que pudieran serle más ventajosas... Por otra parte, tengo aquí unas palabras de la Reina que os expresarán mucho mejor que yo lo que Su Majestad espera de vos...

Y Jeanne le alarga una carta. El cardenal la toma, rompe el sello y la lee. Su emoción no tiene límites.

El sigilo que se le pide, la confianza de la Reina, mejor todavía que su encuentro en el bosquecillo y todas las notas ya recibidas, no le permiten abrigar la menor duda acerca de la recuperación del favor de la soberana. No sospecha ni por un instante que todo aquello pueda ser un timo. Está ciego. La Reina le ofreció una rosa, él besó la orla de su vestido, ella quiere un collar que vale lo que tres navíos de guerra y recurre a él, así de sencillo; cae por su propio peso. ¿Qué hay de sospechoso en aquel asunto? Se pone inmediatamente en marcha como un sonámbulo.

Segura de su éxito, Jeanne se presenta el 21 de enero de 1785 en el establecimiento de los joyeros, en la rue

Vendôme, para anunciarles que el collar está a punto de ser vendido. La adquisición la hará un gran señor a través de una tercera persona. Pero ella insiste en que no se pronuncie jamás el nombre del comprador; les sugiere también que adopten todas las precauciones necesarias en relación con las modalidades de pago que se les puedan proponer. Bassenge y Böhmer, que ya se veían en la ruina, se deshacen en muestras de gratitud y quieren ofrecerle a la condesa una joya en señal de reconocimiento. Ella la rechaza. «Si os he podido ser útil, me siento suficientemente recompensada...» Sabe muy bien que está jugando su partida sobre un terreno minado y que su nombre no debe ser mencionado en ningún caso.

Transcurren tres días y, el 24 de enero, justo al romper el alba, la condesa se presenta en la rue Vendôme. Tiene empeño en anunciarles a los Böhmer la visita que van a recibir. El príncipe cardenal de Rohan acudirá personalmente a su casa. Es con él con quien deberán tratar. Sin embargo, que se abstengan de mezclarla a ella en el asunto. Jeanne no se entretiene mucho en la casa. El cardenal no tarda en presentarse. Manda que le muestren el collar y lo ve muy grande y pesado. Pero, puesto que la Reina lo desea, hay que doblegarse a su voluntad. Pregunta, no obstante, el precio. Un millón seiscientas mil libras. Los pagos se efectuarán a lo largo de dos años de seis meses en seis meses; por consiguiente, el primer pago se entregará el uno de agosto. La negociación ha terminado.

El 29 de enero el cardenal ruega a los joyeros que se presenten en el palacete de Estrasburgo. La joya se tiene que entregar a la Reina el uno de febrero. Ésta lo quiere lucir en la fiesta de la Candelaria, ha explicado la condesa. Con la participación de los Böhmer, Rohan fija por escrito las condiciones del contrato, les hace firmar el documento y les recomienda la mayor discreción.

En cuanto se retiran los joyeros, aparece Jeanne. Viene a recoger el contrato para mostrárselo a la Reina. Regresa al día siguiente. Todas las cláusulas han sido aprobadas. Le entrega el documento al cardenal, el cual no ve la firma de la Reina en ningún sitio y se lo comenta a Jeanne. ¿Hace falta?, pregunta ésta. El cardenal insiste. No tanto por él como por los Böhmer. Jeanne toma el contrato. A la mañana siguiente, vuelve al palacete de Estrasburgo. El contrato ha sido aprobado por la soberana y ésta ha firmado: María Antonieta de Francia. Siempre recelosa, Jeanne ruega al cardenal que no muestre a nadie el documento.

Ignora que la víspera éste ha consultado el asunto con Cagliostro, que acaba de regresar de viaje. Tras numerosas invocaciones a las divinidades egipcias, el mago ha profetizado que, gracias a aquella negociación, el cardenal estará en situación de hacer la felicidad de Francia. En otras palabras, el italiano le anuncia que va a ser nombrado primer ministro.

El 1 de enero, Rohan, tranquilizado por la firma de la Reina, les escribe a los Böhmer que le envíen el aderezo. Éstos se presentan a toda prisa. Su tienda, À l'enseigne du Balcon, del número 11 de la calle Vendôme, se encuentra a sólo diez minutos a pie del palacio del cardenal. Entregan el estuche directamente en mano a Rohan. Ante semejante muestra de confianza, este último no puede evitar revelarles el nombre del comprador. Los Böhmer no parecen sorprenderse. Es que están acostumbrados a los tapujos de la Reina. Hubo el asunto de los pendientes de brillantes y después el de las pulseras y, al final, siempre es el Rey el que acaba pagando.

El cardenal quiere que los dos joyeros tengan una copia del contrato refrendada por la Reina. Ellos se niegan a aceptarla, pero, ante la insistencia del prelado, hacen una copia antes de retirarse. El príncipe Luis recuerda entonces que la condesa le ha asegurado que María Antonieta pagaría los intereses en el momento de efectuar el primer pago; hay que llamar por tanto a los joyeros, pero éstos ya están lejos.

Todo el asunto se ha llevado de manera impecable. Ni los Böhmer ni el cardenal, cegados por su obsesión, han sospechado ni por un instante la posibilidad de una estafa. El cardenal está dominado por la imagen de la Reina, la clave de todas sus ambiciones; los Böhmer por el collar, la obra maestra de su vida, que cada día los hechiza y los arruina un poco más.

Aquella misma tarde, Rohan se traslada a Versalles. Ya es de noche cuando su vehículo se detiene en la place Dauphine. Lo acompaña su sirviente Schreiber, que lleva el estuche. Se acerca a la casa del señor Gobert, donde la condesa lo espera con impaciencia.

—¿Tenéis el aderezo?

—Aquí está...

Madame de La Motte tiene que hacer un esfuerzo para no apoderarse de él. En aquel momento llaman a la puerta. La condesa hace pasar al cardenal a una estancia contigua, desde la cual éste lo puede ver todo a través de una cristalera.

Entra un hombre muy joven vestido de negro de pies a cabeza. El cardenal cree reconocer en él al que, la noche de su encuentro con la Reina en el parque, se acercó para advertirles de la presencia de Madame y de la señora condesa de Artois. El hombre le entrega un sobre a la condesa de La Motte. Ésta le lee la carta de la Reina al cardenal.

La soberana ordena a la condesa entregar el estuche al hombre que ella ha enviado.

—¿Vos lo conocéis? —pregunta el cardenal.

—Por supuesto que sí. Pertenece a la cámara de la Reina y, además, forma parte de su círculo íntimo...

Rohan entrega el estuche a la condesa, la cual lo confía de inmediato al hombre de negro. Éste hace una profunda reverencia y se retira. El rumor de sus pasos se pierde lentamente por la escalera. El cardenal abandona a su vez la vivienda. La escena se ha desarrollado con gran rapidez.

De regreso en su palacete de París, Rohan no duda ni por un instante de que a aquellas horas la Reina ya está en posesión del collar. En aquel mismo momento, en el número 10 de la rue Neuve-Saint-Gilles, el hombre vestido de negro le entrega el estuche a la condesa. Se quita la capa y el sombrero. Es Réteaux de Villette, tan convincente en su papel de servidor de la Reina como en el de falsario redomado y, en el terreno de lo personal, de amante prodigioso.

Pero ¿dónde demonios está el collar?

Es lo que se pregunta el príncipe Luis. Al día siguiente de la entrega de la joya, se celebra con gran ceremonia en la corte la fiesta de la Candelaria, en cuyo transcurso el Rey entrega tradicionalmente en la capilla de Versalles la banda azul a los nuevos miembros de la Orden del Espíritu Santo. Es la ocasión ideal para que la Reina luzca su nuevo collar. Ésta era su intención, si él no recuerda mal las palabras de la condesa de La Motte.

El cardenal encarga pues a su sirviente Schreiber que

acompañe a un soldado del regimiento de Alsacia para que presencie el almuerzo de gala y observe las joyas que lucirá María Antonieta. Al regresar a Versalles, Schreiber le describe a su amo las joyas de la Reina, la cual, según su costumbre, lucía el famoso collar de perlas que, desde los tiempos de Ana de Austria, figura en el joyero de las soberanas de Francia.

Al día siguiente, 3 de febrero, el cardenal ve en el Gran Salón de Versalles a Bassenge, Böhmer y a su mujer, la antigua bailarina de Dresde y amante de Casanova. Se acerca a ellos y les pregunta si han ido a presentar sus respetos a la Reina y agradecerle la compra del collar. Al contestarle ellos que no, insiste en que no tarden en hacerlo.

Aquella misma noche los Böhmer ofrecen una cena en su casa en honor de la condesa de La Motte para agradecerle su amable mediación ante la Reina.

Al día siguiente la visitan y le ofrecen una comisión sobre la venta, así como unas joyas a modo de regalo. Ella lo rechaza con altivez. Le basta con haberles hecho un favor. De todos modos, permite que su doncella Rosalie acepte una sortija.

En cuanto los Böhmer se van, la condesa manda retirarse a la servidumbre, corre las cortinas y llama a Réteaux y a su marido. Enciende dos candelabros. Y, alrededor de una mesita, los tres contemplan el collar. Armados de unos cuchillos, empiezan a deshacer nerviosamente la joya. Son conscientes de que cada diamante arrancado es una puñalada que les asestan a los Böhmer: aquel collar se ha convertido en su propia carne, en su vida, en sus esperanzas y angustias.

El miércoles siguiente, miércoles de ceniza, Réteaux recibe el encargo de ir a negociar la venta de los diamantes al establecimiento de unos comerciantes judíos del Petit-Carreau. Jeanne se queda con las piedras menos espectaculares para hacerse unos pendientes y unas pulseras.

En el transcurso de esta semana, la condesa se ve acosada por todas partes. Por un lado, el cardenal la hostiga a diario, extrañado de que la Reina, tan impaciente por lucir el collar, aún no se lo haya puesto, lo cual la obliga a inventarse cada vez un nuevo cuento para calmar las infantiles inquietudes de Su Eminencia. Por el otro, Réteaux, el sutil e inteligente Réteaux, se ha dejado atrapar como un novato por la policía con los bolsillos llenos de diamantes. A un viejo judío, joyero del Petit-Carré llamado D'Adan, le ha parecido sospechoso que aquel hombre haya intentado venderle a escondidas y, sobre todo, a un precio tan bajo, tres paquetes de brillantes. Y lo ha denunciado. Para agravar la situación, el joyero da a entender que Réteaux tiene otras piedras preciosas mucho más importantes cuya venta se propone negociar en Holanda con el chamarilero Abraham Frank. Brugnière, el comisario de policía del barrio de Montmartre, manda efectuar inmediatanente un registro en la casa de Réteaux, en la rue Saint-Louis del Marais. No hay nada. Pese a ello, Réteaux es detenido. Se le interroga acerca de la procedencia de los diamantes. Confiesa que efectivamente tenía en su poder aquellas piedras preciosas, pero, al no haber conseguido venderlas, tal como él esperaba, por cuenta de la dama amiga suya, se las ha devuelto. «¿El nombre de la dama?», pregunta el comisario. Réteaux se escuda en la discreción. Apela a su honor de hombre de bien y cosas por el estilo... No, le es imposible revelar el nombre de la dama a no ser que reciba una orden expresa del teniente general de la policía, Lenoir. Se solicita la orden. Entonces se ve obligado a reconocer que la dama en cuestión es la condesa de La Motte-Valois. Jeanne ya está fichada por la policía, para la que tiene una ambigua fama de alcahueta y especuladora. El caso es archivado de inmediato, puesto que no ha habido últimamente ninguna denuncia por robo de joyas.

A pesar de estas pequeñas preocupaciones, la condesa se lo pasa muy bien. Encarga al relojero Furet tres relojes de péndulo por valor de tres mil setecientas libras y le entrega a cuenta dos diamantes valorados en dos mil ochocientas libras. Visita al orfebre Régnier para que le engarce en unas sortijas dos brillantes de gran tamaño. Le paga al joyero, con quien tiene pendientes unas deudas, con unos cincuenta brillantes que éste vende a una comisionista de la calle Barillerie. Cobra por ellos siete mil libras. Jeanne le entrega otros brillantes por valor de cincuenta mil libras para que le haga un aderezo. Régnier se sorprende un poco de aquella lluvia de diamantes, pero ella no se inmuta. «Es un regalo que me han hecho a cambio de unos servicios y un cargo que he conseguido para cierta persona en América.»

Recibe en su casa y es recibida en las de otros. Acude al teatro. Cena varias veces en compañía de Cagliostro, el cual ocupa junto con su mujer un apartamento en el palacete de Estrasburgo. Les habla de su intención de casar a su hermana Marianne. Quiere dejarla bien situada. Necesita un buen partido. Los monarcas firmarán en el contrato. Por lo menos, eso es lo que ella pretende. En su casa se reúne toda una sociedad nocturna extremadamente variada y amoral. Los comentarios son muy atrevidos y no tarda en instaurarse entre ellos el espíritu del Palais-Royal. A veces se deja caer por allí Barras, el futuro miembro del Directorio. Por un tiempo, Jeanne quiere casarlo con su hermana, rubia, sosa y muy tonta. Un futuro cuñado a la medida de la aventurera. ¡Cabe imaginar el tándem, en caso de que el proyecto se hubiera concretado en la práctica! Barras, el concusionario, hubiese tenido una cuñada de inmoralidad sólo comparable con la suya.

Comen y beben a expensas del cardenal, el cual, tranquilizado por Jeanne y Cagliostro, cada día está más convencido de convertirse en primer ministro. Sin embargo, cada uno de ellos por separado no cesa de criticar al otro ante Su Eminencia. A Rohan, que le pregunta qué piensa de la condesa, el mago le contesta que «la considera una pícara y una intrigante».

Cuando el cardenal se presenta por casualidad en la calle Neuve-Saint-Gilles, Jeanne lo recibe en una estancia modestamente amueblada para que no se dé cuenta de su cambio de vida. Los espejos, los relojes de pared, el mobiliario de lujo son para otros. Ante él, la condesa sigue representando su comedia de la miseria. Y, cada vez, él se compadece de ella y le envía a la mañana siguiente unos cuantos luises para que vaya tirando durante algún tiempo. Es decir, le da limosna.

¿Cómo librarse de los diamantes?

Réteaux de Villette se niega a viajar a Holanda. Jeanne decide ponerse en contacto con los joyeros londinenses. Es su marido quien viajará a Inglaterra. Sin embargo, la presencia del cardenal en París y en la corte la pone en un apuro. Un repentino viaje del conde de La Motte al otro lado del canal de la Mancha podría despertar sus sospechas. Por consiguiente, conviene alejarlo de nuevo. Como por arte de magia, aparece de inmediato una nota de la soberana para el cardenal. La Reina se limita a pedirle que regrese a Alsacia. «Vuestra ausencia es necesaria para reflexionar acerca de las medidas que creo necesario adoptar con el fin de situaros allí donde debéis estar...» Más que suficiente para que el cardenal no corra a Alsacia sino que vuele. Y, en el mismo momento y con el mismo impulso, el conde de La Motte, cargado con las piedras más valiosas del collar, cruza el estrecho. Estamos a 10 de abril. Hace dos meses y diez días que el collar está en manos de Jeanne. El conde se embarca con un capitán irlandés al servicio de Francia.

¿Dónde está el señor de La Motte? La pregunta se repite a menudo y Jeanne, con su humor habitual, lo sitúa en Poitou, en el Berry, por un asunto de herencia. En realidad, el conde de La Motte está haciendo negocios en Londres, en el establecimiento de William Gray, el joyero de New Bond Street, o en el de Jefferys, en Piccadilly. Va cubierto de sortijas y relojes. Trata de negociar la venta de los diamantes de mayor tamaño, algunos de los cuales han sufrido desperfectos en las prisas por desmontarlos. Los joyeros recelan y acuden a pedir información a la embajada de Francia. Allí, puesto que no se tiene noticia de ningún robo reciente, también los tranquilizan. A partir de aquel momento, los joyeros se muestran dispuestos a negociar.

La Motte recibe una suma de doscientas mil libras, parte al contado y parte en una letra de cambio del banquero Perrégaux de París; finalmente, a cambio de otros brillantes, le entregan diez mil libras esterlinas, a las cuales el joyero añade un collar de perlas, un par de pendientes, cada uno de ellos valorado en tres mil libras esterlinas, unas hebillas de zapato, cajas de rapé, relojes, leontinas, una piedra de rosa de Francia y otras chucherías, tan heterogéneas como un estuche de plata para mondadientes, un sifón, un trinchete con su correspondiente tenedor, una cartera de seda bordada y un par de tenacillas. Es que hay que darse prisa y tomar todo lo que se pueda. El señor de La Motte le deja al joyero Gray unos sesenta diamantes para un aderezo que debe enviarle a París tan pronto como esté terminado. Gray realiza el encargo, pero considera demasiado valioso el aderezo y se guarda mucho de cumplir las órdenes del conde; sólo le será entregado a éste a finales del siguiente mes de agosto cuando, tras saltar el «escándalo del collar», el conde emprende la huida y regresa a Londres.

Por ahora estamos a finales de mayo. Y en París Jeanne se impacienta. Pronto la advierten del regreso de su marido y, para explicar su nueva prosperidad, anuncia a sus conocidos que el conde ha jugado a las carreras de caballos en Inglaterra y ha ganado una considerable fortuna.

Vertiginoso y embriagador ascenso
del conde y de la condesa,
inmediatamente seguido por su caída

Ante semejante afluencia de dinero, el matrimonio La Motte se lanza a un delirio de gastos. Compran sin echar cuentas. Para su casa de París pero también para la de Bar-sur-Aube. Mármoles, arañas de cristal, tapices y hasta un pájaro mecánico que canta y agita las alas. Encargan cabriolés ligeros en forma de globo, pero también carrozas y una berlina a la inglesa color gris perla con el escudo de los Valois en las portezuelas y la divisa *Rege ab avo sanguinem, nomen et lilia* («Del rey antepasado llevo la sangre, el nombre y los lises»). Se compran todos los caballos necesarios para el transporte de los equipajes. Nadan en letras de cambio, chapotean en una sopa de diamantes. Un lujoso mobiliario de Fournier y Héricourt emprende el camino de Bar-sur-Aube. Se necesitan más de cincuenta furgones para cargar los cristales de Sykes, los mármoles de Adam, la plata de Régnier y el inmenso lecho de terciopelo carmesí adornado con pasamanería y trencilla de oro, bordado con lentejuelas y perlas.

Y en una berlina tirada por cuatro yeguas inglesas de cola corta, flanqueda por criados y un negrito con librea de plata en el estribo, el matrimonio La Motte hace su entrada en el que desde siempre considera su feudo. El conde viste muy sencillamente con un frac de seda azul acanalada, botones de plata bordeados de brillantes y calzones color cereza. La condesa se presenta ataviada de la misma guisa. Cada noche se celebran fiestas en la rue Saint-Michel. Los habitantes de la pequeña ciudad que hace algunos meses ya no salían de su asombro ahora no dan crédito a sus ojos ante semejante lujo asiático. Admiran la biblioteca, que cuenta con las obras de Rousseau en treinta volúmenes y las novelas de Madame Riccoboni, así como con obras de Crébillon y Racine, algunos libros piadosos y la *Historia genealógica y cronológica de la Casa de Francia y de los grandes oficiales de la Corona* del padre Anselmo. Nueve grandes infolios que ocupan todo un estante. Pero una Valois bien se lo debe a sí misma.

Para darse importancia, la pareja trata de introducirse en los castillos de los alrededores y especialmente en el de Brienne, casi siempre sin que la hayan invitado y ni siquiera se desee su presencia. El conde de La Motte se coló un día en que se representaba una comedia y, una vez finalizada la obra, se sentó a cenar sin que nadie se lo pidiera. Y todo el mundo se partió de risa al verlo, pues su atuendo era de lo más sorprendente. En las vueltas de las solapas de su frac azul celeste, que luce por encima de unos calzones de tafetán amarillo canario, Madame La Motte le ha hecho bordar un ramillete de flores de lis y rosas entremezcladas. Una extravagancia que divierte a los comensales. Y todos se rompen la cabeza tratando de encontrar el significado de semejante rareza indumentaria. Finalmente, se opta por una alusión heráldica, una evocación de los escudos del conde y de la condesa que ostentan respectivamente unas rosas y las flores de lis de Francia. El conde es objeto de mil bromas que le impiden cenar. Para su desesperación, los platos le pasan por delante de las narices. Y, finalmente, abandona el castillo de Brienne con la tripa vacía. Todos los invitados se asoman a las ventanas para verlo alejarse en su espléndido vehículo rodeado de lacayos con antorchas y un negrito en el estribo entre grandes carcajadas y salvas de aplausos.

La condesa de La Motte luce sobre el pecho el retrato de la Reina rodeado de diamantes y nunca deja de subrayar que es la soberana quien se lo ha regalado. Pero toda esta exhibición de lujo y este tono de grandeza no cuelan en un pueblo que la ha conocido como una pobretona y una cuentista.

Advertida de que el cardenal de Rohan ha abandonado su castillo de Saverne para regresar a París, Juana se ve obligada a abreviar su estancia.

Es la llamada al orden. Se había creído reina por un instante. Pero aparece de nuevo la intrigante. ¿Piensa en el mañana? No. Por ahora, eso ni siquiera se le ocurre. Está embriagada de sí misma. Y eso le basta. La vida es un gran teatro en el que ella se complace en interpretar una comedia. Sueña despierta. Es una sonámbula que desprecia el vacío que la acecha. ¿Recuerda el fatal vencimiento del 1 de agosto? En tal fecha los Böhmer tienen que cobrar el primer pago del collar. Para entonces, ella ya habrá encontrado algún subterfugio con que sortear el obstáculo.

Rohan está en sus manos. En cuanto a los Böhmer, cuenta con toda su confianza... ¿Cómo se la podría mezclar a ella con la historia de un collar desaparecido? Todas las sospechas recaerán sobre el cardenal. Éste indemnizará a los Böhmer antes que pasar por un primo, y jamás se volverá a hablar del asunto. La cosa está clara. Más que el agua. Y en semejante estado de ánimo la condesa vuelve a París.

El cardenal de Rohan experimenta una vaga inquietud. Lo asaltan las dudas. Tiene la impresión de que le están dando largas. Pronto se cumplirá un año desde que vio a la Reina en el parque de Versalles y le prometieron toda clase de maravillas. Pero todavía no se ha concretado nada. ¡Y el collar! ¿Por qué razón la Reina jamás lo ha lucido? La condesa le da mil excusas. «Su Majestad sólo se lo pondrá cuando regrese a París.» Pero, cuando estuvo en París en abril para dar a luz al duque de Normandía y fue recibida por una muchedumbre glacial, no lo llevaba. En otra ocasión, se le da a entender que no se lo pondrá hasta que esté completamente pagado... Pero eso no ocurrirá hasta dentro de dos años. ¿Él también está preocupado por el pago del uno de agosto? Pero, ¿por qué pensarlo siquiera? ¿Acaso no está garantizado por un documento firmado por la Reina?

Pasan unos cuantos días y vuelve a hacerse anunciar

en casa de Madame de La Motte, la cual lo recibe en el salón del primer piso, modestamente amueblado. No es frecuente que él acuda a casa de la condesa. La criada Rosalie Briffault lo declarará más tarde. Desde que la conoce, el cardenal se habrá hecho anunciar en la calle Neuve-Saint-Gilles unas cuatro o cinco veces como mucho. Hace un par de años ella le pidió que la avalara ante un usurero de Nancy en un préstamo de cinco mil francos para poder amueblar debidamente su casa. Y hace poco él ha pagado la suma, pues la condesa siempre anda escasa de dinero.

La vuelve a interrogar a propósito del asunto del collar. ¿Por qué Su Majestad se empeña en no lucirlo? La respuesta es inmediata: «Porque el precio le parece demasiado alto y querría que los Böhmer le rebajaran doscientas mil libras. De lo contrario, devolverá el collar.» Menudo fastidio. El cardenal, aunque molesto por el hecho de tener que ir a regatear, se tranquiliza con la respuesta. Todas las sospechas que tenía se desvanecen de inmediato.

El 10 de julio, Rohan visita a los joyeros en la calle Vendôme y les confiesa sin rodeos que la Reina considera demasiado caro el aderezo y desearía que le rebajaran doscientas mil libras. Los joyeros ponen el grito en el cielo. Los quieren matar. Tienen que pagar los intereses de las doscientas mil libras que les ha prestado Baudard de Saint-James.

Al final, dan su brazo a torcer entre lamentos y acceden a la rebaja.

Antes de marcharse, el cardenal se acuerda de algo.

—¿Habéis tenido finalmente ocasión de agradecerle a la Reina la compra?

—No...

—Pero yo os lo había aconsejado... Ahora hay que hacerlo... y mejor por escrito...

Bassenge se encarga de redactar la nota. Cuando termina, el cardenal la lee y corrige varios detalles.

Señora:

Nos sentimos rebosantes de felicidad al pensar que los últimos ajustes que se nos han propuesto y a los cuales nosotros nos hemos sometido con el mayor interés y respeto, constituyen una nueva prueba de nuestra entrega a las órdenes de Vuestra Majestad, y nos satisface en grado sumo pensar que el más bello collar de diamantes que existe servirá a la más grande y la mejor de las soberanas.

En cuanto regresa a su palacete, el cardenal manda llamar a la condesa para anunciarle que los joyeros no han tenido el menor inconveniente en rebajar el precio de la joya doscientas mil libras.

Dos días más tarde, el 12 de julio, Böhmer acude a Versalles para entregarle a la Reina un tirante y unos pendientes de diamantes, regalo del Rey en ocasión del nacimiento del duque de Angulema, hijo del conde de Artois. Y aprovecha para entregarle la carta. Justo en aquel momento se presenta inesperadamente el interventor general señor de Calonne. La Reina deja para más tarde la lectura de la nota. Por su parte, Böhmer se retira por discreción. Cuando el señor de Calonne abandona los aposentos de la reina, ésta recuerda la nota que le ha entregado el joyero. La abre y la lee. «Todavía estamos con el asunto del collar... Este hombre es inaguantable...» Se dirige a su gabinete, donde se encuentra su camarera mayor, Madame de Campan. «Ved esta nota que me ha dejado el pesado de Böhmer... Vos que sois tan hábil en descifrar los enigmas del *Mercure*, quizá me podáis decir de qué se trata ahora...»

La Campan no sabe qué decir. La Reina, acercándose a la palmatoria que hay encima de su secreter, prende fuego a la nota antes de arrojarla a la chimenea encendida.

María Antonieta sólo piensa en las representaciones del *Barbero de Sevilla* y le molesta cualquier cosa que no tenga que ver con el teatro, el Trianon o el castillo de Saint-Cloud, su nuevo capricho. Y ahora, por negligencia, destruyendo la nota sin pensar, acaba de facilitar el estallido del escándalo del collar. Si hubiera reflexionado un poco y después hubiera mandado llamar a Böhmer para que le aclarara el contenido de la carta, el escándalo se habría podido evitar sin ninguna duda. En cualquier caso, se habría podido echar tierra sobre el asunto.

Al no recibir ninguna respuesta de la Reina, los joyeros se convencen de que ésta se halla en posesión de la joya y aguardan sin sobresaltos la fecha del 1 de agosto y el pago del primer plazo.

La condesa dispara sus últimos cartuchos

Por su parte, Jeanne empieza a despertar. Vislumbra fugazmente el abismo que se abre ante ella. Actúa con rapidez. Corre por todas partes. Ya no acepta las cenas en la ciudad. Sólo sale de noche. Al final, consigue del notario Minguet, con lo que le queda de los diamantes, un préstamo de treinta y cinco mil libras. Envía al mismo tiempo al palacio del cardenal una seudocarta de la Reina. Faltan tres días para la fecha fatídica. Rohan la lee y se queda anonadado. La Reina le explica que, a causa de los numerosos gastos que tiene que afrontar, no podrá cumplir su compromiso. Y que aplaza el pago hasta el 1 de octubre. Pero, en tal fecha, pagará setecientas mil libras, es decir, la mitad del precio del collar.

Rohan ya no sabe qué pensar. Vuelven de inmediato las sospechas. Se hace anunciar en casa de la condesa, quien se las disipa, haciéndole entrega de treinta mil libras que la Reina le ha enviado. «Son los intereses de las setecientas mil libras que Su Majestad pagará en octubre», le dice.

El cardenal no acierta a imaginar, sin embargo, que una mujer que vive tan modestamente pueda disponer de semejante suma. Y, por consiguiente, no duda ni por un instante de que el dinero procede de la Reina.

Acude una vez más a casa de los Böhmer. Éstos protestan con vehemencia. Han accedido a todas las peticiones, pero esta vez es demasiado. Aceptan las treinta mil libras no como intereses sino como un anticipo a cuenta de las cuatrocientas mil que se les adeudan. Rohan los ve dispuestos a armar un alboroto.

El 3 de agosto Juana convoca en su casa a los joyeros. Sólo se presenta Bassenge, a quien ella confiesa sin rodeos: «Os han engañado. El contrato que tiene el cardenal lleva una firma falsa. Sin embargo, el príncipe es muy rico y os indemnizará.»

La partida se está jugando muy bien. En efecto, la condesa cree que el príncipe preferirá pagar antes que afrontar un escándalo. En primer lugar, el robo del collar, del que necesariamente sería acusado dado el descalabro sufrido por su fortuna, más la vergüenza que tendría que pasar si se descubriera la mascarada del bosquecillo. Todo está magistralmente calculado. El cardenal lo confirmará más adelante. Bassenge se presenta en su casa a última hora de la tarde para revelarle los pormenores de su entrevista con Madame de La Motte y advertirle de que ha sido engañado. El cardenal, que no se hace ninguna ilusión en cuanto a las intrigas de que ha sido víctima, y para evitar que el asunto se divulgue, le asegura que no ha habido ningún intermediario y que él ha tratado directamente con la Reina. Ya está dispuesto a pagar el collar para evitar el escándalo.

Pero no cuenta con las consecuencias de la intriga que siguen su propio camino sin que nadie las pueda controlar. Ni el cardenal ni la condesa tienen poder para detenerlas. En adelante, la complicada maquinaria del asunto se le escapa a Jeanne de las manos. Y ella lo comprende. Cuando su marido regresa de Bar-sur-Aube, intenta dar un último golpe. En la noche del 4 al 5 de agosto, sale de su casa sin que nadie la vea en compañía de su camarera Rosalie. Conoce el camino. Enseguida se plantan delante del palacete de Estrasburgo. La condesa obliga a que le abran la puerta, manda despertar al cardenal y se arroja llorando a sus pies. «Acabo de ver a la Reina —dice—. Le he descrito la angustia de los Böhmer, vuestra imposibilidad de hacer frente al pago y el escándalo que se va a producir. Y entonces Su Majestad, olvidando sus antiguas bondades, me ha dicho que lo negaría todo y que daría orden de que me tuvieran vigilada y que también buscará vuestra perdición. Estoy destrozada por el golpe. No me atrevo a regresar a mi casa. A esta hora la policía ya debe de estar allí. Dadme cobijo hasta que pueda ponerme secretamente en contacto con mi marido para fugarnos....»

El cardenal parece trastornado. Las lágrimas, aquella mujer de rodillas, la noche, la pálida luz de la vela, el juego de las sombras, todo contribuye a desorientarlo. La creía culpable y ahora la tiene de rodillas en su casa, pidiéndole cobijo. Una vez más se deja engañar por los sortilegios de esta maga de la intriga. Más que cobijo en su casa, le propone acogerla en su diócesis del otro lado del Rin, donde estará segura. El cardenal manda despertar a su secretario Ramon de Carbonnières y le encarga ir a buscar al conde de La Motte a la calle donde Jeanne le ha ordenado que se dirija. El secretario se hace acompañar por dos criados. Y, de esta manera, la condesa, el conde y Rosalie pasan la noche y el día siguiente en el pequeño apartamento del abate Georgel, que por entonces se encuentra en Alsacia. A la noche siguiente, los tres regresan a la rue Neuve-Saint-Gilles. Han decidido abandonar París. El barón de Planta recibe el encargo de acompañarlos de nuevo a su casa. Allí encuentran a Réteaux de Villette, quien, tras haber adivinado la que está a punto de caerle encima, se dispone a escapar. Nunca ha visto Italia.

—Pues bien, si es por eso, mi pequeño Réteaux, podéis iros a visitar Italia.

—Pero es que no dispongo de fondos...

—Yo os facilitaré el dinero...

Y la condesa le entrega cuatro mil libras. Jeanne no es tacaña con su dinero. Si no le dio más que cinco mil francos a la Leguay de Oliva, en lugar de los quince mil que le había prometido, fue porque en aquella época sólo disponía del dinero que recibía del cardenal.

Simultáneamente, el conde se ha ido a desempeñar los diamantes que Jeanne había dejado en depósito al notario Minguet a cambio del préstamo de treinta mil libras entregadas al cardenal como procedentes de la Reina.

Se sacan todos los muebles de la casa de la rue Nueve-Saint-Gilles. Todo se carga en carretas. Sólo han dejado una cama, una mesa y unas cuantas sillas de paja. ¡Pero que eso no nos impida disfrutar de una buena comilona! Envían a Rosalie al posadero y se pasan buena parte de la noche comiendo y bebiendo alegremente. La pareja acabará yéndose a dormir en la única cama que queda en la casa. Réteaux dormirá en el cabriolé que se encuentra en el patio y Rosalie donde pueda.

La mañana del 6 de agosto cargan la cama en la última carreta y las maletas en el cabriolé. Y cada cual sigue su camino. Los La Motte emprenden el de Bar-sur-Aube y Réteaux el de Suiza, desde donde piensa trasladarse a Italia.

8

Se descubre el pastel

¡Que detengan al cardenal!

Böhmer trata de ser recibido en audiencia por la Reina. En vano. Entonces le escribe otra nota muy enrevesada, en la cual queda claro, sin embargo, que Su Graciosa Majestad le debe dinero. María Antonieta, que está en el Trianon en pleno ensayo del *Barbero*, tiene otras cosas en que pensar. ¿Dinero a los Böhmer? La verdad es que no recuerdo deberles nada. Echa pestes contra el importuno. Sin embargo, recordando que se le ha desprendido un brillante de uno de los pendientes que últimamente le han entregado, el 9 de agosto concede una audiencia al joyero.

Al día siguiente Böhmer es recibido por la Reina. Ésta escucha con asombro la historia que le suelta el joyero. No entiende nada.

«¡Pero si ese collar yo jamás lo he tenido! ¡El Rey me lo quería regalar y yo lo rechacé! ¿Decís que el cardenal de Rohan lo compró en mi nombre? ¿Habéis visto mi firma en el contrato?»

El asombro cede paso a la indignación.

Su nombre... su nombre al pie de un documento con el «visto bueno» en cada página...

¡Es increíble! ¡Rohan, siempre él! ¡Rohan, su bestia negra! Despide al joyero e inmediatamente manda llamar al barón de Breteuil, ministro de la Casa Real, que es como decir el ministro del Interior. Que aclare el asunto y les pida a los Böhmer un informe detallado.

Llamar a Breteuil y revelarle el secreto es algo así como soltar a los perros y azuzarlos contra Rohan. El cardenal lo privó de su embajada y, cuando a su vez fue nombrado para la sede de Viena, el recuerdo de su enemigo era tal que tanto el emperador José como Kaunitz lo esquivaban como se esquiva a un pelmazo. No cabe duda de que no posee ni el arte ni las maneras del gran señor que seduce y divierte. Para complacer a la emperatriz María Teresa, había abandonado las cenas con veladores que había puesto de moda Rohan y tan apreciadas por los vieneses y había regresado a los solemnes y engolados banquetes. En una palabra, su paso por Viena no había sido muy afortunado. Cuando se fue de allí, nadie lo lamentó y su aborrecimiento por la casa de Rohan en general y, en particular, por el cardenal, no hizo sino acrecentarse.

El asunto le viene como anillo al dedo. Una ocasión inesperada de hundir al cardenal. Y a partir de ese momento no ahorrará ningún esfuerzo para enconar el asunto.

El 12 de agosto la Reina ya tiene en sus manos el informe de los joyeros y la prueba de que alguien se ha servido de su nombre y de su firma para estafarlos. La cosa está clara. Tan clara que, tanto para ella como para Breteuil, el único culpable sólo puede ser Rohan. ¿Acaso no es él quien les envió el contrato a los Böhmer y no fue a él a quien estos últimos entregaron el collar? No cabe ninguna duda. Breteuil está de acuerdo. O, por lo menos, no hace nada por suavizar el ardor vengativo de la Reina. Ésta manda llamar al abate de Vermond, a quien ha conservado a su lado en contra de los deseos del Rey. Varias veces Luis XVI ha querido alejar a este personaje por considerarlo un agente de la corte de Viena. Pero ella siempre ha intervenido en su favor. El abate abomina de los Rohan por su condición de enemigos de Austria, pero muy especialmente del cardenal, en la certeza de que antaño éste predispuso a Luis XV en su contra. Todos los viejos odios, todas las antiguas animosidades afloran de nuevo a la superficie. En lugar de calmar a María Antonieta, el abate la aguijonea para que actúe cuanto antes con la máxima severidad.

El Rey es informado del asunto. Por su parte, Breteuil pide a los joyeros que especifiquen en su informe el papel que a su juicio ha interpretado la tal Madame de La Motte. Estas aclaraciones no llegarán a manos de la Reina hasta el domingo día 14. Aquel mismo día el Rey manda llamar al príncipe de Soubise para ponerlo al corriente de lo que él llama «el desagradable asunto». El príncipe no está en Versalles y el Rey aplaza la explicación hasta el día siguiente.

El lunes 15 de agosto el cardenal se encuentra en sus aposentos del castillo. Está en su gabinete y se dispone a revestirse de sus ornamentos pontificales. En su calidad de gran capellán de Francia, se prepara para oficiar la misa en este día de la Asunción que es, además, la fiesta de la Reina. Acaba de revestirse cuando le avisan de que el Rey lo llama a su gabinete. Se presenta de inmediato y se encuentra no sólo con el Rey sino también con la Reina, el ministro de Justicia, Miromesnil, y el barón de Breteuil. Se asombra de aquella reunión, pero no lo da a entender. Luis le alarga el informe de Böhner:

—Que Vuestra Eminencia tenga la bondad de leerlo y darme explicaciones.

María Antonieta, que lo ha fulminado con la mirada al verlo entrar, baja los ojos y no dice nada. El cardenal lee rápidamente el documento y se vuelve hacia el Rey:

—Todo lo que aquí está escrito es exacto, Sire. La presencia de la Reina me confirma de golpe que he sido engañado.

Adjunta al informe, figura la carta que él escribió a los joyeros para confirmarles la autenticidad de la firma real. El asombro lo deja estupefacto y sin habla. Las sospechas que últimamente lo asaltaban, y que él había apartado de su mente, no queriendo y no pudiendo poner en duda su recuperación del favor real, eran fundadas. La prueba está allí, bajo la más dura de las luces: ha sido engañado.

—¿No tenéis nada que decir —le pregunta el Rey— para justificar vuestra conducta y la garantía que ofrecisteis?

El cardenal sigue sin habla. ¿Oye acaso lo que le dicen? Su mente está en otro sitio. Está tratando de desenredar los hilos de la intriga. ¿Podría decir dónde y cuándo empezó todo? Luis XVI tiene delante a un hombre destrozado.

—Serenaos —le dice—. Entrad en mi gabinete y anotad por escrito todo lo que podáis decir para justificaros...

El cardenal se retira. Y entonces el soberano pide consejo acerca de lo que tiene que hacer.

—Estoy comprometida en este asunto; exijo que se

me libre de cualquier sospecha que pueda manchar mi honor —dice la Reina.

Vergennes, el ministro de Asuntos Exteriores, a quien el Rey ha mandado llamar y que conoce el temperamento voluble y caprichoso de la Reina, aconseja no precipitarse y tomar las cosas con calma. Sin hostigar. Y, sobre todo, no divulgar nada para evitar el escándalo. Sin embargo, conoce la debilidad del Rey por la Reina, y el aire altivo y triunfal de Breteuil no le permite abrigar la menor duda acerca de la decisión que se tomará. Luis XVI guarda silencio. Escucha. Puede que en aquellos momentos se pregunte en su fuero interno si la Reina, por imprudencia o por atolondramiento, no se habrá dejado arrastrar una vez más hacia algún turbio asunto... Sus reflexiones son interrumpidas por Miromesnil, el cual está tan seguro como Vergennes de que no finalizará la mañana sin que se produzca la detención de Rohan. Pero, ¿detener al cardenal revestido de pontifical?

¡Una reflexión propia de lacayos!, según el Rey, que se encoge de hombros.

En aquel momento, se abre la puerta del gabinete y aparece Rohan. Su rostro está lívido. Sostiene en la mano una hoja de papel que contiene una breve confesión de aquello de que se le acusa, así como su certeza de haber sido engañado por Madame de La Motte. Luis XVI toma la hoja de papel, le echa un vistazo, se vuelve hacia Breteuil y le ordena mandar detener de inmediato a la tal Madame de La Motte. El cardenal no se hace ninguna ilusión en cuanto a las intenciones del Rey. Sin embargo, intenta el todo por el todo: le suplica a Su Majestad, en atención a su familia, que evite un escándalo.

«No puedo, ni como rey ni como esposo», contesta el Rey.

Es entonces cuando María Antonieta, ya segura de la decisión del Rey, se vuelve hacia el cardenal. La austriaca, rebosante de altivez, adopta de repente una actitud de desafío y, en un tono inexpresivo en el que se advierte el furor contenido, le pregunta: «¿Cómo habéis podido creer, siendo así que llevo tantos años sin dirigiros la palabra, que yo hubiera podido encargaros semejante misión?»

Rohan espera todavía que la Reina esté interpretando una comedia para engañar al Rey y a los ministros. Le hace unas señas de connivencia para ella incomprensibles que sólo sirven para sacarla todavía más de quicio. Luis XVI, que conoce a su mujer y sabe que está a punto de sufrir un ataque de nervios, ordena a Rohan que se retire. A continuación, se vuelve hacia Breteuil y le ruega que tenga la bondad de mantener bajo vigilancia a la persona del cardenal de Rohan.

Después se sienta a su escritorio. Toma una hoja de papel y escribe unas líneas. Es una orden dirigida al duque de Villeroy, capitán de la guardia del cuartel, para que requise todos los papeles del cardenal en sus aposentos del castillo. Que lo detenga en cuanto éste llegue allí y lo mande trasladar a París. Que se cumplan sus órdenes pero sin demasiada prisa, para dar tiempo al barón de Breteuil de trasladarse al palacete de Estrasburgo en París y requisar otros documentos que pudiera haber allí.

A las once de la mañana de aquel lunes 15 de agosto de 1785, el barón sale del gabinete. Encuentra al cardenal de Rohan en la cámara del Rey. Apenas puede disimular su alegría. Sin embargo, se domina y lo aborda con toda la deferencia que un ministro le debe a un príncipe de la Iglesia: «Tengo orden del Rey, Eminencia, de mantener bajo vigilancia vuestra persona.»

El cardenal da la impresión de no haberle entendido y entra en el Ojo de Buey, donde un grupo de cortesanos espera la llegada del monarca para acompañarlo a la capilla. La hora de la misa ya ha pasado hace un buen rato y todo el mundo se pregunta qué ocurre. Empiezan a circular rumores. Se presiente la cercanía de una tormenta. El cardenal da unos pasos, con Breteuil a su lado. «No podemos quedarnos aquí; ¿no podríais vigilarme dando un paseo?»

Entonces se dirigen a la Galería de los Espejos. Allí se apretuja una muchedumbre venida de París con la esperanza de ver, en este día de fiesta, a la familia real.

El cardenal avanza, Breteuil le pisa los talones. ¿Acaso teme que Rohan se le escape? ¿O lo hace a propósito para que se vea públicamente la caída en desgracia de éste? Cualquiera que sea la causa, al ver a un guardia, lo llama y, levantando la voz, de tal forma que se hace de inmediato el silencio en torno a él, le grita: «Os ordeno, señor, por decisión del Rey, detener al señor cardenal y responder de él...»

Breteuil saluda a Su Eminencia y se retira para regresar a París tal como se le ha ordenado.

La multitud se queda estupefacta. Esta teatral detención del gran capellán revestido de pontifical la ha dejado muda de asombro. Una vez superado el estupor, se desata un guirigay tremendo. La noticia de este increíble acontecimiento no tarda en trascender al exterior y llegar a París.

Rohan, desengañado por el golpe que acaba de sufrir, recupera todas sus facultades. Volviéndose hacia el joven guardia, le pregunta si le queda todavía libertad para escribir unas palabras. «¡Dios mío! —exclama el guardia—, faltaría más, Eminencia.»

El cardenal escribe rápidamente cuatro líneas en un trozo de papel y después, precedido por el guardia, baja a sus habitaciones. A su paso, la muchedumbre guarda silencio. Al entrar en sus aposentos, descubre al duque de Villeroy y al conde de Agout y a unos oficiales de policía aplicando sellos. Hace señas a uno de sus servidores de que se acerque y le desliza el papel, ordenándole en voz baja que se dirija cuanto antes a París y le entregue la nota al abate Georgel. El lacayo se retira como una exhalación y llega al palacete de Estrasburgo mucho antes que el barón de Breteuil, con lo cual el abate dispone de todo el tiempo necesario para apartar los documentos más importantes y quemar otros, entre ellos todas las presuntas cartas de la Reina guardadas en una cartera de tafilete.

El cardenal de Rohan permanece algún tiempo en sus aposentos de Versalles. Un vehículo lo espera para trasladarlo a París bajo la custodia del conde de Agout. A las dos y media de la tarde el vehículo entra en el patio del palacete de Estrasburgo. El barón de Breteuil, que se toma las cosas con calma, presta sin saberlo un gran servicio a su enemigo, pues llega media hora más tarde al palacete del cardenal.

Rohan pasará la noche del 15 al 16 de agosto en su casa. Los curiosos que se han congregado delante del palacete lo verán junto a una ventana, jugando con su monito. El 16 por la tarde, el conde de Agout lo conduce a la Bastilla. El miércoles 17 es llevado de nuevo al palacete de Estrasburgo para que asista al examen de los papeles que allí se han encontrado. Se hallan presentes el mariscal de Castries, ministro de la Marina, el señor de Vergennes, ministro de Asuntos Exteriores, y el barón de Breteuil, ministro de la Casa Real, encargados de aclarar el asunto. El mariscal y Vergennes tratan con todo respeto y consideración al cardenal. Breteuil no puede ocultar el placer que le produce aquella lamentable situación. Al día siguiente Rohan es conducido a sus aposentos de Versalles donde, con la misma compañía, asiste al inventario de sus papeles. Por la noche es llevado de nuevo a la Bastilla. El director, el marqués de Launay, tiene con él toda clase de deferencias. Está claro que no va a encerrar a un dignatario tan alto de la Iglesia en una celda de una de las torres. Se ha encargado de que le preparen un aposento en las dependencias de los oficiales. Tres de sus criados reciben autorización para servirle. Rohan recibe invitados. Mantiene un salón abierto. Invita a cenar. Se ponen mesas de quince cubiertos e incluso más. Y ello porque el cardenal es prisionero del Rey por orden directa de éste. A finales de año, cuando el Parlamento reunido decrete su encarcelamiento, el régimen de su encierro cambiará por completo. De momento, el cardenal se pasea a voluntad por la azotea de las torres y por los jardines del director de la cárcel.

A las cuatro de la madrugada del 20 de agosto bajan el puente levadizo de la fortaleza para permitir la entrada de un vehículo que se detiene pasada la poterna. De él se apea la condesa de La Motte, detenida la antevíspera en Bar-sur-Aube.

Los últimos y bellos días de libertad

Tras abandonar París la mañana del 6 de agosto, Jeanne había llegado a Bar-sur-Aube la tarde del día siguiente.

¿Acaso no resulta increíble que esta mujer, genial, inteligente, la astucia personificada, al ver que todo le estalla en las manos, en lugar de ponerse a cubierto, de huir al extranjero —por qué no al Nuevo Mundo para iniciar allí una nueva vida—, se empeñe en regresar como el jabalí herido a su cenagoso lecho, a esta ciudad de provincias que fue testigo de la decadencia de su familia? ¿Acaso los temores de su infancia han sido siempre tan profundos y sus heridas se han mantenido tan abiertas que, a pesar de la presión cada vez más fuerte y con total desprecio por los peligros que la amenazan se siente obligada a regresar una vez más, con el esplendor de una reina del teatro que, a decir verdad, no impresiona a nadie, al escenario de sus primeras desgracias que, probablemente, será testigo de su caída? Un extraño instinto animal heredado por el hombre que lo induce a buscar, cuando se siente en peligro, su lugar de origen. En Jeanne de La Motte este impulso primitivo está amplificado por el deseo de desquite. La suya es una sed inextinguible, abrasadora y, en último extremo, fatal. El lacayo y el negrito se apresuran a atenderla en cuanto el vehículo aparece en la calle Saint-Michel. Despliegan el estribo. Jeanne baja del cabriolé, seguida por el conde. De inmediato manda anunciar su regreso. A partir de aquel momento, las comidas y las cenas se suceden sin interrupción. Su antiguo amante, el abogado Beugnot, participa en todas las fiestas. Cuando el conde se va de cacería, la condesa se dedica a visitar los castillos de los alrededores. Es la estación de las meriendas campestres y de las fiestas al aire libre, y los días transcurren con la suavidad de la seda. Nada de lo ocurrido el 15 de agosto en Versalles ha llegado a Bar-sur-Aube.

Una noche, a la hora de cenar, la condesa le pregunta a Beugnot si le gustaría acompañarla al día siguiente al Châteauvillain, donde el duque de Penthièvre la ha invitado a comer. Este príncipe, bisnieto de Luis XIV y de Madame de Montespan, por más que en otras cosas sea muy a la pata la llana, es un maniático de la etiqueta. Sólo los aristócratas pueden sentarse a comer o a cenar a su mesa. Los que no lo son comen a la mesa de su primer hidalgo, el señor de Florian, el autor de las *Fábulas*, que comparte esta posición con el señor de Hausier. Ambos, todo hay que decirlo, sumamente corteses. Después de la comida, se propone a los que no han sido admitidos que se reúnan con los invitados del príncipe y tomen el café con ellos. Los que han tenido el honor, en virtud de su nacimiento, de comer con el duque, miran generalmente por encima del hombro a los recién introducidos en el salón. Beugnot, que ya ha pasado por la experiencia de esta segregación social, no tiene el menor deseo de repetirla. Así pues, rechaza la invitación de la condesa. En contrapartida, le propone que lo deje por el camino en Clairvaux, donde tiene unos asuntos que resolver, y lo recoja a la vuelta. Se toma pues esta decisión.

Al día siguiente, 17 de agosto, a las ocho en punto de la mañana, Beugnot se presenta en casa de la condesa y ambos suben al carruaje. Jeanne deja al abogado en la abadía y prosigue sola su viaje hasta Châteauvillain. El duque de Penthièvre le dispensa un recibimiento inmejorable, que llama la atención de los miembros de la pequeña corte del castillo. Se sientan a comer y, después de la comida, el príncipe acompaña a la duquesa a lo alto de la escalera, honor insigne que ni siquiera concede a las duquesas. Miembro legitimado de la familia real de Francia, ocupa un rango intermedio entre los príncipes de sangre real y los duques y pares. A través de la condesa de La Motte-Valois cree conveniente sin duda recordar los honores a que tienen derecho los bastardos reales. La condesa está en la gloria, el tiempo es delicioso y la hace olvidar las nubes que se ciernen en el horizonte. Hacia las ocho de la tarde aparace a lo lejos la abadía de Clairvaux. El abate Rocourt la invita a cenar. Dan un paseo antes de sentarse a la mesa, a la espera de la llegada de un tal abate Maury, que tiene que predicar en la fiesta de San Bernardo. Dan las nueve. Rocourt decide pasar a la mesa sin esperar al abate, que viene de París. Éste hace su entrada cuando todavía van por el primer plato. Se sienta, y al instante lo acribillan a preguntas. ¿Qué se dice en París? ¿Qué se hace? ¡Rápido! ¡Las últimas noticias!

—¿Cómo, noticias? ¿Es posible que no estéis al corriente de lo ocurrido? ¡El señor cardenal de Rohan fue detenido el lunes pasado, día de la Asunción, revestido de pontifical, revestido de pontifical repito, en el Gran Salón de Versalles!

—¿Se conoce el motivo de la detención?

—No. Se habla de cierto collar de diamantes que, al parecer, compró para la Reina pero no compró... Es inconcebible que por una bobada semejante se mande detener al gran capellán de Francia y, por si fuera poco, revestido de pontifical...

Jeanne de La Motte está lívida. Permanece sentada en su asiento sin moverse. Beugnot la mira y le parece que está a punto de desmayarse. La condesa se levanta y, sin decir ni una sola palabra, abandona precipitadamente la sala. Beugnot la sigue. Ella ya ha llamado a su criado y le ordena enganchar los caballos.

El cabriolé regresa a toda prisa a Bar-sur-Aube. Jeanne se vuelve hacia su acompañante:

—¿Os parece que he hecho mal dejando tan bruscamente la cena?

—Todo el mundo conoce vuestra relación con el cardenal. Él está en peligro y vuestra obligación es adelantaros a las noticias y puede que a un correo... Pero ¿podéis explicarme esta detención?

—No. A no ser que todo se deba a algún manejo de su Cagliostro... El cardenal está entusiasmado con él... Y mira que se lo advertí...

—Bueno, pero ¿qué es esta historia del collar? ¿Cómo es posible que la Reina eligiera al príncipe Luis, a quien tan notoriamente aborrece?

—¡No me ataquéis los nervios! Os repito que eso es obra de Cagliostro...

—Pero vos habéis recibido a este charlatán. ¿No habéis llegado a ningún acuerdo con él?

—¡En absoluto! En eso estoy muy tranquila. No debiera de haber abandonado la cena...

—No es ningún error. Si estáis tranquila por lo que a vos respecta, no debierais de estarlo tanto por lo que respecta al cardenal...

—¡Vaya! ¡Veo que no lo conocéis! ¡Es capaz de decir cualquier cosa para salirse con la suya!

—¡Y que lo digáis, señora! Ya son las diez de la noche y no tardaremos en llegar a Bayel. Os dejaré allí bajo la custodia de un amigo. Yo iré solo a Bar-sur-Aube para avisar al conde. En cuestión de una hora, con un cabriolé de posta y unos buenos caballos podrá reunirse con vos junto con todos vuestros objetos de más valor. Hay que evitar Troyes. Por el camino de Châlons llegaréis a Picardía. No os presentéis ni en Boulogne, ni en Calais ni en Dieppe, donde la policía ya debe de disponer de vuestras señas personales. Entre estos puertos, encontraréis diez lugares de paso donde el patrón de un bergantín, por diez luises, os dejará en Inglaterra...

—Os digo, señor, que ya me estáis cansando... ¿Hace

falta que os vuelva a repetir que yo no tengo nada que ver con este asunto? ¡Lamento mucho haberme levantado de la mesa como si fuera la cómplice de las locuras del cardenal!

Beugnot, que la conoce muy bien, sabe que nada la detendrá en su carrera hacia el abismo. Por eso decide callarse. Por su parte, Jeanne guarda silencio. Al llegar a Bar-sur-Aube, Beugnot se vuelve hacia ella:

—Por lo menos, quemad vuestros papeles, por vuestra propia seguridad...

Y se ofrece a ayudarla. Ella acepta. Está todo mezclado sin orden ni concierto en el interior de un cofre de gran tamaño: facturas, ofertas de objetos de valor, de tierras en venta, cartas del cardenal, cartas de los Böhmer. No hay que guardar nada. Hay que quemarlo todo. Todo.

Son las tres de la madrugada cuando Beugnot deja a Jeanne de La Motte en su cámara. El aire está impregnado del olor del papel quemado y de las velas aromatizadas con distintos perfumes. Y todo lo que queda de una intriga taimada y minuciosa, llevada a cabo con la certera e instintiva obstinación propia de un insecto programado para una única misión destructora, se encuentra en el hogar de la chimenea. La codicia, la ambición, el desquite con un destino adverso, la credulidad, también la estupidez, todo está allí reducido a un montón de ceniza, al cual no tardarán en añadirse los vestigios de un trono minado en parte por esta insidiosa intriga.

Jeanne está a punto de desnudarse cuando se oye desde el patio la llegada de los efectivos de la mariscalía. Son las cuatro de la madrugada. El conde de La Motte, que acaba de regresar a casa al término de una partida de cartas, corre a la habitación de su mujer.

—Por orden del Rey —grita el sargento desde la escalera.

Sólo se le deja a Jeanne el tiempo suficiente para recoger algunos objetos personales. El conde, cuya detención Breteuil ha olvidado asegurarse mediante una orden real, se apresura a recoger sus sortijas y sus pendientes de diamantes. Eso por lo menos se salvará.

Meten a Jeanne en un carruaje. El oficial le muestra la orden del Rey. Son las cuatro y media. Y allá va camino de la Bastilla.

La Motte se presenta de inmediato en casa de Beugnot para comunicarle que su mujer ha emprendido viaje a París y permanecerá ausente unos cuantos días.

—Conozco lo bastante vuestra situación para poder deciros que estáis interpretando el papel de un imbécil o de un necio.

—Pero ¿qué manera de tratarme es ésa? ¿Qué os ha dicho Madame de La Motte?

—No me ha dicho nada. Razón de más para que yo os aconseje una pronta retirada. Sí, tenéis que marcharos cuanto antes...

El señor de La Motte se encoge de hombros y se marcha silbando. Antes del amanecer, tras haber tomado ciertas disposiciones con su hermana, su cuñado La Tour y sus parientes los Surmont para llevarse todo lo que pueda de los bienes de su mujer, sube a un carruaje y se traslada precipitadamente a Inglaterra.

¿Qué es lo que hay que hacer?

La Reina ya ha tenido su ocasión. Breteuil y el abate de Vermond su desquite. Pero ahora, ¿qué hacer con el cardenal? El clero ya empieza a refunfuñar, y una parte de la aristocracia también: la que es hostil a la Reina y a Austria y la que pertenece al ámbito de los Rohan y de los Condé. En cuanto al pueblo, cabe señalar que lo comenta en broma y, aunque no sea muy adicto a la causa del cardenal, se frota las manos. Va a haber un espectáculo. En el Parlamento, Fréteau de Saint-Just, un consejero muy conocido, resume el sentir general, exclamando: «¡Qué sublime y venturoso asunto! ¡Un cardenal estafador, la Reina implicada en un caso de falsificación! ¡Cuánto fango en el báculo y en el cetro! ¡Qué triunfo para las ideas de libertad! ¡Qué importancia para el Parlamento!»

Hablemos un poco del Parlamento de París. Ya sabemos cuál fue su papel durante la Fronda y cómo el joven Luis XIV se le echó a la yugular presentándose inesperadamente en el transcurso de una sesión, todavía como quien dice en pañales y con la fusta en la mano para decirles a aquellos señores envueltos en sus togas que a partir de aquel momento el Estado era él.

Durante la minoría de edad de Luis XV, el regente Felipe de Orleans, que necesitaba al Parlamento para anular el testamento del Gran Rey, se mostró complaciente y le permitió levantar la cabeza. Con lo cual el Parlamento recuperó su orgullo y volvió a convertirse en un contrapoder de la monarquía absoluta. Luis XV, hacia finales de su reinado y con la ayuda del canciller Maupeou, consiguió sojuzgar a los exaltados, obligándolos a someterse o bien a emprender el camino del exilio. Muchos emprendieron este camino y no fueron precisamente los menos.

Luis XVI, mal aconsejado por el viejo Maurepas, disolvió el Parlamento Maupeou y llamó a los exiliados. Y enseguida volvió la discordia.

Por si fuera poco, expulsando a los jesuitas con la ayuda del Parlamento, Choiseul se equivocó de blanco y privó a la monarquía absoluta de un poderoso aliado. El Parlamento de Bourges y el de París, más concretamente, albergaban desde siempre sentimientos jansenistas. La bula *Unigenitus* de 1713 no había erradicado la lenta progresión del espíritu de Port-Royal en la sociedad francesa. Los magistrados estaban todos impregnados de él. Y de la causa de Dios a la de la nación no hay más que un paso. Jamás se hablará lo suficiente del papel que desempeñó el jansenismo en las horas prerrevolucionarias. Los ataques más virulentos contra la corte y el poder procedían de la *Gaceta de Utrecht*, lo cual equivale a decir de los propios jansenistas.

La reacción de Fréteau de Saint-Just va precisamente en esta dirección.

Para interrogar a Rohan en la Bastilla, Luis XVI designa al barón de Breteuil y a Thiroux de Crosne, teniente general de la policía. La elección se ajusta a derecho. Rohan los recusa. Al uno por ser su enemigo personal y al otro porque no poseer rango suficiente para interrogarlo. Él es príncipe por nacimiento y también príncipe de la Iglesia y del Sacro Imperio. Ya se ven las dificultades que el Rey deberá sortear o sopesar para poder juzgarlo. Breteuil y Crosne son sustituidos por Vergennes y el mariscal de Castries, a quienes el cardenal concede su aprobación. El mismo día en que Madame de La Motte ingresa en la Bastilla, el cardenal entrega a los dos ministros un resumen claro y preciso del asunto tal como él lo conoce. Se evoca por primera vez la escena del bosquecillo. El relato les resulta a los ministros increíble y casi rocambolesco. Pero ambos deciden creer en la sinceridad del cardenal.

El mismo día en que se levanta el telón sobre el preludio de un proceso en el que no faltarán los golpes de efecto, en el teatro de Mique del Trianon baja el telón sobre el último acto del *Barbero de Sevilla* entre los aplausos de una camarilla que sólo vive y respira para y por la Reina. Esta última, vestida de Rosina, acaba de saludar graciosamente desde las candilejas como una actriz acostumbrada a semejante ejercicio.

La primera voz discordante acerca de la manera en que se ha llevado a cabo la detención del cardenal de Rohan procederá del círculo de la Reina. La condesa Diane de Polignac, el alma del clan, es, en efecto, la primera en denunciar la precipitación del barón de Breteuil, el cual, en lugar de calmar a la Reina, la ha empujado en su arrebato con el fin de cumplir su venganza. El comentario se va propagando por todas partes hasta que María Antonieta y Luis XVI se percatan de su error. Sin embargo, cuando se divulga la historia de la escena del bosquecillo, la Reina casi se olvida de la estafa del collar para exigir reparación por lo que ella considera un delito de lesa majestad.

Jeanne, por su parte, es interrogada en su celda. El que dirige el interrogatorio es en este caso el teniente general de Crosne. Ella acusa a Cagliostro, a quien jamás ha apreciado. Él es el alma de aquel robo en el cual ella no ha tenido nada que ver. ¿Acaso Rohan no ha negociado siempre en solitario con los Böhmer? El documento firmado por «María Antonieta de Francia» no corresponde a la escritura de la Reina. Así pues, ¿a quién pertenece? ¿Cómo puede saberlo ella? ¿Acaso no se entregó el collar al cardenal? ¿La firma? Por supuesto que es falsa. Réteaux, su querido Réteaux, se ha largado, y ella puede jugar sobre seguro. Le hace gracia la falta de experiencia del teniente general de la policía que acaba de sustituir al célebre Lenoir. Ella le da vueltas y más vueltas y lo hace tan bien que, al final, Crosne acaba sucumbiendo a su hechizo. Jeanne le encarga que solicite la intervención del abogado Beugnot, a quien ha elegido para su defensa. Pero éste, que sólo piensa en su carrera política, se niega a pesar de la insistencia del magistrado, que le da a entender un rápido ascenso en caso de que acepte la defensa de Madame de La Motte. «Mirad, el barón de Breteuil ha accedido a reunirse con vos.» A pesar de Breteuil, a pesar del ascenso, Beugnot se mantiene firme. Habrá pues que buscarle otro abogado a Madame de La Motte. Crosne recurre entonces al abogado Doillot, un anciano que tuvo en sus tiempos su época de gloria, pero que ya casi no ejerce. El anciano, a pesar de lo viejo que es, se deja embrujar por Jeanne. Se apasiona y toma todas sus historias como palabras del Evangelio. El informe que redactará causará sensación entre el público. Pues jamás un hombre de leyes ha publicado nada más descabellado, extravagante y novelesco.

El 23 de agosto, Cagliostro es detenido y, al día siguiente, le toca a su mujer ingresar en la Bastilla. El barón de Planta, secretario del príncipe, también es encarcelado.

Cuando Jeanne se entera de que Vergennes pide a Suiza la extradición de su amante falsario, presiente que las tornas están a punto de cambiar. Si detienen a Réteaux, éste soltará el nombre de la baronesa de Oliva, alias Nicole Leguay; si las declaraciones de ambos coinciden, será el final de su defensa. Consigue desde el aislamiento de su celda establecer comunicación con la Leguay. En la nota que le envía, la insta a abandonar Francia si quiere escapar de la prisión. Trastornada, ésta se refugia en Bruselas con su amante, un joven libertino todavía menor de edad llamado Toussaint de Beausire.

Durante este tiempo, el abate Georgel, en quien el cardenal ha delegado todos sus poderes, lejos de permanecer ocioso se mueve en todas direcciones. Va y viene en el ambiguo París de los usureros y los encubridores. Escudriña. Se inmiscuye en todo. Explora la más mínima pista. Investiga. Y presenta su informe. Tiene algo de policía, este jesuita. Y también es enormemente metódico.

El 25 de agosto el Rey convoca a sus ministros: Castries, Vergennes, Breteuil y Miromesnil. La Reina está presente en la reunión y abre fuego.

—Estoy inculpada: la gente cree que he recibido un collar y no lo he pagado. Quiero conocer la verdad sobre un asunto que afecta a mi honor. Los parientes del cardenal desean que se le someta a la acción de la justicia regular y él también parece desearlo; ¡quiero que este asunto sea llevado ante la justicia! (La justicia regular es la justicia del Parlamento, en contraposición con la justicia administrativa del Rey, que depende de su arbitrio.)

Entonces toma la palabra el mariscal de Castries y se muestra partidario de un careo, que resultaría muy esclarecedor. El cardenal lo pide. Si no se llegara a nada, siempre habría tiempo para enviar el caso al Parlamento. Miromesnil, el ministro de Justicia, cree que hay que seguir ciertos procedimientos un tanto embarazosos cuando se trata de un cardenal.

La Reina se impacienta.

—Mi opinión es que se dé a elegir al cardenal la jurisdicción que él prefiera. Que convoque a su familia y a sus abogados y que después opte por ser juzgado por la vía administrativa o bien por las justicia regular, y que se lo haga saber al Rey por escrito. Y que la carta sea refrendada por su familia. ¡Poco importa la opción que elija! ¡Lo importante es que se juzgue el caso cuanto antes, puesto que estoy implicada!

Entonces Luis XVI se vuelve hacia el mariscal de Castries y dice:

—Ya habéis oído a la Reina. Por consiguiente, mañana mismo iréis con el señor Vergennes a comunicar esta decisión al cardenal. El barón de Breteuil se unirá a vosotros. En tres días necesito su respuesta.

A la mañana siguiente los ministros se presentan en la Bastilla. El mariscal de Castries anuncia al cardenal que el careo con Madame de La Motte le ha sido denegado. Que ésta niega todos los hechos que él incluye en su declaración. Y que el Rey, incapaz de averiguar la verdad, le da a elegir entre la posibilidad de encomendarse a su clemencia o bien la de ser llevado ante el Parlamento de París para defenderse de la acusación que se presentará contra él y Madame de La Motte. El Rey le concede tres días para tomar una decisión.

Tras habérsele denegado el careo con sus acusadores, que le habría permitido confundirlos, el cardenal se reúne con su familia. Ésta se inclina por un juicio en el Parlamento. Sus abogados, en cambio, se muestran divididos. El señor Target, su principal abogado y el primer hombre de leyes en ser elegido para la Academia Francesa, es partidario de llevar el asunto ante el Parlamento. El señor Tronchet, otro de sus abogados, le pinta un cuadro tan espantoso de la justicia regular que el cardenal vacila, titubea y, al final, adopta una decisión. Toma la pluma y redacta él mismo la respuesta al Rey.

Sire:

Yo esperaba con el careo poder reunir pruebas capaces de convencer a Vuestra Majestad de la certeza del engaño de que he sido víctima y, en tal caso, no habría deseado más jueces que vuestra justicia y vuestra bondad. Puesto que la denegación del careo me priva de esta esperanza, acepto con el más respetuoso reconocimiento el permiso que me concede Vuestra Majestad de demostrar mi inocencia mediante las formas jurídicas y, por consiguiente, suplico a Vuestra Majestad que dicte las órdenes necesarias para que mi causa sea llevada ante el Parlamento de París con ambas cámaras reunidas.

No obstante, si yo pudiera esperar que las aclaraciones que se hayan podido conseguir, y que yo ignoro, hubieran inducido a Vuestra Majestad a considerar que sólo soy culpable de haber sido engañado, en tal caso me atrevería a suplicaros, Sire, que pronunciarais sentencia según vuestra justicia y vuestra bondad. Los miembros de mi familia, embargados por los mismos sentimientos, han firmado.

Quedo con el más profundo respeto, etc.

Firmado: El cardenal de Rohan,
príncipe de Montbazon,
príncipe de Rohan,
arzobispo de Cambrai,
L.M. príncipe de Soubise.

¿Advierte Luis XVI al leer esta carta que el cardenal le deja abierta una puerta? Si él quiere, todavía puede evitar el escándalo público. ¿No se da cuenta de que una parte del Parlamento es contraria a la corte; de que la aristocracia en su conjunto se inclina por Rohan; de que el clero no se molesta en disimular su descontento y de que por las calles de París ya circulan libelos licenciosos? ¿Duda un instante? La implicación de la Reina en este asunto es demasiado grande. Empujada por el abate de Vermond y el barón de Breteuil, María Antonieta quiere que «este horror», tal como ella lo llama, y todos los detalles relacionados con él queden bien aclarados a los ojos del mundo. El mundo no es tan sólo Francia sino toda Europa, la cual, una vez conocida la detención del cardenal, está manifestando un apasionado interés por el caso.

El Rey ignora la respetuosa petición del cardenal. Sigue adelante y, por medio de unas llamadas «cartas patentes», es decir, abiertas, del 5 de septiembre de 1785, transmite el asunto a las dos cámaras del Parlamento. Esta decisión, probablemente una de las mayores torpezas de Luis XVI, refrendada por el barón de Breteuil, es registrada por el Parlamento el 7 de septiembre. Se acaba de encender la mecha de un barril de pólvora.

Los preparativos del Gran Teatro

El Rey encarga a su fiscal general en el Parlamento, Joly de Fleury, la presentación de una demanda en su nombre contra el cardenal de Rohan y Madame de La Motte, autores y promotores de maniobras criminales e indecentes que comprometen el honor y la dignidad de la Reina; también que recabe información sobre los hechos para que se lleve a cabo la instrucción y se celebre el juicio.

El primer presidente del Parlamento resulta que es Aligre, manejado por la corte, la cual, a su vez, se deja manejar por él. Entre los consejeros partidarios de la corte, Aligre elige a Dupuis de Marcé, a quien encarga los careos, y a Titon de Villotran, a quien encomienda la instrucción y la redacción del informe. Este último es sospechoso de no ser inmune a la corrupción. Se sabe que es un hombre hábil, capaz de plantear las cuestiones de tal forma que pueda ganar sufragios para aquellos a quienes desea favorecer. Una vez finalizado el proceso, Luis XVI le concederá un ascenso por el celo demostrado y lo nombrará lugarteniente (que así se llamaba en el Antiguo Régimen a los altos funcionarios judiciales) de lo civil. Se llegó a decir incluso que semejante recompensa fue acompañada de cien mil escudos más, aparte de los emolumentos propios del cargo.

Una vez puesta en marcha la maquinaria, el fiscal general se hace inaccesible a todos aquellos que quieren hablarle en favor del cardenal. Pero, en cambio, el barón de Breteuil y el abate Vermond mantienen frecuentes contactos con el magistrado y los dos instructores.

El abate Georgel, que va de un lado para otro encendiendo cortafuegos donde puede, averigua que el primer presidente Aligre, el fiscal general y los dos instructores han mantenido una entrevista secreta con la Reina en las Tullerías.

Por su parte, Mercy Argenteau, tras haberse reunido con el presidente Aligre, a quien está muy unido, le envía un informe para que se acomode a sus puntos de vista. Muy pronto empiezan a circular rumores en el sentido de que se han depositado cuatro millones para su distribución entre los jueces después de la condena del cardenal. En esta atmósfera envenenada se lleva a cabo la instrucción del proceso.

No obstante, un tal abate Junkers acude al abate Georgel para ofrecerle sus servicios. Al parecer, es un hombre muy bien relacionado. Georgel lo escucha. Le dice a éste que hace poco ha recibido las confidencias del procurador de los religiosos de San Francisco de Paula, de la plaza Royale. El tal fraile no es otro que el padre Loth, al cual ya conocíamos como secretario, capellán y factótum de Madame de La Motte. Las confesiones que desearía hacer para tranquilizar su conciencia podrían aclarar los asuntos del cardenal. Georgel se muestra dispuesto a reunirse con el religioso. Para acudir a la cita, el abate se ha disfrazado, pues teme que lo siga la policía y lo encarcele. Georgel lo tranquiliza y, poco a poco, como buen jesuita, lo va amansando. El padre Loth acaba por confesar todo lo que sabe. Y sabe mucho. Facilita el nombre de Réteaux de Villette, el cual, según él sospecha, es el falsificador. Ha comparado su escritura con la de las notas que le entregaban para el cardenal. Recuerda también las felicitaciones de Madame de La Motte a una tal señorita de Oliva por la interpretación de su papel en el parque de Versalles. Recuerda perfectamente la época de dicha expedición. Y, cuanto más habla, más comprende Georgel todos los entresijos del gran engaño de que ha sido víctima Rohan. En estos momentos tiene en sus manos casi todos los hilos de la intriga. Sin embargo, conviene que actúe con cautela. El cardenal es informado del descubrimiento, y se resiste todavía a creer que le tomaron el pelo en la escena del bosquecillo. Su abogado, el señor Target, recibe la declaración del padre Loth. Georgel trata de conseguir que el fiscal oiga al religioso como testigo. Siempre inaccesible a cualquier petición capaz de favorecer al cardenal, el fiscal hace oídos sordos. Entonces Georgel escribe al ministro de Justicia, señalándole la necesidad de escuchar al padre Loth. Sin embargo, sin pruebas que la sostengan, el fiscal general y el instructor Titon contestan que dicha declaración no puede anular ni restar valor a la de los joyeros, quienes afirman que el collar fue entregado al cardenal, lo cual lo convierte en el único culpable.

Para precipitar los acontecimientos ante la opinión pública, el abogado Target decide dar a conocer su informe, el cual causa furor en la galería del Palais-Royal. El público se lo quita de las manos. Las mujeres se declaran a favor de la *Bella Eminencia* y lanzan la moda de las cintas rojas y amarillas que ellas llaman del «cardenal sobre la paja» (es decir, en la miseria, según el dicho popular). La *Gaceta de Leyde* revela todos los pormenores de la instrucción. Y el abate Georgel inicia la búsqueda de Nicole Leguay, llamada de Oliva, la cual, advertida por el abogado de Madame de La Motte, se le escapa de las manos. Le revelan el lugar donde se oculta en Bruselas, pues tiene espías en todas partes. Su red de confidentes es increíble. Envía un informe al conde de Vergennes, que lo presenta al Rey. Se dicta la orden de extradición de la señorita de Oliva y de su amante Toussaint de Beausire. El 20 de octubre, los dos tortolitos son detenidos y encerrados en la cárcel de Treurenberg de Bruselas. Sin embargo, las autoridades de Brabante se muestran reacias a entregarlos a Francia. Que si el derecho de asilo, que si la tierra del Imperio... Se echa mano de todo un arsenal jurídico. Vergennes pide a Quidor, inspector de la policía de París, que se traslade a Bruselas y trate de convencer a los presos de que soliciten ellos mismos la extradición. El policía es famoso por su habilidad. Por si fuera poco, conoce a la señorita de Oliva, inscrita desde hace mucho tiempo en los archivos policiales como mujer de la vida. Su éxito es tal, que el 31 de octubre, tras haber solicitado su extradición al Consejo Soberano de Brabante, la de Oliva y Beausire cambian su prisión bruselense por la Bastilla.

Su detención no desanima en modo alguno a Madame de La Motte. Su presencia de ánimo, su desfachatez, su impetuosidad, sus recursos en el campo de la mentira, su ingenio y su imaginación le permiten plantar cara a los testigos con quienes la enfrentan. ¿Su sistema de defensa está a punto de quebrarse y venirse abajo? Inmediatamente se saca otro de la manga. Imagina e inventa. ¿Cómo se atreve el barón de Planta a acusarla cuando ha tratado de violarla? ¿El padre Loth? Un fraile crápula que la quería utilizar para ir de putas y que, no contento con eso, se llevaba incluso a su marido. ¿El cardenal? ¡Por supuesto que era su amante! Se la enfrenta en un careo con Cagliostro y ella le arroja un candelabro de bronce a la cabeza y, soltando una carcajada, lo ridiculiza, recordándole los dulces nombres con que solía llamarla: «mi paloma», «mi dulce amor», «mi cisne». La imitación es perfecta. Y el mago venga elevar los ojos al cielo e insistir en su soliloquio, utilizando una jerigonza que provoca la hilaridad general. En cuanto a la de Oliva, no es más que una sucia ramera. A cada cual lo suyo.

La Bastilla, de prisión del Estado se ha convertido entretanto, por un decreto real, en prisión judicial para que el Parlamento disponga de todos los poderes necesarios sobre los presos implicados en el asunto. Cambia de golpe el trato que hasta entonces había recibido el cardenal.

Adiós paseos, invitados, cenas exquisitas, lacayos... El 15 de diciembre se decreta la prisión del cardenal y éste es trasladado a un cuarto muy mal amueblado en una de las torres del castillo. El nuevo régimen lo afecta profundamente.

Los preliminares del proceso acaban de terminar a causa de las vacaciones del Parlamento. El procedimiento ya ha adquirido un sesgo ventajoso para el cardenal. Su suerte interesa cada día un poco más a la opinión pública. A partir de ahora, pasa a convertirse en la «ilustre víctima» de la despótica arbitrariedad real. Los imparciales, que hasta ahora carecían de opinión, empiezan a emocionarse y a tomar partido. Lo cual no impide las bromas y los chistes. En los cafés del Palais-Royal los hay a montones. Se dice que, mientras su caso esté pendiente de sentencia, Madame de la Motte no será excarcelada.

La instrucción, que durará cuatro meses, empieza el 11 de enero de 1786 con el interrogatorio del cardenal de Rohan.

Y el señor conde de La Motte
y Réteaux-el-buen-negocio...

Mientras su digna esposa la condesa no repara en medios, contradiciéndose, cambiando al día siguiente las declaraciones de la víspera, mostrándose a veces arrogante y a veces guasona, el señor conde de La Motte se pasea por Piccadilly.

Tras abandonar Bar-sur-Aube, emprendió el camino de Meaux y después el de Boulogne-sur-Mer. Antes de embarcarse con destino a Inglaterra, pasó tres días en la posada del León de Plata. Al llegar a Londres con los bolsillos llenos de diamantes y de letras de cambio, acudió de inmediato al taller del joyero Gray de New Bond Street, a quien vendió el resto de sus diamantes y también los que le había dejado en depósito.

Se pasea, muy cierto, pero no tan tranquilo como se podría pensar. Vergennes y el ministro de Justicia, Miromesnil, han pedido una orden de detención al Gobierno inglés. Mercy Argenteau sospecha que ambos ministros favorecen a Rohan. Entonces Breteuil intenta poner trabas a su actuación, pues todas las declaraciones que acusan a Madame de La Motte y a sus cómplices exoneran al mismo tiempo de culpa al cardenal.

Londres se niega a detener y extraditar al conde. El ministro insiste. Pide al encargado de negocios (puesto que el embajador, el conde de Adhémar, miembro del primer círculo de la Reina, suele estar más a menudo en el Trianon que en su embajada) que explique las circunstancias del delito y el rango de las personas interesadas en el caso. En vano. Las leyes inglesas lo impiden. Además, los Böhmer se niegan a firmar los poderes que permitirían actuar contra el conde. Ellos siempre mantuvieron tratos con el cardenal y siguen empeñados en no querer reconocer su relación con Madame de La Motte. Entregan, sin embargo, el diseño del collar y un minucioso inventario de las piedras con sus quilates correspondientes.

El secretario de Rohan, Ramon de Carbonnières, es enviado a Londres con instrucciones de Vergennes. Efectúa indagaciones y descubre rápidamente a los dos compradores de los diamantes así como al banquero encargado de enviar el dinero de la venta a su corresponsal en París. Obtiene unas declaraciones detalladas.

El conde de La Motte ha intuido la amenaza. Y, olvidando sus paseos matinales por el Green Park y sus citas galantes en Ranelagh, huye a Escocia. En Edimburgo, en una posada donde suele comer, establece contacto con un tal François Bénévent, cuyo verdadero nombre es Dacosta. Es italiano y está casado con una francesa. Dice que es profesor de lenguas modernas. La Motte no tarda en irse a vivir a su casa, haciéndose pasar por sobrino del viejo profesor. Dacosta, que ha descubierto la identidad de su huésped, escribe al embajador Adhémar a su regreso de Francia y le propone entregarle a La Motte por diez mil guineas. Advertido de la situación, Vergennes informa al Rey, que da su consentimiento. Envían a Londres al inspector Quidor. La detención del conde se tiene que practicar en Newcastle. Drogado por Dacosta, será conducido a Shields, el puerto situado en la desembocadura del Tyne, donde lo estará esperando un barco de transporte de carbón que zarpará de inmediato rumbo a Dunkerque. Todo está tan pautado como una partitura musical. Se prometen recompensas. Para Dacosta, para los agentes de la policía que intervienen en la aventura bajo las órdenes de Quidor y para el capitán. Pero, en el último momento, Dacosta se acobarda. Se embolsa las diez mil guineas y se lo cuenta todo a La Motte. La Motte, que es más listo que el hambre, en lugar de enfadarse se toma a broma la fallida aventura y después se desvanece.

Si el hábil Quidor fracasa en Inglaterra, lo mismo le había ocurrido un mes antes en Ginebra. Y eso que la pieza era muy importante.

El padre Loth había facilitado el nombre de un capuchino, un tal MacDermott, capellán de la embajada de Londres que había conocido antaño al padre y la madre del señor de La Motte. Este alegre fraile había dejado que el conde le contara mil cuentos chinos. Impresionado por las relaciones de este último en la corte, le había facilitado el nombre del banquero Motteux, el cual había transferido su dinero a su colega Perrégaux de la calle Sentier de París. En cuanto lo detienen, MacDermott suelta sin la menor dificultad todo lo que sabe. Y pone a la policía sobre la pista de Réteaux de Villette.

Quidor localiza a este último en Ginebra, donde vive bajo el nombre de Marc Antoine Durand. Consigue que los síndicos de la ciudad lo detengan. El policía lo visita varias veces en su celda. Réteaux, trabajado por el policía, empieza a perder el aplomo. Se derrumba cuando al policía se le escapa deliberadamente que la de Oliva ha sido «embastillada».

«¡En la Bastilla! ¡Dios mío! ¡Estoy perdido!» Quidor sonríe y le da a entender que, con un poco de buena voluntad por su parte, siempre habrá alguna manera de arreglarlo.

El 16 de marzo de 1786, Réteaux de Villette ingresa en la Bastilla.

El Papa enseña los dientes

Seis días después de la detención del cardenal, Vergennes, por orden de Luis XVI, ha informado al cardenal de Bernis, su embajador en la Santa Sede. La carta llega a Roma el 31 de agosto. Bernis, el mismo que jugaba a la «guerra pam pam» con la Pompadour y que fue el autor del ascenso de Choiseul, se queda sin habla. Aunque no pertenece a su círculo de íntimos amigos, conoce a Rohan, dieciséis años más joven que él. Desde 1758 se mostró partidario de su nombramiento para el prebostazgo del capítulo de Estrasburgo. Además, ambos son miembros de la Academia Francesa y ambos han sido embajadores.

Su cortesía, sus maneras pausadas, el fastuoso tren de vida que lleva, su habilidad negociadora, el tacto que puso de manifiesto en el asunto de la supresión de la orden de los jesuitas, convierten a Bernis en uno de los mejores diplomáticos de su tiempo.

Adivina que le han escrito esta carta con la intención de preparar oficiosamente al Papa para esta increíble noticia. En el transcurso de la audiencia se da cuenta de que el soberano pontífice, por su parte, ha sido advertido por su nuncio de la detención de Rohan. El papa Pío VI, el mismo a quien los franceses del general Berthier, después del asesinato del general Duphot en Roma, detendrán y encerrarán en la ciudadela de Valence, donde morirá en agosto de 1799, se muestra dolido por el hecho de que no se le haya comunicado oficialmente, como de costumbre, la medida prevista. No censura al Rey, pero a Pío VI no le cabe en la cabeza que el cardenal de Rohan haya podido cometer un delito. Además, se opone a que un cardenal pueda ser juzgado por un tribunal civil. Bernis se encarga de transmitir la respuesta. En la contestación le ruegan que tenga la bondad de disuadir al Papa de mezclarse en aquel asunto.

El Papa, antes incluso de que Bernis le pida una nueva audiencia, ya está al corriente de que el caso ha sido llevado al Parlamento de París. Le molesta que el propio Rohan haya elegido aquella jurisdicción, renunciando al privilegio por el cual, desde siempre, los tribunales seculares no pueden tocar a los cardenales. Ante la queja del clero de Francia por el allanamiento de sus privilegios, el Papa decide redactar un breve apostólico. Bernis le disuade. Entonces Pío VI intenta en una nueva intervención sugerirle al Rey una jurisdicción mixta que respete los respectivos derechos. De no ser así, se verá obligado a privar al príncipe Luis del cardenalato y el episcopado. Luis XVI se obstina en su decisión. Para evitar el escándalo, Bernis trata de encontrar alguna solución que satisfaga a ambas partes. Entretanto, José II entra en liza: el cardenal de Rohan es príncipe del Imperio y no se le puede tratar como a un simple acusado.

Cuando el Papa se entera de que el Parlamento ha decretado la prisión de Rohan, reúne de inmediato al Sacro Colegio. En febrero de 1786 el proceso ya se ha iniciado. Los veintiséis cardenales reunidos en asamblea, de la cual Bernis está excluido, deciden suspender temporalmente a Rohan en el ejercicio de los derechos que le confiere el cardenalato. El cardenal sólo se enterará una vez finalizado el juicio.

De todos modos, se ha encargado de informar personalmente a Bernis, mucho antes de que el Parlamento inicie su actuación, de su decisión de elegir esta jurisdicción, explicándole que sus abogados y su familia le han hecho comprender que, si rechazara a los jueces laicos y pidiera —aunque el Rey no le hubiera ofrecido la posibilidad de elegir— comparecer ante sus iguales, habría podido dar la impresión de que trataba de buscar un tribunal favorable a su causa. Su carta llega demasiado tarde: la víspera el Papa ha reunido al Sacro Colegio y se ha decretado la suspensión de sus derechos eclesiásticos.

Una vez finalizado el proceso, cuando Rohan recupere finalmente la libertad, éste podrá defender su causa ante el Santo Padre a través del cardenal Albani. En una nueva reunión, el Sacro Colegio le restituirá todos los derechos eclesiásticos.

Sin embargo, la opinión pública, que se ha enterado

de la decisión del Papa, no ve en ello más que una nueva muestra de la arbitrariedad real y un encarnizamiento de la corte contra el cardenal.

Esta decisión no impide en modo alguno que el abate Georgel siga dirigiendo los asuntos eclesiásticos del cardenal, del cual es vicario general, tanto en lo que respecta a la diócesis de Estrasburgo como a su cargo de gran capellán.

Ya próxima la Cuaresma, aprovecha la redacción de una carta pastoral con la que se autoriza el consumo de huevos para hacer alusiones explícitas al proceso. Compara a Luis XVI con Nerón y al cardenal con san Pablo encarcelado. El documento se fija en las puertas de todas las capillas reales, en la de Versalles la primera.

El 10 de marzo, el abate Georgel recibe una carta real de destierro firmada por el barón de Breteuil, el cual lo envía a Perche durante toda la Cuaresma para que aprenda a hacer tortillas...

Un carácter fuerte

Los interrogatorios y los careos de los acusados entre sí o con los testigos permiten entrever la verdad y también el carácter de la condesa de La Motte. Su careo con Réteaux y con la de Oliva, embarazadísima de su joven amante Beausire, parece una escena de exorcismo. Lanza invectivas, jura, rueda por el suelo, se contorsiona y confiesa finalmente la escena del bosquecillo. Agotada, se desmaya. Corren a buscar un frasco de sales. Uno de los carceleros de la prisión la toma en brazos para llevarla a su habitación. Ella recupera el conocimiento, le da un mordisco en el cuello y le hace sangre. Sorprendido, el mocetón grita y la deja caer al suelo.

Cada vez que se encuentra en una situación comprometida en presencia de testigos cuyas declaraciones coinciden, destruye el relato de la víspera y se inventa una nueva historia. El señor Target, el abogado del cardenal, se permite preguntarle al abogado Doillot, siempre perdidamente enamorado de la condesa de La Motte: «¿Cómo podéis confiar en una clienta que parece ahora querer que en el proceso no se mencionen sus recuerdos ahora que de sus recuerdos se borre el proceso?» En efecto, el abogado Doillot acaba de publicar un nuevo informe perfectamente contrario al anterior.

El público espera con impaciencia el informe que cada abogado tiene que dar a conocer. Se los quitan de las manos. Nunca hay suficiente. Y después, cada cual lo va comentando. El correspondiente a la de Oliva causará conmoción y será el que alcance la tirada más alta. El de Cagliostro, una auténtica novela de aventuras, es recibido como tal. El útimo en publicarse, pocos días antes del comienzo del juicio, resulta ser el del cardenal. Antes de entregarlo a la imprenta, Target ha leído ciertos pasajes a la Academia Francesa. Sus compañeros se muestran «encantados». El 16 de mayo se distribuye, bajo la columnata del palacete de Soubise. La muchedumbre es tal que está a punto de producirse un tumulto. La guardia montada se ve obligada a intervenir. Serán necesarias tres ediciones para saciar la sed del público. Target es comparado con Cicerón. Sus frases son muy recargadas y la obra muy bella. Sin embargo, no posee ni la arrebatada sinceridad del informe del señor Blondel, el abogado enamorado de su clienta Oliva, ni el exaltado carácter novelesco del informe del señor Thilorier, el abogado del conde de Cagliostro.

El cardenal languidece. El encierro lo hace sufrir. Le

han servido leche de un recipiente que contenía cardenillo y cree que lo han envenenado. Mandan llamar al médico Portal, que lo atiborra de quinina. No tarda en sufrir una crisis de cólicos nefríticos que lo dejan extenuado. Puesto que no puede establecer comunicación con el exterior, el médico es quien se encarga de la correspondencia con tinta simpática. En las notas se manifiesta de manera conmovedora la bondad de Rohan. Se preocupa por la suerte de los prisioneros. Por Cagliostro, por su mujer, por su secretario el barón de Planta, que sufren prisión por su causa. Recomienda a su abogado no olvidar jamás dar el título de «conde» al mago cada vez que lo mencione en su informe, pues, de lo contrario, éste podría disgustarse.

Sin embargo, cada vez que comparece en un interrogatorio, se sobrepone a todo y hace un buen papel. Cagliostro también aguanta el tipo. Pero, a su regreso a la celda, piensa en el suicidio. El alcaide manda apostar un guardia cerca de él. Cagliostro lo convierte en su nuevo público y le cuenta la prodigiosa historia de su vida; las aventuras que, desde Menfis y las pirámides, lo han llevado a aquel sombrío calabozo... y, poco a poco, recupera el gusto por la vida. La soledad le sentaba mal a este gran histrión.

El nombre de la condesa Du Barry figura en la lista de testigos. Madame de La Motte, en su afán por enmarañar las pistas para retrasar la marcha del proceso, facilita nombres de personas a las que ha conocido o con las que simplemente se ha cruzado una vez. Puesto que el famoso collar estaba inicialmente destinado a la favorita, ya se adivina la nueva historia que Madame de La Motte se dispone a bordar.

En lugar de rechazar el interrogatorio, la condesa Du

Barry se somete a él. Y, al día siguiente, tanto la *Gaceta de Leyde* como *La Correspondance* lo describen como muy animado.

Titon, consejero del Rey, le dice que se siente y después le pregunta a quemarropa su nombre:

—¿Mi nombre? Pero ¿qué tiene que ver eso? Por otra parte, no es posible que lo hayáis olvidado; soy conocida desde hace mucho.

—¿Vuestra edad?

—Bueno, señor, reconoced que la pregunta no es muy cortés que digamos. ¿Acaso se ha preguntado alguna vez la edad a una mujer bella?

—Puesto que la señora se niega a decirlo, escribano, anotad cincuenta.

—¿Y por qué no sesenta? Eso haría el interrogatorio más interesante.

Y todo lo demás en el mismo tono.

En su habitación, la condesa de La Motte no se deja vencer por el abatimiento sino que, por el contrario, se muestra cada vez más impaciente y ya no sabe qué inventarse. A falta de otros recursos, empieza a simular locura. Trata de mutilarse. Rompe todo lo que tiene a mano. Se niega a comer. Arroja la comida a la cara de los carceleros. Se subleva a la menor orden. Se niega a comparecer en los interrogatorios. En otros momentos se la oye reír o cantar. Ya no se viste. Desgarra los vestidos. Un día la sorprenden enteramente desnuda sobre la cama. Como último recurso, echa mano del misterio. Amenaza con revelar los nombres de los grandes personajes a los que ella ha protegido con su silencio.

En cada esquina de París se venden panfletos a escondidas. Las plumas se ponen en marcha. Los novelistas despliegan su imaginación. Aquí es el cardenal que, tras haber retozado un poco en el bosquecillo con la de Oliva, espera convertirse pronto en papá y primer ministro simultáneamente. Allí es el conde de La Motte que, expulsado de Londres, se encuentra en Constantinopla, circuncidado y con turbante. Por doquier, los divulgadores de chismes sólo tienen una frase en la boca: «¿Quién quiere alguna novedad sobre el caso? ¡Aquí la tengo!»

La instrucción ya ha terminado. De repente, cuando nadie se lo esperaba, un tal Bette d'Étienville, detenido por deudas y estafa en el Châtelet, escribe una carta al fiscal general, señalando que tiene unas revelaciones que hacer. Se abre una nueva instrucción.

Jean-Claude Vincent de Bette d'Étienville, burgués de Saint-Omer que vive, según afirma, honradamente de sus bienes, es un aventurero. De hecho, se trata del hijo de un obrero, casado con una solterona de sesenta años que, tras haber dilapidado su pequeña fortuna, la ha plantado para irse a correr aventuras en París. En él se combinan el rufián de baja estofa con el estafador.

En el café de Valois del Palais-Royal conoce el 8 de febrero de 1785 a un tal Augeard, que afirma ser el administrador de una dama de Courville. El administrador en cuestión le propone que ambos se dediquen a hacer de casamenteros. Una dama de categoría que tuvo un hijo de un gran señor quiere darle un padre al niño por medio de un matrimonio. Necesita un buen hidalgo. Duda un poco pero, al final, acepta. Establece contacto con un tal conde de Vinesacq, capitán de infantería y caballero de San Luis, a quien conoce de venderle agua de Colonia. El otro, que también lo conoce a él, rechaza la propuesta. No tarda en aparecer un tal caballero de Farges, que sí acepta. A partir de ese momento, se inventará una intriga por la que pasarán las sombras de Jeanne de La Motte, de un falso cardenal, de la famosa estafadora Madame du Pont de La Motte, alias condesa de Walburg-Frohberg, y de un tal canónigo Mulot.

Como las de Cagliostro, las aventuras de Bette d'Étienville apasionan al público. Nadie se molesta en averiguar si el personaje es real o imaginario.

Muy pronto salta a la vista que Bette quiere establecer una relación entre las numerosas estafas que ha cometido con los joyeros Vacher y Loque, y por las cuales ha sido encarcelado, con la estafa del collar. En el transcurso de un careo con el cardenal, éste afirma no haber visto jamás al personaje y jamás haber oído hablar de la tal señora de Courville.

En cambio, Madame de La Motte, que ve tal vez en él una tabla de salvación, respalda su declaración, dice haber conocido a la señora de Courville y asegura haber sido la amante del cardenal. Después, cambiando como una veleta, se desdice y confiesa que es un error, que ella jamás ha conocido al tal señor Bette. Finalmente, al ver que su preciosa novela se derrumba, Bette confiesa que tal vez se ha equivocado y se retracta de lo dicho. No ocurre nada más y Bette es devuelto a su celda del Châtelet.

La instrucción del caso del collar se cierra definitivamente el 22 de mayo.

9

¿Estafas, delito de lesa majestad o asunto de Estado?

El juicio

Una vez finalizada la instrucción, el Parlamento se reúne para el examen de los documentos del caso. Las dos cámaras suman sesenta y cuatro jueces. Los príncipes de sangre real y los pares de Francia han sido recusados. Una vez finalizada la lectura de los documentos, el Parlamento se reúne en sesión, el 30 de mayo, para la audiencia de los acusados. La víspera, 29 de mayo por la noche, los acusados han sido trasladados desde la Bastilla a la Conciergerie. El cardenal es colocado en el gabinete del jefe de escribanos, bajo la vigilancia del teniente de la Bastilla. Esta custodia militar provoca la primera reacción violenta en favor del cardenal. El consejero de Saint-Vincent ve en ella un obstáculo a la justicia. Protesta inútil que, sin embargo, aumenta el crédito de Rohan entre los parlamentarios.

Para acabar con el incidente el presidente Aligre pide que comparezca el primer inculpado.

Entra Réteaux de Villette. Es el primero en abrir la

sesión de los interrogatorios. Viste un frac de seda negra. Confiesa la parte que ha tenido en las intrigas de Madame de La Motte y reconoce haber escrito las palabras «María Antonieta de Francia» al pie del famoso documento, así como los «vistos buenos». No cree haber cometido una falsificación, añade, puesto que la Reina no firma de esta manera. Su agilidad le permite adelantarse a las preguntas con gran precisión. Allí donde adivina que puede, acusa al cardenal. Su interrogatorio dura más de dos horas y media.

Después de Réteaux, le toca el turno a Jeanne de La Motte. Se presenta con aire altanero y una irónica sonrisa en los labios. Luce un sombrero negro adornado con cintas y lazos y un vestido de raso gris azulado con el escote ribeteado de negro. Se ha echado sobre los hombros una manteleta de muselina bordada del mismo color. Mira de arriba abajo a la Asamblea. Al ver el banquillo, hace ademán de retroceder. Después avanza y se sienta en él con un gracioso movimiento. Se diría que ha acudido a aquella sala de justicia para conversar un rato. Sus respuestas son muy secas. Las palabras caen tan cortantes como una cuchilla. Da muestras de una gran presencia de ánimo. Nada la altera. Trata por todos los medios de confundir al «muy tunante». Y, para confundir al cardenal al que así llama, confiesa las cartas escritas por la Reina en la que ésta la tutea. A las esquelas amorosas siguen las citas secretas. ¿El bosquecillo? Ésa no fue más que una cita entre otras muchas. Echa hábilmente mano de las insinuaciones. ¡Pues claro que ha sido la amante del cardenal!

Se eleva un murmullo entre los magistrados, indignados de sus palabras. Ya es suficiente. El interrogatorio de más de tres horas se interrumpe. Jeanne se levanta y, al retirarse, efectúa unas reverencias con gesto provocador y burlón.

En cuanto se retira, quitan el banquillo. Acaba de entrar el cardenal con la sotana morada de los cardenales en Cuaresma, la sotana de luto. Sólo el capelo es rojo, y también las medias y los tacones del calzado. Lleva un pequeño manto de seda morada ribeteado de rojo y, sobre el pecho, la orden del Espíritu Santo junto con la cruz episcopal. Tiene la mirada apagada. Parece cansado, a punto de tambalearse. Saluda a sus jueces. El presidente lo invita a sentarse, accediendo a la petición de numerosos consejeros. Se lo ruega tres veces seguidas antes de que el cardenal acceda a hacerlo. Se acomoda en el extremo del banco donde suelen sentarse los funcionarios subalternos encargados de las investigaciones. El presidente lo interroga. Responde con mucho donaire. No oculta nada. Confiesa su ingenuidad. Su tono es noble y sublime. Impresiona por su valentía. Se niega a utilizar el menor subterfugio. Por un instante, el cansancio y la tristeza se apoderan de su persona. Se comprende entonces que es un hombre destrozado. Al cabo de dos horas, se retira. Saluda al tribunal. Los magistrados lo saludan a su vez mientras los ocupantes del estrado se levantan en señal de respeto.

Después del cardenal de Rohan le toca a la baronesa de Oliva, alias Nicole Leguay. El ujier regresa solo. Es que ha sido madre hace diez días y está dando el pecho a su hijo. Ruega humildemente a los magistrados que tengan unos momentos de paciencia. Le mandan decir que se tome todo el tiempo que haga falta. Finalmente, aparece. Va sencillamente vestida y está preciosa. Sus lágrimas y su angustia acrecientan su belleza. No puede responder a las preguntas. Reprime los sollozos. Toda la asamblea le manifiesta comprensión. Se escucha su declaración y la mandan retirarse.

Finalmente, como postre, aparece el conde de Cagliostro. «¡Cómo! ¿Que quién soy me preguntáis? ¡Un noble viajero!»

Estallan las carcajadas. No espera a la siguiente pregunta. Inmediatamente se lanza a un improvisado y florido relato acerca de su vida pasada. Es magnífico y espléndido en su charlatanería. Las ocurrencias se mezclan con las agudezas. Las palabras retumban, las frases deslumbran, ya no se sabe qué lengua utiliza. Se inventa una enorme empanada. Todos los miembros de la asamblea sienten curiosidad por saber qué saldrá de todo aquello. La cosa podría prolongarse varias horas más, pues parece no tener fin. El presidente se ve obligado a interrumpirlo para suspender la sesión. Casi lo felicita por su ingenio y su alegría.

Son las seis de la tarde cuando se conduce a los acusados de nuevo a la Bastilla. Una enorme multitud se agolpa alrededor del Palais. Los carruajes hacen su entrada en el patio de Lamoignon. La gente que allí se apretuja está deseando ver a Rohan y a Cagliostro. Pronuncia sus nombres. Los quiere ver libres. El cardenal permanece oculto al fondo de su vehículo. Cuando los gritos se hacen demasiado insistentes, se acerca a la ventanilla y saluda. Se le ve cohibido. En cambio, el que no está cohibido en absoluto es Cagliostro, el cual, del otro lado de la ventanilla de su carruaje se mueve, saluda, lanza besos, arroja su sombrero a la multitud.

Al día siguiente, 31 de mayo, el Parlamento tiene que dictar sentencia. La apertura de la sesión está prevista para las seis de la mañana. Una hora antes la gente ya ha invadido el patio de Mayo, los pasillos del Palacio de

Justicia, las calles y plazas de los alrededores. De repente la multitud se divide para dar paso a un cortejo de grandes personajes vestidos de luto. Unos guardias también vestidos de negro encabezan la marcha. Son en total diecinueve y se sitúan a la entrada de la gran sala. La multitud enmudece. El cuadro que ofrecen es impresionante. Su silencio, todavía más. ¿Quiénes son? Varios nombres circulan entre los presentes. Son los familiares del cardenal. La condesa de Brionne, la condesa de Marsan, el duque de Montbazon, el príncipe de Soubise, los Guéménée, los Rohan-Rochefort, unos representantes de la casa de Condé. No tardan en aparecer los sesenta y cuatro magistrados en un lento desfile. Los altos personajes de luto se inclinan en una profunda reverencia delante de cada uno de ellos, deseosos de presentar como única petición su noble figura y su triste silencio. Excepto la condesa de Brionne, la cual se ha levantado de buena mañana para tener ocasión de pasar por el gabinete del presidente Aligre y decirle que ella ya sabe que es una criatura de la corte, vendida al poder.

Las puertas se cierran tras la entrada del último consejero. El Parlamento se reúne en sesión. El presidente pide al fiscal general Joly de Fleury, de quien se sabe que es adicto a la corte, que dé lectura a sus conclusiones. Pide que el documento firmado por «María Antonieta de Francia» sea declarado fraudulento, una falsificación. Pide para Réteaux de Villette y el conde de La Motte, juzgado en rebeldía, una condena de cadena perpetua a trabajos forzados; para Madame de La Motte la pena del azote, la marca con hierro candente y la condena a cadena perpetua en la prisión de la Salpêtrière; el cardenal tendrá que presentarse en un plazo de ocho días en la gran sala para declarar que se arrepiente de haber dado crédito a la cita del bosquecillo, contribuyendo así a inducir a error a los joyeros, haciéndoles creer que la Reina estaba al corriente de la operación. Finalmente, deberá renunciar a sus cargos y mantenerse alejado de por vida de las residencias reales...

Las conclusiones, muy duras para Rohan, se han redactado en contra del parecer del fiscal adjunto Séguier, a cuyo criterio deberían haberse sometido según la costumbre.

—¡Que no se haya pura y llanamente absuelto al cardenal! —exclama enfurecido Séguier. Después añade, dirigiéndose al fiscal general Joly—: ¿Qué me importa que cubráis vuestro informe de ignominia? ¡Pero, por el amor de Dios, no nos obliguéis a compartirlo!

Momentáneamente desconcertado, Joly lo mira con arrogancia y exclama:

—¡Vuestra cólera no me sorprende lo más mínimo, viniendo de un hombre entregado al libertinaje que no tiene por menos que defender al cardenal!

—Cierto que a veces visito a las mujeres de mala vida y dejo mi carroza delante de su casa. Eso es un asunto privado. Pero, en compensación, jamás se me ha visto vender vilmente mi opinión a la fortuna...

Ya lo ha dicho: Joly de Fleury está vendido a la corte. Bajo el impacto del insulto, el fiscal general palidece. Es verdad que ha hecho todo lo posible por impedir la publicación del informe del señor Target, y que lo ha querido someter a censura pese a que Target se abstiene en él de disparar contra la Reina, el Rey y sus ministros, y especialmente Breteuil. Sin embargo, el público, que adivina muy bien lo que le falta, se encarga de añadirle sus propias flechas, las cuales resultan por ello tanto más hirientes. El fiscal general también ha hecho todo lo posible por impedir que el Parlamento se traslade a Versalles para oír el testimonio de la Reina.

El presidente Aligre impone silencio para que cada consejero se pueda pronunciar en voz alta y explicar su voto.

El Parlamento declara falso por unanimidad el contrato firmado por María Antonieta de Francia. También por unanimidad, Madame de La Motte-Valois es declarada culpable. Sin embargo, cuando se trata de imponer la pena, Robert de Saint-Vincent pide la de muerte. Es una maniobra para excluir de la sentencia a los trece consejeros clericales contrarios al cardenal de Rohan, exceptuando los abates Sabatier y Terray. En efecto, los consejeros eclesiásticos no pueden participar en un proceso en el que se pide la pena de muerte. En cuanto se retiran los consejeros eclesiásticos, el Parlamento condena por unanimidad a Jeanne a ser azotada, marcada a fuego con la letra V y encarcelada de por vida en la prisión de la Force del hospital de la Salpetrière, una vez confiscados sus bienes. El conde de La Motte es condenado en rebeldía a cadena perpetua y también a ser marcado a fuego. Réteaux de Villette es condenado al destierro. Nicole Leguay de Oliva es «ajena al proceso», lo que equivale a una absolución pero con una ligera sombra de culpa. Cagliostro es exonerado de cualquier acusación. Cuando llega el momento de decidir la suerte del cardenal de Rohan, los consejeros instructores Titon y Dupuy de Marcé se atienen a las conclusiones del fiscal del Rey. El primer consejero en tomar posteriormente la palabra resulta ser el decano de la asamblea, que, por el contrario, se muestra partidario de una absolución pura y simple. Robert de Saint-Vincent es del mismo parecer. Para explicar su voto, éste se lanza a un largo discurso en el que ataca con dureza las conclusiones del fiscal general. Son unas conclusiones dictadas por un ministro. Jamás han sido redactadas en el gabinete del ministerio fiscal. El cardenal príncipe de Rohan ha sido engañado sin duda, pero su buena fe permanece incólume. Por consiguiente, una condena que dejara en el aire algunas dudas acerca de su inocencia arrojaría el oprobio sobre el Parlamento. Pide que el cardenal sea exonerado de cualquier acusación. Fréteau, y después Outremont, exigen la puesta en libertad, lisa y llanamente. El Parlamento está dividido. El presidente Aligre reconoce que sólo se puede acusar al cardenal de una falta de lesa majestad y echa mano de todo su talento para conseguir que el cardenal sea declarado «ajeno al proceso» y se le exija que confiese públicamente la falta cometida contra la Reina.

Después de diecisiete horas de deliberaciones, a las diez de la noche, la asamblea se pronuncia. Veintidós parlamentarios han votado a favor de declararlo «ajeno al proceso». Veintiséis por su puesta en libertad sin más trámite.

Cuando la muchedumbre del exterior se entera del veredicto, se oyen gritos de júbilo. Se encienden las luces. Las verduleras acuden corriendo al patio de Mayo con ramilletes de rosas y coronan de flores a los magistrados, a los que abrazan. Por doquier no se oye más que un grito: «¡Viva el Parlamento! ¡Viva el cardenal!» Aún no se grita «muera la Reina», pero se respira en el aire un deseo de hacerlo. Mirabeau, que ha seguido el caso, se pregunta adónde habría tenido que huir el Parlamento en caso de haber pronunciado una sentencia contraria al cardenal.

El cardenal y Cagliostro sólo abandonan la Bastilla hacia las once de la noche del día siguiente. Rohan cruza una ciudad rebosante de gozo. Pero eso no durará demasiado. Una cosa es París y otra Versalles. Sabe muy bien que la escena del bosquecillo, arrojada a la opinión pública, lo enemistará para siempre con el Rey. En cuanto a la Reina, ahora ya sabe que ésta siempre estuvo en su contra.

María Antonieta ha recibido la noticia de la sentencia como un insulto personal. No se engaña. Limpiando al cardenal, es a ella a quien una parte del Parlamento ensucia indirectamente. A los ojos de la opinión pública no cabe la menor duda de que ella es culpable. ¿Culpable? Pero ¿de qué, Dios mío? Ni por un instante se le ocurre la idea de que, en el fondo, ella misma, con su conducta, su ligereza, sus contradicciones, sus imprudencias pasadas, ha permitido el desarrollo de esta increíble intriga. De las soberanas no ha conservado más que la arrogancia y un desprecio típicamente austriaco; por lo demás, pretende ser una mujer libre y moderna. Una especie de actriz graciosa que seduce con sus caprichos. Se dice de las actrices que son superficiales. Por consiguiente, es normal que se la acuse de serlo.

María Antonieta vierte lágrimas de cólera. El Parlamento no ha impartido mal la justicia, sino que le ha fallado.

Escribe a la Polignac: «Venid a llorar conmigo, venid a consolar a vuestra amiga...» No hay más que dos escaleras y dos o tres antesalas que atravesar para plantarse en los aposentos de su favorita. En otros tiempos se hubiera trasladado corriendo a ellos. Pero la situación ha cambiado. María Antonieta, desde que sabe que Vaudreuil, el amante de la duquesa, ha tomado partido por el cardenal de Rohan testimoniándole su simpatía, no siente el menor deseo de encontrarlo allí. Cuando tiene que ir a los aposentos de la duquesa, manda un criado a preguntar primero quién está presente. La Polignac, conocedora de estas precauciones, se molesta hasta el extremo de haberse permitido la insolencia de decirle a la Reina: «Vuestra Majestad me hace el honor de sus visitas. Pero no es una razón suficiente para que pretenda excluir a mis amigos.»

María Antonieta está cansada. Se encuentra en el último mes de un embarazo que la agota. La visita de su hermano el archiduque Fernando y de su mujer Beatriz de Este le sienta muy mal. En cuanto éstos vuelven la espalda, se refugiará en la Aldea del Trianon para jugar a la pastora. La hija que le nacerá a principios de julio sólo vivirá un año. Después de este nacimiento, la Reina, de común acuerdo con Luis XVI, decidirá no compartir jamás el lecho con su esposo. Algunas semanas más tarde, cuando acuda a la Comedia Francesa, será recibida con abucheos. Por temor a que provoque un movimiento de hostilidad, se retirará del Salón de Octubre su último retrato pintado por Madame Vigée-Lebrun.

Crosne, el teniente general de la policía de París, se verá obligado a enviar una carta muy diplomática al ministro de la Casa Real para disuadir a la Reina de que se deje ver de momento en la capital.

Al día siguiente de la sentencia, Luis XVI se muestra indignado. Ha descifrado el sentido del veredicto. Con la fama de frívola y de inconsecuente que se ha ganado su mujer, con sus favoritos y favoritas de dudosa moralidad —¿acaso el conde de Besenval no ha recibido el apodo de «el suizo de Citerea»?—, el Parlamento ha considerado que el cardenal pudo creer de buena fe que la Reina de Francia era capaz de conceder citas nocturnas en los bosquecillos del parque de Versalles. El Parlamento no tiene sin embargo ningún motivo para considerarlo culpable de presunción y, con más razón, culpable de lesa majestad. En su fuero interno, Luis XVI cree a Rohan culpable no sólo de ofensa a la Reina sino también de estafa. En lugar de aceptar el veredicto o de tomarse las cosas con calma y esperar a ver cómo reacciona el cardenal —es evidente que éste no tendrá más remedio que presentar su dimisión y alejarse voluntariamente de la corte—, escribe de inmediato a Breteuil: «El señor ministro de Justicia me ha informado del veredicto por el cual se retiran todos los cargos. Por consiguiente, daréis orden al señor de Launay de permitir la salida de la Bastilla al cardenal de Rohan y a Cagliostro. Sin embargo, puesto que la Reina está particularmente implicada en el asunto del collar y de los diamantes, en el cual él ha tenido tanto que ver, ordenaréis al cardenal la presentación de su dimisión del cargo de gran capellán y la entrega de la condecoración que éste lleva aparejada. Le ordenaréis abandonar París en un plazo de tres días, no ver a su familia ni a sus abogados y trasladarse a su abadía de La Chaise-Dieu, donde espero que se vea con muy poca gente. Ordenaréis a Cagliostro abandonar París en un plazo de ocho días y este reino en el de tres semanas.»

Por su parte, sabiendo muy bien que el Rey no se detendrá allí, el cardenal le escribe una carta para presentarle su dimisión y devolver el collar del Espíritu Santo. Ha perdido veinticuatro horas. Cuando el ministro Vergennes acude a ver al Rey para entregarle la carta, ya es demasiado tarde. Breteuil, enfermo pero siempre animado por el mismo celo cuando se trata de atacar al enemigo, ha entregado su mensaje en el palacete de Estrasburgo.

La noticia del exilio del cardenal recorre París y París

empieza a refunfuñar. Refunfuña y también compone canciones satíricas.

> *El Parlamento lo ha liberado,*
> *el Rey a La Chaise lo ha enviado.*

Rohan se ha convertido en un emblema, en una especie de mártir del despotismo real. El 5 de junio abandona París. Y, emprendiendo el camino del exilio, sale simultáneamente de nuestra historia.

Para terminar de una vez con el cardenal de Rohan y el abate Georgel

El cardenal es un hombre roto, acabado. Todos los sueños que albergaba se han desvanecido. Sólo desea liquidar el pasado. Mucho antes del comienzo del proceso y de su ingreso en la Bastilla, ha mandado depositar en el despacho de su notario un escrito por el cual las rentas de su abadía de Saint-Waast serán, a partir de aquel momento, entregadas a los Böhmer hasta la extinción de su deuda, es decir, 1.919.892 libras, el precio del collar más los intereses.

Permanece muy poco tiempo en su exilio de la Auvernia. Su salud se ha resentido considerablemente en la cárcel. Los inviernos de La Chaise-Dieu son muy crudos, por cuyo motivo se le permite trasladar sus vacaciones forzosas a la abadía de Marmoutier, en Turena. Pronto se le permitirá residir en su palacio de Saverne y, en 1788, recuperará su arzobispado de Estrasburgo. Es recibido por una delegación de notables de la provincia y por los representantes de la comunidad judía. Al año siguiente, el clero de Haguenau lo elige por aclamación diputado en los Estados Generales. Los acontecimientos se precipitan. Toma de la Bastilla, abolición de los privilegios, Declaración de los Derechos del Hombre y del Ciudadano, el Rey y la Reina conducidos a la fuerza a París. El cardenal sigue los acontecimientos desde el palacete de Estrasburgo. Como diputado de la Asamblea Nacional, manifiesta su adhesión a la realeza en contra de los intereses de los enemigos de la corte que desean servirse de él y convertirlo en víctima ejemplar del despotismo. El 31 de agosto de 1790 presenta su dimisión como diputado. Rechaza la Constitución Civil del clero y, cruzando la frontera, se instala en Ettenheim, capital de la parte alemana de su diócesis de Estrasburgo. Allí acoge a los emigrados, los sacerdotes rebeldes, y vive muy modestamente, ocupándose sólo de sus deberes pastorales. «Alejado de las intrigas de la corte, el señor cardenal príncipe de Rohan se consagra al bienestar de su diócesis. Privado por la Revolución de sus cuantiosas rentas, lleva una existencia frugal... Reparte los beneficios de su generosa economía entre los eclesiásticos emigrados de su diócesis, tendiendo sus liberales manos a los sacerdotes franceses que él sabe necesitados de ayuda.» Este cuadro nos ofrece una imagen muy distinta del prelado disoluto y de las «locuras del cardenal». Pero ¿a quién pertenecen estas frases que exhalan casi un aroma de santidad? Al abate Georgel, su fiel servidor, que hemos dejado exiliado en Mortagne.

Una vez finalizado el juicio, el abate Georgel no ha recibido autorización para regresar a París. Por su parte, el cardenal le ha retirado su confianza. Por lo visto, expuso sin pedirle permiso el estado de sus finanzas y adoptó con sus acreedores disposiciones que no fueron del agrado del príncipe.

Los años felices también han terminado para él. Poco a poco llega el crepúsculo. Sexagenario, sólo le queda retirarse a Bruyères, en los Vosgos, la pequeña localidad que lo vio nacer.

Vuelve a encontrarse entre sus hermanos y sus sobrinos y lleva una existencia apacible en la casa familiar que ha embellecido durante sus años de prosperidad. El obispo de Saint-Dié lo considera su amigo. Disfruta de la felicidad del sabio a la espera de la Revolución. Cuando ésta llama a su puerta, trata de adaptarse y llegar a un acuerdo con ella. Pero eso dura muy poco. El párroco renegado de Bruyères busca pelea. Y muy pronto le aconsejan expatriarse. ¡No es una orden, eso no! De momento, sólo se trata de un consejo.

Con el breviario bajo el brazo y provisto de las notas que le servirán para escribir sus memorias, pasa el puerto del Bonhomme para llegar a Brisgau. Friburgo le parece un lugar lo bastante agradable para instalarse en él. Y, además, pertenece al territorio del Imperio, y él cuenta con algunos apoyos en Viena. Allí se ha refugiado la condesa de Brionne, que sigue estando muy bien considerada. Más cerca, en Ratisbona, se ha instalado la condesa de Marsan, que vive de una pensión concedida por el zar Pablo I.

Todavía le quedan veinte años de vida. La frontera no está lejos, puede oír los ruidos de la Revolución. Goza de una completa libertad de movimientos. Reza un poco e intriga mucho simplemente para no perder la costumbre.

Visita a su antiguo señor, el cardenal, en Ettenheim. Y, a pesar de que en las memorias que ha empezado a escribir nace una descripción poco halagüeña de él, ahora vuelve a caer bajo su hechizo. Hace una angelical descripción de un Rohan camino de la beatificación.

A diferencia del cardenal, él no ha encontrado el sosiego. Persigue a la reina María Antonieta con ánimo vengativo; y a ello se añade el odio que le inspiran Mercy Argenteau y Breteuil. Según él, este último, exiliado en Bruselas, vive en la abundancia mientras que los demás emigrados se mueren de hambre. Espíritu colérico, despótico y mezquino, siempre según el abate, es la personificación de la presunción y de la altivez. Mercy, que ha terminado por casarse con Marie-Rose Levasseur, la intérprete de Glück de la cual ha tenido tres hijos, sólo merece su desprecio. Es un ser muy limitado.

Muy pronto se le presentan nuevas aventuras. Su fama de hombre de acción ha llegado hasta el capítulo alemán de los caballeros de San Juan de Jerusalén, por cuyo motivo se le propone incorporarse a la delegación que la orden envía al zar Pablo I. En efecto, el autócrata, a pesar de pertenecer a la religión ortodoxa, se propone acoger a la orden bajo su protección, tras la caída en manos de Napoleón de la isla de Malta, residencia del gran maestre.

A sus sesenta y ocho años cumplidos, el abate, siempre ávido de acción, acepta el ofrecimiento. El 25 de septiembre de 1799, sube a un carruaje. Por el camino de San Petersburgo, se detiene tres semanas en Viena. Justo el tiempo suficiente para experimentar la nostalgia del tiempo pasado. Ya no encuentra allí a las bellas mujeres que alegraban las cenas del príncipe Luis.

Al pasar por Mittau, acude a saludar al conde de Provenza, residente en dicha ciudad. Convertido en Luis XVIII, este príncipe mantiene a su alrededor la estricta etiqueta de una corte de pacotilla. El Rey lo recibe con benevolencia. La duquesa de Angulema, Madame Royale, la única superviviente de la prisión del Temple, cree desmayarse cuando le mencionan al abate, pues el asunto del collar sigue estando muy presente en el espíritu de la familia real.

¡Finalmente San Petersburgo! Pasa varios meses allí y todo el mundo lo agasaja y le hace consultas cual si fuera un oráculo. Pero, como todo lo bueno termina, un año más tarde regresa a Friburgo. No tarda en aprovechar el senadoconsulto que abre las fronteras a los emigrados para regresar a Bruyères, donde recupera a su familia y su casa intacta.

Por su parte, el cardenal de Rohan prefiere permanecer en el exilio. Presenta al Papa su dimisión del obispado de Estrasburgo, otorga testamento en favor de su prima segunda, la señorita de Rohan-Rochefort, prometida con el duque de Enghien, y muere el 17 de febrero de 1803. Lo entierran en la iglesia de Ettenheim. Un año más tarde, en Ettenheim, donde se ha retirado tras ser licenciado del ejército de Condé, el duque de Enghien será apresado por los esbirros de Bonaparte. Conducido a Vincennes y juzgado sumariamente en un consejo de guerra, será fusilado aquella misma noche en los fosos del castillo.

El abate Georgel vivirá diez años más. Rechazará el obispado que le ofrece el jurisconsulto Portalis, por entonces director de Asuntos Eclesiásticos, que está preparando en secreto el Concordato. El abate muere en 1813, rodeado por su familia. Napoleón manda secuestrar de inmediato sus memorias. Con la llegada de la Restauración, éstas serán devueltas a su familia. Se publicaron en 1817 y hacia el final se advierte en ellas un vago arrepentimiento de las intrigas pasadas que tanto daño causaron a María Antonieta.

En cambio, el cardenal permaneció en silencio cuando le anunciaron la muerte de la Reina en el cadalso. Ni una sola palabra, ni una sola frase. ¿Insensibilidad? Por supuesto que no. ¿Silenciosa complacencia por la muerte de su más fiel enemiga? Tampoco. La prisionera del Temple, denigrada e insultada incluso en su papel de madre, ha muerto como Reina mártir. Esta mujer ya no tiene nada en común con la que él conociera antaño. Es como si perteneciera a otra vida. La de la leyenda. Ha sabido ganarse su redención. Para sí mismo sólo pide el olvido.

¿Y los demás?

En su celda de la Conciergerie, Réteaux de Villette escucha la sentencia, que lo sorprende. Lo conducen inmediatamente a la frontera. Volverá a aparecer unos quince años más tarde en Venecia, donde publicará sus memorias... A partir de allí, se pierde su rastro.

Al término del proceso, Nicole Leguay es puesta en libertad. Su abogado, el señor Blondel, que sigue enamorado de ella y está dispuesto a convertirla en su esposa, la lleva a su casa de la calle Beaubourg. Sin embargo, Toussaint Beausire, el padre del niño al que ella ha dado a luz en la Bastilla, decide regularizar su relación. Reconoce al hijo y se casa con la madre.

Jean-Baptiste Toussaint de Beausire es un bribón perteneciente a una familia de arquitectos de la antigua burguesía parisina. Huérfano a los diez años, muestra muy poca inclinación por los estudios. Se relaciona con la chusma y a los trece años tienen que encerrarlo en un reformatorio por haberle aligerado los bolsillos a su preceptor. Cuando sale, su tutor pretende facilitarle una formación que le permita convertirse en fiscal del Châtelet. ¡Fiscal pudiendo convertirse en estafador, menuda ocurrencia! Empieza a frecuentar a las mujeres de mala vida y a visitar las tabernas. Su padre le ha dejado una bonita fortuna para la época. La dilapida y contrae deudas. Asume el título de conde y afirma estar relacionado con el príncipe de Condé y el conde de Artois. Lo que mejor se le da son las estafas a los joyeros. Sale de una cárcel para entrar en otra. Quiere ser soldado y se embolsa la prima de alistamiento. ¿Dragón yo? ¡A vuestras órdenes, mi coronel! ¡A vuestras órdenes! Y desaparece sin más. El asunto es grave, el príncipe de Poix, a quien pertenece el regimiento, reclama a su dragón. Para salvarlo de las persecuciones, lo manda encerrar mediante una carta de destierro en una institución de Picpus regentada por los esposos Sainte-Colombe. Allí su camino se cruza con el de Saint-Just. En cuanto abandona la institución de los Sainte-Colombe, un consejo de familia lo incapacita. Todavía es menor de edad y ha dilapidado la mitad de su fortuna. Cada mes le pasan una pequeña renta. Rápidamente se le vuelve a ver en los jardines del Palais-Royal. Allí traba relación con Nicole Leguay.

Nada más casarse empieza a pegar a su mujer, le roba el dinero y empeña sus joyas en el monte de piedad. Nicole no tiene más remedio que acudir a la policía. Prefiere cualquier cosa, incluso el convento, antes que regresar al hogar conyugal. Le encuentran uno, ingresa en él y no tarda en consumirse de aburrimiento. Al aburrimiento se añade la tuberculosis. Necesita respirar aire fresco. Abandona su convento parisino para irse a otro de Fontenay-sous-Bois. Muere en él el 24 de junio de 1789.

Beausire sigue adelante con su carrera de libertino sin preocuparse ni por la madre ni por el hijo. Su presencia se hace notar durante la toma de la Bastilla. De repente se le ha despertado el alma revolucionaria. Se afana y se agita. Se le ve, vestido de mujer, entre las verduleras que marchan sobre Versalles. En 1793 es denunciado como un «antiguo», es decir, un aristócrata ligado al antiguo príncipe de Condé y al antiguo conde de Artois. Para salir de la cárcel, Beausire cree que el medio más seguro es denunciar a los compañeros de cautividad cuyas conversaciones escucha. Se convierte así en delator y proveedor de cabezas para la guillotina. Se venga de uno de sus parientes, Louis Pierre Moreau, director de las obras de construcción de la ciudad, señalándolo como ferviente monárquico ante Fouquier-Tinville. Moreau es detenido, juzgado y guillotinado. A él se debe una parte de la fachada del Palais-Royal en la rue Saint-Honoré. Bajo el soplo de los vientos de Termidor y gracias al celo demostrado, el antiguo aristócrata Beausire acaba convertido en cómplice de Fouquier-Tinville. Escapa por los pelos de la guillotina. Se pierde su pista y algún tiempo después lo vemos convertido en fiel servidor del Imperio, casado y padre de seis hijos. La Restauración lo promueve al cargo de recaudador de impuestos del Pas-de-Calais. Ya no queda la menor traza en este burgués vestido con levita oscura, sombrero y corbata, del pisaverde insolente que seducía a las beldades del Palais-Royal y, por la mañana, les robaba las joyas. El 3 de febrero de 1818 entrega su alma a Dios.

Sombrío destino el de Toussaint Beausire, digno de los más siniestros personajes de Balzac. Este apuesto y jovial mozo, amante guasón, a menudo en situación delicada con la justicia, convertido en delator y criminal durante la Revolución para acabar transformado en notable, no desmerecería de la larga lista de turbias figuras que se pasean con total impunidad por *La comedia humana*.

El conde y la condesa de Cagliostro esperaban vivir

tranquilos y hacer su agosto con nuevos primos a los que engañar. Así pues, la pareja se encuentra en su residencia de la calle Saint-Claude cuando la mañana del 2 de junio se presenta el inspector de policía Brugnières. La condesa cree desvanecerse. Cagliostro lo mira de arriba abajo y se sube a la parra: «¡Cómo, expulsarme a mí de Francia como si fuera un criminal!»

Apela a la Revolución, se pone poético, llama como testigos a sus criados. Los viandantes se detienen en la calle para oírlo tronar. Jura que, si algún día regresa a Francia, la Bastilla donde él languideció durante seis meses en un calabozo será destruida. «¡Sí, arrasada! Un paseo público ocupará su lugar. Francia estará gobernada entonces por un príncipe que abolirá el poder arbitrario de las órdenes de destierro, vos ya me entendéis, señor Brugnières. Convocará vuestros Estados Generales. Semejante príncipe actuará de acuerdo con el principio según el cual el abuso de poder destruye el poder...»

Dicho lo cual, ordena que se cierre su casa y envía a la condesa a esperarlo en Saint-Denis mientras él se va a Passy. Pero ¿a qué lugar de Passy? Al castillo del marqués de Boulainvilliers, donde Helvétius, miembro fundador de la francmasonería, se alojó durante algún tiempo y donde vive todavía su mujer. Los miembros más leales de su logia montan guardia armados hasta los dientes mientras el todo París masón se apretuja a su alrededor para decirle adiós.

El 13 de junio se reúne con la condesa de Cagliostro en Saint-Denis, donde come en L'Épée Royale con los amigos que se han empeñado en acompañarle en su camino. Una comida de cincuenta cubiertos. Cuando intenta pagar la cuenta, el posadero se niega a cobrar. El banquete lo han encargado los comensales.

«¿Cómo? ¿Pero acaso no sabéis que allí donde se encuentra el conde de Cagliostro tiene que ser él quien pague la cuenta?» Y el que haga sonar la bolsa.

Cuatro días después los Cagliostro están en Londres. En París, su abogado y el suegro de éste, el consejero Eprémesnil, se exceden en sus atribuciones: destinan al Châtelet al marqués de Launay, director de la Bastilla, y al comisario Chénon. El incómodo mago de quien todos creían haberse librado de una vez por todas reclama cien mil libras por los fondos sustraídos de su casa de la rue Saint-Claude, que no había sido sellada; cincuenta mil por los manuscritos perdidos y otras cincuenta mil por las brutalidades cometidas por el comisario con el detenido. El abogado publica un nuevo informe cuyo éxito es tan grande como el de los anteriores. Al mismo tiempo, Cagliostro publica su *Carta abierta al pueblo francés*. En París la gente se arranca los ejemplares de las manos. En Versalles sólo ven en ello el libelo de un masón empeñado en fomentar una rebelión, la profesión de fe de un iluminado. Cagliostro reproduce y amplía en la obra las conversaciones mantenidas con el teniente Brugnières. En realidad, el manifiesto es obra del consejero Eprémesnil, el cual habla de «desborbonizar» Francia y dejar que la gobierne el Parlamento.

Luis XVI ya ha vislumbrado fugazmente la trampa. Puesto que la ejecución de sus órdenes por parte de sus propios funcionarios ya ha sido puesta en tela de juicio, sólo a él corresponde juzgarlos. Inmediatamente prohíbe a las partes presentar recurso en otro lugar. De esta manera, el asunto que los abogados de Cagliostro quieren hacer público se ve privado de cualquier publicidad. El 4 de julio el barón de Breteuil hace saber al conde de Adhémar, en Londres, que Su Majestad autoriza al señor

Cagliostro a trasladarse a París, donde podrá residir libremente durante su proceso. Pero todo ello se traduce en una desventaja para el conde. La opinión pública empieza a cambiar poco a poco. El conde no tarda en convertirse en un simple estafador y embaucador. Pese a lo cual, su carta a los franceses perdurará en las mentes y acelerará la Revolución. Tres años después de su publicación, con una diferencia de pocas semanas, la Bastilla caerá.

En Londres, Cagliostro tropieza con dificultades. El embaucador queda al descubierto. Se organizan campañas de prensa contra él. *Le Courrier de l'Europe*, al servicio de la embajada de Francia, lo machaca en cada una de sus ediciones, en las cuales revela su pasado. Él se parapeta en su casa de Sloane Street. Para consolarse, se atiborra de espaguetis que le prepara su cocinero Agostino. Ve espías por todas partes. Cree que alguien busca su perdición. Se irrita. Quiere devolver golpe por golpe. Tanto en Londres como en París ya nadie se engaña en cuanto a la identidad del mago. El conde Alexandre y la condesa Serafina no son más que Giuseppe y Lorenza Balsamo. ¿Acaso no se había encerrado antaño, en 1773 o 1774, a una tal Lorenza Balsamo en Sainte-Pélagie?, se pregunta el comisario Fontaine... Consulta los registros. ¡Pues sí! Una bella italiana, acusada por su marido de libertinaje.

Cada vez que la prensa publica nuevas informaciones, Cagliostro sospecha de su mujer. Y le propina una soberana paliza.

Harto de tantos embrollos, abandona precipitadamente Londres, dejando a su mujer el encargo de liquidar su casa. El 5 de abril de 1787 ya está en Basilea. El 17 de junio su querida Serafina se reúne con él. El 14 de julio

Luis XVI declara al Consejo de los Despachos que la demanda del señor Cagliostro es inadmisible e infundada y lo condena al pago de las costas... Y en este punto Cagliostro y su mujer salen de nuestra historia. Bástenos saber que, a su regreso a Roma, tres años más tarde, ambos serán detenidos. Él será encerrado en el Castel Sant'Angelo de donde pasará al tribunal de la Inquisición. Condenado a pena de muerte, conmutada por cadena perpetua, ya no saldrá de las mazmorras del Santo Oficio. Trasladado a la terrible fortaleza de San Leone, que data de la época de los Malatesta, allí morirá el 23 de agosto de 1795 de un ataque de apoplejía. La condesa, convertida de nuevo en Lorenza Balsamo, de soltera Feliciani, a cambio de su colaboración con el tribunal de la Santa Inquisición gozará del privilegio de terminar sus días en la paz de un convento romano, a expensas de la Iglesia.

10

Los La Motte
aún no han dicho su última palabra

Azote y hierro candente

Jeanne de La Motte no regresa a la Bastilla tras su comparecencia ante el Parlamento. No alberga la menor duda en cuanto a la sentencia que le espera. Pasa el rato jugando al piquet con el hijo mayor del señor Hubert, encargado del registro de la Conciergerie. Forja planes. Cuando recupere la libertad, venderá sus casas y sus muebles y se marchará a Inglaterra.

Una palabra de más del señor Hubert, con quien ella suele comer, una alusión a un probable convento al que cabe la posibilidad de que la envíen mediante una orden de destierro, la saca de sus casillas. En semejantes ocasiones pierde los estribos, rompe platos y derriba muebles. Un día intenta cortarse las venas del cuello con los pedazos de un orinal roto. «No, antes la muerte que una prisión donde no tendría el derecho de denunciar las injusticias y los ultrajes que he tenido que padecer.»

Saca espuma por la boca. Pone los ojos en blanco. Su

abogado le manda decir que ha visto al barón de Breteuil y que se entrevistará con el ministro de Justicia.

Empiezan a circular rumores en el sentido de que el azote y la marca al fuego le serán ahorrados. De que la Reina, que se siente culpable, la protege bajo mano.

Luis XVI ha dudado en mandar marcar a fuego por el verdugo a una descendiente de la monarquía. Gustosamente habría conmutado la pena por la de encierro de por vida en un convento. Ya se habla de la abadía de Montbareil, cerca de Guingamp, donde podría ser internada con una pensión de tres mil libras. Pero los rumores que circulan por París se lo impiden. Una conmutación de la pena se interpretaría como una confesión de las relaciones entre la Reina y la condenada.

Por otra parte, en la calle la opinión pública se congratula de la condena de la condesa y se dispone a presenciar el espectáculo de la ejecución del castigo. Éste se anuncia para el 13 de junio. De inmediato se instalan unas gradas para los espectadores. Las ventanas de las casas que rodean el Palacio de Justicia se alquilan a precio de oro, pues semejante espectáculo, que se desarrolla en el patio de Mayo, en los mismos escalones del Palacio, siempre ha despertado el entusiasmo del público. Por regla general, el suplicio tiene lugar hacia el mediodía. Pero la ejecución de la sentencia sufre un nuevo aplazamiento. Finalmente, el 19 de junio el fiscal general informa por escrito al barón de Breteuil de que la ejecución de la sentencia se ha fijado para el día siguiente. Para evitar los movimientos de la muchedumbre y mantener en secreto la hora del suplicio, se toman toda clase de precauciones. Pero se produce alguna filtración y unos cortesanos se trasladan desde Versalles para ocupar los primeros lugares. Entre la muchedumbre que se apretuja en el patio y contra las verjas del Palacio, que se han tenido que cerrar, se ven grandes damas y nobles caballeros. La víspera, el duque de Crillon ha enviado una nota al señor Target, el abogado del cardenal, para que le facilite la entrada. Se trata de una nota atrevida e ingeniosa que sabe a marqués de Sade: «Me dirijo a vos como si ésta fuese la ocasión más importante de mi vida, aunque sólo sea un antojo. Consiste en ver azotar a otra con los látigos que vos le habéis preparado...»

Unos golpes a la puerta despiertan a Jeanne el 20 de junio. Entra el carcelero.

—Vuestro abogado el señor Doillot pide veros en la sala de los registros.

—Pero si es muy pronto, acaba de amanecer...

—Es que tiene que irse al campo.

—Decidle que lamento no poder bajar. He pasado muy mala noche. Lo veré cuando regrese del campo. Esta noche, mañana, cuando él quiera, pero ahora por supuesto que no.

—Es que hay una carta de Versalles...

—¡De Versalles! —exclama Jeanne, corriendo a su tocador.

—No hace falta que os molestéis en arreglaros —le dice el carcelero.

Jeanne se pone rápidamente unas medias y unas enaguas y después un sencillo vestido de muselina. Ya está lista. Precedida por el carcelero, baja la escalera que conduce a la sala del registro. Al llegar abajo, es empujada al interior de un cuartito donde un hombre la agarra sin miramientos del brazo para conducirla a la sala del registro. Allí le atan las manos a la espalda. Ve al secretario del registro criminal Berton, flanqueado por dos ujieres. Éste sostiene un papel en la mano. Oculto en las sombras, distingue al verdugo y a sus auxiliares. Comprende de inmediato que le van a leer la sentencia. El secretario del registro le ordena ponerse de rodillas. Ella se agita y empieza a soltar maldiciones.

—No, no quiero escuchar esta sentencia inicua... No me arrodillaré... Es un complot...

La obligan. Ella opone resistencia. Quiere morder. El secretario del registro lee la sentencia. Ella no la entiende. No la escucha. Está a punto de sufrir unas convulsiones. Entonces el secretario del registro le hace una seña al verdugo. Uno de los auxiliares se adelanta y le suelta un fuerte golpe en las piernas que la obliga a arrodillarse. La mantienen como pueden en dicha postura. El secretario del registro tiene especial empeño en volver a leer la sentencia. Cuando se llega al azote y a la marca al fuego, Jeanne grita fuera de sí:

—¿Así se trata la sangre de los Valois, monstruos? ¡Cortadme la cabeza! ¡El hacha, no el azote!

A continuación, profiere insultos contra la Reina, el Rey, Breteuil, el cardenal y el Parlamento. Vuelve a atacar a la Reina y da rienda suelta a su furia. Entonces el verdugo la inmoviliza. Ella forcejea y se desgarra el vestido en medio de la lucha. Lo que empujan al patio es una fiera con la cuerda al cuello. Sus gritos llaman la atención de los curiosos que ignoraban la hora del suplicio. En presencia de los instrumentos del suplicio, Jeanne experimenta un escalofrío de horror y se vuelve hacia los mirones, implorando su compasión.

—¡Libradme de este verdugo! ¿Cómo podéis permitir que se trate de esta manera la sangre de los Valois?

La muchedumbre permanece en silencio. El verdugo trata de desnudarla. Ella forcejea. Un ujier cree poder ayudar al verdugo. Jeanne le arranca de un mordisco la yema del dedo pulgar. Después se yergue aterrada y medio desnuda con los cabellos desgreñados y la boca ensangrentada. Ruge amenazas. Le sueltan tres latigazos para cubrir las apariencias. Ya se acerca el verdugo con el hierro candente para marcarla. Ella rueda por el suelo y su furor se intensifica. El verdugo le aplica el hierro a la espalda. Jeanne lanza un grito de dolor. Se vuelve bruscamente y, por desgracia, el hierro se desliza y vuelve a marcarla cerca del pecho. Jeanne grita y se desmaya. Cuando despierte, ya estará en camino hacia la prisión de la Salpêtrière.

El público se dispersa con una mezcla de sentimientos. Muchos se compadecen de ella a pesar de su delito. Pronto se la considerará una víctima de la corte y la gente empieza a echarle la culpa al Parlamento. Con sus titubeos, Luis XVI ha vuelto a cometer un error. Si la sentencia se hubiera cumplido al día siguiente del veredicto, Jeanne no habría despertado tanta compasión. La prensa ataca al ujier mordido en la mano. Le está bien empleado, no tenía por qué intervenir.

Poco a poco, la opinión pública se va decantando en favor de Jeanne. Unos días más tarde empezará a atacar a María Antonieta. Ya se le reprocha su falta de sensibilidad. La Reina no tardará en ser acusada abiertamente de haber permitido condenar a una cómplice para apartar de sí misma las sospechas.

La cómoda estancia en la Salpêtrière

El hospital general de la Salpêtrière es un mundo aparte. Alrededor de la capilla de San Luis, todo un dédalo de edificios, de patios y pasadizos alberga una población de entre ocho y diez mil personas. La institución se erigió en 1656 por orden de Luis XIV, en el emplazamiento de un antiguo polvorín, para acoger a indigentes, vagabundos, ancianos sin recursos, niños abandonados, enfermos mentales, prostitutas y las hijas del Rey destinadas a emigrar a Quebec. Había también una guardería infantil. La casa de reclusión para mujeres no se añadió hasta veinticinco años más tarde. Es la llamada prisión de la Force.

La Force está dirigida por un personal laico, aunque a las funcionarias y a las auxiliares de la vigilancia se las llame «hermanas». La cima de esta jerarquía de carceleras la ocupa la superiora, la cual disfruta de una carroza, de un inmenso apartamento suntuosamente amueblado, una mesa excelente, un bonito y espacioso jardín y numerosos sirvientes. Trata de igual a igual a los más altos personajes del Reino. Un cargo envidiable que las hijas de los magistrados y de la burguesía se disputan con avidez.

En este año de 1786, quien reina precisamente sobre la Force de la Salpêtrière es una tal señorita Robin, más conocida como Madame Victoire. Ya la han advertido de la llegada de la condesa de La Motte, presa común. Conoce muy bien su historia, pues su familia lleva mucho tiempo unida a la poderosa casa de Rohan.

Desmayada, Jeanne ha sido conducida desde el lugar de su suplicio a la sala del registro de la Conciergerie. Allí, vuelta a vestir a toda prisa y con la cuerda todavía alrededor del cuello, la han arrojado al interior de un coche de punto al que sigue otro ocupado por los dos ujieres portadores de la orden de encarcelamiento. Jeanne recupera el conocimiento. De repente, se abre una portezuela mal cerrada y ella trata de arrojarse al exterior. Los soldados la sujetan. Vuelve a desmayarse. Los dos coches de punto han cruzado la puerta del hospital. Se detienen delante de la oficina de ingresos. Los ujieres entregan la carta del fiscal general a Madame Victoire. Sacan a rastras a la prisionera del vehículo. Le desatan las manos y parece recuperarse. Pide un vaso de agua y vuelve a desmayarse. ¡Un frasco de sales!, grita Madame Victoire. La ayudan a volver en sí. Entonces ella pide un poco de vinagre. Su rostro magullado impresiona a la superiora y a las funcionarias. Le ordenan vaciar los bolsillos y ella obedece. Le quitan los pendientes y las sortijas de oro, que se pesan en una balanza. Los dos pañuelos de batista, el pequeño estuche de carey y las veintiuna libras y diez céntimos que tiene se depositan junto con las dos sortijas en la oficina del ecónomo. Una vez finalizadas dichas formalidades, la acompañan a la prisión. La costumbre exige que la prisionera efectúe el camino a pie. Sin embargo, los ujieres, que saben que en el estado en que se encuentra no podría cubrir el trayecto, la conducen allí en coche. Nada más subir al vehículo, se vuelve a desvanecer.

Finalmente llega al dormitorio. Setenta camas alineadas. Una por cada seis reclusas. El ruido de su llegada induce a las detenidas a reunirse en grupos. Hay criminales de todas clases, la mayoría de ellas marcadas con el sello de la infamia, la simple V o la flor de lis. Unas fisonomías atroces se ofrecen a su mirada. Jeanne experimenta un impulso de rebelión. «¡Cómo! ¡Yo, una Valois, aquí en semejante compañía!», grita antes de arrojarse a la cama que le han asignado. Muerde la colcha, trata de asfixiarse introduciéndosela en la garganta. Las funcionarias presentes se apresuran a calmarla. Una de las presas, Angélique Génicaud, le ofrece espontáneamente la celda que ella ocupa en solitario en el piso de arriba, aunque ello la obligue a regresar a la sala común. Al llegar a la celda, Jeanne experimenta una sensación de náusea. ¡Pasar el resto de la vida en ese lugar tan espantoso! La sola idea le provoca otro desmayo. La funcionaria de guardia la desnuda, la peina y poco a poco la reanima. La ayuda a ponerse el uniforme de las reclusas tras elegir la camisa más fina.

Madame Victoire muestra de inmediato unas atenciones especiales hacia la condesa. Así, por ejemplo, no le cortan el cabello como a todas las demás presas. Jeanne tampoco llevará durante mucho tiempo el uniforme de éstas. No tardará en pasearse en bata y en recibir visitas.

Jeanne no tarda en captar la personalidad de Madame Victoire. Es una devota con resabios preciosistas, y ella empieza a dárselas de religiosa. Se hace la mosquita muerta y es un modelo de paciencia y dulzura. La superiora y la mayoría de las carceleras se dejan conquistar. Se hace amiga de su vecina del taller de costura, la Desrues, una burguesa parisina condenada, como ella, de por vida. Su marido ha sido apaleado y quemado en la place de Grève por haber falsificado unas escrituras con el fin de apoderarse de unas tierras de una tal señora de La Motte (es la segunda vez que un homónimo de la condesa aparece en nuestra historia); pero, no contento con desplumar a la vieja, a continuación la envenenó junto con su hijo. Aunque la Desrues estuvo implicada en el delito, los jueces, conmovidos por su sereno valor durante el juicio, se limitaron a condenarla a cadena perpetua. Tuvo un final atroz. El 4 de septiembre de 1792 fue asesinada en la Force, donde seguía encerrada. Unos energúmenos *sans-culottes* ebrios de sangre y de vino la violaron cuando ya estaba muerta. Habían oído hablar de su belleza de antaño. Sibilina, como suelen ser todas las envenenadoras, comprendió rápidamente las ventajas que podría reportarle el hecho de fingirse piadosa. Rápidamente obtuvo favores y es probable que fuera ella quien le aconsejara a Jeanne que siguera ese camino.

La súbita piedad de Jeanne, combinada con su encanto personal, le permitieron obtener rápidamente beneficios. La noticia de su cambio no tardará en propagarse al exterior y la *Gaceta de Leyde* hablará de ella como de una María Magdalena arrepentida.

Desde el primer día Madame Victoire ha dado la impresión de querer tratarla de manera distinta a las demás reclusas. ¿Actúa por orden de alguien? ¿De quién? ¿De la corte? Hay quienes creen que sí. Sin embargo, cuando a mediados de agosto se presenta la princesa de Lamballe para visitar el hospital y manifiesta su deseo de ver a Madame de La Motte, Madame Victoire rechaza cortésmente su petición. La princesa insiste. Entonces la superiora le contesta que ella conoce a la reclusa y sabe que en ningún caso ésta accedería a recibirla.

—¿Cómo, señora, decís que Madame de La Motte no estaría dispuesta a recibir a una mujer de mi rango? ¿Y eso por qué si no os importa?

La respuesta restalla como un látigo. «Pues muy sencillo, señora, ¡porque no ha sido condenada a esta pena!»

La frase se divulga al exterior y no tarda en hacer fortuna. Las gacetas se complacen en reproducirla.

La visita de la princesa ha comprometido peligrosamente a la Reina. La opinión pública quiere ver en ella nada menos que la confesión de la culpabilidad de María Antonieta. Rápidamente empiezan a circular rumores en el sentido de que la Lamballe no es más que una emisaria que pretende negociar con la reclusa y cerrarle la boca. Pero, en realidad, Madame de Lamballe, superficial e irreflexiva, sólo quiere seguir la moda. Visitar la Salpêtrière es el capricho del momento. Jamás se había visto en el recinto del hospital un mundo tan brillante. En lugar de encontrar el olvido en el fondo de su celda, la condesa ha recuperado la fama. Su suerte interesa. La última moda consiste en ir a darle limosna. Por otra parte, cabe suponer que la princesa, que se inició en la masonería por medio de la condesa de Cagliostro, se ha limitado como buena hermana masona que es a acudir en ayuda de Jeanne de La Motte, perteneciente como ella a la logia de Isis.

Cuando abandonó en su carroza la Salpêtrière, no sin antes haber dejado una bolsa para la reclusa, ¿tuvo el presentimiento de que allí regresaría seis años más tarde? Allí la encerrarán en el mes de agosto de 1792, cuando su soberana sea conducida al Temple, y ocupará en esta prisión una celda... ¿por qué no la de la condesa? El 3 de septiembre, saldrá de allí enferma para comparecer ante Hébert, el antiguo taquillero del Teatro de Variedades, el Père Duchesne en persona, el cual, después de un rápido interrogatorio, decretará su «puesta en libertad». Nada más cruzar la puerta, la molerán a palos. Su cuerpo será mutilado, su corazón parcialmente devorado y su sexo recortado se utilizará como bigote. Su cabeza ensartada en el extremo de una pica llevada por un tal Charlat será paseada bajo la ventana de la Reina en el Temple.

Por su parte, Breteuil adopta una actitud que da mucho que pensar. Se observan en él unas desconcertantes complacencias en relación con Madame de La Motte, pero también en sus protectores. Entre ellos, el respetable señor Tillet, famoso botánico miembro de la Academia de las Ciencias y administrador del Hospital General a quien Jeanne no tardará en llamar «papaíto»; y también el abate Pfaff, un turbio personaje que trata de introducirse por todas partes y se interesa por la suerte de Marianne, la hermana de Jeanne, que está en la miseria y vive sin ninguna clase de ayuda en la abadía de Jarcy, donde se ha refugiado.

El abate ha removido cielo y tierra y ha puesto a cien personas a la caza de Breteuil con el fin de conseguir para su protegida la condesa una renta de tres mil francos, seiscientos de los cuales se destinarían a la reclusa en cuanto ésta fuera trasladada a una abadía.

Breteuil somete la propuesta a la consideración de Luis XVI. El conde de Provenza se opone a esta medida de clemencia. En cambio, su hermano, el de Artois, de quien se dice que ha sido uno de los numerosos amantes de Jeanne, la apoya. Pero, siempre superficial, se limita a las palabras. «¡Pensad, Sire, cuando tengáis que casar al Delfín y se sepa que una de sus parientes está en el hospital!»

Luis XVI duda y sopesa los pros y los contras. Y, de indecisión en indecisión, deja que el bonito proyecto de la abadía, ya aprobado por su ministro, se pierda en las arenas del olvido.

Lo cual significa que el encierro de Madame de La Motte no deja a nadie indiferente. Los que son abiertamente contrarios a la corte la consideran una víctima de la Reina. Según ellos, la condesa sufre diariamente un verdadero martirio y la describen en el mayor abandono, maltratada, durmiendo en un duro jergón de paja lleno de parásitos al fondo de un húmedo calabozo. El cuadro es espantoso. Y, puesto que está de moda la sensibilidad, los lectores piden más, pues está claro que toda esta propaganda y contrapropaganda se hace a través de las gacetas. Otros se sorprenden de que no la hayan tratado como a una criminal. Posee en su celda toda una serie de accesorios de comodidad y lujo, una tumbona, almohadones de seda...

Pero la realidad es muy diferente. Desde su llegada a la cárcel, Jeanne ocupa una celda de dos metros de largo por uno y medio de ancho. Es poco. Sin embargo, a falta de una tumbona y de almohadones de seda, tiene una cama con sábanas, una mesita y dos sillas. Son unos favores que ha conseguido del señor Tillet, su querido papaíto, quien la visita casi a diario.

También se le permite disponer de dinero. El duque de Orleans ha organizado una tómbola en su beneficio. Muy pronto le asignarán una reclusa para que le haga la limpieza. Raras veces se la ve por el taller, pues ha recibido permiso para quedarse en su celda. Va y viene como quiere. Poco a poco las reclusas de las celdas contiguas son trasladadas a la planta baja para dejar a Jeanne sola en el segundo piso. Una de las celdas desocupadas se convierte en su cocina. Angélique Génicaud, la presa que le cedió su celda el día de su ingreso, ha sido destinada a su servicio. Es una muchacha astuta, desenvuelta y discreta. Marcada con la flor de lis, ha sido condenada a cadena perpetua por infanticidio. Como por arte de ensalmo, al cabo de algunos meses es puesta en libertad a pesar de las numerosas veces que se le había negado el indulto. Acudirá repetidamente a visitar a Jeanne. Es muy probable que le haya servido de correo. Sin embargo, tras su puesta en libertad, es inmediatamente sustituida por una tal Marianne Marie, marcada y condenada a nueve años de prisión por un robo cometido en casa del comisario Guyot, donde servía como criada.

El querido papá le proporciona a Jeanne huevos, carne, fruta, confituras e incluso café. Y todo porque el querido papá ha sucumbido por entero a su hechizo. Ella lo ha seducido hasta tal extremo que el pobre viejo ya ni sabe lo que hace.

¿Cómo es posible que este sabio respetado, amigo del marqués de Condorcet, que ha dado su nombre, la *tilletia*, a un parásito del trigo, siempre tan severo consigo mismo hasta el punto de confesar en una de sus obras que el amor a la verdad lo ha convertido en un riguroso censor de su propio sistema, haya podido llegar a esto? ¿Cómo no ha sabido descubrir en Jeanne a una peligrosa desequilibrada? ¿Ceguera de amor senil? ¿Prejuicios políticos? Todo ello no hace sino intensificar el misterio que rodea el singular destino de la condesa de La Motte. ¿No se habrá confabulado con Madame Victoire para facilitar la evasión de la reclusa? Madame Victoire no oculta sus sentimientos contra la corte, es una jansenista y jamás se hablará lo suficiente del papel que desempeñaron los descendientes de Port-Royal en la propagación de las ideas revolucionarias.

Sea como sea, lo cierto es que unos misteriosos protectores actúan en la sombra. ¿Quiénes son? ¿Se sabrá alguna vez? En cualquier caso, se trata de unas personas que sacarán provecho de su puesta en libertad. ¿La Reina? ¿El duque de Orleans? ¿El conde de Provenza? ¿Tillet y Madame Victoire, ambos jansenistas? Se han examinado todas las posibilidades, pero ninguna de ellas resulta convincente.

El caso es que a las once de la mañana del 5 de junio de 1787, mientras las vigilantes están en el refectorio durante la comida de las reclusas, la condesa, disfrazada de hombre, huye en compañía de Marianne. Gracias a una ganzúa que le han hecho llegar con la ropa, abre, tras haber cruzado el pasadizo y la escalera que utiliza su querido papaíto para visitarla, la puerta de acceso al patio. La franquea sin ningún impedimento, sujetando con dos dedos una jaula con un canario. Pasando de patio en patio y mezclándose con la marea de las visitas, ambas llegan a la puerta de los Campos. Al parecer, no hay ningún centinela montando guardia. En cambio, encuentran una silla de posta situada allí como por casualidad. Suben a la misma. ¡Adelante, cochero! Y se lanzan hacia el camino de Lorena.

En la Salpêtrière se da sin ninguna prisa la voz de alarma cuando la noticia de la evasión ya circula por la capital. Puesto al corriente de lo ocurrido, el fiscal Joly de Fleury, de quien se dice que también es jansenista, se presenta ante el barón de Breteuil para comunicarle la fuga. El ministro lo despide con buenas palabras. Acepta los hechos consumados. Se decide, sin embargo, abrir una investigación. ¿A quién se encomienda? Pues al comisario Guyot, en cuya casa Marianne ha servido como criada. En el Palais-Royal los periodistas lo pasan en grande. La fuga tiene pinta de novela y se parece mucho a otra novela cuya heroína se evade también de la Salpêtrière disfrazada de hombre. ¿Y si la evasión de la condesa se hubiera inspirado en la de Manon? ¡Pues claro! ¡Manon Lescaut!

El conde de La Motte
enseña sus cartas a la Reina

¿Delator el conde de La Motte? ¡Oh, qué palabra tan fea! ¡No! ¡La verdad es que no, ni hablar! Sin embargo, de algo hay que vivir. La vida es cara en Inglaterra, sobre todo para un desgraciado exiliado francés. Mientras su digna esposa está en la Salpêtrière, La Motte no para. Ah, señor embajador de Francia, vos queríais llevarme a la fuerza atado de pies y manos a Francia cuando yo lo único que quería era ser escuchado en el Parlamento, pues ahora vais a ver cómo se venga el conde de La Motte.

El 7 de diciembre de 1786, el ministro de Asuntos Exteriores del Gobierno británico advierte a su enviado especial en Francia, el honorable señor Eden, de que el señor de La Motte se dispone a hacer unas demoledoras revelaciones acerca del asunto del collar. Hay que advertir a la corte de Versalles para que pueda contrarrestar el ataque.

El 29 de diciembre, La Motte publica una carta abierta en el *Morning Chronicle*. El conde de Adhémar, embajador de Francia, es conminado para que cumpla su promesa y le facilite una comparecencia ante el Parlamento de París para que pueda justificar finalmente su conducta. Si no puede conseguir esta comparecencia, se verá obligado a publicar su justificación en la prensa. ¿Acaso no tiene en su poder un paquete de cartas extremadamente reveladoras? De esta manera, el mundo podrá conocer finalmente toda la negociación relativa al collar de diamantes y la manera en que él y su mujer han sido inhumanamente sacrificados.

¿Por quién? Para todos los lectores que esa mañana se arrancan el *Morning Chronicle* de las manos la cosa está muy clara. Por la Reina de Francia.

Versalles no se inmuta. Sólo a principios de mayo la duquesa de Polignac y su amante, el conde de Vaudreuil, se dejan ver en la ópera de Londres. El rumor se extiende. Nadie en las distintas cancillerías de Europa se chupa el dedo. Aquí y allá se da a entender que, por muy grande que sea su afición a la música, es poco probable que ésta haya inducido a la duquesa a cruzar el canal.

«Madame de Polignac y su amante oficial, el conde de Vaudreuil, han emprendido viaje a Inglaterra —escribe el encargado de negocios en París de la corte de San Petersburgo— con la intención de adquirir las famosas cartas al parecer enviadas por la Reina a Madame de La Motte... Dicen en París que Madame de Polignac ha abandonado Inglaterra llevando triunfalmente consigo el paquete en cuestión, pero a cambio de un precio más elevado que los cuatro mil luises acordados en un principio. En efecto, hubo que enviar urgentemente un correo encargado de llevar una nueva bolsa con el oro procedente de la corte de Francia.»

Semejantes idas y venidas no acaban aquí. Su corresponsal informa a Catalina la Grande de que, después de la condesa de Polignac, le toca el turno de ir a Londres a la princesa de Lamballe. Un viaje misterioso que, según el corresponsal de la emperatriz, no es más que «una misión parecida a la de la Polignac el mes anterior: negociar acerca de las nuevas exigencias con el conde de La Motte y el antiguo interventor de Finanzas, el conde de Calonne».

¿Qué puede haber inducido al antiguo interventor de Finanzas, enviado a principios de abril del mismo año, después de la desastrosa reunión de los notables, a coaligarse con este ladrón o, en cualquier caso, con este estafador que es el conde de La Motte? Pues que el propio Calonne, durante los tres años que pasó en el ministerio se comportó también como un estafador. Acerca del interventor general de Finanzas, el inconsecuente conde de Maurepas se complacía en decir, como hombre ingenioso que era: «Sólo un tonto o un tunante podría ambicionar este puesto.» Pero resulta que Calonne no tiene un pelo de tonto, lo ha demostrado con creces en el pasado, así que lo más probable es que sea un tunante. «Para parecer rico, hay que derrochar», solía proclamar. Esta bonita máxima aplicada a las finanzas públicas aumentó todavía más la deuda.

Calonne es una criatura del conde de Artois y de los Polignac. La Reina sólo lo aprecia a medias. Pero, puesto que el ministro no le niega nada, olvida toda precaución. ¿Imponer medidas de ahorro? No vale la pena ni siquiera plantearlo. Entonces Calonne se convierte en una especie de mago. Hasta el día en que, a principios de 1785, la Reina le pide la concesión de seis millones que ella tiene que entregar en efectivo al duque de Orleans por el castillo de Saint-Cloud que se ha empeñado en adquirir. ¿Y eso por qué? Sencillamente para estar más cerca de los espectáculos de la capital. Calonne se hace de rogar. La Reina pierde los estribos. Lo amenaza con revelar al Rey las enormes sumas que él ha entregado a los príncipes de sangre real y especialmente a Monsieur y al conde de Artois para contar con su apoyo. Grita, se pone nerviosa. Y finalmente le suelta: «Haced lo que queráis. Pero, si no consigo Saint-Cloud, os prohíbo comparecer ante mi presencia y, sobre todo, visitar a Madame de Polignac cuando yo esté en su casa.»

Calonne pagó para estar tranquilo. Y siguió pagando para el acondicionamiento del castillo que la Reina deseaba decorar con el mayor lujo.

Es casi seguro que la condesa de La Motte, que frecuentaba por aquella época las antesalas de Versalles, conoció al ministro. ¿Tal vez fue su amante? Si todavía no lo era, no debió tardar en serlo.

En efecto, la condesa llega a Londres el 4 de agosto después de un épico viaje de dos meses plagado de aventuras, si hemos de dar crédito a lo que ella misma escribe. De lo que estamos casi seguros es de que, después de su evasión, su único propósito fue el de trasladarse a Bar-sur-Aube. Al llegar a las afueras de la ciudad, se esconde en unas canteras explotadas a cielo abierto y utilizadas como refugio por los vagabundos y los bandidos. Envía de inmediato a Marianne disfrazada de campesina con unas notas para sus parientes y sus antiguos amigos. Sólo el señor de Surmont acude de noche para llevarle dinero. Lo releva Madame Beugnot, la madre de su antiguo amante, la cual le entrega los veinte luises que ella le había donado en sus tiempos de esplendor para socorrer a los pobres. Ambas mujeres no pierden el tiempo. De Lorena se trasladan a Luxemburgo y de allí a Flandes, para acabar embarcando en Ostende. El 4 de agosto Jeanne llega a Londres. Pasa la noche en casa de una tal señora Mac-Mahon, en Haymarket. Al día siguiente se encuentra en los brazos de su querido esposo.

¡Rápido, rápido! Una pluma y papel para escribir la historia de mi vida

El matrimonio La Motte está sin un céntimo y vive de sus malas artes. ¿Adónde han ido a parar los luises de oro de la duquesa de Polignac? ¿O acaso no existieron jamás? O quizás el señor de La Motte, que es un auténtico manirroto, ya se los haya gastado con mujeres de mala vida; eso si no los ha perdido en el juego.

Jeanne se exaspera ante cualquier cosa. Se le ha avinagrado el carácter. Grita y amenaza cada dos por tres con arrojarse por la ventana. Harto de las constantes escenas, La Motte le suelta: «Vuestra violencia y vuestra obstinación son la causa de nuestros males.» ¿Qué es lo que ha dicho? Jeanne toma de inmediato un cortapapeles y se lo clava bajo el pecho.

Sin embargo, todavía quedan personas que se interesan por la pareja, pues, en los momentos en que no se deja dominar por la furia destructora, la condesa es muy ágil e ingeniosa. Sólo tiene treinta y un años y sigue siendo muy atractiva. Por si fuera poco, si en la intimidad, cuando se le lleva la contraria, recupera fácilmente sus modales de verdulera adquiridos antaño en contacto con su madre la portera de Fontette, en público, por el contrario, seduce con sus maneras aristocráticas. Un milord se enamora de ella y le otorga una pensión. Calonne, que aparece por allí, inicia una relación con Jeanne. Lleva muy bien sus cincuenta y cinco años. Pertenece a la misma generación que Rohan y, de hecho, ambos nacieron el mismo año.

El odio que Calonne y Jeanne sienten por la Reina contribuye a unirlos un poco más. ¿A quién se le ocurre la idea del libro? ¿A ella, a él? ¿O a los dos? Sea como fuere, el caso es que deciden que ella cuente con pelos y señales todo lo relacionado con el asunto del collar. Dado el interés del público por el escándalo, no cabe la menor duda de que el libro será todo un éxito. El estilo de la condesa es tan desmelenado como su imagen. Para ayudarla a redactar sus *Memorias*, Calonne le presenta a un tal Serre de Latour, gacetillero refugiado en Londres por haberle robado la mujer al intendente de Auvernia. Y allá se lanzan los dos a redactar un cúmulo de locuras, infamias y mentiras. La Reina, cuando era todavía archiduquesa, fue seducida por el príncipe Luis en su época de embajador en Viena. Pero recordemos que el futuro cardenal llegó a Viena mucho después de la partida de María Antonieta. Todo el manuscrito sigue la misma tónica. Calonne aporta en última instancia algunas correcciones a lápiz. Hace una anotación aquí, modifica allí, e incluso completa con algunos añadidos. En hacer todo esto tardan un año. La publicación del informe justificativo se anuncia en la prensa. Se espera el estallido. En Londres, pero sobre todo en París.

Es probable que el conde de La Motte, que no se arredra ante nada, se haya presentado corriendo con el manuscrito bajo el brazo en Portman Square, donde se encuentra la embajada de Francia. El conde de Adhémar ha dejado Londres para regresar a las locuras del Trianon y el clan de los Polignac, del cual es uno de los más conspicuos animadores. El marqués de la Luzerne lo ha sustituido como embajador. ¿Quieren evitar la publicación de este manuscrito? Está en venta, propone La Motte. ¿Cómo se desarrollaron las negociaciones? En sus *Memorias*, Madame Campan asegura haber visto en las manos de la Reina un manuscrito con anotaciones del señor de Calonne. Al parecer, el 10 de agosto de 1792, la víspera de la toma de las Tullerías, María Antonieta lo confió al abate de Montesquiou-Fezenzac para que lo entregara a Madame de Fontanges y ésta lo guardara para cuando llegaran tiempos mejores.

Es posible, es posible... pero todo lo relacionado con el matrimonio de La Motte es siempre incierto y confuso. Sea como fuere, el panfleto se publica en Londres en los primeros meses de 1789. Una tirada de ocho mil ejemplares de la obra se agota en pocos días. De inmediato se traduce al inglés y al alemán. En París, el informe circula libremente. Se hacen lecturas en voz alta en el Palais-Royal mientras María Antonieta vive sus últimos días de felicidad en el Trianon.

En Londres, la publicación del informe justificativo tiene como inmediata consecuencia la ruptura entre la condesa y su milord, el cual le retira la pensión. Además, poco después, jugando al piquet con el conde de Calonne, el antiguo ministro recibe un golpe decisivo y exclama, sin segunda intención: «¡Señora, estáis marcada!» La condesa, de muy mal humor, ve en ello una alusión a su marca de fuego. Se levanta al oír el insulto, arroja las cartas, derriba la mesa y, sacando las uñas, se abalanza sobre Calonne y le araña la cara. Éste abandona a su bella amante a sus furores. Jamás volverán a verse.

La Motte está harto de las constantes escenas de su mujer. Marianne y Angélique, que han ido a Londres a reunirse con ella, ya no soportan el trato que les da la condesa, que, encima, no les paga. Angélique es la primera en dejarla. Marianne se larga a su vez. Por su parte, La Motte se despide sin decir adiós. Las noticias de Francia y la caída de la Bastilla constituyen para él un buen pretexto. París, en este período prerrevolucionario, es un lugar en el que se puede pescar muy bien a río revuelto. ¿Y acaso las aguas revueltas no son el elemento preferido del conde?

El 18 de agosto de 1789 el conde de La Motte hace su entrada en la capital. Se hace llevar al hotel de Varsovia, en la calle Bons-Enfants donde antaño conociera a Mirabeau. ¿Y con quién se tropieza al bajar del carruaje? ¡Pues nada menos que con el marqués en persona! Gracias a este último, obtiene de Bailly, alcalde de París, un salvoconducto. La rue des Bons-Enfants se encuentra a dos pasos del Palais-Royal. Acude inmediatamente allí. Lo reconocen y lo agasajan. Y él empieza a urdir estafas, pues ¿en qué otro lugar de París se puede estafar mejor que en los jardines del duque de Orleans? Más optimista respecto a su futuro, se acerca a la Asamblea Constituyente para tomarle la temperatura. Encuentra algunos apoyos; suficientes para poder presentar una petición de rehabilitación.

Hacia finales de 1789 se publican sucesivamente dos violentos opúsculos firmados por Jeanne de Valois. *Carta a la Reina de Francia* y *Petición a la nación y a la Asamblea de Francia de revisión de su proceso*. Las dos obras incendiarias se deben probablemente a los auxiliares que gravitan alrededor de Hébert y de su periodicucho, *Le Père Duchesne*. No tardarán en aparecer otros libelos, cuyo tema será siempre la vida privada, libertina y escandalosa de María Antonieta.

En Londres, abandonada pero tan combativa como siempre, Jeanne se ha puesto a escribir en su apartamento de la calle Lambeth. Está preparando otro plato de los suyos. *La vida de Jeanne de Saint-Remy de Valois* será su gran obra.

En París, en los clubes, en los Feuillants, en el Palais-Royal, en el pabellón de Foy, en el café Valois, se habla del inminente regreso de la condesa de La Motte. Robespierre, Marat y Hébert han comprendido de inmediato el provecho que pueden sacar de la pareja. El conde está muy solicitado. En Londres los agentes del duque de Orleans tratan de ganarse a Jeanne. En las Tullerías están preocupados por todo este movimiento alrededor de la pareja. Mirabeau, a quien Luis XVI acaba de comprar a precio de oro, percibe también el peligro. Puesto que no se les puede detener, hay que acotar su campo de acción. Mirabeau envía a Claude Martin Marivaux, en calidad de asesor jurídico, al conde de La Motte, quien no duda ni por un instante de que Marivaux es también el jefe de una contrapolicía a sueldo del rey. Éste se insinúa tan bien a La Motte que lo convence de que le escriba a su mujer pidiéndole el aplazamiento de la publicación de su *Vida*, que abandone Londres y regrese a París, donde la compra por parte de la corte de su nuevo manuscrito resultaría mucho más fácil. Ella se niega. Él insiste. Jeanne ha comprendido la trampa. «Si es cierto que algunas personas de alto rango están interesadas en que yo me calle para la tranquilidad de Tonieta, ¿por qué no vienen aquí donde yo estoy para adoptar unas disposiciones que me sean favorables? La Salpêtrière no ha sido destruida; por consiguiente, me podrían volver a arrojar a sus espantosas celdas.» Puesto que ella no quiere venir, irán ellos a Londres y la vigilarán de cerca. Le envían a un agente llamado Bertrand. Se trata de montar guardia a su alrededor para evitar que se le acerque alguna criatura de los Marat, de los Robespierre o incluso del duque de Orleans. El hombre se embarca el 10 de junio de 1791. El 13 ya está en Londres.

Los últimos días de una aventurera

¿Cómo fue la existencia de la condesa de La Motte en Londres? Se sabe muy poco. En una ciudad en la que basta un poco de oro y una buena dosis de hipocresía para satisfacer prácticamente todos sus vicios, es muy probable que Jeanne se abriera camino. Todo el mundo conoce su encanto, sus falsas maneras de gran dama, la alegría de la desesperación que la anima y, por encima de todo, el instinto de supervivencia reforzado a cada momento por un afán de venganza. Su reputación diabólica, sus relaciones masónicas, una sorprendente ligereza de costumbres y un cinismo bien templado que en ella sustituye a la moralidad, todo debe de interesar tanto al milord depravado como al joven *squire* millonario recién salido de Cambridge que quiere correrla un poco antes de dedicarse a la caza del zorro. Inglaterra, comarca de excentricidades, está por aquel entonces poblada por grandes chiflados a quienes el destino de Jeanne, condesa de La Motte-Valois, no debe de dejar indiferentes. Con un poco de espíritu de perseverancia y aplicación, ésta habría tenido sin duda un final delicioso al lado de un viejo *lord* neurasténico cuya imaginación habría sabido estimular describiéndole las fiestas lésbicas en las que ella afirmaba haber participado. Pero la aplicación no es el punto fuerte de Jeanne. Su pobre cabeza, en la que la megalomanía se mezcla con el complejo de persecución, la empuja a cometer extravagancias. Sigue persiguiendo sus quimeras sin detenerse ante ningún obstáculo. Vuelve a escribir su vida, compadeciéndose de sí misma y falseando su destino. Se reinventa un pasado. Se hace la mártir. Y, al mismo tiempo, persigue con su furia a su prima Tonieta, *la Rubia*, tal como ella también la llama, la cual aprenderá a sus propias expensas que no se marca a fuego ni se envía impunemente a la Force a una hija de Francia que, por si fuera poco, es una Valois.

¿Quién la ayuda en su tarea? Sigue el misterio. Lo que sí es cierto es que, cuando el agente Bertrand pone los pies en Dover, el manuscrito de la *Vida* ya está en la imprenta.

Aquella mañana del 13 de junio de 1791 el agente Bertrand se apea del coche de posta y sube a un *cab* para dirigirse a la calle Lambeth en Westminster.

Esta calle que desemboca a orillas del Támesis está flanqueada por una hilera de casas idénticas de cuatro pisos, pintadas de blanco. No tienen ni punto de comparación con las residencias aristocráticas del West End ni tampoco de los Crescents de Knightbridge. El aspecto es burgués. *Middle class*, podría decirse.

El agente Bertrand pregunta y no tarda en localizar el domicilio de la condesa de La Motte, en un apartamento del segundo piso. Llama a la puerta. Le abren. Pregunta por la condesa. La cara se alarga. «¿La condesa? Pero ¿es que no lo sabéis? Ya no vive aquí... Ha sido acogida por el perfumista Warren, que ha accedido a hacerse cargo de ella... En el estado en que la ha recogido, puede que a esta hora ya haya muerto...»

En efecto, en la calle del otro lado el agente ve el rótulo de un perfumista. Corre hacia allí. El perfumista lo recibe y le cuenta en pocas palabras lo ocurrido la semana anterior.

Madame de La Motte, que era clienta asidua de un tapicero llamado Maquenzen, le debía a éste una elevada suma. Amenazada por los alguaciles, ella había aplazado, sin embargo, el pago de la deuda. Estaba sin un céntimo y sólo le quedaban ciento setenta guineas que había recibido como anticipo por la venta de sus nuevas *Memorias* y que gastaba con mucha moderación para poder vivir.

Desde hacía algún tiempo veía desde su ventana merodear alrededor de la casa unas siniestras figuras que le infundían sospechas. No dudaba ni por un instante de que se trataba de unos esbirros de la Reina enviados a secuestrarla o matarla. Tras haber querido comprar su silencio, ahora pretendían quitarle la vida. Está claro que a alguien como ella, perteneciente a tan alto linaje y que encima se dispone a decir finalmente la verdad, toda la verdad, acerca de aquella fiera coronada, lo mejor es cerrarle la boca. Y para siempre. Así pasa varios días, muerta de miedo. No sale de casa y se niega a abrir la puerta. Cuando una mañana se presenta un alguacil delante de su puerta acompañado de unos policías, ella se niega a abrir. Se ordena entonces derribar la puerta. Ella se ha refugiado junto a la ventana. No quiere atender a razones. Ya se conoce el paño. ¡Sí, es eso! ¡Aquí se lo prometen todo y después, en cuanto cruce el canal, la encerrarán de nuevo en la Salpêtrière! ¡A mí! ¡Una Valois! ¡Jamás! ¡Nunca jamás! ¿Está claro? Suelta maldiciones, grita, derriba muebles para impedir que se le acerquen. Se apodera de ella una furia destructora. Abre la ventana. Ya no sabe lo que hace. Un instante después Jeanne yace inconsciente, como una muñeca rota, en la acera, desgreñada y mirando al cielo.

El agente Bertrand ha empujado la puerta de la habitación en la que el perfumista ha instalado a Jeanne. El hedor es insoportable, a pesar de la ventana abierta y del papel de Armenia que arde para contrarrestarlo. Jeanne, con los dos fémures rotos y una rodilla fracturada, permanece tumbada en una improvisada cama. Las sábanas están manchadas. El médico que ha tratado de reducir las fracturas se ha visto obligado a abrir la carne para facilitar la salida de las supuraciones.

Bertrand se conmueve al ver a la enferma. Trata de consolarla. La visita todos los días. Permanece horas seguidas junto a su cabecera. Escucha sus desvaríos. Escribe a sus jefes de París en demanda de ayuda. Intenta calmarla como puede. El perfumista Warren empieza a cansarse. Es un buen hombre, pero un poco bruto, y se da cuenta de que la enferma de la cual se ha hecho cargo empieza a salirle muy cara. Pregunta a Jeanne por su marido y por los amigos de quienes habla constantemente. Sospecha que el agente Bertrand es uno de sus antiguos amantes. Al cabo de unos cuantos días, se niega a pagar a la persona que la atiende.

Se ha hecho una tirada de seis mil ejemplares de la *Vida de Jeanne de Saint-Remy de Valois, condesa de La*

Motte. Cuatro mil de ellos irán a parar a los libreros parisinos. Mil están destinados a los de Londres y Holanda. Anunciada en la prensa, la salida al mercado se retrasa. Jeanne aún tiene que firmar los ejemplares. Bertrand la convence de que espere. El dinero está a punto de llegar. Pero no llega. La gangrena se apodera de una pierna. El perfumista la hostiga. La fiebre ya no la abandona. A principios de agosto Bertrand debe de comprender que el final está cerca. El 19 de agosto abandona Londres. Jeanne se debate entre atroces sufrimientos. Grita, se rebela. No deja entrever el menor arrepentimiento, el menor indicio de cordura. El martes 23 de agosto de 1791, a las once de la noche, entrega su pobre alma torturada. La entierran tres días después en la parroquia de Santa María de Lambeth. Warren le escribirá dos veces al conde de La Motte para que éste pague los gastos. Jamás recibirá respuesta. Porque La Motte, a diferencia de lo que pensaba el perfumista, no es un *gentleman*.

11

Epílogo

Inútiles precauciones

Los cuatro mil ejemplares de la *Vida* se enviaron desde Londres al librero parisino Gueffier, en el Quai des Augustins. El conde de La Motte reveló el depósito por medio de una carta al Rey. Estamos a 5 de mayo de 1792. El señor de Laporte, intendente del presupuesto de la Casa Real, recibe el encargo de adquirir la colección completa. Luis XVI pagará catorce mil libras por ella. Toda la edición será quemada el 26 de mayo en los hornos de la Manufactura de Sèvres. Casi todos los obreros de la fábrica son jacobinos. La Asamblea Nacional es informada del asunto. Laporte, interrogado al respecto, se asusta. Quiere salvar a la Reina y salvarse a sí mismo simultáneamente. Y no se le ocurre nada mejor que confesar que en Sèvres sólo quemó la correspondencia de María Antonieta y unos paquetes de papel moneda falso que, al parecer, ella había mandado imprimir en Londres. Aquel mismo día unos policías son enviados al domicilio de Laporte. Allí se descubre un ejemplar de la *Vida* que él había sustraido para su curiosidad. Inmediatamente se ordena volver a imprimir la obra y ponerla a la venta.

Por su parte, La Motte, que todavía siente el peso del veredicto del Parlamento, ha presentado una demanda de revisión de su juicio y se presenta voluntariamente en la Conciergerie para expiar su rebeldía. Nada más ingresar, se declara un incendio en el edificio. Está claro que no puede ser un accidente sino que se trata de un atentado. Marat, Hébert y Robespierre se presentan de inmediato. Se quiere ver en ello la mano de la corte. La Motte es una víctima de la tiranía. Una pobre víctima que, por otra parte, trata de sacarle dinero al tirano Luis XVI.

El 20 de julio de 1792 el primer tribunal anula la sentencia del Parlamento del 31 de mayo de 1786 que condenaba a los esposos La Motte. Una anulación por defecto de forma. El fiscal del Rey sólo había firmado al pie del acta del Parlamento cuando tendría que haber firmado con sus iniciales cada hoja del documento. Se ruega al conde de La Motte regresar a la Conciergerie y esperar allí el juicio que con toda certeza proclamará su rehabilitación. En la cárcel se entera de la toma de las Tullerías y de la caída de la monarquía. En medio de la confusión de las jornadas de septiembre, escapa de milagro a las masacres. Y se dirige de inmediato a Bar-sur-Aube. Sólo disfruta de dos meses de libertad. Vuelve a la cárcel, pero esta vez en Troyes. Se sospecha que es un agente de William Pitt. Allí permanece hasta el mes de julio de 1794. Nada más recuperar la libertad, lo vuelven a encarcelar. Al final, vuelve a ser libre al siguiente mes de octubre. Liberado definitivamente, se casa con una joven viuda de dieciocho años cuya fortuna dilapida. Tendrá un hijo de ella, el cual se irá a buscar fortuna a las Antillas, donde se pierde su rastro.

La Motte-Collar trata de prolongar la situación

A la muerte de su segunda mujer, el conde de La Motte decide reconquistar París. Estamos al principio de la Restauración. Se pone en contacto con Beugnot, el antiguo amante de Jeanne, convertido en conde por Napoleón. Tras haber mostrado de nuevo su adhesión a los Borbones, el hombre está al frente de la Dirección General de la Policía. En recuerdo de los antiguos tiempos, de las veladas del Palais-Royal, de las comidas en el Cadran Bleu y también en señal de gratitud hacia Jeanne que, durante su juicio, se abstuvo de nombrarlo y comprometerlo, Beugnot lo emplea como interventor del teatro de la Porte-Saint-Martin, con un sueldo de tres mil francos. Ocupará posteriormente el mismo puesto en una casa de juegos. Se cuela y frecuenta los locales de la policía. Tanto y con tanta habilidad que acaba convertido en inspector de la policía. Permanecerá tres años en el cargo. ¿Qué tiene de extraño? Estamos en la época en que los antiguos regicidas se convierten en ministros y los presidiarios en policías. El conde de La Motte, confidente de la policía de día, frecuenta de noche los salones de los ultramonárquicos, partidarios de la monarquía absoluta del Antiguo Régimen. Cortés y extremadamente hábil, sabe aprovecharse de la situación sin que nadie adivine la verdad. Llega incluso a convertirse en el preferido de sus jefes. ¡Nada menos que un Valois! ¡Menuda suerte ahora que los Borbones pactan con el enemigo! La Carta Constitucional de la Restauración, la prostitución de las bandas azules de la orden del Espíritu Santo repartidas a granel entre los antiguos jacobinos.

Victor Hugo nos describe en *Los miserables* una de estas reuniones de viejas reaccionarias. La baronesa de T.

mantiene un salón en su residencia de la calle Férou. Y, entre las personas que lo frecuentan, ¿a quién descubrimos? ¡Pues sí! Nada menos que al conde de La Motte-Valois en persona. Se siente allí como pez en el agua, con la tabaquera en la mano, enfundado en un traje abrochado hasta la corbata y unos pantalones holgados color tierra de Siena tostada. «Su rostro era del mismo color que los pantalones», se siente en la obligación de añadir el autor de las *Contemplaciones*.

El La Motte del asunto del collar, o más bien, tal como se decía entonces, La Motte-Collar, deslizándose bajo la pluma de Hugo, sigue intrigando veinte años después de su muerte. En efecto, su muerte acaeció en 1831, *Los miserables* se publica veinte años más tarde. ¿Acaso aquel maestro de las estafas se había empeñado en seguir estafando por toda la eternidad?

Como policía, se especializa en el descubrimiento de los autores de libelos. Pues un viejo experto en artimañas no necesita que nadie le enseñe nada... Llama la atención del poder a raíz de la «conspiración de la orilla» dirigida contra el duque Decazes, ministro y favorito de Luis XVIII.

—¿Delamotte, decís?

—En efecto, Sire.

—¿En una sola palabra o en dos?

—Como quiera Vuestra Majestad.

—¿Es por pura casualidad?

—En efecto, Sire...

—Qué interesante... ¿Y jamás se le ha ocurrido la idea de escribir sus memorias?

—Que yo sepa, no, Sire...

—Pues bien, quizá convendría sugerírselo...

Entablan contacto con el conde. Éste acepta. Al cabo

de unos meses, solicita una pensión por cuenta del presupuesto de la Casa Real. Luis XVIII se la niega y el proyecto se abandona. La Motte vuelve a estar en la miseria. Trata de planear toda clase de estafas. Al final, se inventa unas cartas falsas para comprometer a la familia real; suficiente por lo menos para despertar el interés de los aficionados a los escándalos. Aparece un inglés dispuesto a adquirir la correspondencia que le ofrece el conde entre Robespierre y Luis XVIII cuando estaba exiliado en Mittau. Intuyendo la superchería, el inglés rompe las negociaciones.

Luis XVIII acaba de morir. La Motte se olvida de las cartas y regresa a la idea de escribir sus propias memorias. Se ponen en contacto con él a través de un intermediario. Tratan de disuadirlo de su intento. Pero no, él quiere escribir. Bueno, puesto que tanto se empeña, ¡le comprarán las memorias! El prefecto de la policía le facilitará alojamiento y él cobrará ciento cincuenta francos mensuales de pensión.

La redacción dura dos años y, al final, no es más que un cúmulo de cosas absurdas.

Una vez más en la ruina, La Motte empieza a inventar, al pie de la colina de Montmartre donde vive actualmente, nuevas modalidades de estafa. A la espera de encontrar algún filón, presenta una demanda contra dos antiguos militares a los que acusa de haberle robado —según él, una fortuna— en la época de su detención en Bar-sur-Aube, hechos que se remontan a hace más de treinta años. El conde exige cincuenta mil francos en concepto de daños e intereses. «Por un cartucho de pólvora, un par de pistolas, unas tijeras y una navaja...», grita el defensor de los dos acusados. Sigue a continuación un detallado relato de la carrera del demandante. Y entonces se elevan en la sala unos murmullos y después unos gritos de «¡Asesino de la Reina!». El tribunal condena a La Motte a una multa y al pago de las costas del juicio.

En 1827 recupera la idea de volver a escribir sus memorias. Viejo, baldado por el reúma, ni siquiera está en condiciones de sujetar una pluma. El librero Corréard, con quien ha firmado un contrato, le facilita a un joven pensionista, un tal Fellens, que lo ayudará en la redacción de la obra. Se traslada a vivir a su casa en Saint-Denis. Cuando apenas ha emborronado tres capítulos, vuelve a ponerse en contacto con el prefecto de la policía, señor de Beleyme, para tratar de venderle su silencio. Le envían al comisario Marlot, un antiguo conocido suyo, puesto que ambos son naturales de Bar-sur-Aube. La Motte divierte al comisario con los chismes que se dispone a poner por escrito. Los retozos lésbicos de la muy zorra de Tonieta y de la Polignac en el Trianon y otras mil guarrerías lésbicas del mismo estilo. ¡Polignac! Es más de lo que el pobre comisario está dispuesto a escuchar. El hijo de esta favorita, con quien la Reina mantenía tratos a diario, es ahora ministro, pues estamos en 1829 y el príncipe de Polignac, mandado llamar por Carlos X desde su embajada de Londres, acaba de ser nombrado ministro de Asuntos Exteriores. Al parecer, el ministro del Interior, advertido de las intenciones de La Motte y de sus exigencias a cambio de renunciar a su gran obra, no ha considerado oportuno seguir adelante con las negociaciones. Entonces, el conde de La Motte decide seguir con su proyecto. Su esfuerzo se traducirá en un manuscrito jamás publicado en vida del autor. Las *Memorias* sólo se publicaron en 1858, casi treinta años después de la muerte del autor.

Para este viejo decrépito, la redacción de la historia de su vida se ha convertido en una idea fija, tal como le ocurrió a Jeanne en los últimos días de su existencia. A veces, se siente invadido por el horror al evocar el pasado. Entonces se va a pasear por las orillas del Sena, al que trata de arrojarse en repetidas ocasiones.

Al final, por orden del prefecto de policía y en contra de la opinión del ministro, recibe una pequeña pensión de cien luises. Vive a la sazón en la calle Cannettes. Por la noche se va a pasear a los jardines de Luxemburgo y se le ve renqueando por la Alameda de los Castaños. Siempre impecablemente vestido, llama la atención por su cortesía. Al pasar, jamás deja de saludar a las damas sentadas en los bancos y sus saludos están siempre envueltos por el halo de una antigua delicadeza.

Durante las jornadas de julio queda atrapado entre la muchedumbre en una barricada. Es pisoteado y lo llevan a su casa. Su decadencia se acelera. Un año después, el 11 de octubre de 1831, ingresa en el hospital de San Luis. El 6 del mes siguiente se apaga dulcemente a la edad de setenta y ocho años.

Las últimas vicisitudes de la condesa de La Motte-Valois

Parece que un bonito crimen puede incentivar la imaginación de las generaciones futuras o, por lo menos, despertar en ellas un eco de leyenda.

De simple estafa, el asunto del collar, por una cuestión coyuntural, acabó elevado a la categoría de misteriosa conspiración. El misterio interesa. La Reina, inocente pero caprichosa y superficial, fue objeto de sospecha. Su único error consistió en el hecho de haber permitido ser sospechosa. La duda no tardó en transformarse en certeza. Y entonces cada cual se las ingenió para convertir una simple trapacería en un asunto de Estado. Fue la gota que faltaba para colmar el vaso de la historia y derribar aquella monarquía carcomida. La superficial pastorcita del Trianon se convirtió en una fiera mientras que la desvergonzada, a pesar de su culpabilidad demostrada, asumió el papel de víctima inocente. Los innobles excesos que ya no eran más que el rictus y la traición de una revolución largo tiempo esperada lavaron la majestad mancillada de esta soberana voluble. El suplicio le da el espaldarazo de «dama» de la muerte por el que entra en un territorio místico y legendario desde el cual jamás ha cesado de inquietar al historiador.

Por tal motivo, a la desvergonzada por cuyas venas corre, como por las de su «prima Tonieta», la sangre de san Luis, no le corresponde una oscura muerte en Londres. Y, por consiguiente, ejercerá su poder de seducción *post mortem*.

Algunos creen haberse tropezado con Madame de La Motte en Crimea, donde parece ser que se estableció y murió aproximadamente por las mismas fechas en que moría en París el conde de La Motte. Con sus silencios a medias y alguna que otra palabra soltada aquí y allá, había logrado envolver la ruindad de su vida en la leyenda.

¡Mejor todavía! Jeanne de La Motte murió una vez más, esta vez en París, en 1844. Vivía en un pabellón que un viejo marqués había puesto a su disposición al fondo de su jardín del barrio de Saint-Germain. Sólo salía para ir a la iglesia o visitar a los pobres, que le besaban las manos. Era buena, infinitamente buena. La llamaban la condesa Jeanne. Conservaba la gracia de antaño. Jugaba al whist y al revesino. Presintiendo la cercanía de la muerte, arrojó unos documentos al fuego. Algunos papeles medio quemados revelaron su identidad.

Le Constitutionnel y *L'Univers* anunciaron, el 24 de mayo de 1844, la muerte de la condesa de La Motte-Valois.

En cuanto a los diamantes, deben de seguir brillando todavía hoy en día con un fulgor especial en la diadema o la tiara de las esposas de algunos lores de Inglaterra. Parece ser que algunos de los más grandes, adquiridos por el duque de Dorset, adornan, en efecto, una diadema todavía en posesión de la familia Sackville. El collar de esclavitud, que la Reina jamás llevó, sirvió, sin embargo, para estrangular a la monarquía.

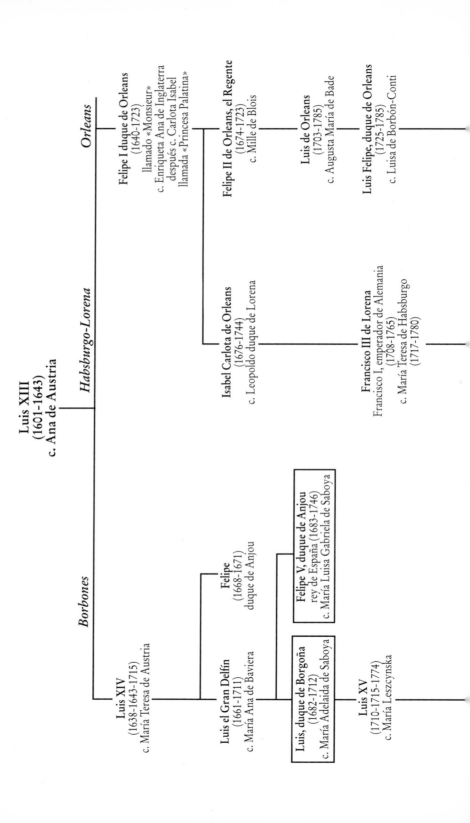

Luis XIII
(1601-1643)
c. Ana de Austria

Borbones

Habsburgo-Lorena

Orleans

Luis XIV
(1638-1643-1715)
c. María Teresa de Austria

Felipe I duque de Orleans
(1640-1723)
llamado «Monsieur»
c. Enriqueta Ana de Inglaterra
después c. Carlota Isabel
llamada «Princesa Palatina»

Felipe
(1668-1671)
duque de Anjou

Luis el Gran Delfín
(1661-1711)
c. María Ana de Baviera

Felipe II de Orleans, el Regente
(1674-1723)
c. Mille de Blois

Isabel Carlota de Orleans
(1676-1744)
c. Leopoldo duque de Lorena

Felipe V, duque de Anjou
rey de España (1683-1746)
c. María Luisa Gabriela de Saboya

Luis, duque de Borgoña
(1682-1712)
c. María Adelaida de Saboya

Luis de Orleans
(1703-1785)
c. Augusta María de Bade

Francisco III de Lorena
Francisco I, emperador de Alemania
(1708-1765)
c. María Teresa de Habsburgo
(1717-1780)

Luis XV
(1710-1715-1774)
c. María Leszcynska

Luis Felipe, duque de Orleans
(1725-1785)
c. Luisa de Borbón-Conti

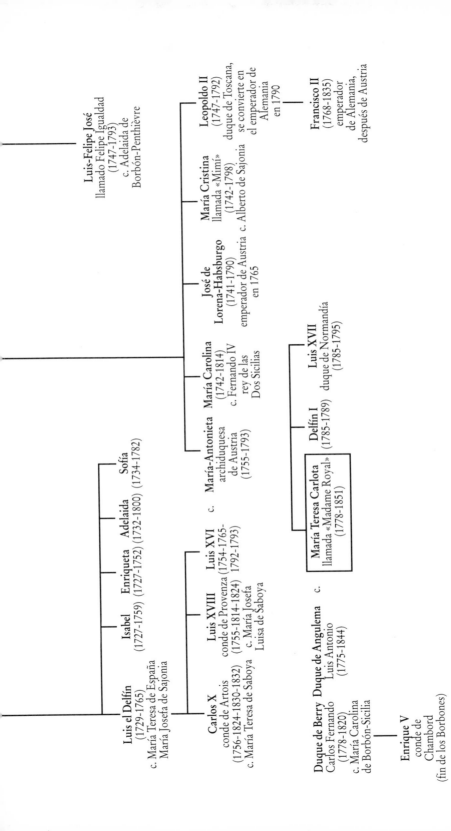

Luis-Felipe José
llamado Felipe Igualdad
(1747-1793)
c. Adelaida de
Borbón-Penthièvre

Luis el Delfín
(1729-1765)
c. María Teresa de España
María Josefa de Sajonia

Isabel
(1727-1752)

Enriqueta
(1727-1752)

Adelaida
(1732-1800)

Sofía
(1734-1782)

María-Antonieta
archiduquesa
de Austria
(1755-1793)

c.

María Carolina
(1742-1814)
c. Fernando IV
rey de las
Dos Sicilias

José de
Lorena-Habsburgo
(1741-1790)
emperador de Austria
en 1765

María Cristina
llamada «Mimí»
(1742-1798)
c. Alberto de Sajonia

Leopoldo II
(1747-1792)
duque de Toscana,
se convierte en
el emperador de
Alemania
en 1790

Francisco II
(1768-1835)
emperador
de Alemania,
después de Austria

Carlos X
conde de Artois
(1756-1824-1830-1832)
c. María Teresa de Saboya

Luis XVIII
conde de Provenza
(1755-1814-1824)
c. María Josefa
Luisa de Saboya

Luis XVI
(1754-1765-
1792-1793)

Delfín I
(1785-1789)

Luis XVII
duque de Normandía
(1785-1795)

María Teresa Carlota
llamada «Madame Royal»
(1778-1851)

Duque de Berry
Carlos Fernando
(1778-1820)
c. María Carolina
de Borbón-Sicilia

Duque de Angulema
Luis Antonio
(1775-1844)

c.

Enrique V
conde de
Chambord
(fin de los Borbones)

Índice